Série Westcott #3

ALGUÉM PARA Casar

AUTORA BESTSELLER DO NEW YORK TIMES

MARY BALOGH

© 2017 by Mary Balogh do livro SOMEONE TO WED, Copyright © 2017 by Mary Balogh.
Primeira publicação foi feita nos Estados Unidos por Berkley,
e impresso por Penguin Random House LLC., New York.
Esta obra foi negociada por Maria Carvainis Agency, Inc. e Agência Literária Riff Ltda.
Direitos autorais de tradução© 2023 Editora Charme.

Todos os direitos reservados.
Nenhuma parte desta publicação pode ser reproduzida, distribuída ou transmitida sob qualquer forma ou por qualquer meio, incluindo fotocópias, gravação ou outros métodos mecânicos ou eletrônicos, sem a permissão prévia por escrito da editora, exceto no caso de breves citações consubstanciadas em resenhas críticas e outros usos não comerciais permitido pela lei de direitos autorais.

Este livro é um trabalho de ficção.
Todos os nomes, personagens, locais e incidentes são produtos da imaginação da autora. Qualquer semelhança com pessoas reais, coisas, vivas ou mortas, locais ou eventos é mera coincidência.

1ª Impressão 2023

Produção Editorial - Editora Charme
Capa e Produção Gráfica - Verônica Góes
Tradução - Andresa Vidal
Preparação - Caroline Horta e Monique D'Orazio
Revisão - Equipe Charme
Imagem - Depositphotos, AdobeStock

CIP-BRASIL. CATALOGAÇÃO NA PUBLICAÇÃO
SINDICATO NACIONAL DOS EDITORES DE LIVROS, RJ

B156a
v. 3

Balogh, Mary
    Alguém para casar / Mary Balogh ; tradução Andresa Vidal. - 1. ed. - Campinas [SP] : Charme, 2023.
    304 p.   (Westcott ; 3)

    Tradução de: Someone to wed
    ISBN 978-65-5933-112-3

    1. Romance americano. I. Vidal, Andresa. II. Título. III. Série.

23-82912   CDD: 813
    CDU: 82-31(73)

Meri Gleice Rodrigues de Souza - Bibliotecária - CRB-7/6439

www.editoracharme.com.br

MARY BALOGH
AUTORA BESTSELLER DO NEW YORK TIMES

Série Westcott #3

Alguém para Casar

TRADUÇÃO
ANDRESA VIDAL

Editora Charme

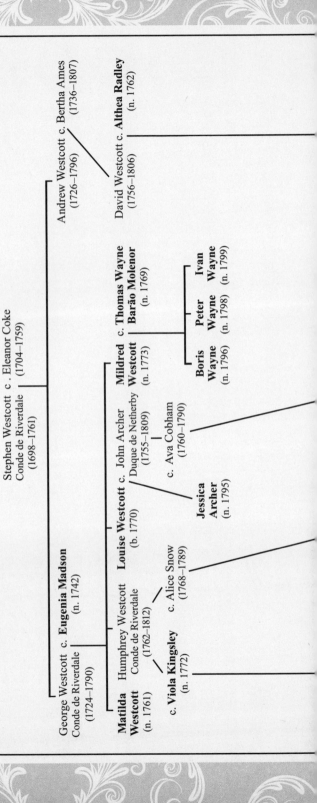

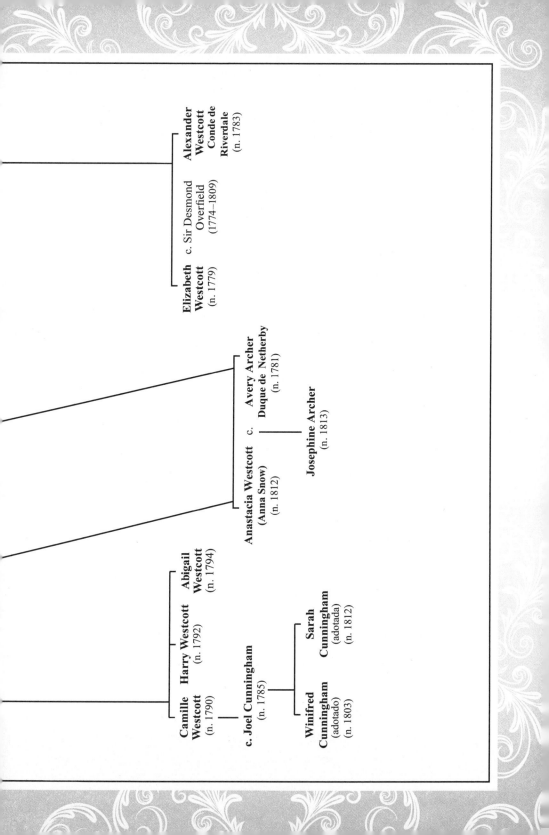

ELOGIOS À PREMIADA AUTORA MARY BALOGH

"Uma das melhores!"
— *Julia Quinn, autora bestseller do New York Times*

"A atual superestrela do romance, herdeira do maravilhoso legado de Georgette Heyer (só que muito mais sensual)."
— *Susan Elizabeth Phillips, autora bestseller do New York Times*

"Uma escritora de romances de intensidade hipnotizante."
— *Mary Jo Putney, autora bestseller do New York Times*

"Imbatível, espirituoso e envolvente."
— *Teresa Medeiros, autora bestseller do New York Times*

"Uma autora esplêndida, cuja voz narrativa traz personagens e acontecimentos em um tom irônico que nos lembra o estilo de Jane Austen."
— *Milwaukee Journal Sentinel*

"Mary Balogh toca profundamente nosso coração."
— *Joan Johnston, autora bestseller do New York Times*

"Extremamente divertido."
— *Janelle Taylor, autora bestseller do New York Times*

1

— O conde de Riverdale — anunciou o mordomo depois de escancarar as portas duplas da sala de estar, como se para admitir um regimento, e, então, se pôs de lado para abrir caminho ao cavalheiro que havia sido anunciado.

A formalidade não era estritamente necessária. Wren tinha ouvido o barulho do trotar e das rodas e supôs ser um cabriolé, não uma carruagem de viagem, embora não tivesse se levantado para olhar. O sujeito tinha chegado praticamente no horário combinado. E ela gostou disso. Os outros dois cavalheiros que vieram antes tinham se atrasado; um deles por mais de meia hora. Foram dispensados assim que decentemente possível, embora não apenas por causa do atraso. O sr. Sweeney, que viera uma semana antes, tinha dentes deteriorados e uma maneira de falar em que sempre esticava a boca, expondo seus caninos com uma frequência desconcertante, mesmo quando não estava realmente sorrindo. O sr. Richman, que viera havia quatro dias, não tinha uma personalidade discernível, o que era tão incômodo quanto os dentes do sr. Sweeney. Agora, ali vinha o terceiro.

Ele avançou alguns passos e hesitou quando o mordomo fechou as portas às suas costas. Olhou pela sala com aparente surpresa ao notar que era ocupada apenas por duas mulheres, uma das quais — Maude, a criada de Wren — estava sentada em um canto, a cabeça inclinada sobre algum bordado, fazendo o papel de dama de companhia. Seus olhos vieram pousar em Wren, e ele se curvou.

— Srta. Heyden? — Foi uma pergunta.

Sua primeira reação, logo após ter aprovado a pontualidade do cavalheiro, foi de puro desalento. Um breve olhar mostrou que ele não era nada do que ela desejava. Era alto, tinha boa forma, era aprumado, suas roupas elegantes pareciam ter sido feitas sob medida, era moreno e incrivelmente bonito. E jovem — em seus vinte e tantos ou trinta e poucos anos, provavelmente. Se ela sonhasse com o herói perfeito para um romântico conto de fadas, não poderia imaginar alguém melhor do que o homem bastante real que estava de pé do outro lado da sala, à espera de que ela confirmasse, de fato, ser a dama que o convidara para tomar chá em Withington House.

Mas aquilo não era um conto de fadas, e a absoluta perfeição dele a alarmou e a fez se recostar em sua cadeira, escondendo-se nas sombras desenhadas pelas cortinas que cobriam as janelas ao lado da lareira. Ela não queria um homem bonito, nem mesmo um homem particularmente jovem. Esperava alguém mais velho, mais comum, talvez calvo ou com a barriga um pouco maior, de aparência agradável, mas basicamente... bem, comum. Com dentes decentes e um *pouquinho* de personalidade. Mas dificilmente ela poderia mentir sobre a própria identidade e dispensá-lo sem mais delongas.

— Sim — disse ela. — Como vai, Lorde Riverdale? Queira se sentar. — Ela gesticulou para a cadeira do outro lado da lareira. Conhecia as boas maneiras e, obviamente, deveria ter se levantado para cumprimentá-lo, mas tinha suas razões para ficar nas sombras, pelo menos por enquanto.

Ele olhou para a cadeira enquanto se aproximava e se sentou com óbvia relutância.

— Peço desculpas — falou ele. — Acabei me precipitando e chegando antes do horário. Temo que a pontualidade seja um dos meus piores pecados. Sempre cometo o erro de supor que, quando sou convidado para alguma ocasião às duas e meia, devo chegar exatamente às duas e meia. Espero que alguns de seus outros convidados estejam aqui em breve, incluindo as outras damas.

Ela ficou mais temerosa quando ele sorriu. Como se fosse possível, ele pareceu ainda mais bonito. Tinha dentes perfeitos, e seus olhos se enrugavam nos cantos conforme ele sorria. Eram muito azuis. Oh, isso era lamentável. Quem era o número quatro da lista?

— Pontualidade é uma virtude para mim, Lorde Riverdale — respondeu ela. — Sou uma mulher de negócios, como deve estar ciente. Para administrar um negócio de sucesso, é preciso respeitar o tempo das outras pessoas, bem como o seu próprio. O senhor chegou exatamente no horário, como pode ver. — Ela apontou para o relógio tiquetaqueando na cornija. —

Faltam vinte e cinco minutos para as três. E não estou esperando nenhum outro convidado.

O sorriso dele desapareceu, e ele olhou para Maude e, depois, para Wren.

— Entendo — comentou ele. — Talvez não tenha percebido, srta. Heyden, que nem minha mãe nem minha irmã vieram ao interior comigo. Ou talvez também não tenha percebido que não tenho uma esposa para me acompanhar. Peço perdão, senhorita. Não tenho a intenção de lhe causar constrangimento ou comprometê-la de alguma forma.

Suas mãos apertaram os braços da cadeira em um sinal de que ele estava prestes a se levantar.

— Mas meu convite foi dirigido apenas ao senhor — disse ela. — Não sou o tipo de dama que precisa estar cercada de parentes para me proteger da perigosa companhia de cavalheiros solteiros. E estou com Maude aqui por questões de decoro. Somos praticamente vizinhos, Lorde Riverdale, embora quase treze quilômetros separem Withington House de Brambledean Court, e eu nem sempre esteja aqui, assim como o senhor nem sempre está lá. No entanto, agora que sou a proprietária de Withington e completei meu ano de luto pelos meus tios, decidi me familiarizar com alguns dos meus vizinhos. Estive na agradável companhia do sr. Sweeney na semana passada e também na do sr. Richman há poucos dias. O senhor os conhece?

Lorde Riverdale estava franzindo a testa e não havia tirado as mãos dos braços da cadeira. Ainda parecia desconfortável e pronto para se levantar à primeira desculpa.

— Eu sei quem são ambos os cavalheiros — declarou ele —, embora não possa afirmar que realmente os *conheça*. Tomei posse do meu título e da propriedade há apenas um ano e não fiquei aqui por muito tempo.

— Então, tenho sorte de estar aqui agora — continuou ela, enquanto as portas da sala se abriam e a bandeja de chá era trazida e colocada diante dela. Wren se moveu para a beirada da cadeira, sem perceber que se virava ligeiramente para a esquerda enquanto o fazia, e serviu o chá. Maude veio silenciosamente do outro lado da sala para entregar ao conde sua xícara e pires e, depois, lhe oferecer uma fatia de bolo.

— Eu não conhecia o sr. e a sra. Heyden, seus tios — disse ele, acenando com a cabeça em agradecimento a Maude. — Sinto muito pela sua perda. Soube que faleceram um logo após o outro.

— Sim — confirmou ela. — Minha tia morreu poucos dias após ficar de cama por causa de uma forte dor de cabeça, e meu tio morreu menos de uma semana depois. Sua saúde vinha se deteriorando havia algum tempo, e acredito que ele simplesmente desistiu de lutar depois que ela partiu. Ele a adorava. E tia Megan o adorava, apesar da diferença de idade de trinta anos e do casamento feito às pressas havia quase vinte anos.

— Sinto muito — repetiu ele. — Eles a criaram?

— Sim. Não poderiam ter sido melhores para mim, nem que fossem meus pais. Sei que seu antecessor não vivia em Brambledean, ou não visitava o local com frequência. Falo do falecido conde de Riverdale, não de seu filho desafortunado. O senhor pretende fixar residência por lá?

O filho desafortunado do falecido conde, Wren soubera, tinha herdado o título, até que se descobriu que seu pai tivera um casamento secreto quando era muito jovem e que a esposa secreta ainda estava viva quando ele se casou com a mãe de seus três filhos. Os filhos, então já adultos, de repente, haviam se tornado ilegítimos, e o novo conde perdera o título para o homem que agora estava sentado do outro lado da lareira. O primeiro casamento do falecido conde produzira uma descendente legítima; uma filha, que crescera em um orfanato em Bath sem saber nada sobre sua identidade. Era o que Wren sabia até adicionar o conde à lista. A história tinha sido a notícia mais comentada no ano anterior e manteve as fábricas de fofocas trabalhando por semanas. Não foi difícil desenterrar os detalhes quando havia criados e comerciantes muito ansiosos para compartilhar as próprias versões dos fatos.

Nunca se sabia exatamente onde a verdade terminava e começava o exagero, o mal-entendido, a especulação ou a completa mentira, claro, mas Wren surpreendentemente sabia bastante sobre seus vizinhos, considerando que não tinha absolutamente nenhuma relação social com eles. Ela sabia, por exemplo, que tanto o sr. Sweeney quanto o sr. Richman eram cavalheiros respeitáveis, mas empobrecidos. E sabia que Brambledean tinha sido negligenciada pelo falecido conde, de modo que a propriedade chegara quase à ruína completa, tendo sido deixada sob péssima gerência de um administrador indolente que mais dava o ar da graça na taverna da hospedaria local do que no próprio escritório. Agora, a casa e a propriedade precisavam da aplicação de um montante de dinheiro.

Wren tinha ouvido dizer que o novo conde era um cavalheiro consciencioso que vivia uma vida confortável, mas que não era rico o suficiente para lidar com a imensidão do desastre que havia herdado de forma tão repentina. O falecido conde não era um homem pobre. Longe disso, na verdade, mas sua fortuna tinha ido para a filha legítima. Ela poderia ter agido como uma heroína e se casado com o novo conde e, assim, vinculado a propriedade à fortuna; mas, em vez disso, se casara com o duque de Netherby. Wren conseguia entender por que essa história multifacetada tinha dominado as conversas tanto entre membros da corte como entre serviçais no ano anterior.

— Pretendo morar em Brambledean — respondeu o conde, franzindo a testa enquanto bebia o chá. — Tenho outra casa em Kent de que gosto muito, mas precisam de mim aqui, e um senhorio ausente raramente é um bom senhorio. As pessoas que dependem de mim neste lugar merecem o melhor.

Ele ficava tão bonito franzindo a testa quanto sorrindo. Wren hesitou. Não era tarde demais para dispensá-lo, como havia feito com os outros dois que vieram antes. Ela tinha dado uma razão plausível para convidá-lo e o havia abarrotado de chá e bolos. O conde, sem dúvida, iria embora achando que ela era excêntrica. Provavelmente, desaprovaria o convite para tomar chá a sós, com apenas a frívola companhia da criada, quando Wren era uma dama solteira, mas ele logo ignoraria o encontro e a esqueceria. E, na verdade, ela nem se importava com o que ele poderia pensar ou dizer a seu respeito, de qualquer maneira.

Porém, agora Wren se lembrava do número quatro de sua lista, um autodeclarado solteirão de quase sessenta anos, e o número cinco tinha a fama de se queixar com frequência de doenças reais e imaginárias. Ela os havia adicionado ao grupo apenas porque uma lista com só três nomes parecia pateticamente curta.

— Eu soube, Lorde Riverdale — disse ela —, que o senhor não é um homem abastado. — Agora, provavelmente, era tarde demais... ou quase. Se o mandasse embora naquele instante, ele a julgaria como uma mulher excêntrica e sem modos.

Ele não se apressou ao colocar sua xícara e o pires na mesa ao lado antes de voltar os olhos para ela. Apenas o discreto dilatar de suas narinas a alertou de que ela o havia irritado.

— É mesmo? — reagiu ele, uma distinta nota de altivez em sua voz. — Agradeço o chá, srta. Heyden. Não tomarei mais o seu tempo. — Ele se levantou.

— Eu poderia oferecer uma solução — continuou ela, e, agora, era definitivamente tarde demais para recuar. — Quero dizer, para a sua relativa falta de recursos. O senhor precisa de dinheiro para reverter a negligência de anos em Brambledean e para cumprir seu dever para com as pessoas que dependem do senhor por lá. Pode levar anos, talvez o resto da sua vida, se agir apenas pelos cuidados administrativos. Infelizmente, é necessário aplicar uma grande quantidade de dinheiro em um negócio antes que se possa obter lucros com ele. Talvez esteja pensando em fazer um empréstimo ou hipotecar o imóvel, se ainda não estiver hipotecado. Ou talvez pretenda se casar com uma mulher rica.

Ele permaneceu aprumado e altivo, sua mandíbula apertada em uma linha rígida. As narinas ainda estavam dilatadas. Sua aparência era magnífica, até ligeiramente ameaçadora, e, por um momento, Wren se arrependeu de suas palavras, mas era tarde demais para retirar o que dissera.

— Tomo a liberdade de dizer, srta. Heyden — falou ele sucintamente —, que acho sua curiosidade ofensiva. Tenha um bom dia.

— Talvez o senhor saiba — interrompeu-o ela — que meu tio foi um homem muito rico, grande parte de sua riqueza era proveniente das fábricas de vidro que possuía em Staffordshire. Ele deixou tudo para mim, já que minha tia veio a falecer antes dele. Meu tio me ensinou muito sobre os negócios, e eu o ajudei a administrá-los durante seus últimos anos; agora, a responsável sou eu. Os negócios não perderam força neste último ano, na verdade, estão se expandindo gradualmente. E há outras propriedades e investimentos além das fábricas. Sou uma mulher muito rica, Lorde Riverdale, mas minha vida carece de algo, assim como a sua carece de dinheiro. Tenho 29 anos, quase trinta, e gostaria... de alguém para me casar. Pessoalmente, sei que não sou a noiva perfeita, mas tenho muito dinheiro. E o senhor, não.

Ela fez uma pausa, esperando que o conde dissesse algo, mas ele parecia ter criado raízes no lugar, seus olhos fixos nela, sua mandíbula rígida como granito. De repente, Wren se sentiu muito grata por Maude estar na sala, embora sua presença também fosse embaraçosa. Maude não aprovava nada disso e não tivera escrúpulos em deixar isso claro quando estavam sozinhas.

— Poderíamos unir forças para cada um conseguir o que quer — disse Wren.

— Está me pedindo em... *casamento*? — perguntou ele.

Ela não tinha sido clara?

— Estou — respondeu.

Ele continuou encarando-a, até que ela começou a se sentir desconfortável, cada vez mais consciente do tique-taque do relógio.

— Srta. Heyden — falou ele finalmente —, eu sequer consegui ver o seu rosto.

Alexander Westcott, o conde de Riverdale, sentiu-se como se estivesse em um daqueles sonhos estranhos que não se pareciam com nada que já havia experimentado na vida real. Ele tinha vindo em resposta a um convite de uma vizinha distante. Já havia aceitado muitos convites como aquele desde que chegara a Wiltshire, à casa e propriedade que preferia nem ter herdado. Incumbia-lhe conhecer e estabelecer relações amistosas com as pessoas entre as quais ele pretendia viver.

Ninguém a quem havia perguntado sabia muito sobre a srta. Heyden, além do fato de ser sobrinha do sr. e da sra. Heyden, que morreram com poucos dias de diferença havia mais ou menos um ano e que lhe deixaram Withington House. Tinham participado de alguns eventos sociais próximos de Brambledean, seu mordomo parecia se lembrar, embora não muitos, provavelmente por causa da distância. No entanto, não tinha ouvido nenhuma menção sobre a sobrinha aparecer junto deles. William Bufford, administrador de Alexander, não foi capaz de acrescentar nada. Ele ocupava o cargo havia apenas quatro meses, desde que o antigo funcionário havia sido demitido com um bônus generoso que não tinha, de forma alguma, merecido. Segundo o mordomo, o sr. Heyden era um cavalheiro muito idoso. Alexander havia presumido, então, que a sobrinha devia ser uma mulher de meia-idade que, num esforço para se estabelecer na casa que agora era dela, estava convidando os vizinhos, próximos e distantes, para um chá.

Ele certamente não esperava ser o único convidado de uma dama que era, sem dúvida, mais jovem do que havia ele imaginado. Não tinha certeza de quanto mais jovem. A srta. Heyden não se levantara para cumprimentá-lo e permanecera sentada em uma cadeira que havia sido levada mais para a lateral da lareira do que para a frente do fogo e posicionada na sombra projetada pelas cortinas pesadas em uma das janelas. O resto da sala brilhava à luz do sol, tornando o contraste mais perceptível e fazendo com que a dama ficasse menos visível. Sentada graciosamente em sua cadeira, parecia jovem e magra. Suas mãos eram finas, seus dedos eram longos, as unhas, bem-cuidadas, e a pele, jovem. A voz, suave e grave, não era a de uma menina, mas também não era a voz de uma mulher mais velha. O palpite de Alexander foi confirmado quando ela disse que tinha quase trinta anos — a própria idade dele.

Ela estava usando um vestido cinza, talvez como meio-luto. Era elegante e adequado. E sobre a cabeça, cobrindo o rosto, usava um véu preto. Ele podia ver o cabelo e o rosto dela através do véu, mas não com clareza. Era impossível saber a cor do cabelo e igualmente impossível ver suas feições. Ela não comeu nada com seu chá e, quando bebeu, afastou o véu graciosamente com uma das mãos enquanto dobrava o pulso e direcionava a xícara por debaixo dele.

Dizer que o conde estava desconfortável desde que entrara na sala seria um grande eufemismo. E quanto mais os minutos se passavam, mais ele desejava simplesmente dar meia-volta e sair dali, tão logo entendeu a situação. Poderia ter parecido grosseria, mas, bom Deus, estar ali sozinho com ela — ele mal podia contar com a presença da criada — era completamente impróprio.

Porém, agora, além de se sentir desconfortável, estava indignado. Ela havia falado abertamente sobre a condição desesperadora de Brambledean e seu estado empobrecido. Não que ele próprio estivesse pobre. Após a morte do pai, ele passara cinco anos trabalhando com afinco para trazer Riddings Park, em Kent, de volta à prosperidade, e tivera sucesso. Estava se estabelecendo na vida confortável de um cavalheiro moderadamente próspero quando havia acontecido a catástrofe do ano anterior e ele se visse com um título indesejado e o estorvo ainda mais indesejável da posse de uma propriedade vinculada que estava à beira da ruína. Sua relativa fortuna, de repente, parecia uma ninharia.

Mas como ela ousava — uma estranha — falar abertamente sobre isso? A vulgaridade da situação fez com que o cérebro dele parasse por alguns momentos. Ela dera uma solução, no entanto, e a mente de Alexander estava tentando assimilá-la. A dama era rica e queria um marido. Ele não era rico e precisava de uma esposa com dinheiro. Ela havia sugerido que eles suprissem as necessidades um do outro e se casassem. Mas...

Srta. Heyden, eu sequer consegui ver o seu rosto.

Tinha sido estranho — definitivamente como em um sonho do qual se acordava questionando de onde diabos aquilo tinha vindo. Algumas outras palavras dela, de repente, ecoaram em sua mente. *Pessoalmente, sei que não sou a noiva perfeita.* Que diabos ela queria dizer?

— Não — disse ela, quebrando o silêncio. — Não conseguiu. Gostaria de ver? — Ela virou a cabeça para a esquerda e olhou para trás, em direção à criada. — Maude, pode abrir as cortinas, por favor? — A criada o fez e a srta. Heyden foi subitamente banhada em luz. Seu vestido parecia mais prateado do que cinza. Seu véu parecia mais escuro em contraste. Ela levantou as mãos.

— Suponho que deva ver o que estaria recebendo em troca do meu dinheiro, Lorde Riverdale.

Ela estava sendo deliberadamente ofensiva? Ou suas palavras e suas maneiras ligeiramente zombeteiras eram, na verdade, uma defesa, um modo de esconder o desconforto? Ela *deveria* mesmo ficar desconfortável. A srta. Heyden levantou o véu e o jogou sobre a cabeça, fazendo-o aterrissar no assento da cadeira atrás dela. Por alguns momentos, permaneceu com o rosto levemente virado para a esquerda.

Seu cabelo era de um rico tom acastanhado, volumoso e brilhoso, liso na frente e nas laterais, reunido em um aglomerado de cachos no alto da nuca. Seu pescoço era longo e gracioso. De perfil, o rosto era primorosamente belo... sobrancelhas grossas, cílios longos que combinavam com seu cabelo, nariz fino, maçãs do rosto bem esculpidas, lábios macios, mandíbula delineada, pele clara e uniforme. E, então, ela virou todo o rosto em direção a ele e ergueu o olhar. Seus olhos eram cor de avelã, embora fosse um detalhe que ele não percebeu de imediato. O que notou foi que o lado esquerdo do rosto dela, da testa ao maxilar, era roxo.

Ele puxou o ar devagar e controlou seu primeiro impulso de franzir a testa, até mesmo de se retrair ou de chegar a dar um passo para trás. Ela o estava encarando. Não havia distorção de feições, apenas as marcas roxas, algumas agrupadas e mais escuras, outras mais claras e mais isoladas. Era como se alguém tivesse espirrado tinta roxa em um lado de seu rosto e ela ainda não tivesse tido a chance de lavá-lo.

— Queimaduras? — perguntou ele, embora não achasse que fosse isso ou haveria outros danos.

— Marca de nascença — disse ela.

Ele já tinha visto marcas de nascença, mas nada assim. O que, de outra forma, teria sido um rosto notavelmente belo estava severa e cruelmente desfigurado. Ele se perguntou se ela sempre usava o véu em público. *Pessoalmente, sei que não sou a noiva perfeita.*

— Mas sou rica — repetiu ela.

E ele soube que era de fato uma forma de defesa, aquele olhar de desdém, o jeito de se gabar de suas riquezas, o queixo empinado, desafiador, e o olhar muito direto. Ele soube que a frieza era um frágil escudo. *Tenho 29 anos, quase trinta, e gostaria de alguém para me casar.* E por ter se tornado rica após a morte do tio, ela poderia se dar ao luxo de comprar o que quisesse. Pareceu surpreendentemente desagradável, mas não tinha sido sua própria decisão ir a Londres naquele ano, assim que a Temporada tivesse começado de vez, depois da Páscoa, para procurar nada menos que uma noiva rica?

De repente, ele se lembrou de algo que ela dissera antes.

— A senhorita também fez essa oferta ao sr. Sweeney e ao sr. Richman? — perguntou. Nome irônico esse... Richman, "homem rico". A pergunta foi mal-educada, mas não havia nada normal naquela situação. — Eles recusaram o pedido?

— Eu não propus. E eles não me rechaçaram. Embora nenhum deles tenha ficado aqui por mais de meia hora, eu soube muito antes que o tempo expirasse que não me convinham. Posso ter o desejo de me casar, Lorde Riverdale, mas não estou desesperada o suficiente para fazê-lo a todo custo.

— A senhorita julgou, então, que eu lhe sou *conveniente*, que posso valer o custo? — indagou ele, arqueando as sobrancelhas e apertando as mãos atrás das costas. Ele ainda estava de pé, olhando para ela. Se aquilo a havia intimidado, ela não demonstrou. Ele lhe convinha por causa do título, será? Então, por que era o terceiro da lista?

— É impossível ter certeza depois de apenas meia hora, mas acredito que sim. Acredito que o senhor seja um cavalheiro, Lorde Riverdale.

E os outros dois não eram?

— O que exatamente quer dizer? — questionou ele. Bom Deus, ele estava disposto a ficar ali, de pé, discutindo o assunto com ela?

— Quero dizer que acredito que o senhor me trataria com respeito.

Ele olhou para o rosto desfigurado e franziu a testa.

— E isso é tudo o que a senhorita busca em um casamento? — perguntou ele. — Respeito?

— É algo grandioso.

Era mesmo? Era o suficiente? Era algo sobre o que ele decerto se perguntaria incontáveis vezes pelos próximos meses. Era, na verdade, uma boa resposta.

— E a senhorita me trataria com respeito se eu me casasse por causa do seu dinheiro?

— Sim — respondeu ela, depois de parar por um segundo para pensar. — Porque acredito que o senhor não desperdiçaria esse dinheiro em seus próprios prazeres.

— E baseado em que acredita nisso? Como a senhorita mesma disse, só me conhece há meia hora.

— Mas eu sei que o senhor tem uma propriedade bem administrada em Kent e que poderia optar por viver confortavelmente por lá pelo resto da vida, esquecendo-se de Brambledean Court. E foi o que seu antecessor escolheu fazer, apesar do fato de que era um homem muito rico. Além de tudo, a riqueza dele foi para a filha, em vez de para o senhor. Tudo o que herdou foram o título e a propriedade vinculada. Apesar disso, o senhor veio a Brambledean e empregou um administrador competente e claramente pretende assumir a tarefa hercúlea de restaurar a propriedade e as fazendas, melhorando a vida das inúmeras pessoas que dependem do senhor para seu sustento. Essas não são atitudes de um homem que pretende usar a fortuna para levar uma vida desenfreada.

A sra. Heyden tinha mais do que meia hora de conhecimento sobre ele, então. Tinha vantagem. Eles se observavam, especulando um sobre o outro.

Ela continuou a falar quando ele não disse nada depois de suas últimas palavras:

— A questão é: o senhor poderia viver com alguém *assim*, Lorde Riverdale? — Ela indicou o lado esquerdo do rosto com um gracioso gesto da mão.

Ele considerou seriamente a questão. A marca de nascença a havia desfigurado seriamente. Mais importante que isso, porém, era que devia ter tido algum impacto importante na formação de seu temperamento, já que estivera em seu rosto por toda a vida. Ele já tinha visto seu lado defensivo, levemente zombeteiro, sua superficial frieza, seu isolamento, o véu. A mancha no rosto devia ter sido dos males o menor. Parecia fácil conviver com a aparência dela. Seria cruel pensar o contrário, mas seria fácil conviver com *ela*?

E ele estava realmente considerando a oferta? De qualquer modo, deveria ponderar seriamente sobre esse tipo de casamento. E logo. Quanto mais tempo vivia em Brambledean, mais tinha visto os efeitos da pobreza sobre aqueles cujo bem-estar dependia dele.

— Deseja me dar um não definitivo, Lorde Riverdale? — perguntou a srta. Heyden. — Quem sabe, um talvez? Ou definitivamente um talvez? Ou até mesmo um sim?

Mas ele não respondeu à pergunta original.

— Todos temos que aprender a viver por trás dos rostos e dentro dos corpos que nos foram dados — disse ele. — Nenhum de nós merece ser evitado... ou bajulado... apenas pela aparência.

— O senhor é bajulado? — indagou ela com um sorriso zombeteiro.

Ele hesitou.

— Às vezes, me dizem que sou o notório homem alto, moreno e bonito dos contos de fadas. Isso pode ser um fardo.

— Estranho — disse ela, ainda com um meio-sorriso.

— Srta. Heyden, não posso lhe dar qualquer resposta agora. A senhorita planejou isso muito antes de eu vir. Teve tempo para pensar, considerar e até mesmo fazer algumas pesquisas. Então, tem uma clara vantagem sobre mim.

— Um talvez, então? — insistiu ela, e ele se deteve por um momento, pensando que ela parecia ter senso de humor. — O senhor vai voltar, Lorde Riverdale?

— Não sozinho — respondeu ele com firmeza.

— Eu não o entretive.

— Não vejo este encontro como um momento de entretenimento, apesar do convite para tomar chá e comer bolo. Foi mais como uma reunião de negócios.

— Sim. — Ela não discutiu o ponto.

— Vou providenciar algo em Brambledean. Um chá, talvez, ou um jantar, um sarau... *alguma coisa*. E, além de convidá-la, chamarei também outros vizinhos.

— Não me misturo com a sociedade, nem mesmo com os vizinhos — pontuou ela.

Ele franziu a testa novamente.

— Como condessa de Riverdale, não teria escolha — informou ele.

— Oh! — exclamou ela. — Eu acredito que teria, sim.

— Não.

— O senhor seria um tirano? — perguntou ela.

— Eu certamente não permitiria que minha esposa se tornasse uma eremita apenas por causa de algumas marcas roxas no rosto.

— Não *permitiria*? — disse ela vagamente. — Talvez eu precise pensar com mais cuidado se o senhor realmente me convém.

— Sim — respondeu ele —, talvez precise. É o melhor que posso oferecer, srta. Heyden. Enviarei um convite por volta da próxima semana. Se tiver coragem de estar presente, talvez possamos descobrir com um pouco mais de clareza se sua sugestão é algo que desejamos levar a sério. Se não for, então nós dois já teremos uma resposta.

— Se eu tiver coragem — falou ela com a voz suave.

— Sim. Agradeço o chá, mas preciso me retirar.

Ele fez uma reverência e atravessou a sala. Ela não se levantou nem disse mais nada. Alguns momentos depois, ele fechou as portas da sala de visitas atrás de si, bufou e desceu as escadas. E, então, informou ao mordomo que ele mesmo iria buscar o cabriolé e os cavalos no estábulo.

2

O conde de Riverdale cumpriu com a palavra. Um convite por escrito foi entregue em Withington House dois dias depois de sua visita. Estava planejando oferecer um chá para alguns de seus vizinhos dali a três dias e ficaria contente se a srta. Heyden pudesse comparecer. Ela colocou o cartão ao lado da travessa de café da manhã e voltou a comer suas torradas com marmelada e a beber seu café sem realmente saboreá-los.

Ela iria?

Maude ofereceu sua opinião — é claro — depois que ele saiu da casa. Maude sempre dava uma opinião. Ela havia sido a criada pessoal de tia Megan e, desde o ano anterior, era a criada pessoal de Wren. Mas, mesmo antes disso, nunca tivera escrúpulos para falar o que pensava.

— Bem bonito esse aí — disse ela depois que ele partiu.

— Bonito demais? — perguntou Wren.

— A ponto de deixá-lo convencido, a senhorita quer dizer? — Enquanto recolhia a bandeja de Wren da mesa, Maude franziu os lábios e parou para pensar. — Não tive a impressão de que ele se considera um presente de Deus para as mulheres. Decerto, não se sentiu confortável em se encontrar a sós com a senhorita, não é? Eu avisei que era impróprio quando inventou todo esse plano maluco, mas a senhorita nunca presta atenção em nada que eu venha a dizer, então não sei por que ainda me preocupo. Os outros dois estavam bastante satisfeitos só por estarem aqui, embora parecessem um pouco receosos com o véu. Provavelmente, ouviram que o valor da senhorita é alto e esperavam encontrar um bom negócio.

— Foi um erro ter chamado o sr. Sweeney e o sr. Richman — admitiu Wren. — O conde de Riverdale é um erro também, Maude? Embora talvez a resposta seja irrelevante. É provável que eu nunca mais tenha notícias dele. Ele não queria nem mesmo considerar um possível talvez, não é? Jogou o desafio de volta para mim, com a ideia de me convidar para uma reunião com outras pessoas envolvidas. *Se tiver coragem de estar presente*, de fato.

— E a senhorita vai ter coragem? — perguntou Maude, endireitando-se com a bandeja em mãos. — Nunca teve coragem enquanto seus tios estavam vivos, nem desde então. Se não fossem as fábricas de vidro, seria uma completa eremita; e ir às vidrarias realmente não conta, não é? A senhorita não vai encontrar um marido por lá. E até mesmo *lá* sempre usa o véu.

Maude não esperou uma resposta à pergunta sobre coragem. O que foi muito bom — ainda dois dias depois, Wren não sabia o que responder enquanto considerava o convite. Uma reunião com chá. Em Brambledean Court. Com um indeterminado número de outros convidados da região. Será que ela iria? Ou melhor, ela *poderia*? Maude estava certa... ela tinha sido uma espécie de eremita durante toda a vida. Em mais de 29 anos, nunca havia comparecido a um único evento social. Seus tios tinham recebido convidados algumas vezes, mas ela sempre ficava no quarto, e, abençoados fossem, eles nunca insistiram que descesse, embora o tio Reggie tivesse tentado várias vezes convencê-la.

— Você permitiu que sua marca de nascença definisse sua vida, Wren — dissera certa vez. — Quando, na realidade, é algo a que uma pessoa logo se acostuma e mal percebe. Estamos sempre mais conscientes das deficiências do nosso próprio corpo do que outras pessoas, uma vez que nos conhecem. Pode não notar que minhas pernas são muito curtas para o meu corpo, mas eu estou sempre consciente disso. Às vezes, tenho medo de andar feito um pato.

— Oh, o senhor *não* anda feito um pato, tio Reggie — protestou Wren, mas ele conseguiu o que queria: tirar uma risada dela. No entanto, o tio nunca a tinha visto antes dos dez anos de idade, quando a marca de nascença era muito pior. Ele não sabia o que ela via quando se olhava no espelho.

Foi o tio quem lhe dera o nome de Wren — como a ave carriça, porque ela tinha braços e pernas magras e olhos grandes e tristes quando ele a viu pela primeira vez, o que o fez se lembrar de um passarinho. Wren também se assimilava com Rowena,[1] seu nome de batismo. A tia Megan passara a

---

[1] Na mitologia medieval da Grã-Bretanha, Rowena é apresentada como uma bela *femme fatale* que conquistou para seu povo o Reino de Kent, por meio de sua traiçoeira sedução de Vortigern, o "rei dos Bretões", com quem se casou. (N. E.)

chamá-la de Wren também — um novo nome para uma nova vida, dissera ela, dando à sobrinha um de seus grandes abraços apertados. E a própria Wren tinha gostado. Ela não conseguia se lembrar do nome *Rowena* sendo dito alguma vez com afeição, aprovação ou mesmo neutralidade. Os tios tinham um jeito de dizer o novo nome como se ele — e ela própria — fosse algo especial. E, um ano depois, eles também mudaram o seu sobrenome — com sua total aprovação — e ela se tornou Wren Heyden.

Seus pensamentos estavam caóticos naquela manhã, ela pensou, trazendo-os de volta à mesa do café da manhã. Iria para o chá em Brambledean? Ela poderia? Essas eram as perguntas que precisava responder, embora, na verdade, fossem apenas uma. Como condessa de Riverdale, ele lhe dissera, não poderia continuar como uma eremita. Ele não permitiria. E isso era algo que precisava de uma consideração cuidadosa, tanto a parte de ser uma eremita quanto a parte em que ele não lhe permitiria algo. Há muito tempo, não era forçada a fazer qualquer coisa que não quisesse. Quase havia se esquecido de que, de acordo com a lei, tanto civil quanto religiosa, os homens tinham total domínio sobre suas esposas e filhos. Ela não havia considerado isso quando decidiu adquirir um marido.

Adquirir... soava horrível, mas era precisamente o que estava tentando fazer. Ela queria se casar. Tinha desejos, necessidades e anseios que eram uma mistura agitada entre seu lado físico e emocional. Às vezes, não conseguia dormir com uma dor inominável, que zumbia pelo seu corpo e pela sua mente e se firmava mais pesadamente sobre seu coração. Tinha apenas um atrativo, no entanto, para incentivar qualquer homem a se casar com ela, e era o dinheiro. Felizmente, ela tinha muito. Não era muito interessada em gastar com bens mundanos. Tinha tudo de que precisava. Usaria sua fortuna, ela havia decidido, para comprar o que *queria* e estava empenhada em fazer uma aquisição tão sábia quanto pudesse, mesmo sem qualquer experiência em tais assuntos. Agora, deveria se fazer uma nova pergunta: ao entregar a si e a seu dinheiro para um marido, estaria entregando também toda a sua liberdade?

A maioria dos homens era tirana por natureza? Mais especificamente, seria o conde de Riverdale um tirano? Seria muito fácil ser seduzida por sua aparência. Não que *ela* tivesse sido seduzida. Muito pelo contrário. Não queria um homem notoriamente bonito, não quando ela mesma não era. Seria terrivelmente intimidante. Porém, o conde tinha mais do que uma boa aparência, era mais do que apenas bonito. Era perfeito, mas isso era por fora. E por dentro? Era possível que fosse um tirano mesquinho que pegaria seu dinheiro e a esconderia em algum lugar, longe de tudo e dos próprios pensamentos? Achava que não. Ele dissera exatamente o contrário, e esse era o problema. Ele não permitiria que ela fosse uma eremita.

Às vezes, me dizem que sou o notório homem alto, moreno e bonito dos contos de fadas. Isso pode ser um fardo. O que ele queria dizer com... um fardo?

Wren jogou o guardanapo na mesa e se levantou. Havia trabalho esperando por ela no antigo escritório do tio, agora seu. Havia documentos e relatórios das vidrarias e, como era mais do que apenas proprietária no papel, eles exigiam sua atenção imediata. Decidiria mais tarde sobre o convite. Talvez simplesmente enviasse uma recusa educada e mantivesse sua liberdade, seu dinheiro, suas dores e anseios e suas noites perturbadas e todo o resto de sua vida já tão familiar. Havia alguma virtude na familiaridade.

E talvez, apenas talvez, ela fosse.

... se tiver coragem...

Ela encarou o convite, ao lado da travessa, com um olhar quase vingativo antes de pegá-lo e levá-lo para o escritório.

Sendo um cavalheiro solteiro, parecia um pouco embaraçoso para Alexander, sem a mãe ou a irmã para atuarem como anfitriãs da casa, que estivesse convidando um grupo de vizinhos logo para um chá da tarde. No entanto, se quisesse dar à convidada de honra, por assim dizer, uma chance de comparecer, deveria considerar tanto sua condição de solteira quanto a distância que ela precisaria percorrer, e um evento noturno não seria prático.

Vários de seus vizinhos da vila e dos arredores já o haviam recebido e demonstrado deleite por sua vinda a Brambledean e uma esperança cautelosa de que ele fizesse dali sua residência principal. Os homens sondaram seu interesse em agricultura, cavalos, caça, tiro e pesca. As damas estavam mais interessadas em seu ponto de vista sobre bailes, festividades, piqueniques e reuniões sociais. As mães fizeram perguntas óbvias para descobrir o quão solteiro ele estava, e as filhas coraram, riram e se agitaram. Ele tinha achado tudo surpreendentemente reconfortante, considerando a tristeza da própria Brambledean, e realmente era hora de retribuir a hospitalidade. A reunião com um chá seria boa de qualquer forma, mesmo sem a presença da srta. Heyden.

Ele havia explicado àqueles a quem havia convidado, com deliberado brilho nos olhos, que desejava que vissem sua sala de visitas em todo seu desbotado esplendor para que, em poucos anos, depois de algumas reformas, fossem capazes de se maravilhar com a transformação. A casa estava, de fato, desbotada e surrada, embora não em tão mau estado como temia assim que soube que lhe haviam sobrecarregado com ela. A equipe de criados era pequena quando ele havia chegado e ainda não era muito maior, mas o mordomo e a governanta, sr. e sra. Dearing, marido e mulher, tinham mantido todos os quartos limpos, apesar das capas de holanda que encobriam os móveis dos cômodos principais. Cada superfície que podia reluzir assim o fazia, e cada cortina desbotada e pedaço de estofamento estavam, pelo menos, livres de poeira. Havia alguns problemas estruturais — algumas chaminés arruinadas, partes danificadas do telhado, alguma infiltração de água nas adegas, entre outras coisas; e os utensílios de cozinha eram antiquados. Os estábulos e piquetes eram lamentáveis. Haviam permitido que a hera se rebelasse contra os muros.

Uma enorme quantia de dinheiro precisava ser despejada no lugar antes que pudesse se tornar a casa senhorial que deveria ser, e muito precisava ser feito para tornar o jardim um cenário digno de uma corte, mas ambos poderiam esperar — além do fato de que eles deveriam oferecer emprego para um grande número de pessoas que, atualmente, estavam desempregadas ou subempregadas, havia coisas mais importantes a serem feitas. As fazendas não estavam prosperando — nem as terras cultivadas, nem a pecuária, nem as construções, nem o maquinário. Como resultado, aqueles que tinham sido contratados para trabalhar nelas estavam sofrendo.

Suas casas dificilmente eram mais do que casebres, e não houvera aumento de salário em dez anos ou mais — isso quando eram pagos. As crianças andavam malvestidas e não tinham acesso à educação. As esposas sempre pareciam abatidas.

Havia problemas mais do que suficientes para sobrecarregá-lo, mas ele os havia deixado de lado por uma tarde para recepcionar uma reunião com chá — o que poderia, talvez, levá-lo a uma solução definitiva para esses mesmos problemas. Aquele fio de esperança não daria em nada, é claro, se a srta. Heyden não viesse. Apesar de ele não ter realmente certeza se queria que ela viesse.

Ele não havia se afeiçoado a ela na visita a Withington House, e não tinha sido por causa de sua aparência. Achou que ela agia de maneira fria e... estranha. Seu véu, juntamente com a parte mais escura da sala, onde ela se sentou sem se levantar uma só vez, lembravam-lhe de forma hilária um covil de bruxa. E a proposta de casamento o havia ofendido. Tudo parecia errado, até mesmo ultrajante. O conde havia se perguntado diversas vezes, durante a longa viagem de cabriolé de volta para casa, se sentia-se assim porque fora ela quem fizera o pedido, não ele. Por que seria aceitável ele fazer uma proposta baseada quase que inteiramente em condições monetárias, mas ela, não? Admitir sua própria hipocrisia não causava nenhum efeito para torná-la mais querida, no entanto. Ela simplesmente não parecia *feminina* para ele, fosse lá que diabos isso significasse.

Quão rica *era* a srta. Heyden, afinal? Muito rica, segundo ela mesma, mas *muito* não era uma palavra precisa, era? Ele odiava o fato de que isso importava, de que ele poderia ignorar todas as suas dúvidas sobre a personalidade dela se o dinheiro fosse suficiente. Ele odiava o que esse fato sugeria sobre si. Torcia para que ela não viesse. Mas, na véspera do chá, recebeu um breve recado de aceite ao convite.

Ela foi uma das últimas a chegar. Havia onze pessoas já na sala de estar, além de Alexander, algumas delas sentadas, a maioria ainda de pé, olhando com franqueza ao redor do cômodo ou pelas janelas, todas calorosamente alegres, animadas e felizes por estarem ali. Uma jovem tinha acabado de dar uma pirueta no meio do salão e, com as mãos no peito, declarou que o salão seria *perfeito* para um baile informal, se Lorde Riverdale considerasse a sugestão. A mãe a olhava com reprovação, mas ria na direção de Alexander, quando Dearing anunciou o décimo segundo convidado e a srta. Heyden passou por ele, parando na entrada. Alexander andou a passos largos em direção a ela, com a mão estendida e um sorriso.

Ele ainda tinha um pouco de esperança de que ela não viesse.

Era bem alta para uma mulher — apenas alguns centímetros mais baixa do que seu 1,85 metro — e também magra e esbelta. Não tentava minimizar sua altura, como as mulheres altas tendiam a fazer. Manteve-se muito ereta e o queixo erguido. Estava vestida com elegância e simplicidade, usando um vestido lilás que marcava sua cintura e um chapéu cinza-prateado com véu da mesma cor. Algumas outras damas também ficaram com seus chapéus, então o dela não pareceu totalmente inapropriado. O véu, no entanto... O rosto dela era visível através dele, mas não a marca de nascença. Dava-lhe um ar arrogante, frio e distante, e Alexander sentiu como se a temperatura da sala tivesse caído alguns graus. Até a mão dela — magra e com dedos longos — estava fria quando o cumprimentou.

— Como vai, Lorde Riverdale? — disse ela com a voz baixa e a dicção precisa de que ele se lembrava.

— Estou encantado que tenha vindo, srta. Heyden — mentiu ele. — Gostaria de conhecer alguns dos meus vizinhos? — Ele tinha plena consciência de que ela não gostaria, mas teve o cuidado de não convidar Sweeney ou Richman. — Permita-me apresentá-la.

A conversa na sala havia sido abafada. Aquilo foi, em parte, compreensível, é claro. Um rosto novo era sempre de grande interesse para pessoas que passavam a maior parte de suas vidas em uma vila com os mesmos poucos amigos e vizinhos. Mais intrigante ainda, porém, era ver um rosto que deveria ser pelo menos um pouco familiar, uma vez que ela não morava a mais do que treze quilômetros de distância, mas que não era. Claro que as pessoas ainda não estavam vendo um novo rosto. Heyden não levantou o véu enquanto Alexander a guiava pela sala, apresentando-a a todos conforme andavam. Todos os vizinhos foram educados com ela, mas afastavam-se meio passo de maneira quase imperceptível, claramente perturbados com o anonimato de sua aparência e com a arrogância e a indiferença em suas maneiras, apesar de ela ter cumprimentado educadamente cada um deles pelo nome.

Havia algo... *alguma coisa* nela, Alexander pensou. Não conseguia pensar em uma palavra para defini-la.

Os vizinhos retomaram as conversas calorosas e bem-humoradas durante a hora e meia seguinte, enquanto se juntaram a eles os três convidados que restavam. Claramente, todos estavam agradecidos por terem sido convidados e sentiam-se felizes em conhecer o interior da casa, julgar por si mesmos seu mau estado, ver o conde em seu próprio meio social. Tinham vindo para agradar e serem agradados, para serem amáveis, fazer dele um amigo. Brambledean Court e o conde de Riverdale estavam, afinal, no centro da vila, e sua chegada aumentou a esperança de uma vida social mais vívida e melhor do que a que haviam desfrutado por anos ou, em muitos casos, durante toda a vida. As pessoas se sentavam, ficavam de pé ou se moviam livremente enquanto participavam do banquete que a sra. Mathers, cozinheira de Alexander, havia preparado com grande entusiasmo e engenhosidade em sua cozinha antiquada.

A srta. Heyden ficou sentada em meio a eles o tempo todo. Primeiro, ficou com o vigário, um coronel do exército aposentado e suas respectivas esposas. Em seguida, outros tomaram seus lugares, claramente curiosos sobre ela e gentis o suficiente para não a deixarem isolada. Ela não se moveu da cadeira que ele lhe havia oferecido depois de apresentá-la a todos. Não era antissocial. Ela falava quando tinha que falar e ouvia os outros com certo porte e graça. Bebeu seu chá sob o véu, mas não comeu nada.

Alexander descobriu que era difícil não estar ciente da presença dela a todo momento. Seria cruel dizer que ela era a única nota dissonante em uma calorosa e harmoniosa festa. Não era, mas todos que se aproximaram dela, de alguma forma, tornavam-se cordiais demais em sua presença, e ninguém ficou ao seu lado por mais do que alguns minutos. Seria impreciso descrevê-la como uma pessoa fria. Não era. Não era nem taciturna nem arrogante, nem qualquer outra coisa que um convidado não deveria ser. Era apenas... *diferente*. E tinha o véu. Com certeza, era o véu. Era um pouco como estar em uma festa que uma das convidadas havia confundido com um baile de máscaras, e não haver ninguém disposto a lhe dizer que ela se enganou. Todos pareciam um pouco constrangidos. Todos se esforçavam para não reparar em seu rosto encoberto.

Um dos fazendeiros arrendatários e a esposa foram os primeiros a se despedirem. Foi a deixa para todos os outros, embora a maioria parecesse terrivelmente relutante em ir.

— Tomei a liberdade — começou a dizer Alexander quando a srta. Heyden também se levantou — de mandar sua carruagem de volta para Withington, srta. Heyden. Gostaria de ter a honra de eu mesmo escoltá-la de volta para casa na minha.

Ela olhou fixamente para ele através do véu antes de se sentar novamente, sem dar uma só palavra e entrelaçando os dedos sobre o colo.

Alexander apertou as mãos de todos os convidados que partiram, um processo longo e lento, pois cada um desejava agradecê-lo profundamente pelo convite e pelo chá. Alguns pediram que ele passasse seus cumprimentos à cozinheira. Alguns esperavam, como havia acontecido em ocasiões anteriores, que ele permanecesse na região para que pudessem vê-lo mais vezes. Um ou outro perguntou sobre a sra. Westcott, sua mãe, e sobre Lady Overfield, sua irmã. Um fazendeiro arrendatário achava que o clima daquela primavera era um bom presságio às colheitas do ano, enquanto outro, ouvindo-o, argumentou que uma primavera seca e quente, muitas vezes, pressagiava um verão úmido e frio e uma colheita fraca. A jovem que tinha dado uma pirueta anteriormente repetiu sua sugestão de que a sala de visitas do conde seria divina para um baile. A mãe novamente a reprimiu. Mas, finalmente, todos foram embora, e Alexander pediu para prepararem sua carruagem.

A srta. Heyden se levantou novamente quando os dois ficaram sozinhos.

— O senhor dispensou minha carruagem sem me consultar, Lorde Riverdale — disse ela em um tom de clara reprovação.

Ele desejou não ter feito isso. Ficaria bastante feliz em vê-la voltando para casa, com a esperança de que nunca mais a visse. Teria gostado mais dela, talvez, se ela tivesse batido o pé e feito birra, mas seu aborrecimento era perfeitamente controlado. Ele cruzou as mãos atrás de si e olhou fixamente para ela. Bom Deus, ela era alta. Não estava acostumado a encarar uma mulher olho no olho — ou o que poderia ser visto dos olhos dela através do véu.

— Srta. Heyden, da última vez em que nos encontramos, me pediu em casamento. Não acha que devemos nos conhecer um pouco melhor antes de decidir se é isso o que nós dois queremos? A menos que, talvez, já tenha se decidido e deseje retirar seu pedido. Se este for o caso, enviarei uma criada para acompanhá-la e um lacaio extra para seguir com meu cocheiro.

— Não mudei de ideia. Está considerando minha proposta, então?

— Sim, estou — disse ele com relutância. — Seria um tolo se não o fizesse, mas estou certo de que nenhum de nós deseja se casar com pressa apenas para se arrepender depois, não é? — Ele gesticulou em direção às portas. — Acho que ouvi a carruagem se aproximando.

A srta. Heyden veio em sua direção, e ele abriu uma das portas para que ela passasse. Enquanto a seguia, considerou oferecer seu braço, mas decidiu não o fazer. Era uma violação do cavalheirismo, mas havia algo nela... Era como se estivesse cercada por um muro de gelo invisível. Embora fosse injusto pensar assim. Não havia nada frio em seu comportamento por definição, mas havia... *alguma coisa*. Ele ainda não havia pensado na palavra que sua mente procurava — se é que tal palavra existia.

De repente, ele se perguntou se aquele teria sido o primeiro evento social a que ela havia comparecido. Parecia inacreditável, já que tinha quase trinta anos. Mas... talvez realmente tivesse tido uma vida completamente reclusa até então. Talvez, durante toda a tarde, tivesse se sentido aterrorizada e se esforçado ao máximo para continuar ali. Ele a tinha desafiado a ter coragem de vir. E talvez ela tivesse demonstrado mais coragem do que ele poderia imaginar.

Ou talvez estivesse muito desesperada para se casar. No entanto, *desesperada* era uma palavra grosseira. *Ansiosa*, talvez. Talvez o desejo de encontrar alguém para casar — usando suas próprias palavras — tomou precedência sobre todo o resto. A possibilidade a fez parecer mais humana e, talvez, até um pouco mais simpática.

Ele ofereceu a mão para ajudá-la a subir na carruagem e ficou um pouco surpreso quando ela aceitou.

Ele havia mandado Maude para casa com a carruagem. Talvez, como seu possível futuro noivo, não tivesse sentido necessidade de manter o decoro. E *era* seu possível futuro noivo? Ele não tinha feito nem dito nada durante aquele medonho chá que sugerisse tal coisa. Não houvera insinuação alguma para os vizinhos, muitos dos quais conheciam seus tios e se compadeceram por sua perda, além de terem expressado prazer em conhecê-la. Ninguém realmente parecia encantado, no entanto, mas talvez fosse culpa dela. Sem dúvida, de fato, era.

Tinha sido, de longe, a pior tarde de sua vida... desde que tinha dez anos. Ela se acomodou no assento da carruagem de Lorde Riverdale e abriu espaço para que ele se sentasse ao seu lado, sentindo falta de sua própria carruagem. Havia esperado pelo que parecia uma eternidade, mas, na verdade, tinham sido menos de duas horas de provação, para que pudesse, finalmente, desmoronar em sua carruagem, fechar os olhos e sentir o conforto da presença de Maude ao seu lado. Não podia fazer isso, no entanto, estando ali com ele. Simplesmente não podia. Ele era muito viril e bonito, e o mundo era um lugar vasto e cheio de pessoas.

Desejou ficar em posição fetal, no assento ou no chão, não importava. Ela não sabia como controlaria o pânico por... Quanto tempo levava uma viagem de treze quilômetros? Não conseguia pensar com clareza.

— Vai erguer o véu? — perguntou ele enquanto a carruagem se afastava das portas de entrada.

Ele não *compreendia*? O que ela precisava era de um véu extra para jogar por cima do outro — para jogar por cima de todo seu corpo. Queria desesperadamente ficar sozinha, mas não fazia sentido lançar sua raiva contra ele. Era a única culpada por aquele pesadelo. Recuaria agora? Tinha tomado a decisão e planejado seu percurso com deliberada frieza. Ela levantou as mãos e ergueu o véu até a aba do chapéu, mas virou a cabeça ligeiramente em direção à janela do lado esquerdo.

— Obrigado — disse ele. E, depois de alguns momentos de silêncio, acrescentou: — Sempre foi reclusa, srta. Heyden?

— Não — respondeu ela. — Como proprietária de um próspero negócio, não fico apenas sentada em casa o ano todo, recolhendo os lucros enquanto outras pessoas criam planos, tomam decisões e fazem todo o trabalho. Aprendi o ofício com meu tio e passei longas horas com ele nas oficinas, com os artesãos, e nos escritórios, com a equipe administrativa e criativa. Sou uma mulher de negócios em mais do que apenas no título.

Os tios cederam a muitos de seus caprichos e respeitaram sua liberdade, mas tinham sido muito insistentes em dar-lhe uma educação apropriada — algo a que ela certamente não tivera acesso até os dez anos. Eles contrataram a srta. Briggs, uma tutora idosa que parecia querida e amável. De certa forma, ela era, mas também tinha imposto um currículo acadêmico desafiador à sua pupila e não apenas encorajava a excelência como insistia nela. A srta. Briggs também lhe ensinou boas maneiras, ética, elocução e habilidades sociais, como ter uma conversa educada com estranhos. Ela foi finalmente dispensada no dia seguinte ao aniversário de dezoito anos de Wren, recebendo uma confortável pensão e uma pequena casa de campo com telhado de palha, para a qual o tio de Wren, às suas próprias custas, tinha trazido a amada irmã da tutora, que vivia do outro lado do país, para morar com ela.

A verdadeira educação de Wren, no entanto — ou o que ela considerava sua verdadeira educação —, era proveniente das mãos do próprio tio. Um dia, quando ela tinha doze anos, depois de levá-la para as vidrarias, ele percebeu que uma paixão por aquele que fora o trabalho de sua vida havia sido despertada nela. *Eu mal consegui dizer uma palavra durante todo o caminho para casa*, disse ele à tia Megan mais tarde. *E perdi a conta do número de perguntas que ela fez depois das primeiras 39. Temos uma jovem prodígio aqui, Meg.*

— A senhorita morou com seus tios por toda a vida, até eles falecerem? — perguntou o conde de Riverdale.

— Desde os meus dez anos. Minha tia me levou para a casa do meu tio em Londres... isso foi antes de ele vendê-la... e eles se casaram uma semana depois.

— A senhorita tem o nome dele.

— Eles me adotaram — pontuou ela. Wren não teve certeza se era uma adoção legal até depois da morte do tio, quando encontrou o certificado entre seus papéis. A assinatura de seu pai constava no documento; seu estômago se revirou com o choque quando viu.

Houve outro breve silêncio. Talvez ele estivesse esperando por mais detalhes.

— A senhorita tem um jeito — começou a dizer, enfim — de voltar os olhos para mim enquanto fala, mas sem virar o rosto. Deve ser difícil para seus olhos. Não vai virar a cabeça também? Eu vi o lado esquerdo do seu rosto quando a visitei, e caso se lembre, não fugi da sala gritando, não fiz caretas de horror nem entrei em pânico.

Ela quis rir diante das palavras inesperadas, mas virou o rosto para ele em vez disso. Será que nunca seria capaz de agir com naturalidade? Mas haveria outra ocasião para tal? Ainda não tinha certeza se desejava continuar com aquilo — ou se ele desejava.

— Realmente não é horrível, sabe? — disse ele, depois de deixar seus olhos percorrerem o rosto dela. — Consigo entender que isso a incomode. Consigo entender que, como uma jovem dama, lamente pelo que a senhorita considera uma grave mancha em sua aparência, mas não chega a ser feia, embora eu entenda que qualquer um que olhe, decerto, a notará imediatamente. Alguns ainda evitarão manter contato com a senhorita. Essas são as pessoas que não merecem sua consideração, de qualquer forma. A maioria, no entanto, certamente vai olhar e deixar para lá. Embora eu tenha reparado na primeira vez e novamente agora, poderia apostar que, depois de vê-la mais algumas vezes, não vou sequer reparar mais na marca. Será simplesmente você.

Vê-la, ele dissera, não *se eu a visse*. Ele esperava vê-la novamente, então? Ela soltou um leve suspiro. O tio costumava dizer a mesma coisa que Lorde

Riverdale acabara de dizer. *Que marca de nascença?*, ele dizia se alguma vez a mancha era referida e, então, fingia surpresa enquanto olhava para ela. Às vezes, pedia que ela olhasse para ele frente a frente, então franzia a testa e olhava seu rosto de um lado para o outro, dizendo algo como: *Ah sim, as marcas roxas ficam no lado esquerdo. Não conseguia me lembrar.*

— E como era antes dos seus dez anos? — perguntou o conde quando ela não disse nada. — Seus pais faleceram?

— Minha vida começou quando eu tinha dez anos, Lorde Riverdale — disse ela. — Não me lembro de nada antes disso.

Ele olhou fixamente para ela, um leve franzir entre suas sobrancelhas. O conde não insistiu mais na questão, no entanto.

Era hora de virar o jogo contra ele, já que parecia que ela não poderia simplesmente ficar em posição fetal no chão nem ceder ao pânico que ainda a feria por dentro.

— E a sua vida antes de herdar o título? — perguntou. Ela conhecia alguns fatos básicos, mas não detalhes.

— Era monótona, mas feliz. Monótona de falar a respeito, feliz o suficiente para viver — disse ele. — Tive meu pai até sete anos atrás e tenho uma irmã, de quem gosto muito. Nem todos têm tanta sorte com os irmãos. Meu pai era dedicado a seus cães, a seus cavalos e à caça. Ele era amável e querido, e bastante pobre, receio. Demorei cerca de cinco anos depois de sua morte para colocar Riddings Park nos eixos novamente. Naquele tempo, minha irmã tinha sido libertada de um infeliz casamento depois do falecimento prematuro do marido e foi morar com minha mãe e comigo novamente, e eu estava me acomodando na vida que esperava levar com pouquíssimas mudanças até minha morte. Havia apenas um leve solavanco no meu destino: o fato de eu ser herdeiro de um jovem conde de vinte anos, de quem se esperava um casamento e um herdeiro nos próximos anos, mas parecia uma preocupação banal. Harry era saudável e um rapaz bastante decente. A senhorita se deu ao trabalho de pesquisar alguns fatos sobre mim. Sem dúvida, sabe exatamente o que aconteceu para materializar todas as minhas preocupações.

— O pai do jovem conde havia se casado com a mãe dele em bigamia — disse ela —, como resultado, o conde era ilegítimo e não mais elegível para o título, que passou para o senhor. Qual é... ou era... sua relação com ele?

— Primo em segundo grau. Harry e eu somos bisnetos do venerável Stephen Westcott, conde de Riverdale.

— O senhor não queria o título?

— Por que eu deveria? — perguntou ele em seguida. — Isso me trouxe deveres, responsabilidades e dores de cabeça em troca de ser chamado pela duvidosa condecoração de *conde de Riverdale* e de *milorde*, em vez do simples Alexander Westcott, que sempre achei um nome bastante distinto.

Muitos homens teriam matado por tal título, ela pensou, mesmo sem uma fortuna vinculada. Ela ficou intrigada ao descobrir que significava pouco para ele. O respeito, até mesmo a admiração, com que os vizinhos o trataram durante o chá, claramente não importava. Alexander preferia estar de volta a sua preciosa Riddings Park, onde sua vida tinha sido monótona, mas feliz o suficiente, usando sua própria descrição.

Antes de conhecê-lo, ela esperava que fosse um altivo e presunçoso aristocrata — por isso era o terceiro de sua lista em vez do primeiro. Era o que ela esperava mesmo quando o viu pela primeira vez.

De repente, ela se deu conta de como estavam sozinhos e próximos no confinamento da carruagem dele e sentiu novamente todo seu desconforto diante da masculinidade deslumbrante daquele homem. Não era apenas sua aparência perfeita. Havia algo a mais nele que, de alguma forma, fazia com que a respiração dela ficasse presa na garganta e o ar ao redor parecesse sufocante. Era algo que nunca tinha experimentado antes — mas como poderia?

— O senhor já considerava se casar antes de herdar o título? — perguntou a ele.

O conde ergueu as sobrancelhas, mas não respondeu de imediato.

— Sim — disse ele.

— E tinha alguém em mente? — Ela esperava que a resposta fosse "não".

— Não — falou ele, e ela não achou que estivesse mentindo.

— O que procurava? — perguntou ela. — Que tipo de... qualidades? — Não era da sua conta, de qualquer maneira, e a resposta... se ele respondesse, de fato... poderia apenas lhe trazer dor ou constrangimento. Dificilmente ele diria que estava à procura de uma varapau reclusa e desajeitada, com um rosto arruinado e envolvimento pouco feminino nos negócios, e de quase trinta anos. Diria?

— Nenhuma em particular. Apenas esperava encontrar alguém com quem eu pudesse me sentir confortável.

Parecia uma resposta estranha para um homem com a aparência dele e que tinha muito a oferecer antes mesmo de herdar Brambledean.

— Não procurava por amor? — perguntou ela. — Ou beleza?

— Esperava afeto em meu casamento, certamente, mas beleza por si só? Existem muitos tipos de beleza, muitos dos quais não são imediatamente perceptíveis.

— E conseguiria se sentir confortável comigo? — indagou Wren. — Conseguiria sentir afeição por mim? — Ela não perguntaria, é claro, se ele conseguiria achá-la bonita.

Ele olhou para ela por tanto tempo que ela teve que se esforçar para não virar o rosto. Aquela tarde terrível não terminaria nunca?

— Só posso ser honesto com a senhorita — disse ele, finalmente. — Eu não sei.

Bem, ela tinha pedido por isso. Esperava que ele mentisse? Pelo menos, tinha sido cavalheiro o suficiente para lhe dar uma resposta diplomática. Se a viagem não terminasse logo, ela certamente gritaria, mas não foi capaz de deixar para lá.

— Meu dinheiro seria um preço muito alto?

— Há uma grande dor por trás de suas palavras. É a sua dor que me faz hesitar, srta. Heyden.

Foi como se ele a tivesse socado no estômago, tão inesperada sua resposta. O que ele sabia sobre dor? Especialmente, sobre a dor *dela*?

— É uma qualidade pouco atraente? — perguntou ela com toda a altivez que pôde reunir. E virou a cabeça.

— Ah, não. Pelo contrário.

Ela franziu a testa, sem conseguir compreender, mas ele não explicou e não havia mais chance para perguntas. Porque, finalmente, *finalmente*, a distância entre Brambledean e Withington tinha sido cruzada e a carruagem estava desacelerando em frente à sua própria porta.

— Posso convidá-la de novo? — indagou ele.

Ela teria sido uma tola em concordar. Abriu a boca para dizer não. Suas emoções eram tão cruas que sentia como se fossem feridas reais e físicas. A privacidade de seu quarto ainda parecia estar a quase dois milhões de quilômetros de distância, mas todo o seu futuro estava pendendo na balança — entre a simplicidade de um *sim* ou um *não*.

Ah, esse plano parecia tão cheio de esperança e possibilidade quando o elaborou... Como poderia sequer imaginar que era possível?

— Sim — disse ela ao ver o cocheiro do lado de fora de sua porta, esperando por um sinal de seu senhor para abri-la.

3

O fato era, Alexander pensou enquanto fazia a mesma viagem quatro dias depois, que sonhos antigos tinham o hábito irritante de permanecerem muito tempo depois de não terem encontrado um lugar real em sua vida.

Ele não era sonhador, pois sempre se sentira compelido a colocar o dever e a responsabilidade acima de suas inclinações pessoais, e os dois não eram compatíveis. Tinha colocado seus sonhos de lado quase sete anos antes, quando o pai falecera. Alexander havia trabalhado incansavelmente para ajustar as coisas em Riddings Park, mesmo sendo ainda muito jovem. Tinha cometido o erro de reviver aqueles sonhos havia mais ou menos um ano, quando Riddings estava finalmente prosperando, mas, então, teve que recomeçar tudo em Brambledean Court.

Desta vez, no entanto, a tarefa era muito mais assustadora. A vida e o sustento de outras pessoas estavam em jogo. E a única maneira de resolver a situação era casando-se por dinheiro. Ele tentou pensar em alternativas, mas não havia nenhuma. Qualquer hipoteca ou empréstimo teria de ser liquidado. Qualquer esperança de ganhar uma grande fortuna nas corridas ou nas mesas de jogos era, no mínimo, arriscada. Poderia facilmente gerar uma enorme perda. Ele teria que se casar.

O sonho, quando ele havia se permitido sonhar, era o eterno desejo dos jovens esperançosos, ele supunha — aquela ideia de viver algo mais maravilhoso e mágico que alguém já tivesse vivenciado, uma grande paixão, o romance que inspirava as poesias mais memoráveis do mundo. Era um pouco constrangedor lembrar-se disso agora. Era pouco provável que tivesse encontrado um amor assim, de qualquer maneira, mas ainda sentia um anseio por algo além do que pudesse esperar, alguma... paixão. Não era para ser, no entanto. A vida tinha outros planos para ele.

Ele olhou para as sebes floridas, para as árvores cujas folhas ainda exibiam um verde-vivo primaveril, para o céu azul, coberto com fofas nuvens brancas, para o sol, que aquecia tudo ainda com o frescor da primavera em vez do calor abafado do verão. Podia sentir os aromas da natureza, que vinham do campo através da janela aberta, podia ouvir os pássaros cantando por cima do som das rodas da carruagem e do barulho dos cascos dos cavalos. A vida era boa, apesar de tudo. Ele precisava se lembrar disso. Era fácil não perceber as bênçãos quando estava ocupado apenas com que poderia ter acontecido. Os sonhos eram bem-vindos, mas não poderiam invadir a realidade.

Ele planejava ir a Londres antes da Páscoa, embora a sessão parlamentar e a temporada social fossem começar depois do feriado. A Temporada era, muitas vezes, tratada como um grande mercado matrimonial, e ele tinha planejado adquirir uma esposa rica no evento daquele ano — era um pensamento medonho, uma terminologia medonha, uma realidade medonha. Como se mulheres fossem mercadorias. Mas, muitas vezes, elas eram. Ele poderia esperar ter sucesso na Temporada. Afinal, era jovem e nobre. Havia, é claro, sua relativa pobreza, mas realmente era algo apenas *relativo*. Pouco mais de um ano antes, ele era o sr. Westcott de Riddings Park, um próspero solteiro elegível. Tinha pavor do mercado casamenteiro. Era possível que tivesse sido poupado da provação de encontrar uma esposa rica antes mesmo de a Temporada começar?

Ainda não sabia exatamente por que estava viajando até lá. E por que as distâncias sempre pareciam se encurtar quando não se queria chegar ao destino?, perguntou-se quando a carruagem virou na entrada de Withington House. Talvez não devesse ter vindo novamente. Havia algo na srta. Heyden que o repelia. Não era seu rosto. A mulher não podia evitar aquilo, e ele acreditava plenamente no que dissera a ela, que logo se acostumaria com seu rosto e nem notaria mais a marca de nascença. Também não era sua altura, embora ter quase 1,80 metro pudesse intimidar muitos homens, mas ele era mais alto. Não, não tinha nada a ver com aparência.

O que o repelia era, paradoxalmente, a mesma coisa que o trazia de volta. Sua dor. Uma dor profundamente guardada. O véu lhe encobria mais do que o rosto, na verdade. A dor estava envolta de uma maneira friamente equilibrada, mas ele conseguia ouvir os gritos que vinham das profundezas dela e sentia-se horrorizado e fascinado ao mesmo tempo. Horrorizado porque não queria se envolver e porque suspeitava de que a dor poderia engoli-la se a firmeza vacilasse. Ele era compelido por ela, no entanto, porque era humana e ele tinha sido abençoado ou amaldiçoado com compaixão pelo sofrimento humano.

Mas, independentemente de todos os pensamentos e dúvidas que fervilhavam em sua mente e o impediam de desfrutar adequadamente a paisagem, ali estava ele. E, agora, era tarde demais. Provavelmente, ela teria ouvido sua chegada, embora não esperasse sua visita especificamente naquele dia, e um cavalariço já vinha dos estábulos. Talvez ela estivesse fora, embora parecesse pouco provável, já que era uma pessoa reclusa.

Ela não estava fora, mas também não estava na sala de visitas. Veio até ele alguns minutos depois de o conde ser anunciado, seu vestido cinza com aparência desgastada e um pouco amarrotado, seu cabelo torcido em um simples e desgrenhado coque baixo, sua bochecha direita ruborizada — e, sim, ele podia ver esse detalhe porque ela não usava véu. Parecia um pouco sem fôlego, com um brilho nos olhos, e, pela primeira vez, lhe ocorreu que a srta. Heyden era mais do que insipidamente bonita. Ela era muito bonita.

— Lorde Riverdale — cumprimentou ela.

— Peço desculpas — disse ele. — Eu a peguei de surpresa. Este é um momento inoportuno?

— Não. — Ela atravessou a sala e ofereceu-lhe a mão. — Eu estava calculando a soma de uma extensa coluna de números. Terei de recomeçar quando voltar, mas é culpa minha por não a ter subdividido e feito uma seção por vez. Não esperava sua visita novamente e estava tão absorta que sequer ouvi sua chegada. Espero não tê-lo feito esperar muito tempo.

— De jeito nenhum. — Ele pegou a mão dela e demorou seu olhar por um tempo. Claramente, a havia surpreendido, fazendo com que levasse alguns momentos para vestir a costumeira armadura. Estava acontecendo, porém, diante de seus olhos. Sua respiração estava sendo controlada. O rubor estava se esvaindo de sua bochecha, assim como o brilho de seus olhos. Seus modos estavam se tornando mais frios e mais compostos. Foi uma notável transformação.

Os olhos dela caíram para as mãos dadas, e ela retirou a sua.

— E então? — indagou ela. — Reparou hoje?

Que não estava usando o véu? Mas ele logo entendeu o que ela queria dizer — *embora eu tenha reparado na primeira vez e novamente agora, poderia apostar que, depois de vê-la mais algumas vezes, não vou sequer reparar mais na marca.*

— Sim, reparei — disse ele. — Mas é apenas a terceira vez que a vejo. Ainda não recuei, no entanto, nem corri da sala gritando.

— Talvez — falou ela — esteja muito desesperado pelo meu dinheiro.

Ele puxou o ar lentamente antes de se permitir responder.

— E talvez, srta. Heyden, eu lhe dê licença e permita que volte a contar a partir do topo daquela coluna de números novamente.

A cor voltou a inundar sua bochecha.

— Perdoe-me — pediu ela. — Eu não deveria ter dito isso.

— E *por que* disse? — perguntou ele. — A senhorita se valoriza tão pouco a ponto de acreditar que apenas o seu dinheiro lhe dá valor?

Ela estava ponderando a questão com seriedade, ele podia ver. Estava pensando a respeito.

— Sim.

Foi o momento em que ele realmente deveria ter se retirado. Era uma resposta devastadora e sequer tinha sido dada às pressas. Ele não poderia assumir tamanho desalento, mesmo que ela tivesse todas as riquezas do mundo para lhe oferecer. Meu Deus, tudo por causa de uma marca de nascença disforme?

— O que *aconteceu* com você? — indagou o conde, mas ergueu a mão enquanto dizia as palavras. — Não. Não tenho direito a uma resposta, mas *não* vou me casar com a senhorita apenas pelo seu dinheiro, srta. Heyden. Se realmente acredita que não tem mais a oferecer além disso e se acredita que não tenho nada mais que a oferecer além do matrimônio em troca do seu dinheiro, então diga agora e vamos acabar com isso. Vou embora e nunca mais precisará me ver.

Ela demorou muito para responder. Recuou ainda mais para dentro da casca fria de si mesma, tornando-se aparentemente mais alta, mais esguia, mais firme, mais austera — bom Deus, a mulher realmente não precisava de um véu, exceto para esconder a marca de nascença. Ela era capaz de se esconder de forma bastante eficaz em plena visão. Ele se sentiu gelado e repelido novamente. Quis que ela dissesse logo e rezou para que não o fizesse.

— Eu acho — disse ela finalmente — que o senhor é um bom homem, Lorde Riverdale. Acho que merece e... precisa de mais do que eu poderia oferecer. Foi colocado em uma situação desesperadora, agravada pelo fato de ser um homem consciente. Não posso trazer nada *além* de dinheiro. Vá e encontre outra pessoa... com meus sinceros votos de felicidade.

Bom Deus!

Ela até deu um passo para o lado, com as mãos entrelaçadas na altura da cintura, para dar-lhe acesso livre à porta.

Ele deu outro longo suspiro e respirou profundamente de novo antes de dizer qualquer coisa. *Por que não ia embora simplesmente?*

— Já esteve lá fora? — perguntou a ela. — Está um lindo dia de primavera. Mesmo quente, há um certo frescor. E a senhorita parece ter um lindo e vasto jardim. Venha caminhar comigo, e vamos deixar para trás este tenso drama que estamos encenando e falar sobre o clima e as flores e o que é agradável e significativo em nossas vidas. Vamos nos conhecer um pouco melhor.

A mulher nunca dizia nada com pressa. Ela o encarou em silêncio por vários instantes antes de responder:

— Vou buscar um xale e um chapéu — avisou por fim. — E trocar meus sapatos.

Realmente era um lindo dia. Do lado de fora da porta, ao pé dos degraus da entrada, Wren ergueu o rosto para o céu e inalou profundamente.

— Não é estranho — disse ele — que precisemos de toda a melancólica chuva nestas úmidas ilhas britânicas para poder apreciar a beleza exuberante de jardins como este?

— Já vi pinturas de terras onde quase não se chove — contou ela. — Vegetação seca ou completo deserto. No entanto, mesmo assim, parecem ter uma espécie de beleza própria. Nosso mundo é feito de contrastes, assim como a própria vida. Talvez jamais pudéssemos desfrutar de uma coisa se também não houvesse a outra, ou daqui se lá também não existisse, ou do agora se não houvesse o antes.

— Ou de um rosto com o lado direito perfeito se não houvesse também um lado esquerdo marcado.

Ela se virou para ele, espantada. O conde estava sorrindo e ria com os olhos. Mas, em vez de se ofender com suas palavras, ficou... detida.

— *Perfeito?*

— A senhorita já deve ter ouvido isso antes — respondeu ele.

Não tinha. Mas, até então, pouquíssimas pessoas a tinham visto. Ela não gostava do rumo que a conversa estava tomando.

— Venha ver a ladeira de narcisos — falou ela, virando à direita e caminhando diagonalmente pelo gramado, na direção sul.

Sua tutora havia investido muito tempo e esforço em ensiná-la a dar pequenos passos como uma dama, e ela *havia* aprendido. Não tinha marchado pela sala de Brambledean há alguns dias, por exemplo, mas ainda andava a passos largos em quase todos os lugares, especialmente quando estava ao ar livre, suas longas pernas se movendo em um ritmo tranquilo.

Ele caminhou confortavelmente ao lado dela. Ela não conhecia muitos homens. Aliás, não conhecia muitas *pessoas*, mas a maioria dos homens que conheceu era mais baixa que ela. Seu tio era um palmo inteiro mais baixo. O conde de Riverdale era alguns centímetros mais alto, devia ter mais de 1,80 metro.

Ela realmente não esperava que ele voltasse, embora ele tivesse perguntado se poderia. Não havia mencionado um dia específico e isso parecia significativo para ela. Desejou que estivesse vestida com um pouco mais de decência, mas não gostava da ideia de deixá-lo esperando enquanto se trocava e arrumava o cabelo. Além disso, estava usando um chapéu agora.

— É um caramanchão de rosas ao lado da casa? — perguntou ele, indo em sua direção.

— Sim. Criação, orgulho e alegria da minha tia. Ela amava seu jardim, e seu jardim a amava. Eu poderia plantar uma fileira de sementes de flores na distância correta entre elas e na profundidade e época do ano certas. Eu poderia cobri-las cuidadosamente com terra e as regar diligentemente... e nunca mais as ver. No final, sugeri uma justa divisão de trabalho: ela plantava e eu apreciava.

— Sente falta dela? — indagou ele. — E seu tio? Foi há quanto tempo exatamente?

— Quinze meses. Achava que a dor se enfraqueceria com o passar do tempo. Então, pensei que, uma vez que meu ano de luto terminasse e acabassem as vestes pretas, também acabaria o pior da minha dor. E talvez isso tenha acontecido. Mas, às vezes, acho que prefiro a dor ao vazio. Pelo menos, a dor é *alguma coisa*. Me dei conta, suponho, de que eles não estão simplesmente mortos... Eles se *foram*. Não há mais nada onde estavam.

Atravessaram o bosque e a ponte arqueada de pedra, que, havia cinco anos, substituiu uma antiga ponte de madeira surrada sobre o riacho que borbulhava morro abaixo e que ela podia observar e ouvir por horas quando estava sozinha. E eles chegaram ao topo da longa encosta que limitava o oeste do jardim. Uma ou duas semanas antes, tinha sido densamente acarpetado com narcisos dourados e suas folhas de um verde-vivo. Alguns deles haviam morrido, mas ainda havia uma impressionante exibição.

— O caramanchão de rosas é lindo no verão — disse ela —, mas sempre tive preferência por este morro na primavera. Os narcisos crescem na natureza.

— E a senhorita prefere a natureza ao cultivo?

— Talvez. Não tinha pensado dessa forma, mas não há flor mais adorável do que o narciso. Uma trombeta dourada de esperança. — Ela se sentiu uma completa boba. *Uma trombeta dourada de esperança*, de fato.

— Podemos descer? — perguntou ele.

— Sim. Eles são ainda mais bonitos lá de baixo.

Ele ofereceu a mão. Ela hesitou. Não precisava de sua assistência. Já estivera para cima e para baixo naquele morro cerca de mil vezes. Ficava sentada em meio aos narcisos, abraçando os joelhos. E, entre eles, deitada de braços abertos, sentindo a terra girar abaixo dela e observando o céu rodar acima. Mas, se ia se casar com ele — e, aparentemente, era um grande *se* de ambas as partes —, teria que se acostumar com seu cavalheirismo. A srta. Briggs tinha lhe ensinado todos os pormenores da gentileza — como era esperado que um cavalheiro se comportasse diante de uma dama e como era esperado que ela se comportasse diante dele. Ela repousou a mão na palma dele, que a apertou com calor e firmeza enquanto desciam o morro devagar, o que a fez se sentir quase delicada e feminina. Ela costumava correr encosta abaixo. Às vezes, até abria os braços, como asas, e gritava, mas não gostaria que ele ficasse escandalizado...

Talvez, ela pensou quando eles chegaram lá embaixo, suas costas quase tocando a rústica cerca de madeira, olhando para cima — sua mão ainda na dele —, talvez se ela vestisse amarelo ou verde, ou alguma outra cor que não o cinza ou o lavanda do meio-luto, pudesse recuperar sua vitalidade mais rapidamente. Talvez o vazio parecesse menor. A cor das vestes de uma pessoa poderia afetar seu espírito?

— A senhorita gostava muito deles — declarou ele.

Ele estava falando sobre seus tios novamente. Ela sabia que não era apenas conversa fiada. Ele estava tentando conhecê-la. Provavelmente, gostaria que ela o conhecesse também. Wren não tinha pensado nisso com antecedência. De alguma forma, esperava escolher um homem quase que apenas por instinto, simplesmente com um pouco de pesquisa e muito pouca intimidade, fazer sua oferta, ser aceita, casar-se com ele e... E o quê? Viver feliz para sempre? Não, não era tão tola. Ela só queria se casar. Casar-se de qualquer jeito. Queria as coisas físicas, queria filhos. No plural, definitivamente no plural. Não tinha pensado muito em conhecer o marido escolhido, ou em permitir que ele a conhecesse. Era quase como se esperasse que a vida de casal começasse no dia em que se conhecessem. Sem mundo exterior. Sem histórias. Sem bagagem.

Não seria assim. Não com ele, de qualquer maneira. *Não vou me casar com você apenas pelo seu dinheiro, srta. Heyden*. Ele não descartara se casar com ela. Nem tinha dito que não se casaria com ela por dinheiro, mas que não se casaria com ela *apenas* pelo dinheiro. O que certamente significava que ele não se casaria com ela de jeito nenhum.

A senhorita se valoriza tão pouco...

— Eles foram minha vida e minha salvação — disse ela. — Eu sabia que perderíamos o meu tio. Ele tinha 84 anos, seu coração estava fraco e já vinha com dificuldades para respirar. Não descansava com a frequência que muitos nessas condições teriam feito e nunca reclamou. Era ainda mais ativo do que talvez devesse e sua mente continuava afiada, mas ele abrandou consideravelmente, e todos sabíamos que o fim se aproximava. Teria sido terrivelmente triste, e eu lamentaria a perda por muito tempo, mas teria sido... Qual é a palavra? Aceitável? No curso natural das coisas, todos perdem parentes idosos. Ninguém vive para sempre, mas foi tão repentino, tão inesperado a tia Megan morrer antes dele que... — Ela engoliu em seco, mas não conseguiu continuar.

Não precisava, contudo. Estava claro, e o aperto dele em sua mão demonstrou empatia.

— Peço desculpas. Não sou a única que já perdeu entes queridos. O senhor também perdeu pessoas que amou.

— Meu pai — falou. — Frequentemente, ele me exasperava. Seus princípios de vida eram muito diferentes dos meus. Ele viveu para aproveitar a vida, e assim o fez. Talvez eu só tenha percebido o quanto o amava depois de sua morte, e o quanto ele me amava.

Juntos, em um consentimento silencioso, eles começaram a subir a colina novamente, escolhendo o caminho entre os narcisos para não esmagar nenhum deles.

— Sua tia também era idosa? — perguntou ele.

— Ah, de modo algum — respondeu. — Ela tinha 54 anos. Tinha 35 anos quando me levou a Londres para uma visita na casa do homem que se tornaria meu tio. Foi até lá para perguntar se ele poderia ajudá-la a encontrar um emprego. Já havia trabalhado para ele como dama de companhia de sua primeira esposa, que havia ficado inválida por muitos anos. Ele se casou com a tia Megan uma semana depois e fomos morar juntos. Eram felizes. Compartilharam desta felicidade comigo e me adotaram. Eu era a mais abençoada dos mortais. Ainda sou. Ele me deixou uma vasta fortuna, Lorde Riverdale. O senhor terá o direito de saber quão vasta, é claro, se decidir levar as coisas adiante entre nós.

Ela estava ciente de que havia deixado mais perguntas do que respostas. Ele tinha todo o direito, supôs, de fazer essas perguntas, mas ela esperava que não fizesse. Eles estavam de pé na ponte, olhando para a água borbulhante; ela deslizou a mão quando percebeu que ainda estava apertada na dele e juntou as pontas do xale. Estava mais frio ali à sombra das árvores.

— Há algo de calmaria no som da água, não? — disse ele, e ela soube que ele não ia fazer outras perguntas. — E nesta vista.

— Sim, há. Adoro vir aqui mesmo quando os narcisos ainda não floriram. Há a ilusão de uma vida reclusa e serena. Ou talvez não seja ilusão. Talvez seja real. O que aconteceu com seu jovem primo, que perdeu o título para o senhor no ano passado?

— Harry? — Riverdale virou a cabeça para olhar para ela brevemente. — Ele está na Península, lutando contra os exércitos de Napoleão Bonaparte como tenente do 95º Regimento de Infantaria, também conhecido como os Rifles. Afirma estar gostando enormemente da experiência, embora tenha sido ferido algumas vezes e seja uma fonte constante de preocupação para a mãe e as irmãs. Eu não teria esperado menos do rapaz, no entanto. Sempre foi cheio de energia e entusiasmo pela vida e não é do tipo que se lamenta ou se amargura por causa de circunstâncias que estão além de seu controle. No entanto, teve muita coisa arrancada dele. As mudanças na minha vida não são nada comparadas às mudanças na vida dele, além do conhecimento de que o pai enganou a mãe da pior maneira possível e insensivelmente causou sua ilegitimidade e das irmãs. Sinto-me culpado com o resultado de tudo isso, como se, de alguma forma, fosse parcialmente responsável por sua miséria. Teria recusado o título se pudesse. Infelizmente, não foi possível.

— E as irmãs dele? — perguntou ela.

— Camille e Abigail — pontuou Riverdale. — Foram morar com a avó materna em Bath. Camille escolheu dar aulas no orfanato onde Anna cresceu... a única filha legítima do pai deles, agora a duquesa de Netherby. E se casou com o professor de artes no verão passado. Ele é também um pintor de retratos de renome e recebeu uma herança inesperada no ano passado. Os dois moram em uma grande mansão nas colinas acima de Bath e administram um retiro que oferece um lugar tranquilo para estudos e aulas em uma ampla gama de assuntos, de dança a teatro, pintura e escrita. Palestras, concertos e peças. Às vezes, as crianças do orfanato vão lá para participar de piqueniques e festas. Eles têm dois filhos adotivos, e um filho biológico está a caminho. Camille foi uma grande surpresa para todos nós. Não havia dama mais apropriada ou arrogante ou, francamente, mais antipática do que era como Lady Camille Westcott.

— O desastre que aconteceu com ela, então, foi na verdade uma bênção?

— Acredito que sim — concordou ele —, embora pareça quase cruel dizer isso. Primeiro, a mãe foi morar com o irmão, que é clérigo em Dorsetshire, mas foi persuadida a voltar para sua antiga casa em Hampshire com Abigail, a irmã mais nova. Hinsford Manor, na verdade, pertence à Anna, e, a seu pedido, as senhoras se mudaram para lá. Todos ainda estão tentando aceitar as mudanças em suas vidas, eu suspeito, assim como o resto dos membros da família Westcott. Às vezes, me sinto impotente.

— Mas o senhor não está na mesma situação? — perguntou ela. — Não é, de fato, um dos protagonistas desse tumulto?

— Aquele que parece ter se beneficiado mais — disse ele. — Muitas vezes, receio que Harry, a mãe e as irmãs me odeiem, embora, para ser justo, nunca tenham demonstrado qualquer ressentimento abertamente.

— O resto da família os apoia? — indagou ela. — Ou os têm evitado?

— Ah, isso nunca. Os Westcott se uniram: a condessa viúva, prima em primeiro grau de meu pai, suas três filhas e suas famílias. Então, há o duque de Netherby, cujo pai arranjou um segundo casamento com uma das filhas de Westcott. O atual Netherby foi guardião de Harry até seu vigésimo primeiro aniversário, que aconteceu recentemente. Foi ele quem providenciou a patente de Harry. E há minha mãe e minha irmã. No entanto, a prima Viola, a ex-condessa, suas filhas e Harry não estavam dispostos a aceitar qualquer tipo de apoio da família Westcott. A prima Viola estava convicta de que, como seu casamento nunca havia sido válido, ela não tinha parentesco algum conosco. Agora, até se apresenta pelo nome de solteira: Kingsley. Camille e Abigail também sentiram a ilegitimidade profundamente e escolheram sair de cena e chorar as mágoas por um tempo. A propósito, haverá uma prova escrita sobre todas essas conexões familiares quando voltarmos para casa.

Ela virou o rosto para ele e sorriu. Gostava de seus ímpetos de humor.

— Mas seria muito fácil passar com louvor — falou ela. — O senhor não me disse os nomes de todos os Westcott, seus cônjuges e filhos.

— Primeiros nomes, sobrenomes e títulos? A senhorita precisaria de uma semana de estudo.

Wren liderou o caminho pela ponte, e eles caminharam lado a lado pelo bosque até voltarem ao gramado. Ela o levou ao caramanchão de rosas, embora não houvesse muito a se ver por lá no início do ano. Ele tinha sido muito acessível com ela. Ela havia lhe oferecido pouco em troca.

— Meu tio era de uma família pequena e viveu mais que os parentes. — disse ela. — Não teve filhos com a primeira esposa nem com a tia Megan. Ambos foram gentis o suficiente para me dizer que eu era a única filha que eles quiseram ter.

Ela quase podia vê-lo debater consigo mesmo se perguntaria sobre as conexões de sua tia. Seu rosto estava virado em direção a ela, embora ela deliberadamente não olhasse de volta.

— No verão — continuou ela antes que ele pudesse falar novamente —, eu seria capaz de encontrar o caramanchão de rosas de olhos fechados, se alguma vez fosse tola o suficiente para tentar. Até eu devo admitir que rosas têm toda a vantagem sobre os narcisos quando se trata do perfume.

Eles mantiveram a conversa longe de tópicos pessoais pelo resto da visita. O conde não voltou a entrar na casa com ela quando retornaram, mas se despediu, garantindo que não precisava mandar sua carruagem para a frente da casa.

Ele não mencionou se a veria novamente.

Observando-o caminhar em direção aos estábulos, Wren desejou tolamente que ela fosse normal. Ela não era... normal, por assim dizer. Sabia disso, embora não tivesse muito ao que se comparar, exceto talvez pelas damas, jovens e não tão jovens, que estiveram no chá — amáveis, sorridentes, que riam e falavam sobre uma dúzia de assuntos diferentes com total facilidade. Mas, se fosse normal, não o teria conhecido, teria?

Queria vê-lo de novo? Teve a estranha sensação de que poderia se machucar se insistisse em conhecê-lo melhor. Não tinha pensado nisso, tinha?

Ah, ela *desejava* ser normal. Mas, infelizmente, ela era o que era.

4

Depois de passar um dia inteiro decidindo, mudando de ideia, repensando e, depois, mudando mais uma vez, Alexander enviou um convite para a srta. Heyden ir a Brambledean sozinha. Não era muito apropriado. Não era nada apropriado, na verdade, mas não havia sentido em tentar organizar outro evento social para fazer com que a visita dela fosse mais aceitável. Ele não a conheceria desse jeito. E precisava conhecê-la se fosse considerar seriamente se casar com ela.

Eles tinham dado o primeiro passo em Withington. Não foi o suficiente, mas foi um começo. Ele se perguntou se ela sabia exatamente em que estaria se envolvendo se de fato o adquirisse como marido. E *ele* precisava saber em que estaria se envolvendo. A ideia de ser comprado o arrepiava, para dizer o mínimo.

Ela foi a Brambledean dois dias depois, levando consigo a criada, pelo bem do decoro. Era um dia nublado e tempestuoso, o que não deveria ter importância, já que permaneceriam dentro de casa, mas teve. A criada foi levada até os aposentos dos serviçais, e ele mostrou a casa à srta. Heyden. Os cômodos antigos e não habitados pareciam ainda mais sombrios com as pesadas nuvens cinzentas além das janelas. Ele lhe mostrou tudo — a antiga biblioteca, à qual nenhum novo livro tinha sido adicionado por meio século ou mais; ou, se tinha, Alexander ainda não havia descoberto. Mostrou a ela o salão de visitantes e os escritórios, todos no térreo. Contornou a sala de visitas, que ela já conhecia, no primeiro andar, e apresentou o aposento ao lado, que chamou de sala de música, embora não houvesse um único instrumento musical ali. Mostrou também todos os cômodos para os quais não havia descrição específica, bem como a sala de jantar e o salão de baile, no qual tinha dúvidas de que alguém tivesse dançado no último século. Mostrou alguns dos aposentos de hóspedes e a galeria de pinturas no segundo andar. A galeria estava tristemente desatualizada, e todos os quadros e suas molduras pesadas necessitavam de extrema limpeza e restauração. Ele a levou até as cozinhas, onde a sra. Dearing e a sra. Mathers não disseram nada sobre as diversas carências de utensílios, que não eram atualizados sabia Deus havia quanto tempo.

Os dois vagaram pelos trechos cobertos do parque, no lado oeste da casa, embora ele tivesse lhe dado a opção de ficar dentro de casa e tomar chá na sala de visitas. Ela havia trazido um manto pesado e usava sapatos de caminhada robustos. Também usava um chapéu, que manteve mesmo dentro da casa, com o véu caído sobre o rosto, presumivelmente por causa dos criados que não conhecia. Olhou em volta enquanto caminhavam, sem falar muito, e se virava frequentemente para observar a casa de diversos ângulos. Observava com um olhar crítico, ele percebeu — o telhado, as chaminés, a hera nas paredes. Os olhos dela seguiram para os estábulos e a cocheira. O parque era vasto, não muito selvagem, mas não agradava tanto como jardim cultivado ou como parte de uma imensidão inexplorada. Não era o tipo de espaço onde alguém sentia vontade de fazer um passeio relaxante.

— É sem graça e negligenciado — disse ele —, ainda que os jardineiros trabalhem por longas horas e façam o melhor que podem. Não há trabalhadores suficientes. — E não havia dinheiro o bastante para contratar mais jardineiros, ele poderia ter acrescentado, embora devesse ser óbvio para ela.

— Conte-me sobre as fazendas, as colheitas, o gado, os trabalhadores — pediu ela. — São modernos os métodos usados aqui?

Eram perguntas diretas e profissionais, e combinavam com seus modos. Ela estava avaliando tudo com o olhar, ele percebeu, e ouvindo atentamente. Na verdade, Wren o estava entrevistando... como tinha todo o direito de fazer. Ele não a teria convidado, afinal, se não estivesse considerando sua oferta, e ela não teria vindo se a oferta já tivesse sido retirada. Ele esperaria esse tipo de conversa e perguntas do pai de qualquer dama que ele pedisse em casamento, embora não com a própria noiva. Parecia estranho, errado e muito embaraçoso, até mesmo humilhante, mas não havia razão para ela não cuidar dos próprios negócios. Era obviamente inteligente, e também era óbvio que não via nenhuma razão para esconder esse fato, sorrindo com afetação e olhando para ele com os grandes olhos de uma donzela indefesa e impressionável. Imaginá-la se comportando dessa forma era um pouco divertido, na verdade.

— É uma tarefa hercúlea a que tenho pela frente — disse ele, finalmente. — Suspeita que eu não queria o título?

— Não, não suspeito de nada disso, mas o senhor o tem e é o que é. Posso ver que tem uma escolha clara a fazer. Pode ir embora daqui e esquecer tudo enquanto seu administrador faz o melhor... ou o pior... para manter as coisas funcionando, como se tem feito por muitos anos aqui, ou pode se casar com uma mulher rica, mas eu sei que, para o senhor, não chega a ser uma escolha, pois é um homem de consciência. Suspeito que não sejam tanto a casa, as terras nem mesmo as fazendas que o preocupam, mas as pessoas envolvidas. Na realidade, é mais que uma suspeita. Então, o senhor precisa de uma esposa rica. Mas, mesmo assim, é impedido por sua consciência. Poderia ter agarrado a oferta que lhe fiz há cerca de dez dias, apesar de minha aparência, e, assim, resolver todos os seus problemas, mas o senhor não poderia fazer isso. Não poderia... e não vai... se casar comigo, a menos que eu saiba exatamente o que estou enfrentando. Agora, acredito que sei com o que estou lidando. E ainda não vai se casar comigo sem ter a certeza de que pode, ao menos, ter respeito por mim. Não é? Trata-se do respeito?

Ela era a mulher mais estranha que ele já tinha conhecido, e isso era um grande eufemismo. Era a pessoa mais estranha, de ambos os sexos, na verdade. Era tão direta no discurso e nos modos que não era possível esconder nada; não havia traquejo social, nenhum tato, mas ele ficou irritado por ela ser franca e aberta sobre negócios, mas totalmente fechada sobre si mesma.

— Srta. Heyden — disse ele, parando sob um enorme carvalho antigo e apoiando as costas no tronco enquanto cruzava os braços sobre o peito. — Meu motivo para considerar o casamento com a senhorita está mais do que óbvio, mas e o seu ao se casar comigo? Parece ter tudo o que poderia precisar, incluindo o que é raro para uma mulher: independência. Por que entregar tudo a um estranho? A senhorita me disse que queria se casar, mas com qualquer um? E, por favor, poderia afastar seu véu?

Ela hesitou e, então, o fez. Ele percebeu que tinha a sensação de estar falando com uma miragem. Agora, pelo menos, ela parecia humana.

— Cresci com uma forte consciência de quem sou como pessoa. Meus tios foram, em grande parte, responsáveis por isso. Além de me proporcionarem uma tutora rigorosa, que me instruiu acadêmica e socialmente sobre tudo o que uma dama deve saber, meu tio me apresentou a todo o trabalho de administrar uma empresa próspera e ter um negócio de sucesso, e minha tia encorajava tanto a ele quanto a mim. Embora meu mundo tenha desabado de muitas maneiras há pouco mais de um ano, consegui me conter e não cair nas profundezas do desespero, tomando as rédeas dos negócios com minhas próprias mãos. Sou a responsável por tudo, mesmo quando estou aqui, embora tenha um gestor competente.

"A maioria das mulheres, ao contrário, cresce para terem consciência de si mesmas como *mulheres*. Elas se encontram nos esperados papéis de filha, esposa, mãe e anfitriã, devotadas aos cuidados dos homens em suas vidas e de seus filhos. Suspeito que muitas, se não a maioria, nunca tenham realmente se enxergado como *pessoas*, embora suponha que algumas sim. Minha tia o fez, apesar de ter assumido os papéis de esposa e de mãe e tê-los desempenhado muito bem. Foi muito feliz nos últimos dezoito ou dezenove anos de vida. Se eu precisar escolher entre ser uma pessoa ou ser uma típica mulher do nosso tempo, Lorde Riverdale, escolheria ser uma pessoa sem hesitar. Tendo experimentado isso, não poderia abandonar tudo facilmente, mas por que não posso ser as duas coisas? Foi o que me perguntei recentemente. Por que não posso ser uma mulher e continuar sendo uma pessoa? Por que não posso me casar?"

Ele permaneceu como estava, olhando para ela por um longo tempo depois que ela parou de falar, as sobrancelhas erguidas, esperando uma resposta. Ela estava ao sol, a alguns metros de distância, alta e esbelta, orgulhosa, de queixo erguido, não mais tentando esconder o rosto. Sim, ele pensou, era isso que tinha sido incapaz de definir até agora. Ela não era tipicamente feminina. Era mais uma pessoa do que uma mulher — um pensamento estranho que ele teria que ponderar em seu tempo livre. Ainda assim... ela não poderia ser as duas coisas? Não poderia uma mulher com uma forte consciência de si mesma como pessoa ser tão atraente quanto seus pares, criadas para o casamento, a maternidade... e a dependência?

— E se eu... ou outro homem... acabar sendo diferente do que a senhorita esperava? — indagou ele. — E se eu for como me vê agora quando estou sóbrio, mas me tornar alguém horrível, em especial para minha esposa e filhos, quando bebo? — Aconteceu com sua irmã, embora não tivesse filhos envolvidos.

Ela considerou a pergunta.

— A vida é cheia de riscos — disse. — Tudo o que podemos fazer para nos proteger contra eles é considerar as escolhas. Ou não fazermos nenhuma escolha e permanecermos estáticos na vida. Mesmo isso, não é realmente possível ou livre de perigo. A vida muda para nós e à nossa volta, queiramos ou não. Eu não desejei que meus tios morressem. O senhor não desejou herdar tudo isso. — Ela gesticulou ao redor.

— Mas se escolher o marido errado — disse ele —, perderá tudo... sua independência, seu dinheiro, sua felicidade.

— Oh, não, Lorde Riverdale. Eu não despejaria todo o meu dinheiro no senhor ao entregar a minha pessoa em casamento. Não sou uma completa tola, nem sequer sou tola. Nós dois assinaríamos um contrato cuidadosamente redigido antes de nos casarmos.

Às vezes, ela lhe causava arrepios. *Muitas vezes*, ela lhe causava arrepios, mas sentiria tantos calafrios se fosse um homem falando em vez de uma mulher? Seu pai, seu tio ou um tutor? E o que aquilo dizia sobre ele, já que a resposta seria "não"? Seria esperado negociar e assinar um contrato pré-nupcial com um futuro sogro, afinal. Seria esperado que o homem protegesse os interesses futuros da filha.

— A senhorita controlaria as finanças, então? — perguntou ele. — E distribuiria o dinheiro como achasse melhor?

— Claro que não. — Ela se virou e começou caminhar de volta para a casa com seus característicos passos vigorosos, embora de forma alguma deselegantes. — Como eu seria capaz de tolerar um casamento em que eu tenha feito do meu marido um pensionista ou um servo? Eu não toleraria, assim como não seria capaz de tolerar um casamento em que eu tivesse sido feita serva do meu marido. Nenhum homem se casaria comigo se eu não tivesse muito dinheiro, Lorde Riverdale, mas não desejo de maneira alguma adquirir um marido somente para mantê-lo em cativeiro para o resto da vida.

Eles percorreram uma certa distância em silêncio.

— Disse que deseja se casar porque deseja ser mulher tanto quanto pessoa — disse ele. — O que ser uma mulher significa para a senhorita? — Talvez não fosse uma pergunta razoável. Nem sequer sonharia em perguntar isso para qualquer outra pessoa, mas ela era diferente de todas as outras mulheres que conheceu, e ele estava... Deus o ajudasse... considerando se casar com ela.

Ela respirou fundo, fez uma pausa e respirou fundo de novo.

— Quero ser beijada — declarou ela com sua dignidade afetada. — Não sei quase nada sobre o que há além dos beijos, mas quero isso. Tudo isso. E quero um filho. Filhos. Recebi afeto e amor em abundância dos meus tios, mas, perversamente, ansiava por conviver com outras crianças. Irmãos. Amigos. Agora, tudo se foi com eles. Quero calor humano novamente, mas quero mais do que isso desta vez. Quero... Bem, não sei bem como colocar em palavras. Sou ingênua e, provavelmente, lhe pareço patética, mas o senhor perguntou e tem o direito a uma resposta.

— Sim. Obrigado.

Mal dizendo, ela queria sexo. A srta. Heyden decidiu comprar o que queria, na crença de que não poderia ter de outra forma por causa daquela maldita mancha no rosto. Um homem poderia pagar facilmente por sexo sempre que desejasse, sem também ter que selar um casamento, mas ela não era homem, apesar de ser uma mulher de negócios orgulhosa e rica. Além disso, não era apenas sexo que ela queria. Era o calor humano na forma de uma relação sexual. Queria muito mais do que parecia perceber. Queria amor e, que os céus a ajudassem, pensou que poderia comprar tal sentimento.

Ele gelou... de novo. Como poderia oferecer uma troca justa pelo que ela lhe traria? Poderia apreciar sua beleza e elegância, apesar da marca de nascença, e poderia admirar sua independência e inteligência. Mas... e a atração? Ele não sentia nenhuma. Ela queria ser beijada. Mesmo isso, ele não conseguia se imaginar fazendo.

— Como seguiremos a partir daqui, Lorde Riverdale? — perguntou ela enquanto se aproximavam da casa. — O senhor já me viu. Eu já vi sua casa e parte do parque e aprendi algumas coisas sobre toda a sua propriedade. Conversamos e nos conhecemos um pouco mais. Será agora a sua vez de me visitar e, depois, de eu vir aqui de novo? O tempo é valioso. Nós dois precisaremos continuar com o trabalho de procurar outros parceiros se não nos encontrarmos um no outro. Há motivo para prosseguir ou não?

Então, ela insistiria no assunto, não é? Mas estava certa sobre o tempo. Quando ele chegou para ver como o novo administrador estava se saindo, para avaliarem juntos o que precisava ser feito, o que seria possível fazer com seus recursos limitados e o que teria prioridade máxima, pretendia ficar apenas até o final da semana. Tinha planejado, então, ir a Londres, onde sua mãe e irmã se juntariam a ele para a Páscoa, mas já tinha decidido adiar a partida para a semana seguinte, após a Páscoa, e havia escrito para a mãe. Tinha até acrescentado que não estava certo sobre a semana seguinte. Não explicou a razão, porque não sabia se valia a pena compartilhar. Escreveu algo vago sobre a urgência dos negócios e, de certa forma, não estava mentindo. Fazia parte dos negócios se casar com uma mulher que lhe daria herdeiros e lhe forneceria recursos. Era uma maneira medonha de olhar para seu futuro e para o da jovem que se casaria com ele e, por um momento, o conde foi tomado pela aversão.

— Srta. Heyden — disse ele, parando abruptamente ao pé dos degraus que davam para as portas da frente, percebendo irrelevantemente que havia grama nascendo pelos sulcos entre cada degrau. — Deve haver afeto ou a esperança de algum tipo de afeto respeitoso. Não vou chamar isso de amor. Amor é para poetas e sonhadores, mas deve haver... afeto. Não posso tolerar a perspectiva de um casamento sem isso. Existe a remota chance de que possa haver afeto entre nós? — Ele não conseguia imaginar tal sentimento ele mesmo, mas e ela? Se a resposta fosse sim, estaria disposto a tentar condizer com sua esperança?

ALGUÉM PARA CASAR 59

— Foi o que eu quis dizer com calor humano — respondeu ela. — Não sei se é possível que aconteça entre nós. Estou bem ciente de nossas discordâncias. Olho para o senhor e vejo uma beleza extraordinária. O senhor olha para mim e vê... isto. — Ela indicou o lado esquerdo do rosto com a mão. — Seria difícil para o senhor...

— *Maldito* seja o seu rosto! — exclamou ele e, então, olhou para ela com desalento quando a mão congelou no lugar, perto da bochecha, e seus olhos se arregalaram. — Oh, raios, imploro seu perdão. Não pretendia que soasse dessa forma. Eu quis dizer...

Mas ele foi interrompido por uma visão e um som inesperados. Ela estava rindo.

— Achei que o senhor fosse o cavalheirismo em pessoa. Como é encantador descobrir que é um ser humano. O que *quis* dizer?

Lembrou-se, então, da forma como ela apareceu no breve momento em que a pegara de surpresa em Withington — corada, com um brilho nos olhos, um pouco desgrenhada, sem fôlego — e bonita. Ele olhou para ela agora, surpreso com sua explosão de risos, e ocorreu-lhe que era possível sentir uma pontada de atração por ela, mas apenas quando ela permitia vislumbres de um eu que, normalmente, mantinha bem escondido.

— Seu rosto é apenas o seu rosto. Não é *a senhorita*. E não é feio como pensa que é. Você permitiu que ele a definisse, e isso certamente não lhe faz bem. Peço desculpas, srta. Heyden. Pelo meu linguajar também. Mas, com o receio de que seu rosto a prive de calor humano e afeto pelo resto da vida, a senhorita se inibe dessas mesmas coisas.

— *Você* poderia sentir afeto por mim? — perguntou ela.

Ele hesitou.

— Eu não sei — disse ele. — Honestamente, não sei, srta. Heyden. E não vou fingir afeto só para convencê-la de que seu rosto não me incomoda.

— É justo.

— *A senhorita* poderia sentir afeição por mim? — devolveu ele.

Ela olhou fixamente para ele por algum tempo.

— Se eu pudesse me acostumar com sua ótima aparência — afirmou. — Mas acredito que ainda estou um pouco intimidada por ela.

Foi a vez de ele rir então, suavemente, mas com genuína diversão. As mulheres — e os homens — geralmente não se apaixonavam apenas pela aparência e só descobriam o afeto ou o desafeto mais tarde?

— Então — disse ela —, vamos prosseguir? Ou não?

Havia uma série de razões pelas quais eles deveriam continuar — assim como muitas outras pelas quais não deveriam. Ele hesitou antes de responder. Seria um grande passo começar um cortejo de verdade. Talvez um passo irrevogável. Tinha sido esse o motivo de ele a ter convidado — para decidir se o próximo passo poderia e deveria ser dado. Fazia poucos instantes, estava tendo dificuldades para se decidir, mas talvez sempre fosse ter. Talvez a ideia de se casar somente por motivos mercenários sempre fosse incomodá-lo, mas será que ele seria capaz de lidar com a escuridão que espreitava logo atrás da superficial firmeza de caráter e de gênio dela? E seria capaz de lidar com sua independência e o sucesso? A srta. Heyden era uma pessoa com tantas complexidades — e era provável que ele ainda não conhecesse nem a metade — que o deixava bastante atordoado, mas não podia passar a vida procrastinando. Pelo menos, ele não passaria a vida assim. E ninguém nunca poderia ter todas as respostas.

Ele havia recebido uma carta naquela manhã.

— Minha mãe e minha irmã estão vindo de Kent para cá — contou ele. — Deveriam me encontrar em Londres esta semana, mas, quando escrevi dizendo que me atrasaria, decidiram vir até aqui para celebrar a Páscoa comigo. Eu gostaria que se juntasse a nós para o chá no domingo.

Ela o encarou por um longo tempo.

— Elas ficariam horrorizadas — ela disse.

— O que você imaginou quando decidiu se casar? Que viveria o resto da vida isolada com seu marido?

Ela ponderou sobre isso.

— Acho que sim — admitiu.

— Isso nunca aconteceria. Você virá?

— Vamos prosseguir, então, não vamos?

— Sem compromisso de nenhum dos lados.

— E suponho que espera que eu chegue sem o véu em sua sala de estar.

— Sim.

Ela se virou para subir os degraus à frente dele sem dizer outra palavra.

— Ele deve estar considerando seriamente sua proposta se quer que a senhorita conheça a mãe e a irmã dele — disse Maude.

Wren, sentada ao lado da criada na carruagem, manteve os olhos fechados. Como tinha sido tola e ingênua. Totalmente ignorante do mundo. O tio a havia exposto aos negócios, que agora lhe pertenciam, mas não envolviam interação social com nenhum dos funcionários, nem mesmo com Philip Croft, o gestor. O tio tentou convencê-la a se misturar socialmente com seus pares, mas nunca tinha insistido. A tia Megan, mais protetora, sempre apoiou sua decisão de se manter a portas fechadas, sempre que havia a chance de que pudesse ser vista, e por trás de um véu, quando não era possível evitar. A srta. Briggs, tutora de Wren, nunca havia expressado uma opinião, embora tivesse sido bastante inflexível sobre educar a aluna em todos os aspectos de ser uma dama. Houve até aulas de dança.

Mas a srta. Briggs partira quando Wren tinha dezoito anos e, dez anos depois, seus tios faleceram. Ela ficou isolada do mundo e teve a brilhante ideia de usar sua riqueza para adquirir um marido. Parecia uma ideia maravilhosamente prática. Era quase constrangedor perceber a ingenuidade com que ela havia concebido e colocado o plano em execução. Escolheria os candidatos com cuidado, tinha decidido — sempre havia pessoas de quem reunir informações —, e, depois, entrevistaria cada um deles até encontrar aquele que buscava. Faria a oferta, seria aceita e se casaria. E, sim, na imaginação dela, seria um casamento com apenas duas pessoas presentes, além do requisitado número de testemunhas, sucedido por uma vida conjugal que envolveria apenas as mesmas duas pessoas pelo resto de seus dias.

Era mais do que *quase* constrangedor. Como podia alguém que se orgulhava da própria inteligência e bom senso ter sido tão tolamente ignorante?

Primeiro, ele a convidara para tomar chá com os vizinhos.

Agora, ele a convidou para um chá com a mãe e a irmã.

O que viria em seguida? Toda a família Westcott? Os parentes do lado materno da família? Ela nem perguntara sobre eles ainda.

— Não tenho certeza se posso fazer isso — disse ela quando Maude pensou que não fosse responder nada. — Não tenho certeza se *quero* fazer.

— A senhorita vai se permitir se tornar uma excêntrica solteirona, então?

Wren sorriu sem abrir os olhos.

— Eu *já sou* uma excêntrica solteirona. Tenho quase trinta anos, Maude.

— Vai dar a vitória a *ela*, então, é? — perguntou Maude.

Wren estacou no lugar. Não teve dúvidas nem por um momento a quem Maude se referia. A tia Megan havia lhe contado a história. Wren ouvira por acaso, uma vez, quando ainda era criança. *Afastá-la da mulher fisicamente é uma coisa, sra. Heyden*, Maude dizia, *mas qual o sentido disso se a senhora não terá o poder de afastá-la também da mente desta criança? Ela ficará destruída para sempre. É o que vai acontecer. Anote minhas palavras. A senhora precisa forçá-la a encarar o mundo um pouco, para que ela saiba que o mundo não é inimigo.* Ambas terminaram em lágrimas, enquanto Wren se esgueirava e afastava da mente o que tinha ouvido com algum jogo ou atividade de que não se lembrava.

— Eu sou minha própria pessoa — disse Wren, no presente. — Ando com minhas próprias pernas, Maude, e não procurei seu conselho.

Maude estalou a língua.

— Sinto muito — falou Wren, finalmente abrindo os olhos e virando a cabeça. — Sei que você se importa comigo. Então, o que devo fazer? Conhecer a mãe e a irmã dele ou continuar a viver de forma excêntrica para sempre?

Maude adotou uma expressão deliberadamente teimosa, cruzando os braços e encarando as costas do assento do lado oposto.

Wren riu.

— Oh, muito bem. Você venceu. Eu devo ir.

— Não proferi uma palavra — protestou a criada.

— Nem precisou. — Wren riu novamente. — Esse olhar e os braços cruzados foram bastante eloquentes, como você bem sabe. Eu devo ir e deixá-la orgulhosa de mim, embora você não admita nem mesmo sob tortura. Mas, Maude, eu *gostaria* que ele não fosse tão bonito. Ele prevê que, depois de me ver algumas vezes, não vai mais notar minha marca de nascença. Acha que, depois de um tempo, não vou mais notar a boa aparência dele?

— Quem iria querer *deixar* de notar? — perguntou Maude, exasperada. — Eu poderia olhar para ele o dia todo e nunca me cansar da visão.

Wren suspirou e fechou os olhos novamente. Pôde vê-lo de pé, contra o tronco daquele carvalho, parecendo, ao mesmo tempo, elegante e relaxado, os braços cruzados no peito, e tão lindo que suas entranhas se apertavam e a faziam se sentir enjoada. Pôde ouvir a si mesma dizendo a ele que queria ser beijada e pôde *imaginá-lo* fazendo isso.

Ela queria. Muito mesmo.

Mas ele nunca iria querer beijá-la. Seu rosto...

Maldito seja o seu rosto!

Ela sorriu novamente com a lembrança. As palavras dele, aquela explosão, tinham sido tão inesperadas. E tão estranhamente cativantes.

Oh, ela não deveria, não deveria, ela não deveria se apaixonar por ele.

5

A sra. Althea Westcott, mãe de Alexander, e Elizabeth, Lady Overfield, sua irmã, chegaram a Brambledean Court no início da tarde, dois dias depois. Alexander ouviu a carruagem e correu para ajudá-las a descer e recebê-las com uma enxurrada de saudações e abraços calorosos.

— Então, o que acham? — Não resistiu e questionou, gesticulando com o braço em direção à casa e ao parque. — Eu me atrevo a perguntar?

— Tarde demais. Você já perguntou — disse Elizabeth, rindo. — Este lugar deve ter sido incrivelmente magnífico algum dia, Alex. Mesmo agora, ainda tem certo esplendor.

— Ah, mas espere até ver o interior — avisou ele.

— Pobre Alex. Pelo menos, o telhado não está prestes a desabar — falou a mãe, pegando seu braço para subirem os degraus de entrada.

Ela parou do lado de dentro para olhar em volta, seus olhos repousando nos ladrilhos pretos e brancos desbotados e lascados sob os pés.

— Ainda bem que nunca fui chegada ao primo Humphrey, seu antecessor. Teria me sentido tristemente enganada por ele. Era um dos homens mais ricos da Inglaterra e um dos mais egoístas. E negligenciou totalmente suas responsabilidades aqui. Então, colocaram o título nos ombros do meu filho, enquanto todo o dinheiro foi para Anastasia, a quem *não* culpo de maneira alguma, abençoado seja seu coração. Humphrey deveria ter sido baleado, no mínimo. Não merecia ter morrido tranquilamente em sua cama. Não houve justiça.

— Pelo menos, a casa é habitável — opinou Alexander. — Por pouco. Nunca tomei um banho de chuva enquanto durmo, nem nada igualmente terrível. Mas, claro, nunca dormi em nenhum dos quartos de hóspedes que foram preparados para vocês.

Elizabeth riu novamente.

— Ao menos, vamos passar a Páscoa juntos — disse ela. — Não

gostamos da ideia de celebrar em Londres enquanto você se sentia obrigado a continuar aqui por mais tempo.

— E devo admitir, Alex — continuou a mãe —, que estávamos curiosas para ver por nós mesmas o que está enfrentando aqui.

Alexander as apresentou ao mordomo e à governanta, e a sra. Dearing se ofereceu para levá-las aos aposentos para se lavarem antes do chá. As damas a seguiram pelas escadas, olhando curiosamente ao redor enquanto subiam.

— Já conheceu algum de seus vizinhos, Alex? — perguntou a mãe, mais tarde, quando estavam acomodados na sala de estar, servidos com chá, pães e bolos. — Certamente, já conheceu. Você já está aqui há um tempo e eles deviam estar ansiosos para conhecer o novo conde e descobrir se pretende se estabelecer por aqui e se casar com uma de suas filhas.

— Conheci alguns vizinhos — respondeu ele —, e todos têm sido amáveis e gentis. Têm me entretido com jantares, chás, jogos de cartas e música, e me mantido na porta da igreja por uma hora após o rito aos domingos. As pessoas se curvam e fazem reverências na rua. Eu mesmo as tenho recebido aqui. Se decidisse esperar até que a casa estivesse mais apresentável, poderia não receber ninguém pelos próximos vinte anos. Convidei várias pessoas para um chá da tarde e fiquei grato por todos terem vindo. Estavam curiosos, suponho, para ver quão lastimável é o interior da casa. E, sim, claro, quase todo mundo perguntou sobre meus planos. Assegurei-lhes que pretendo fazer daqui minha casa, embora meus deveres parlamentares me levem a Londres por alguns meses a cada primavera.

Houve um instante de silêncio.

— Você pretende estabelecer moradia em Brambledean — constatou a mãe com a xícara suspensa a alguns centímetros da boca.

— Vai abandonar Riddings Park para morar aqui? — perguntou Elizabeth com notável desalento. — Mas você ama Riddings, Alex. É seu *lar*, e você trabalhou tão duro e por tanto tempo para restaurar a prosperidade. Isso é... triste, para dizer o mínimo. Contratou um novo administrador que descreveu como diligente e conscencioso. Por que sente a necessidade de permanecer aqui? Ah, mas nem precisa se incomodar em responder. É por causa do seu infernal senso de dever. — Ela pousou a xícara no pires sem muita gentileza. — Me desculpe. O modo como conduz sua vida não é da minha conta. E viemos aqui para torcer por você, não para repreendê-lo, não é, mamãe? Sinto-me compelida a dizer, porém, que me *importo* com você e anseio por vê-lo feliz.

— Não estou infeliz, Lizzie — assegurou ele. — Mas há algumas coisas que preciso fazer aqui pessoalmente. Não é menos importante dar às pessoas dependentes destas terras a garantia de que me importo com elas, que sinto empatia por elas, que estamos todos juntos nesta luta. Tenho esperanças de que Bufford e eu, juntos, possamos encontrar maneiras de fazer as fazendas prosperarem mais este ano, mesmo sem muito dinheiro. Quero fazer vários reparos necessários nas choupanas dos trabalhadores e dar-lhes um aumento de salário... pequeno, talvez, mas é melhor do que nada. Bufford quer investir em novos tipos de colheitas, equipamentos e mais gado. Juntos complementamos um ao outro, entendem? Mas chega desse assunto. Não quero fazê-las dormir. Contem-me sobre a viagem.

Elas o fizeram, e todos riram muito, pois Elizabeth, em particular, tinha um humor sagaz e um olhar para o absurdo. O que, provavelmente, teria sido uma viagem tediosa para a maioria soou como vasta diversão, mas sua mãe tinha algo a mais em mente e tocou no assunto antes que eles se levantassem ao fim do chá.

— Pretende buscar seriamente uma esposa durante a Temporada, Alex? — perguntou ela. — Preocupa-me que tenha trinta anos, mas nunca tenha se dado a chance de aproveitar a vida. No ano passado, você admitiu que finalmente estava pensando mais em si mesmo, mas, então, veio a miserável chateação familiar e você deixou de lado todas as ideias sobre felicidade na vida pessoal de novo.

— Certamente, terei o prazer de acompanhar a senhora e Lizzie em vários eventos de entretenimento quando a Temporada começar, mamãe — disse ele.

— O que não responde nada — retrucou ela.

— Alex. — A irmã abraçava os cotovelos com as mãos, como se estivesse com frio, e estava ligeiramente inclinada na direção dele. — Você não vai procurar uma esposa *rica*, vai?

— Há algo inerentemente errado com uma esposa rica? — perguntou ele, sorrindo. — Jovens ricas devem ser desconsideradas apenas por esse fato? Parece um pouco injusto com elas.

Ela estalou a língua.

— Sabe exatamente o que quero dizer. E a própria evasão de sua resposta fala muito. Seria tão típico de você fazer isso. Nunca coloca a própria felicidade em primeiro lugar. Não faça isso. Por favor. Você merece ser feliz mais do que qualquer outra pessoa que eu conheço. — E, então, lágrimas transbordaram de seus olhos.

— Dinheiro não é um mal, Lizzie — disse ele.

— Ah, mas é quando é dada precedência sobre a felicidade — retrucou ela. — Por favor, Alex. Não faça isso.

— Economize seu fôlego, Lizzie — falou a mãe, olhando intensamente de um para o outro. — Você sabe que seu irmão não muda de ideia uma vez que tenha se decidido. Sempre foi o mais irritante e o mais cativante nele, mas espero que não se case *apenas* por dinheiro, Alex. Isso partiria meu coração. Não, esqueça o que eu disse. Eu não iria impor mais um fardo sobre você. Quem quer que escolha... e espero que escolha *alguém* em breve, pois estou mais do que pronta para ser avó e aborrecê-lo por mimar escandalosamente seus filhos. Quem quer que escolha vou receber de braços abertos e, com certeza, irei insistir em amá-la também.

— E Alex fará o mesmo, mamãe — disse Elizabeth. — Ele é assim, mas *ela* vai insistir em *amá-lo*? Essa é a questão que me preocupa. Haverá um número de candidatas para receber a mão do conde de Riverdale, mas elas enxergarão Alex além do título?

— Prometo não me casar com alguém que eu odeie ou que me odeie — respondeu ele, sorrindo de uma para a outra. E talvez devesse parar por aqui por enquanto, pensou, mas teria que mencionar e explicar logo o domingo à tarde. Talvez devesse ter convidado vários outros vizinhos também, mas teria sido grosseiramente injusto com ela. — Convidei alguém da vizinhança mais distante para se juntar a nós no chá de domingo à tarde.

— No Domingo de Páscoa? Oh, será adorável, Alex — comentou a mãe, iluminando-se. — Mas apenas uma pessoa? Quem seria ele?

— Ela, na verdade. A srta. Heyden. Ela mora em Withington House, a treze ou quatorze quilômetros daqui.

— E ela vem sozinha? — perguntou a mãe. — Mas quem é ela?

— Seu tio era o sr. Reginald Heyden, um cavalheiro que fez fortuna com uma fábrica de vidros — explicou. — As oficinas e a sede ficam em Staffordshire, mas ele comprou Withington como casa de campo cerca de dez anos atrás. Era casado com a tia da srta. Heyden. Ela viveu com os dois até o fim de suas vidas, um depois do outro, num intervalo de poucos dias, há pouco mais de um ano.

— E o tio deixou a casa para ela? — indagou Elizabeth.

— E todo o resto também. Ele e a esposa a adotaram. Não tinham filhos e, aparentemente, nenhum outro parente próximo. A srta. Heyden é proprietária e participa ativamente da gestão dos negócios.

— Ela deve ser uma mulher extraordinária — disse a mãe.

— Sim — concordou ele. — Acredito que sim.

Houve outro silêncio cheio de significado.

— Ela é solteira? — perguntou a mãe. — Qual a idade dela?

— A idade dela é próxima da minha. Nunca se casou.

— E virá para o chá no domingo. Sem nenhum outro convidado. — Ela olhava atentamente para ele.

— Nenhum outro — confirmou ele.

— Oh, Alex, sua criatura provocadora — choramingou Elizabeth. — Conte-nos o resto da história antes que eu a arranque de você.

— Mas há muito pouco a dizer — protestou ele. — Falei com ela algumas semanas atrás. Uma visita cortês, como deve saber, pois espero conhecer todas as famílias num raio de 25 quilômetros de Brambledean. Convidei-a para o chá da tarde que mencionei anteriormente. E temos nos encontrado desde então.

ALGUÉM PARA CASAR 69

— Você a está cortejando — constatou a mãe.

— Estou conhecendo-a, mamãe — disse ele, franzindo a testa. — E ela está me conhecendo. Acontece, você sabe, entre vizinhos.

Elizabeth se levantou.

— Não devemos sujeitar o pobre Alex a mais um interrogatório, mamãe — interveio ela. — Ele não vai admitir que há algo significativo em convidar uma dama solteira de sua idade para tomar chá com sua mãe e irmã em sua própria casa, este rapaz provocador. Teremos que esperar até domingo, então, para vermos por nós mesmas. Eu adoraria conhecer o resto da casa, Alex. Pelo menos, acho que sim. Nos dará a honra deste grande passeio?

— Seria um prazer — respondeu ele, ficando de pé em um salto, muito aliviado. — Devemos começar com o primeiro piso e seguir para cima? Mamãe, virá também ou prefere descansar aqui ou no seu quarto até o jantar?

— Oh, eu também vou — confirmou ela. — Ainda não estou na velhice, mesmo que tenha dois filhos com mais de trinta anos. Meu Deus, isso é possível?

Ela aceitou o braço que o filho lhe ofereceu.

Wren gostava de ir à igreja e o fazia regularmente. Era um lugar onde podia ficar sozinha, ainda que na companhia de outras pessoas. Era um lugar onde ninguém a incomodava ou olhava de soslaio em direção ao véu, ao contrário, quase todos assentiam em reconhecimento e alguns até sorriam e lhe desejavam bom-dia. Ela sempre se sentava perto dos fundos, onde seus tios costumavam ficar. Com o status e a riqueza deles, poderiam fazer questão de se sentarem na frente, mas nunca o fizeram.

Ela nunca prestava especial atenção às palavras dos ritos e, muitas vezes, deixava que seus pensamentos vagassem durante a homilia. Gostava bastante da maneira como o vigário tagarelava em seu tom gentil, sem uma impetuosa retórica e sem apelar fervorosamente para as emoções da congregação. Ela nem tinha certeza se acreditava em todos os ensinamentos e doutrinas de sua religião, mas havia algo na igreja em si — e na maioria das igrejas que visitara — que levava sua mente, suas emoções e seu próprio ser, ao que parecia, a um ponto de quietude, e ela se perguntava se era isso o que a religião chamava de Espírito Santo, mas não queria nomear o que quer que fosse. Nomes limitavam e restringiam. Embora também pudessem libertar. *Wren*, com seu significado cheio de asas e amplos céus azuis, de alguma forma, a libertara de *Rowena* quando ela tinha dez anos. *Heyden,* ao invés do outro sobrenome, havia completado a transformação.

A igreja estava particularmente adorável naquele Domingo de Páscoa. Cheia de lírios e outras flores primaveris, a melancolia da Sexta-Feira Santa se desfizera, mas não foram nem as flores nem a alegria da ocasião que fizeram Wren se sentir feliz. Foi essa quietude, essa sensação de calmaria em seu interior, aquela convicção de que, de alguma forma, apesar de toda a turbulência da vida, tudo estava e sempre ficaria bem. Era algo de que ela precisava, pois, à tarde, faria algo que nunca tinha feito antes. Iria a um evento social — um chá em Brambledean Court —, com duas pessoas que não conhecia, a mãe e a irmã do conde de Riverdale, e o faria sem o véu.

Definitivamente, ela iria, embora a parte covarde de si, que, às vezes, podia ser muito tagarela, insistisse em alto e bom som que não deveria ir, que não precisava, que se ele tivesse um pingo de sentimento não teria lhe pedido aquilo, que deveria apenas seguir para o quarto cavalheiro da lista e esquecer tudo sobre o muito bonito e muito exigente conde de Riverdale.

Ela foi. Sentou-se na carruagem com a postura rígida, o queixo erguido e as mãos cerradas, ao lado de Maude. As duas viajaram em silêncio depois do comentário da criada de que ela parecia estar a caminho da própria execução, ao que Wren tinha retrucado, dizendo que, quando desejasse a opinião dela, pediria — o que não foi uma resposta muito original. Ela nem mesmo foi com o costumeiro vestido cinza ou lavanda de meio-luto, mas, em vez disso, usou seu vestido azul cor do céu, que era bordado na barra, nos punhos e no decote alto com seda da mesma cor. Era seu favorito antes de trocar todas as peças pelas roupas de luto. Com ele, usava um chapéu de palha cujo véu havia removido — não queria ser tentada pela presença dele na borda do acessório. Seguiu todo o caminho com a sensação doentia de que qualquer paz que tivesse encontrado na igreja naquela manhã, infelizmente, tivesse ficado para trás. Não poderia se sentir mais nua nem que realmente estivesse despida. Bem, talvez fosse um pouco de exagero. Ela tentou se divertir e fracassou.

Se o terror pudesse ser algo tangível, então era aquilo.

A viagem, que parecia interminável, acabou rápido demais. Wren sentiu as pontas dos dedos frios de Maude afagando as costas de sua mão quando a carruagem virou na entrada que levava a Brambledean.

— A senhorita está linda, srta. Wren — elogiou ela. — Se simplesmente acreditasse nisso, toda a sua vida mudaria.

Wren abriu a boca para retrucar novamente. Em vez disso, surpreendeu a si mesma e à criada ao se aproximar e lhe dar um beijo na bochecha.

— Eu amo minha vida como ela é, Maude — disse sem muita honestidade. — E eu amo você.

A criada não teve resposta a não ser ficar boquiaberta.

O conde de Riverdale devia estar esperando sua chegada. As portas principais se abriram quando a carruagem parou, e ele desceu os degraus e alcançou a porta do veículo antes que o cocheiro pudesse saltar. Abriu a porta, baixou os degraus e estendeu a mão para ajudar Wren a descer, com um sorriso, mas ela seria capaz de apostar que ele estava se sentindo muito menos à vontade do que parecia. Que homem gostaria de *apresentá-la* para a *mãe*, afinal? Será que ele tinha esperanças de que ela perderia a coragem e não viria?

— Chegou rápido — declarou ele. — Feliz Páscoa, srta. Heyden.

— E hoje? Você notou? — perguntou ela quase de modo desafiador quando estava no terraço ao lado dele.

Seu sorriso se alargou e seus olhos pareceram ficar mais azuis, e ela se perguntou o que diabos estava fazendo ao considerar se casar com ele. O conde poderia ter *qualquer mulher da Terra*, mesmo algumas tão ou mais ricas do que ela. Não era possível ele *querer* se casar com ela.

— Notei a elegância do seu vestido e a vivacidade da cor, que combina perfeitamente com a senhorita — disse ele. — Notei que seu chapéu de palha remete ao verão e combina com o clima de hoje. Notei que não está com o véu. E... ah, sim, agora que olho mais de perto, percebo que parece haver uma pequena mancha no lado esquerdo do seu rosto. Na próxima vez, ou na vez seguinte à próxima, atrevo-me a dizer que não vou notar a marca.

Uma pequena mancha, deveras. E na próxima vez, ou na vez seguinte à próxima, deveras.

— Feliz Páscoa para o senhor também, Lorde Riverdale — desejou ela um tanto amarga, embora tivesse apreciado o humor.

— Venha conhecer minha mãe e minha irmã. — Ele lhe ofereceu o braço. — Estão na sala de visitas.

Wren se perguntou se elas *sabiam*, se ele as tinha avisado. Enquanto subiam os degraus, só porque estava enervada com aquele andar silencioso, comentou com ele como a igreja estava adorável naquela manhã com todos os lírios, e ele respondeu dizendo que havia tanto narcisos quanto lírios em sua igreja.

— Trombetas douradas de esperança — comentou ele, e ela fez uma careta.

— Eu me senti muito tola depois de dizer essas palavras em voz alta quando estávamos na ladeira de narcisos.

— Mas por quê? Sempre pensarei nos narcisos assim a partir de agora.

O mordomo seguiu à frente e abriu as portas da sala de visitas com um floreio. Wren sentiu os joelhos fraquejarem, quando ouviu uma voz na cabeça... a voz do tio. Ele havia falado as seguintes palavras quando ela tinha dez anos e sua tia a havia levado para a casa dele em Londres, levantando o véu pesado que cobria seu rosto. Foi quando ele olhou para ela pela primeira vez. *Endireite a postura, garota*, ele disse, não sem gentileza, *levante o queixo e encare o mundo nos olhos. Se estiver se encolhendo de medo ou morrendo por dentro, que seja um segredo apenas seu.* Antes disso, ela havia passado toda a vida curvada, encolhida e cabisbaixa, com o rosto virado para o lado, numa tentativa de ser invisível. Naquele momento, ela endireitou a coluna, levantou ainda mais o queixo já erguido e olhou diretamente para as duas damas que estavam de pé a uma curta distância, no meio da sala.

Tudo parecia estranhamente luminoso, mas é claro, não havia o véu entre ela e a dura realidade do mundo.

— Mamãe, Lizzie — disse o conde de Riverdale —, posso apresentar a srta. Heyden? Minha mãe, sra. Westcott, e minha irmã, Lady Overfield, esta é a srta. Heyden.

— Oh, minha querida. — A senhora apertou as mãos no seio e deu alguns passos apressados para perto de Wren, franzindo o cenho. — Você se queimou.

— Não — respondeu Wren. — Nasci assim. — Ele não as tinha advertido, então. Ela estendeu a mão direita. — Como vai, sra. Westcott?

A senhora pegou sua mão.

— Fico muito aliviada de saber que não sofreu a dor de uma queimadura. Estou feliz em conhecê-la, srta. Heyden. Nunca estive em Brambledean antes, mesmo que o primo do meu marido possuísse todas estas terras e, agora, elas tenham passado para Alex no último ano. Foi um prazer conhecer alguns dos vizinhos próximos na igreja esta manhã e é um prazer ter a chance de receber uma visita sua mais demorada esta tarde. Conexões amigáveis são muito importantes em um vilarejo, não são?

Ela era uma senhora magra, de cabelos escuros, com um rosto amável e modos graciosos. Tinha estatura mediana e devia ter sido linda quando mais jovem. Era fácil ver de onde seu filho tinha herdado a aparência, ainda que não a altura. A filha era mais alta, embora ainda um palmo mais baixa do que Wren. Era mais loira também e bonita sem ser deslumbrante. Provavelmente, era alguns anos mais velha do que o irmão. Ela estendeu a mão para Wren.

— Também tenho o prazer de conhecê-la, srta. Heyden — disse ela. — E posso oferecer minhas condolências por sua perda dupla há pouco mais de um ano? Deve ter sido bastante devastador.

— Foi, sim. — Wren apertou sua mão. — Obrigada.

O conde a acompanhou até uma cadeira e todos se sentaram. A bandeja com o chá e as travessas com comida foram entregues quase que imediatamente, e a sra. Westcott serviu o chá, enquanto Lady Overfield ofereceu as bebidas e os doces. Wren aceitou dois docinhos, impressionada com a ideia de estar livre para comer à vontade, já que não havia véu para tornar a refeição quase impossível.

— Passa muito tempo em sua casa no interior, srta. Heyden? — perguntou a sra. Westcott. — Withington House, acredito que foi como Alex chamou. Wiltshire é um condado particularmente pitoresco, não?

— Sim — concordou Wren. — Meu tio escolheu Wiltshire depois de alguma deliberação e de muito consultar minha tia, quando, há alguns anos, eles decidiram comprar uma casa de campo. Há outra casa em Staffordshire, perto das fábricas de vidro que herdei, mas fica em uma área mais urbanizada do que Withington House e não é tão atrativa. Passo semanas lá às vezes. Eu mesma cuido dos negócios, embora reconheça que o gestor, que foi braço direito do meu tio por anos, poderia prosseguir muito bem sem mim. No entanto, não apoio a ideia de que uma mulher deve ficar em casa e confiar nos homens para cuidar de absolutamente tudo.

Lá estava ela, falando algo que, até para seus próprios ouvidos, soava beligerante, como se as desafiasse, como se precisasse deixar claro para elas que não pretendia atrair seu filho e irmão para agarrar-se a ele pelo resto da vida. Nunca foi sua intenção. Ela queria se casar, sim, mas o casamento nunca poderia ser tudo para ela, como achava que era para a maioria das mulheres de sua classe. Talvez elas nem pensassem que ela estava lá para ludibriá-lo. Ele era, afinal, um conde extremamente bonito, enquanto ela era... bem. Algumas pessoas descreviam seu tio com um pouco de desprezo por ser residente de Londres, apesar de ele ter sido um cavalheiro. Membros das classes altas, muitas vezes, desaprovavam alianças com tais pessoas.

— Oh, eu a aplaudo, srta. Heyden — disse Lady Overfield com uma risada que tinha um ruído agradável. — Mas a senhorita deve escandalizar o *ton*.

— Bom, eu não conheço o *ton*. Meu tio era um cavalheiro, e minha tia, uma dama. Eu sou uma dama. Embora meu tio tivesse uma casa em Londres antes de se casar com minha tia, ele a vendeu em seguida e sempre declarou que não sentia falta da vida que vivia ali. Nunca ansiei por ela. Dividíamos nosso tempo entre Staffordshire e aqui.

— Não chegou a debutar na Temporada, então? — perguntou a sra. Westcott.

— Não — disse Wren. — Eu nunca quis entrar na alta sociedade. Ainda não quero. Estou bem feliz com a minha vida como ela é. — *Exceto que propus casamento ao seu filho porque quero alguém para me casar.*

Wren percebeu que estava sendo um pouco desagradável e mais do que um pouco rígida em seu comportamento. A srta. Briggs estaria desaprovando e balançando a cabeça, fazendo-a praticar um traquejo social relaxado e gracioso de novo e de novo e de novo. Sentia-se hostil sem motivo aparente, pois nenhuma das damas olhava para ela com desaprovação ou qualquer condescendência altiva. Eram muito educadas — como todas as damas eram treinadas para ser. Mas, certamente, deviam estar se encolhendo por dentro, se perguntando por que seu filho e irmão havia escolhido convidá-la para o chá. Deviam ter chegado à conclusão inevitável e ficado horrorizadas. Certamente, despejariam indignação nos ouvidos dele quando Wren se fosse.

— Qual foi a impressão que tiveram de Brambledean? — perguntou ela às damas na tentativa de afastar a conversa de si. Embora mesmo essa escolha de tema fosse provavelmente imprudente, pois não poderiam fingir arrebatamento sobre a casa e o parque, e sua própria ruína lhes lembraria de que o conde era pobre demais para fazer algo a respeito, enquanto a srta. Heyden tinha riquezas incalculáveis.

— Claramente, já foi uma mansão esplendorosa — respondeu a sra. Westcott. — Pode voltar a ser no futuro, agora que Alex está aqui para cuidar dela. Mas, desde que chegamos, na quinta-feira, procuramos aproveitar nosso tempo em família e afastar a mente de Alex dos desafios que estão à sua frente aqui.

Wren se sentiu repreendida enquanto a conversa avançava aos trancos. As duas damas eram perfeitamente educadas, mas a convicção de que suas boas maneiras deviam estar mascarando a desaprovação, ou mesmo a antipatia, crescia em Wren. Em parte, era culpa dela. Era incapaz de relaxar ou abandonar o comportamento defensivo e levemente hostil com o qual havia começado a visita. Desejou poder recomeçar, mas se comportaria de forma diferente? Era *capaz* de se comportar de forma diferente? Achava impossível sorrir ou recostar na cadeira ou, ao menos, parecer relaxada. O conde de Riverdale, por outro lado, era caloroso, charmoso e sorridente. Não parecia nem um pouco justo.

Quando estimou que meia hora havia se passado, a duração necessária para uma visita educada — um dos muitos modos que sua tutora lhe ensinara —, Wren se levantou para se despedir, assegurando às damas que havia ficado encantada por conhecê-las. Agradeceu ao conde o convite e o chá e sentiu uma enorme onda de alívio porque aquilo tinha acabado, porque ela tinha *conseguido*, por pior que tivesse sido, algo que não teria achado possível duas semanas atrás — ou mesmo naquela manhã. E realmente havia acabado. De uma vez. Ninguém poderia duvidar daquilo, muito menos a própria Wren. Ainda que, apesar do alívio, sentisse uma aguda decepção também.

Parecia um plano tão simples quando ela o idealizou.

As senhoras lhe responderam polidamente — não que realmente tivesse conseguido ouvir o que disseram. Em silêncio, o conde de Riverdale acompanhou-a escada abaixo e deu a ordem ao mordomo para que a carruagem dela fosse trazida em meia hora.

— Meia hora? — questionou ela, franzindo a testa para o conde enquanto ele a conduzia para o terraço.

— Você viajou todo esse caminho de carruagem e esteve sentada na minha sala desde então. Agora, terá uma longa viagem de volta para casa. Pelo menos, tire um tempinho para tomar um ar e se esticar primeiro. Vamos? — Ele lhe ofereceu o braço.

Então, ele se sentia obrigado a *dizer* a ela, a colocar em palavras o que tinha ficado obviamente esclarecido na sala de visitas? Bem, talvez tivesse razão. Pelo menos, ela não ficaria atenta a seu cabriolé ou à chegada do correio todos os dias pela próxima quinzena, enquanto dizia a si mesma que não esperava nada. Algumas coisas precisavam ser ditas em voz alta.

Ela colocou a mão na dobra do braço dele e sentiu a dor do que estranhamente parecia um profundo pesar.

6

Eles pegaram a direção oposta daquela que tinham tomado na última vez em que ela estivera ali. Havia um trecho de gramado e, em seguida, um bosque denso de árvores não podadas e, mais além, o que no passado devia ter sido uma magnífica viela ladeada de ulmeiros. Alexander ainda achava impressionante como as árvores se estendiam ao longe, em duas fileiras retas com um largo caminho gramado ao meio. As árvores precisavam de poda e a grama precisava ser aparada, embora isso tivesse sido feito muito recentemente. Havia bancos de madeira distribuídos pela viela e uma casa de veraneio no final, que, à distância, parecia estar mais bem conservada do que realmente estava. Ele deveria retirar os bancos, pensou Alexander, já que não serviam mais para se sentar, embora gostasse do conceito e da sugestão que ofereciam de passeios com descansos ao longo do caminho, cercados pelo farfalhar verdejante da vegetação e por uma sensação de afastamento e paz. Algumas margaridas cresciam na grama, desafiando a foice do jardineiro. Ele gostava bastante delas e pensou que era uma pena que fossem consideradas ervas daninhas.

— Isso é agradável e inesperado — comentou a srta. Heyden. — Supus que as árvores marcavam a fronteira leste do parque.

— O parque é vasto — disse ele. — O tamanho é apenas mais um dos problemas, pois seria necessário um exército de jardineiros trabalhando em tempo integral para mantê-lo intacto. Mas, um dia, ele cumprirá ambos os papéis de oferecer emprego e proporcionar entretenimento.

— Esta viela me lembra de uma grande igreja. Desperta os mesmos sentimentos de serenidade e admiração, mas é diferente de uma igreja por ser um espaço vivo.

— Prefere a natureza à arte, então? — perguntou ele. — Já vi catedrais que me deixaram sem palavras com o modo como a arte estava em cada detalhe, desde os arcobotantes às cabeças de gárgula nas vigas.

— Mas há espaço para ambos, a arte e a natureza. Certamente, empobreceremos nossas vidas se sentirmos sempre a necessidade de escolher entre os aparentes opostos. Por que deveríamos? Eu poderia passar horas apenas observando uma igreja. E poderia passar horas ao ar livre apenas respirando a vida que há em tudo e me reconhecendo como parte desse meio.

Esta, pensou ele, era uma mulher diferente daquela que tinha se sentado na beirada do assento em sua sala de estar pouco tempo atrás, travando uma conversa árdua com sua mãe e irmã. Aquela mulher era rígida, formal, não muito simpática. Ele se lembrou de Wren dizendo à sua mãe que ela mesma administrava a vidraria e que não sustentava a ideia de que uma mulher deveria permanecer em casa enquanto um homem cuidava de suas necessidades. E se lembrou dela dizendo a ele que desejava se casar, e, em outra ocasião, que gostaria de ser beijada. Ele se lembrou dela rindo de repente quando ele perdeu a paciência brevemente e soltou um *maldito seja o seu rosto*. E se lembrou dela olhando para a ladeira de narcisos em Withington e chamando-os de trombetas douradas de esperança.

Aqui e ali, ambos deveriam ser apreciados para se viver a vida com plenitude, ela dissera uma vez. Isso e aquilo. Antes e agora. Arte e natureza. Narcisos e rosas. A mulher que tinha se sentado em sua sala naquela tarde e a mulher que caminhava com ele agora. Atração e repulsa. Outro par de opostos.

Eles seguiram adiante, sem falar por um tempo.

— Obrigado — disse ele finalmente.

— Por? — Ela virou a cabeça, com as sobrancelhas levantadas.

— Sei que foi incrivelmente difícil para você vir esta tarde. Sei que foi especialmente difícil deixar seu véu para trás.

— Elas não gostaram de mim — respondeu ela.

Ele franziu o cenho. Geralmente, elas não eram apressadas ou duras ao julgar pessoas que acabavam de conhecer, mas ele sabia que não tinham achado a visita fácil. A srta. Heyden parecia ter um muro erguido ao seu redor com a ausência do véu físico, e não tinha sido fácil, nem mesmo possível, ultrapassá-lo. Ele tentou tranquilizá-la, parecendo estar à vontade. A mãe e a irmã tentaram deixá-la à vontade e ambas costumavam ser hábeis em fazer isso, porque eram damas naturalmente acolhedoras e carinhosas, mas a conversa fora trôpega, cedendo e afundando em banalidades, nunca chegando ao ponto em que fluiria com naturalidade. Tinha sido bastante medonho, na verdade. Aquela meia hora pareceu interminável.

— Por que não gostariam de você? — perguntou ele.

— Porque amam você.

— Eu não disse nada a elas sobre qualquer possível conexão entre nós, exceto como vizinhos.

— Ah, mas não acredito que sua mãe nem sua irmã careçam de inteligência.

Ela estava absolutamente certa, é claro.

— Elas querem me ver feliz — explicou ele. — Sou o único filho e irmão, e sempre fomos uma família unida, mas não são possessivas no amor. Não têm predisposição a não gostarem de qualquer mulher que possa acabar se tornando minha esposa. Querem que eu, de fato, me case. Tenho trinta anos.

— Mas eu não sou qualquer mulher. Você não pode fingir que esta visita foi algo além de um desastre. E *não* estou culpando sua mãe e sua irmã. Elas foram muito graciosas. Nem estou culpando o senhor. Nem a mim mesma. Acredito que eu deveria libertá-lo, Lorde Riverdale. Não que tenha aceitado qualquer compromisso formal comigo, mas é possível que esteja começando a sentir algum tipo de obrigação agora que nos encontramos algumas vezes e o senhor me apresentou à sra. Westcott e à Lady Overfield. Asseguro que não existe tal obrigação. Acho que ambos devemos esquecer a sugestão que fiz quando me visitou pela primeira vez, há duas semanas. O senhor é um bom homem e um perfeito cavalheiro, e aprecio suas tentativas de me conhecer, mas isso deve terminar aqui.

Eles pararam no meio da viela, e ela tinha retirado a mão do braço dele. Ficaram de frente um para o outro, e ele se viu franzindo a testa. Ela estava falando como a fria mulher de negócios que era e o olhava diretamente nos olhos. Não havia um vislumbre de emoção na renúncia de todos os seus planos e esperanças a respeito dele. Mas... ela estava sofrendo por dentro? Era prepotente da parte dele crer que poderia estar? Ela realmente tinha tomado uma coragem imensa para vir naquela tarde, mas tinha conseguido. Por quê? Só para terminar tudo com ele? Poderia ter feito isso por carta — ou simplesmente não vir. Não precisava se submeter àquela provação. Era algo sobre a visita, então. Ele imaginou que ela devia ter se sentido muito sozinha e exposta. Tinham sido três contra um: três familiares próximos contra uma mulher que não tinha ninguém. E ela nem estava com o véu para sustentar sua coragem como na última vez em que tinha vindo para o chá.

Maldito seja, mas ela estava certa. O conde sentia uma obrigação, mesmo que Wren tivesse acabado de libertá-lo dela. Ele a havia convidado e feito passar por uma experiência muito desagradável. Deveria acreditar em sua palavra. Sem dúvida, ela desejava voltar ao seu mundo familiar e recluso. E seria um alívio para ele. Realmente não conseguia se imaginar feliz estando casado com ela — ou sequer *casado* com ela. Mesmo assim...

— Está perdendo a coragem, então? — perguntou ele.

— Não é uma questão de coragem — protestou ela.

— Devo discordar. Foi preciso muita coragem para me convidar até a sua casa, me fazer a proposta, mostrar-me seu rosto, tomar chá com meus vizinhos, me visitar aqui sozinho, vir aqui de novo hoje. Mas, desde que concebeu seu plano, acredito que tenha percebido que será praticamente impossível se casar e continuar com a vida quase totalmente reclusa de quando morava com seus tios. Na verdade, a senhorita admitiu isso na última vez que nos encontramos.

— Não tenho mais nada a dizer, Lorde Riverdale — decretou ela.

— Conheceu minha mãe e minha irmã hoje e isso a assustou. E, então, está se voltando para seu instinto, que é correr para se esconder e permanecer lá.

Ele sabia que estava sendo injusto. Mas, com certeza, havia verdade no que dizia. Era como se, ao colocar o dedo do pé no oceano e achar a água fria, ela tivesse abandonado a intenção de se banhar no mar.

— Estou exercendo meu direito de viver a minha vida como eu escolher, Lorde Riverdale — disse ela com frieza, dignidade e a postura ereta. — E não escolho o senhor. Retiro minha oferta. Não tenho nada a lhe oferecer além de potes e potes de dinheiro. *Nada.*

O conde notou que ela não dissera que ele não tinha nada a lhe oferecer, embora parecesse mais pertinente. Ele cruzou as mãos atrás do corpo e olhou para ela por um longo momento, tentando entender o que se passava por trás de toda a frieza daquela pose. Poderia ter concluído que não havia nada, mas os olhos dela vacilaram por um momento antes que voltassem a encará-lo firmemente. E ele quase pôde sentir a dor por trás de suas palavras... *Não tenho nada a lhe oferecer além de potes e potes de dinheiro.*

— Se nos casássemos — disse ele —, eu arrancaria de você a história dos seus primeiros dez anos de vida, srta. Heyden. E, ainda que eu não seja um homem violento por natureza, suspeito que acabaria sabendo de algumas pessoas nas quais eu gostaria muito de dar uma boa surra.

Os olhos dela se arregalaram e ela pressionou a mão sobre a boca enquanto seus olhos se enchiam de lágrimas. Ela se virou bruscamente e caminhou para a lateral da trilha, apoiando as costas em um dos ulmeiros, com ambas as mãos espalmadas no rosto.

Oh, bom Deus. O que ele tinha feito?

Ele a seguiu, ficando de frente para ela por um tempo, e, em seguida, colocou as mãos no tronco da árvore, ambas ao lado da cabeça dela. Ela baixou as mãos e olhou para ele.

Ela estava franzindo a testa, e ele soube que, pelo menos, naquele momento, estava encarando de volta a escuridão que sempre soube existir dentro dela. Wren não tinha nada a dizer, e ele não conseguia pensar em nada que a fizesse se sentir melhor. Desculpar-se? Mas para quê? Além disso, as palavras já tinham sido ditas, e ele soube que, de alguma forma, tinha mergulhado em algum tipo de inferno associado àqueles anos ocultos da infância dela.

— Você me disse que queria ser beijada. — Ouviu a si mesmo dizer. — Deixe-me beijá-la.

— Por quê? — perguntou ela. — Para fazer eu me sentir melhor? Não pode negar que esteja aliviado por ter sido liberado de qualquer obrigação que possa ter sentido. O senhor viu a impossibilidade de tudo durante aquela meia hora medonha. Vai encontrar outra pessoa com bastante facilidade quando for a Londres. Alguém mais... normal. E rica o suficiente para resgatá-lo de seus problemas.

— Deixe-me beijá-la — repetiu ele, dobrando os cotovelos para aproximar-se do rosto e do corpo dela. E ficou surpreso ao descobrir que *queria* beijá-la, mesmo que apenas por curiosidade.

— Por quê? — perguntou ela outra vez. E quando ele não respondeu: — Tudo bem, então. Me beije. E, depois, me leve de volta para minha carruagem.

Ele olhou em seus olhos por mais um momento e, então, baixou o olhar para sua boca. E a beijou. Seus lábios endureceram contra os dele e, depois, suavizaram; então, pressionaram timidamente de volta. Suas mãos alcançaram a cintura dele, agarrando-se em seu casaco. Ele afastou as próprias mãos do tronco da árvore para acariciá-la no rosto. Seus polegares traçaram as pálpebras fechadas e as bochechas dela — a pele do lado marcado era tão macia quanto a do outro lado, descobriu. Ele deslizou uma das mãos na nuca dela e por baixo do chapéu e circulou sua cintura com o outro braço para puxá-la para mais perto. Ela era alta e esbelta. Ele podia sentir as pernas dela, longas contra seu corpo. Podia sentir sua estranheza também, sua inexperiência — poderia apostar que era seu primeiro beijo. O fato era que não tinha como não ser.

Mas a verdade é que ele não estava realmente analisando com frieza. Estava participando inteiramente do beijo, entregando-se à sensualidade inesperada do momento, à igualmente inesperada feminilidade dela, ao desejo de ir mais além, de explorar a boca dela com a língua, de deixar suas mãos vagarem e acariciarem seu corpo.

Mas aquele era, sem dúvida, o primeiro beijo dela. Ele não cedeu aos seus desejos. Mesmo assim, a srta. Heyden, de repente, entrou em pânico. Pressionou as mãos quase violentamente contra o peito dele, passou por debaixo de seu braço e marchou de volta para a grama da viela antes de parar no meio no caminho.

— Perdoe-me — disse ele enquanto a seguia.

Ela se virou para ele.

— Eu lhe dei permissão, mas isso não muda nada, Lorde Riverdale. Vou voltar ao terraço agora.

Mas, agora, ele definitivamente sentia uma obrigação.

— Srta. Heyden — falou ele, com as mãos atrás das costas novamente enquanto observava o rubor em sua bochecha, o brilho em seus olhos, sua total perda de equilíbrio. — Irei a Londres na próxima semana. Tenho obrigações por lá. Aceitaria ir como convidada de minha mãe a Westcott House? Posso providenciar uma acomodação para mim em outro lugar. A senhorita iria experimentar um pouco da vida social de lá? Um pouco ou bastante... como bem entender. Iria conhecer alguns de seus pares... ou ninguém? Como preferir. Me permite cortejá-la lá, sem nenhuma obrigação de nenhuma das partes?

— Não! — Seus olhos se arregalaram com o choque. — Por que eu concordaria com uma coisa dessas? Por que *o senhor* tem obrigações por lá? Eu também tenho minhas obrigações, se deseja saber. Preciso ir à minha fábrica de vidros em Staffordshire. Tenho negócios para administrar. Talvez *o senhor* queira ir até *lá* e conhecer alguns dos meus colegas e funcionários.

— Se algo avançar no cortejo. Acho que iria preferir assim, srta. Heyden, mas não na primavera.

— Eu não gostaria de ir a Londres em nenhuma estação do ano e, certamente, não na primavera. E essa é a minha palavra final. — Ela lhe deu as costas e caminhou na direção de onde tinham vindo.

O conde andou em silêncio ao lado dela. Ele tentou. Tentou não demonstrar um alívio óbvio ao ser liberado do acordo. Tentou sugerir um novo arranjo para o cortejo — se é que alguma vez isso tivesse acontecido. Agora, poderia ficar com a consciência tranquila. Foi o que ela escolheu, o que ela quis, e não havia mais nada a ser dito.

A carruagem dela estava esperando no terraço. O cocheiro estava ao lado dos cavalos enquanto a criada perambulava do lado de fora da carruagem, com a porta aberta. Alexander parou a uma pequena distância, pegou a mão dela e fez uma reverência.

— Obrigado por ter me dado o prazer de conhecê-la — disse ele.

— Adeus, Lorde Riverdale.

— Adeus, srta. Heyden.

Ele a ajudou a subir na carruagem e fechou a porta depois que a criada havia tomado seu lugar ao lado dela. O cocheiro subiu e tomou as rédeas nas mãos. Ela não olhou pela janela enquanto o veículo se afastava. Ele observou enquanto a carruagem desaparecia de vista, tentando sentir alívio e, de alguma forma, falhando.

Tudo por causa de uma maldita marca de nascença, pensou.

O que diabos acontecera nos primeiros dez anos de vida dela? Era algo claramente catastrófico.

Ele se virou, caminhou lentamente de volta para a casa e seguiu até a sala de visitas.

— A senhorita não parece nada bem — constatou Maude.

— Eu? — Wren apoiou a cabeça no encosto do assento, virou o rosto ligeiramente para longe da criada e fechou os olhos. Era uma pergunta retórica e Maude nem tentou responder.

Ela quis se atirar nele mesmo depois de dizer adeus, pois não poderia fazer isso de novo com outro alguém. Havia tido uma ideia, tentado e, agora, sabia que o casamento não era uma possibilidade para ela. Embora essa não fosse a verdadeira razão pela qual nunca haveria outra pessoa, é claro, e não fizesse sentido mentir para si mesma. Não poderia fazer isso com mais ninguém porque ninguém seria ele. Ainda que ele fosse uma impossibilidade.

Ela reviveu a conversa, o beijo — não fazia ideia, *nenhuma ideia*, de que poderia ser assim. Pensou na visita com a mãe e a irmã. Pensou no convite para ir a Londres e na vontade dele de conhecer o mundo *dela*. Não podia acusá-lo de ser irracional, de agir como o clássico homem da nobreza, que recebia tudo e não dá nada em troca. Não podia acusá-lo de nada. Muito pelo contrário, de fato. Ela não esperava que ele fosse um homem gentil. Não se esperava isso de alguém que era excessivamente bonito — um pensamento estranho. Não, a culpa era toda dela. Ela não conseguiria entrar em seu mundo, e era isso.

Mas, oh, a dor, o vazio, a odiosa sensação de autopiedade. Ela se recomporia quando chegassem em casa, mas, por ora, chafurdaria nos sentimentos pela simples razão de não conseguir parar.

Se nos casássemos, eu arrancaria de você a história dos seus primeiros dez anos de vida, srta. Heyden. E, ainda que eu não seja um homem violento por natureza, suspeito que acabaria sabendo de algumas pessoas nas quais eu gostaria muito de dar uma boa surra.

Wren mordeu o lábio, os olhos ainda fechados, e manteve a compostura mesmo enquanto chorava por dentro.

A sala de visitas estava cheia de atividades quando Alexander retornou. A mãe estava crochetando espiguilhas e Elizabeth estava debruçada sobre um bastidor a bordar. Ambas ergueram o olhar e sorriram para ele, mas a mãe logo franziu a testa.

— Alex — perguntou —, o que aconteceu com ela?

— É só uma marca de nascença — disse ele.

— Ah, isso ficou óbvio assim que percebi que não era uma queimadura — respondeu ela. — É uma pena que cubra quase metade de seu rosto, e entendo que seja uma grande provação para ela quando tem que conhecer novas pessoas e suportar sempre a mesma reação que a minha, mas não me referi a isso. O que *aconteceu* com ela?

Elizabeth também ainda olhava para ele, a agulha com o fio de seda escarlate suspenso acima do bordado.

— Mamãe e eu chegamos à mesma conclusão de que ela está tão presa dentro de si mesma que está perto de se tornar invisível — contou ela.

Ele estava do outro lado da sala, com as mãos atrás do corpo. Era um daqueles momentos em que desejava estar sozinho em casa para meditar e se lamentar em particular. No entanto, por que deveria se sentir ferido, não tinha certeza. O fracasso, talvez. Ou apenas culpa. Parecia estar sobrecarregado com o sentimento de culpa por mais de um ano, apesar de saber que não tinha motivo para se sentir culpado. Ele se sentia assim toda vez que pensava em Harry lutando no regimento, na Espanha ou em Portugal, e em Camille se casando com um pintor de retratos, embora ela parecesse bastante feliz com ele, e em Abigail, que deveria ter sido apresentada à sociedade naquela primavera, mas, em vez disso, estava escondida em algum lugar do interior com a mãe, que, depois de quase 25 anos como condessa de Riverdale, voltara a ser a srta. Viola Kingsley, mãe de três filhos ilegítimos. Como poderia não se sentir culpado? E, agora, havia cometido o erro de convidar a srta. Heyden à sua casa quando ela não estava pronta para isso. E de magoá-la. Ele sabia que ela estava sofrendo.

— Não sei o que aconteceu — respondeu ele. — Mas ela é desproporcionalmente sensível quanto à própria aparência. Hoje foi a primeira vez que não usou véu na companhia de outras pessoas.

— Foi a primeira vez que você a viu sem véu? — perguntou Elizabeth com clara surpresa antes de atravessar a agulha no tecido e descansar as mãos no colo.

— Não. Ela o tirou na primeira vez que nos encontramos. Ela me convidou para ir a Withington House e eu fui, supondo erroneamente que também haveria outros convidados lá. Me chamou para... me pedir em casamento. Herdou toda a riqueza do tio, e suponho que não seja segredo que me faltam os recursos de que preciso como proprietário de Brambledean.

— Ah, Alex. — A mãe abandonou as espiguilhas, e sua mão foi parar no pescoço.

— Ela está sozinha desde que os tios morreram no ano passado — contou. — Sempre foi reclusa, mas, durante o último ano, acredito que tem estado especialmente solitária. Ela deseja se casar.

— Mas você, não — disse a mãe.

— Você aceitou? — indagou Elizabeth.

— Eu não aceitei, mas também não recusei. Sugeri que nos conhecêssemos melhor para descobrirmos se poderia haver qualquer outra razão para nos casarmos além do... dinheiro. Ela veio, de véu, para o chá que ofereci aqui para meus vizinhos, e nós convidamos um ao outro para outras ocasiões desde então. Hoje, ela veio sem o véu para conhecer vocês. Precisou de muita coragem.

— Ah, Alex — falou a mãe. — Sinto toda a compaixão do mundo por ela. Realmente sinto, mas me aperta o coração pensar em você casado com ela.

— Ela estava apavorada — disse ele. — O que aconteceu aqui foi algo que nunca fez antes.

— Temo por você — prosseguiu a mãe. — Eu *sei* que está pensando em se casar por dinheiro. Não por si mesmo, mas pelas pessoas que vivem aqui, cujo sustento depende da prosperidade de Brambledean. E sei que você é bondoso. Mas, Alex, ela não é a noiva para você. Oh, tento não interferir na sua vida. Tento não ser o tipo de mãe que fica no pé do filho como uma pedra no sapato. Mas... Ah, o primo Humphrey Westcott era um homem muito perverso, e não me importo quando dizem que não se deve falar mal dos mortos.

Alexander se sentou na cadeira mais próxima da porta. Descansou um dos cotovelos no braço da cadeira e, de olhos fechados, apertou a ponte do nariz com o indicador e o polegar.

— Ela chegou à conclusão de que somos incompatíveis. Me disse isso agora, antes de ir. Percebeu que, como minha esposa, seria compelida a ir além da vida de isolamento à qual está habituada e se acha incapaz de fazer isso.

Ele ouviu a mãe soltar um longo suspiro.

— Pedi a ela que fosse a Londres nesta primavera como sua convidada em Westcott House — continuou ele. — Eu me ofereci para providenciar uma acomodação para mim em outro lugar. Pensei que ela poderia ser persuadida a conhecer algumas pessoas, participar de alguns eventos sociais, sentir-se mais confortável entre seus pares, mas ela não vai, ou não pode, fazer isso. Ela retirou a oferta e disse adeus.

Nenhuma das mulheres falou por um tempo.

— E suponho — disse Elizabeth — que, agora, você se sinta culpado.

ALGUÉM PARA CASAR 89

Ele abriu os olhos e riu sem humor.

— Assim como você e a mamãe — respondeu ele —, me pergunto o que aconteceu com ela. Ela não fala sobre a respeito. A única emoção que demonstrou foi quando abordei o assunto há pouco. Acredito, porém, que todo esse plano que concebeu a tenha deixado um pouco magoada. Talvez mais do que um pouco.

— Mas isso não é culpa sua nem problema seu, Alex — disse a mãe.

Ele olhou para ela, pensativo. Ela estava certa, é claro.

— Eu sei, mas odeio pensar que, de alguma maneira, posso ter sido a causa da mágoa dela.

— Não está se sentindo um pouco magoado também, Alex? — perguntou Elizabeth.

Ele pensou sobre isso.

— A marca de nascença é apenas o símbolo visível de uma dor muito mais profunda. Fiquei aliviado por vê-la partir, Lizzie, devo confessar. Não era um relacionamento que estava se desenvolvendo de maneira tranquila, mas é uma pessoa que passei a conhecer um pouco. Ela gosta de narcisos. — Ele franziu a testa, olhando para baixo, encarando as mãos, que tinha colocado sobre os joelhos. — Ela os apelidou de trombetas douradas de esperança, mas ficou envergonhada quando disse isso em voz alta. Talvez eu fosse gostar de ser amigo dela, mas é tarde demais. De qualquer forma, uma amizade entre um homem solteiro e uma mulher solteira nunca seria muito apropriada. Lamento ter nublado o dia de vocês. O que posso fazer para afastar a escuridão? Levar as duas para um passeio lá fora, talvez? — Ele sorriu, olhando de uma para a outra.

— Acredito que preferiria ficar meia hora ou mais deitada em minha cama. Tem sido um longo dia, mas você e Lizzie podem ir passear, se quiserem — declinou a mãe.

— Talvez tenha razão, Alex — disse Elizabeth, curvando-se para colocar o bordado na bolsa ao lado da cadeira antes de ficar de pé. — Pode ser impossível para você ter a srta. Heyden como amiga, mas não é impossível para mim. Eu gostaria de visitá-la em Withington House, se me permitir.

A mãe suspirou, mas não disse nada.

— Fica a quase treze quilômetros daqui — informou ele —, talvez mais. Tem certeza, Lizzie?

— É educado retribuir uma visita, não é? — respondeu ela. — Não precisa ser mais do que isso. Se ela for fria, então voltarei para cá sem nenhum dano real, mas talvez ela precise de uma amiga, mesmo que eu só possa lhe oferecer uma amizade por cartas, mas nós, damas, gostamos de escrever cartas, como você sabe. — Os olhos dela brilharam para ele.

Ela seria fria com Lizzie? Ele não tinha ideia, mas sentiu certo alívio ao saber que a srta. Heyden teria, pelo menos, a chance de uma amizade, mesmo que a distância — e que saberia que não tinha sido tão detestada como tinha imaginado.

— Obrigado — disse ele.

— E, agora, pode acompanhar a mamãe até o quarto. Subirei também para pegar meu chapéu. Estou precisando dessa caminhada.

7

Wren estava se preparando para ir a Staffordshire. Não pretendia ir tão cedo. Adorava passar a primavera no campo, mas, naquele ano, propôs a si mesma a importante tarefa de encontrar um marido. Com seu insucesso, o projeto havia chegado ao fim, mas nem todas as iniciativas poderiam ter sucesso, afinal. Era uma lição que tinha aprendido com o tio. Em seu caminho, surgiriam tanto o fracasso quanto o sucesso. Se mantivesse a cabeça fria, a sensatez e aprendesse com os erros, os sucessos acabariam por superar os fracassos. Sempre haveria algo novo e desafiador pela frente. Foi um pouco difícil de aceitar no momento, era verdade, pois seus sentimentos tinham sido feridos e, nos últimos dias, ela estivera um pouco pensativa e chorosa. Mas, com a experiência, havia aprendido que, em seu caso, devia buscar o sucesso sozinha e nas questões impessoais, principalmente nos negócios. Ao menos, por isso ela poderia ser grata.

Uma mudança de cenário lhe traria vigor e faria imensamente bem, ela tinha decidido. Iria se manter ocupada fazendo o que adorava e o que sabia fazer bem. Estar lá permitiria que falasse diretamente com Philip Croft, o gestor de longa data dos negócios, e com todos os outros funcionários. Ela poderia andar pelas oficinas e se maravilhar novamente com o processo quase mágico da criação de vasos, jarros, copos e estatuetas a partir de algo tão delicado e frágil como o vidro. Poderia observar as pessoas que trabalhavam soprando, cortando, gravando e pintando os vidros, e estar na companhia edificante de verdadeiros artistas. Sempre achava a experiência inspiradora. Toda vez que ia lá, perguntava-se como conseguia suportar ficar longe por tanto tempo.

Estava no quarto arrumando o baú e a valise, algo que sempre gostara de fazer por si mesma, apesar dos protestos de Maude, mas talvez não fosse capaz de terminar. Podia ouvir a chegada de uma carruagem no terraço, logo abaixo de sua janela. Quem seria? Ninguém a visitava. Certamente, não era *ele*. Não olhou pela janela, para que ele não a visse se olhasse para cima. Não tinha intenção de recebê-lo, embora não fosse educado mandá-lo embora quando ele tinha vindo de tão longe na chuva. Isso se *fosse* ele, mas não havia mais ninguém em sua mente. Se, ao menos, ele tivesse esperado até o dia seguinte, ela teria partido e não precisaria se preocupar em ser rude.

Maude bateu à porta e a abriu por ordem de Wren.

— Lady Overfield deseja saber se senhorita está em casa para receber visitas, srta. Wren — disse a criada, olhando com desaprovação para o baú e a valise abertos, sacudindo a cabeça em exasperação.

— *Lady Overfield*? Ela está sozinha? — perguntou Wren.

— Sim, está. O conde não veio com ela, a menos que esteja abaixado, escondido na carruagem.

Que tolice sentir uma pontada de decepção. Mas... a irmã dele? O que ela poderia querer? Ele não *contara* a ela?

— Bem, se você falou que viria ver se estou em casa, como ouso dizer que o fez, ela já deve saber que de fato estou aqui. É melhor acompanhá-la à sala de visitas, Maude, e diga que irei descer em um momento.

— Já fiz isso. A senhorita dificilmente poderia recusar vê-la, não é?

E Maude teria feito o mesmo se fosse o conde, Wren supôs.

— Mande uma bandeja de chá para a sala de visitas, por favor — pediu ela.

— Já está feito — respondeu a criada antes de desaparecer.

Wren olhou para si mesma. Estava usando um velho vestido, um cinza desbotado que tinha usado anos atrás e resgatado recentemente para servir de meio-luto. Passou as mãos sobre ele. Teria que servir. O cabelo também. Ela se olhou no espelho. Havia torcido as madeixas em um coque baixo simples, mas, pelo menos, estava razoavelmente arrumado. Olhou para o véu pendurado sobre o encosto de uma cadeira, mas desistiu. A senhorita já tinha visto seu rosto arroxeado em toda sua glória, afinal. Ela desceu com relutância.

Lady Overfield estava parada, próxima a uma das janelas, olhando para fora, mas se virou assim que Wren entrou na sala. Era muito diferente do irmão. Wren procurou alguma semelhança, mas não conseguiu encontrar nenhuma. Não tinha aquela beleza sombria e formidável nem aquele porte aristocrático extremamente formal. Sua principal beleza era seu rosto amável, que parecia estar sempre sorrindo.

Wren não cumprimentou a dama nem se moveu em direção a ela depois que fechou a porta. Ela não sorriu. Não a havia convidado, afinal, e poderia adivinhar o propósito da visita.

— Espero — disse Lady Overfield — não ter vindo em um momento muito inconveniente. Se eu estiver incomodando, por favor, me diga que irei me retirar sem mais delongas.

— Nem um pouco. Eu estava apenas fazendo as malas. Por favor, venha e sente-se. — As boas maneiras falaram mais alto.

— Fazendo as malas? — Lady Overfield se sentou na cadeira que Wren havia indicado.

— Tenho uma casa em Staffordshire, perto das fábricas de vidro — explicou Wren, enquanto se sentava em frente à visita. — É possível cuidar dos negócios a distância, pois tenho um gestor competente que está lá há anos, mas gosto de passar um tempo lá ocasionalmente. Gosto de ver por mim mesma o que está acontecendo, de participar ativamente dos planos e das decisões para desenvolvimentos futuros, de ir às oficinas, em parte para mostrar aos meus funcionários que aprecio suas habilidades. Também fico maravilhada com o talento e a dedicação deles para alcançar a perfeição. Passei alguns dos meus mais felizes dias lá. Trabalhos em vidro podem ser tão bonitos, e a ênfase do nosso trabalho sempre foi produzir o que é verdadeiramente belo, e não apenas o que é útil e feito às pressas para ser vendido facilmente. — Ela estava na defensiva outra vez. Podia ouvir a pontada de hostilidade em sua voz.

— Você faz parecer maravilhoso — comentou Lady Overfield. — Percebe como é rara entre as mulheres, srta. Heyden?

Ela estava sendo irônica? Wren não tinha certeza, ainda que seus modos parecessem calorosos e sinceros. Talvez fosse melhor em dissimular do que ela própria.

— Percebo, sim. Considero-me uma das mulheres mais sortudas.

Uma criada trouxe a bandeja de chá naquele momento, e houve uma pausa enquanto Wren servia e cada uma delas voltava a se sentar com seu chá e um biscoito de gengibre.

— Sua longa viagem até aqui foi bastante desnecessária, Lady Overfield — disse Wren, embebendo o biscoito no chá, o que provavelmente não era algo educado de se fazer. — Você veio me dar um recado. Lorde Riverdale não lhe informou, atrevo-me a dizer, que dissemos adeus um ao outro há alguns dias e que fui eu quem disse primeiro. Adeus não significa até nos encontrarmos novamente; significa que nunca nos encontraremos de novo, a menos que por acaso. Vivo uma existência reclusa aqui no interior, a pelo menos treze quilômetros de Brambledean, e passo algumas semanas do ano em outro lugar, então essa chance é quase nula. Ele está bem seguro de mim... e da tentação do meu dinheiro. — Ah. As boas maneiras... Ela parou, sem fôlego.

Lady Overfield devolveu a xícara ao pires antes de responder.

— Ele nos contou. E parecia um pouco triste com isso, o que deixou minha mãe e eu um pouco tristes também, mas minha vinda até aqui não tem nada a ver com isso, srta. Heyden. Seus assuntos com Alex dizem respeito apenas a vocês dois.

Triste? Ele estava triste?

— Por que veio, então? — perguntou Wren.

— Parecia educado retribuir sua visita. — Ela ergueu a mão antes que Wren pudesse responder. — Não. Eu não acho que essas banalidades sociais funcionam com você, não é mesmo? E por que deveriam? Por que a verdade não deve ser dita? Anteontem, quando nos encontramos, senti que você talvez estivesse precisando de uma amiga. Sei que está sozinha desde que perdeu seus tios em um período muito próximo um do outro no ano passado. E sei como é estar sozinha.

— Depois que ficou viúva? — indagou Wren.

Lady Overfield hesitou.

— Não foi depois da morte que me senti sozinha, mas durante a vida. Ele era... Bem, ele era abusivo, srta. Heyden, um fato que me senti compelida a manter em segredo, mesmo de minha família, por uma variedade de razões em que não me aprofundarei. Eu tinha uma família. Também tinha muitos conhecidos. Nós éramos bastante ativos socialmente. Mas, no cerne de tudo, eu me sentia sozinha e sem amigos. Não estou sugerindo que haja algo em comum entre a sua experiência de solidão e a minha, exceto nesse único ponto. E me perdoe se minha suposição for ofensiva. Pode ser que tenha várias amigas muito próximas. Ou pode ser que não queira qualquer amizade íntima. Certamente, pode ser que não me queira como amiga.

Atônita, Wren olhou para ela e, sem aviso, foi catapultada de volta à infância e ao constante anseio que a tornava insuportável. Ela podia se lembrar de, mais de uma vez, ter se enrolado em posição fetal no canto do quarto, atrás da cama, soluçando inconsolavelmente, balançando-se para frente e para trás, ansiando e ansiando por amigos de sua própria idade que ela nunca poderia ter. Ou até mesmo uma amiga. Apenas uma. Era pedir demais? Mas era uma pergunta retórica, porque a resposta era sempre sim. Enquanto ouvia os gritos e risos de outras crianças ao ar livre ou em outros cômodos, ela sempre ficava sozinha, às vezes, atrás de uma porta trancada... trancada pelo lado de fora. Houve apenas uma criança, um mero bebê...

Há muito tempo, ela havia abolido qualquer desejo de amizade. Tinha um lar seguro e acolhedor e o incondicional amor de duas pessoas que certamente deviam ter sido anjos disfarçados de humanos, pensava às vezes, um pouco fantasiosamente, mas ouvir falarem sobre o fato de não ter amigos fez com que sua necessidade surgisse novamente. Seu primeiro instinto foi se manter na defensiva, pois parecia um pouco vergonhoso não ter amigos. No entanto, a elegante e serena dama sorridente, que parecia nunca ter sofrido profundamente em sua vida, apesar do que tinha dito sobre o marido, sabia como era sentir-se sozinha no mundo e estava disposta a compartilhar com uma quase completa estranha o que devia ter sido sua própria vergonha na época.

— Claro — continuou Lady Overfield quando Wren não disse nada. — Não moro em Brambledean e nem espero morar, mas se Alex fizer dela sua casa, como pretende, ouso dizer que passarei algum tempo por lá. Sempre fomos uma família próxima, e ele tem sido particularmente bom para mim.

Não posso oferecer uma amizade muito presente, talvez, mas ofereço o que é possível. Há sempre as cartas para manter o contato. Sou mestra em escrever cartas.

— Estou sempre ocupada com correspondências comerciais — disse Wren rigidamente.

A dama sorriu mais uma vez.

— Posso lhe contar *como* Alex foi particularmente bom para mim? — perguntou ela. — Ou prefere nunca mais ouvir o nome dele?

— Como? — indagou Wren a contragosto, percebendo a segunda metade de seu biscoito ainda intocada no pires e mordiscando-a. Não havia mais chá para mergulhá-lo.

— Quando Desmond, meu marido, me machucou de verdade pela primeira vez — contou Lady Overfield —, voltei para casa, em Riddings Park. Desmond, porém, veio atrás de mim, e meu pai, muito consciente do fato de que eu tinha me casado por vontade própria e que era, portanto, a propriedade e posse de meu marido para fazer de mim o que bem entendesse, insistiu que eu voltasse para casa com ele. Em defesa do meu pai, Desmond foi até lá cheio de desculpas e de garantias de que nada parecido aconteceria novamente. Quando, mais tarde, fiquei ainda mais gravemente ferida, com um braço quebrado, entre outras coisas, e voltei para casa de novo, meu pai já havia falecido. Quando Desmond veio à minha procura, Alex lhe deu um soco e o mandou seguir seu rumo. Ele voltou com um magistrado, mas Alex se manteve firme e se recusou a desistir de mim. Moro com ele e minha mãe desde então. Desmond morreu no ano seguinte. Meu irmão é um homem gentil e de temperamento calmo, mas ninguém deve cometer o erro de acreditar que é fraco. Agora, conte-me sobre sua tia. Sei que o seu tio foi um empreendedor de sucesso e que deve ter encorajado seu interesse pelos negócios e que até, presumivelmente, a treinou para continuar depois dele, mas o que diria sobre sua tia, a quem você amava tanto?

Como poderia Lady Overfield ter sofrido tanto sem externar nada disso agora? Como havia se recuperado? Mas será que *havia* se recuperado? Ela parecia muito equilibrada e amável, mas não era possível saber o que se passava no íntimo de outra pessoa depois de conhecê-la tão brevemente. E por que lhe confidenciara algo tão profundamente pessoal? Por que queria ser sua amiga? Era possível? Seria muito fácil cair em lágrimas, Wren pensou, afastando a possibilidade. Lady Overfield tinha escolhido confiar nela.

— Ela era uma mulher corpulenta e serena e deleitava-se em seu papel de esposa e de mãe adotiva — contou Wren. — Nunca demonstrou o menor interesse pelos negócios, além de certa admiração por algumas das peças mais bonitas que lhe eram apresentadas para aprovação. Nunca levantou a voz, nunca perdeu a paciência, nunca a ouvi dizer uma palavra indelicada sobre ninguém, mas ela era tão dura quanto couro velho quando provocada. Quando... — Ela parou abruptamente. — Bem. Certa vez...

Ficou aliviada quando Lady Overfield preencheu a lacuna.

— Eu gostaria de tê-la conhecido — disse ela. — Ela lhe deu educação ou você teve uma tutora?

E, de alguma forma, a meia hora aceitável para uma visita voou sem que ela percebesse e, depois, outra, enquanto conversavam sobre diversos assuntos sem qualquer esforço aparente de qualquer uma das partes. Wren percebeu que sorria enquanto falava. Estava se acalentando com a primeira oferta de amizade que já havia recebido. Foi só quando Lady Overfield olhou para o relógio na cornija da lareira, parecendo assustada, e disse que era hora de se despedir e deixar a srta. Heyden voltar a fazer as malas que Wren percebeu o quanto estava se divertindo.

— O tempo passou rápido — constatou Wren, deixando a bandeja de lado e ficando de pé. — Agradeço por ter vindo. Espero que a chuva não tenha tornado o caminho traiçoeiro.

— Não chega a ser o tipo de aguaceiro que deixa a estrada enlameada muito rapidamente — respondeu Lady Overfield, olhando pela janela enquanto se levantava também. Ela não se virou para a porta de imediato. Franziu a testa, hesitou, e então, virou-se para olhar diretamente para Wren. Ela respirou fundo para falar, pareceu mudar de ideia, balançou a cabeça e, então, sorriu.

— Srta. Heyden, eu vim lhe dizer algo e, então, me perdi no prazer de conversar com você, mas devo proferir o discurso que preparei com tanto cuidado e ensaiei tão diligentemente na carruagem ou me arrependerei durante todo o caminho para casa. Alex nos contou que a convidou para ir a Londres durante a primavera, como convidada de minha mãe em Westcott House. Sei que recusou e respeito totalmente sua decisão. No entanto, quero dizer duas coisas. Primeiro, se a recusa foi, em parte, porque sentiu que não gostaríamos de sua companhia, estava completamente enganada. Tanto minha mãe quanto eu somos muito sociáveis e seria um prazer genuíno recebê-la. Em segundo lugar, se você escolher, seja qual for a razão, ir à Capital, seria mais do que um prazer lhe mostrar Londres. Certamente, vale a visita, embora talvez não possa competir com uma vidraria. Eu gostaria *muito* de conhecer uma delas um dia desses, aliás. Seria um prazer acompanhá-la a qualquer um dos inúmeros eventos da Temporada que lhe possa interessar. Estaríamos igualmente dispostas a deixá-la em casa sempre que optasse por não nos acompanhar. Não haveria nenhuma pressão para fazer qualquer coisa que não quisesse ou conhecer alguém que não desejasse conhecer. Ufa! Foi isso o que vim dizer. Minha mãe queria me acompanhar esta tarde, devo acrescentar, mas achei que você poderia se sentir sobrecarregada se ambas aparecêssemos à sua porta. Ah, mais uma coisa. — Ela abriu sua pequena bolsa e tirou um cartão, entregando-o à Wren. — Tem o endereço de Londres. Espero que escreva para mim quando eu estiver lá, independentemente de qualquer coisa. Prometo escrever de volta.

— Obrigada. — Wren olhou para o cartão. — Eu vou... escrever. — Primeiro, ela não teve certeza se o faria. Mas, então, não teve tanta certeza de que não o faria. Nunca tinha tido uma amiga, mesmo a distância. Nunca iria para Londres, claro, mas... poderia ter uma amiga. Talvez vê-la ali ocasionalmente. Ou convidá-la para Staffordshire em algum momento no futuro. Sim, ela *escreveria*. Seria, no mínimo, a coisa educada a se fazer. — Vou até lá embaixo com você.

Quando Wren voltou para o quarto, Maude tinha terminado de arrumar seu baú e sua valise. Ela olhou para o cartão em sua mão e deslizou-o para dentro da valise.

— Eu não tinha certeza de que tudo caberia — disse ela. — Você é uma empacotadora muito mais organizada do que eu, Maude. Obrigada.

— A senhorita sempre me dá o dobro de trabalho — resmungou a criada. — Primeiro, tenho que tirar tudo o que guardou e, então, tenho que fazer o trabalho corretamente.

Wren riu e foi para perto da janela. Olhou para fora e se perguntou se a chuva atrasaria sua própria viagem no dia seguinte. Mas, depois de alguns momentos, não era mais a chuva o que ela via. Era o conde de Riverdale, socando o marido de Lady Overfield e se recusando a abandoná-la, embora a lei se opusesse a ele, chegando à sua porta na forma de um magistrado.

Meu irmão é um homem gentil e de temperamento calmo, mas ninguém deve cometer o erro de acreditar que é fraco.

E ele era o irmão de sua amiga.

Minha amiga. Ela sussurrou as palavras contra o vidro.

Alexander partiu para Londres com a mãe e a irmã um dia depois que Wren foi para Staffordshire. Ele havia discutido com o administrador sobre o que poderia e seria feito com os recursos limitados de que dispunha. Não era muito, só podiam fazer o melhor que estava ao alcance, esperar por uma colheita decente e, consequentemente, por um pouco mais de dinheiro para investir no próximo ano. A casa e o parque precisariam esperar, embora Alexander tivesse toda a intenção de estar de volta no verão.

Enquanto isso, foi a Londres porque era seu dever ocupar seu assento na Câmara dos Lordes. E porque sua mãe e Elizabeth realmente deveriam ter sua proteção e escolta enquanto estivessem na cidade. Eles não precisariam alugar uma casa naquele ano. Westcott House, em South Audley Street, a casa dos condes na capital, passada entre gerações, não era uma propriedade vinculada. No ano anterior, Anna acabara se tornando a proprietária da residência em Londres, mas nunca quis manter tudo para si mesma. Tentou dividir sua fortuna em quatro partes, três quartos para serem divididos entre seus três meios-irmãos despossuídos. E tentou dar Westcott House para Alexander. No fim, acordaram que ele moraria lá apenas quando estivesse na cidade, embora ela lhe tivesse informado que seu testamento já declarava que a casa seria dele e de seus descendentes depois que ela se fosse. Ele esperava que fosse depois que ele se fosse também... Anna era quatro anos mais nova que Alexander.

Ele também foi a Londres — é claro — porque precisava de uma noiva rica, embora a ideia estivesse se tornando cada vez mais desagradável. Não tinha gostado de suas negociações com a srta. Heyden quando percebeu que seu único e verdadeiro motivo para considerar o casamento com ela era a fortuna que traria consigo. Ele se sentiu... quase sujo, embora não houvesse falcatrua envolvida. Tinha sido ela a abordá-lo, afinal, porque ele precisava de dinheiro e ela queria alguém com quem se casar. Bom Deus, eles odiariam um ao outro depois de duas semanas juntos.

Talvez. Talvez não. Ele se lembrou dela com um pouco de pesar...

Mas afastava aqueles pensamentos sempre que ameaçavam se intrometer e voltava sua mente para o futuro — ou mais para o presente daqueles poucos meses em Londres. Ele o fez, porém, com muito pouco entusiasmo pela missão a que havia se submetido.

Logo ficou claro que a tarefa seria muito mais fácil do que esperava. Conheceu várias jovens damas nas três semanas seguintes à sua chegada. Era a Temporada, afinal, e ele era o conde de Riverdale, alguém relativamente jovem e solteiro. O fato de também não ser um homem rico, que havia herdado uma relapsa propriedade ancestral, não podia ser segredo, é claro, mas longe de dissuadir o interesse, tais fatos realmente pareciam ser um atrativo. Famílias ricas sem títulos estavam dispostas a pagar uma quantia generosa pela chance de casar uma de suas filhas com alguém da aristocracia em troca de um impulso no próprio status social. Era para isso que serviam as filhas, algumas pessoas afirmavam.

Alexander odiava se encontrar em meio a tão estúpido cinismo, mas a Temporada não era chamada de grande mercado casamenteiro à toa. Achava difícil e um pouco humilhante ir a bailes, saraus, concertos e outros eventos sociais sabendo que muitos o enxergavam como um aristocrata elegível, que devia estar à procura de uma igualmente elegível — e rica — noiva. E, céus, eles estavam certos.

A srta. Hetty Littlewood era uma entre muitas. Alexander dançou com ela uma noite — duas, na verdade, embora não tivesse certeza de como a segunda dança havia acontecido. Era possível ser pego de surpresa por mães ambiciosas e determinadas o suficiente. Ela tinha dezoito anos, havia acabado de terminar os estudos, era loira e bonita, com covinhas em ambas as bochechas, e de personalidade agradável. Ficava feliz em conversar sobre o clima, outras pessoas, os próximos eventos da Temporada e moda. Ela o encarou com os olhos azuis arregalados e bastante inexpressivos, no entanto, quando ele tentou falar sobre livros que ela disse ter lido, sobre uma peça que estava em cartaz em um dos teatros de Londres, ela disse ter visto duas noites antes, e sobre a canção tocada em uma apresentação recente, ela comentou ter gostado "mais do que tudo", e sobre algumas galerias, ela alegou ter visitado e "adorado".

Na manhã seguinte ao tal baile, o conde recebeu um convite para se juntar aos Littlewood e a um seleto grupo de amigos da família em Vauxhall dali a três noites. No mesmo dia, no White's Club, um conhecido em comum o apresentou ao sr. Oswald Littlewood, um cavalheiro corpulento de rosto rosado, que sentou-se ao lado de Alexander na sala de leitura, falando por meia hora sobre suas referências, para o aborrecimento óbvio daqueles que estavam realmente tentando ler os jornais ou mesmo um livro em paz. Ele era o filho mais novo de um barão, mas acabou dez vezes mais rico do que o irmão mais velho quando um tio, que havia acumulado riquezas de um rei na Índia — *as riquezas de um nababo, Riverdale* —, morreu e deixou para ele metade de tudo.

— Uma boa metade — acrescentou sem lógica alguma. — E a outra metade menor não foi para o meu irmão. — Esse fato parecia agradá-lo enormemente, pois ele riu e esfregou as mãos uma na outra.

Aparentemente, o bom Deus havia abençoado a ele e à sra. Littlewood, uma considerável herdeira por direito próprio, com apenas uma filha, a menina dos seus olhos, a alegria de seus dias, o modelo entre todas as filhas, que visava abandonar logo os pais amorosos, a danadinha, casando-se com um belo cavalheiro de sua própria escolha.

— Sua mãe e eu somos tão apaixonados por ela — acrescentou o cavalheiro depois de uma gostosa gargalhada por causa do que parecia acreditar ser uma grande piada — que vamos permitir que faça a própria escolha, Riverdale. Desde que seja um cavalheiro respeitável, claro. E desde que a trate bem. Estamos na posição afortunada de não ter que insistir em escolher alguém rico para sustentá-la. De fato, se ela escolher um cavalheiro pobre e *sustentá-lo*, sua mãe e eu não teríamos nenhuma objeção, desde que ele reconheça sua própria sorte. Já conheceu minha boa esposa e nossa Hetty, Riverdale?

Infelizmente, Alexander já havia aceitado o convite para ir a Vauxhall. Ainda mais infelizmente, havia permitido o cortejo. Não podia se dar ao luxo de *não permitir*.

E a srta. Littlewood e seus queridos pais não tinham sido os únicos — apenas os mais persistentes até então.

Wren esteve duas semanas e meia ocupada e feliz em Staffordshire. Ela não tinha vida social, é claro, mas não precisava de uma lá. Passava seus dias nas oficinas e nos escritórios. Era uma figura conhecida e não sentia vergonha, embora estivesse sempre de véu. Ela se debruçava sobre os esboços de novos produtos com o gestor e os artesãos e se engajava em uma troca bastante vigorosa de pontos de vista. As discussões nunca eram nem amargas nem obsequiosas. Havia respeito mútuo entre todos. Repassava os planos de vendas dos produtos e as projeções de custos com os responsáveis e analisava por muito tempo as colunas de lucros e prejuízos para que tivesse conhecimento para participar das discussões sobre finanças. Sugeriu novamente, quando teve certeza de que os lucros poderiam ser redirecionados, o aumento de salários, e sua sugestão foi aprovada.

Mas, um dia, ela se sentou sozinha em seu escritório, com a porta fechada para que pudesse afastar o véu — ninguém nunca entrava em sua sala sem antes bater. A qualquer um que entrasse, ela parecia tão ocupada como sempre, sentada atrás da mesa como estava, com papéis espalhados diante dela, a pena na mão.

Na verdade, estava elaborando duas listas, uma chamada "prós" e outra, "contras". A lista de contras era maior que a de prós e mais fácil de escrever.

Contras:

1. Nunca estive lá, exceto com a tia M, quando eu tinha dez anos.
2. Realmente não quero ir.
3. Não quero vê-lo novamente.
4. Tenho certeza de que ele sente o mesmo.
5. Não saberia para onde ir ou o que fazer.
6. Lady O provavelmente não estava falando sério.
7. A sra. W quase que certamente não.
8. Estou perfeitamente feliz aqui.
9. Estaria igualmente feliz em Withington.
10. Há muita gente lá. Muita.
11. Não conheço ninguém lá, exceto Lady O, a sra. W e ele.
12. Não quero conhecer ninguém.
13. Posso encontrar um deles lá. Desastre!
14. Especificamente, posso dar de cara com ela. Impensável!
15. É melhor não procurar sarna para me coçar.
16. Eu poderia parecer um pouco desesperada ou patética.
17. Não há muita coisa para colocar na lista de prós. O que significa que não há verdadeiros prós.

Prós:

1. Exorcizaria alguns demônios.
2. Poderia sentir orgulho de mim mesma.
3. Fui convidada.
4. Até gostaria de ver a Catedral de St. Paul, a Galeria Nacional e outros lugares.
5. Poderia visitar algumas lojas que exibem nossas peças da vidraria.
6. Provaria que não sou covarde. (Igual ao tópico 2?)
7. Só porque sim. (Não é um motivo.)
8. Voltaria a vê-lo. (Contradiz os contras.)
9. Apenas porque eu quero. (Outra contradição. É o mesmo que o 7?)

A ideia de que, afinal, ela deveria ir a Londres a atormentava desde que chegara a Staffordshire — não, de fato, desde o dia anterior à sua partida de Wiltshire. Apenas por alguns dias, uma semana no máximo. Ela não precisava ficar em Westcott House. Na verdade, Lady Overfield nem qualquer outra pessoa precisava saber que iria — ou mesmo que estava lá. Poderia ficar em uma hospedaria. Mesmo como mulher, não tinha medo de fazer isso por conta própria. Levaria Maude e outros criados por respeitabilidade. Estava ocupada e feliz ali, no entanto. Por que abandonar essa oportunidade? Poderia ficar lá o tempo que quisesse e, depois, ir para casa, em Wiltshire, e ficar ocupada e feliz lá pelo resto do verão.

Mas ele havia sugerido que ela fosse a Londres e ficasse com sua mãe, e Lady Overfield havia reforçado o convite. A ideia tinha horrorizado Wren ambas as vezes. Em grande parte, dissera adeus ao conde de Riverdale porque o casamento com ele a arrastaria para uma vida social no *ton*, e isso simplesmente não ia acontecer. Então, por que ainda estava pensando em ir? A lista de contras era quase o dobro da lista de prós.

Mas a ideia de ir a Londres, de qualquer maneira, vinha cutucando-a, até que — para seu horror — ela se viu muito tentada a ir, mesmo que apenas para provar que *poderia*. Provar para quem, no entanto? Para si mesma? Para ele? Para a irmã e a mãe dele? Para o mundo em geral?

Tudo se resumia a uma questão de coragem, ela decidiu, afinal. E, ao mesmo tempo em que não queria ir e *realmente* não queria ver o conde de Riverdale de novo, também não queria se sentir uma covarde. Era covardia não fazer o que não queria fazer, de qualquer maneira? Mas ela estava sendo honesta? Era possível que, secretamente, desejasse ir a Londres? E era remotamente possível que ansiasse por ver o conde?

Ansiasse?

Wren pegou outro pedaço de papel e rabiscou uma única palavra quase vingativa de um lado ao outro.

Mas olhar para a palavra não trouxe uma resposta clara. Por que de fato estava tentada? Porque tinha olhado para si mesma e não tinha gostado muito do que vira? E isso não tinha *nada a ver* com seu rosto horrível. Porque Lady Overfield tinha lhe oferecido amizade e ela nunca tivera uma amiga? Elas trocaram algumas cartas e Wren tinha descoberto um grande e inesperado deleite tanto escrevendo suas próprias cartas quanto lendo as respostas. Porque ele a tinha convidado... antes de ela dizer adeus? Ou tinha sido depois? Não conseguia se lembrar.

Porque ele a tinha beijado?

Porque ela não conseguia esquecê-lo?

Ela organizou as três páginas ordenadamente, uma em cima da outra, bateu com elas na mesa para alinhar as bordas e, em seguida, jogou os papéis na lareira, entre as brasas apagadas, e decidiu que não iria.

Pronto.

Estava feito. Ela não iria.

Definitivamente, irrevogavelmente, não. Decisão final, que nunca seria reconsiderada.

Ela se sentiu muito melhor.

8

Certa tarde, pouco mais de três semanas após sua chegada à cidade, Alexander estava caminhando pelas margens do Serpentine, no Hyde Park, com a srta. Hetty Littlewood enlaçada em seu braço e a sra. Littlewood ao lado dela.

Ele havia sido manipulado para realizar a caminhada na noite anterior, enquanto assistia a um concerto com a mãe e Elizabeth. Estavam sentados com os Radley — tio Richard, irmão de sua mãe, e tia Lilian — e com Susan, filha deles, e Alvin Cole, marido desta. Durante o intervalo, Alexander tinha ido com Alvin buscar limonada para as damas e se viu cara a cara com a sra. Littlewood e sua filha quando se virou da mesa, um copo em cada mão.

— Que gentileza a sua, milorde — disse a mãe, abanando o rosto enquanto pegava um dos copos e gesticulava para a srta. Littlewood pegar o outro. E, de alguma forma, durante o que restava do intervalo, Alexander se viu concordando que, de fato, o Hyde Park era um lugar delicioso para um passeio durante a tarde, principalmente às margens do Serpentine. Aparentemente, a srta. Littlewood ainda não conhecia o lugar, seu pai não gostava de caminhar e a própria sra. Littlewood sempre era um pouco cautelosa para sair a qualquer lugar, exceto às ruas comerciais bem frequentadas, sem ter a necessidade de um acompanhante masculino. Alexander tinha respondido como uma marionete.

E ali estava ele.

A srta. Littlewood estava encantadora, usando um vestido de passeio cor de pêssego, um guarda-sol combinando e um chapéu de palha. Ela era pequena, delicada e sorridente. Não parava de falar desde que começaram a andar em uma pitoresca parte do parque. Era um dia quente e ensolarado, e muitas outras pessoas caminhavam por ali, então havia muito a ser comentado com entusiasmo. A sra. Littlewood, enquanto isso, acenava graciosamente para todos ao redor, as compridas plumas de seu chapéu acenando com ela, como se, Alexander pensou com certo desconforto, já fosse a sogra do conde de Riverdale.

Ainda mais desconfortável foi o pensamento de que talvez ela realmente se tornasse sua sogra antes que o verão terminasse — ou alguém como ela. Ele passou a entender que qualquer pai disposto e ansioso por oferecer um vasto dote queria muito mais em troca da filha do que apenas um casamento decente. O conde se perguntou se seria capaz de fazer isso, mas sorriu para sua acompanhante e concordou que, sim, o menino que se aproximava ao longo da margem, arrastando um barquinho por uma corda pela água, parecia um pequeno e amável querubim.

— Minha nossa! — exclamou ela, com uma angústia repentina, puxando ligeiramente seu braço para fazê-lo parar. — Oh, não!

Uma menina, um pouco mais velha que o amável querubim, saltitava ao longo da margem na direção oposta e, sem reparar na corda, decidiu passar pelo menininho na beira do lago. Ela tropeçou na linha, caiu esparramada e logo se pôs de pé, os olhos em chamas, a boca soltando insultos estridentes, que incluíam *bobalhão idiota*, *pateta desajeitado* e *imbecil grosseiro*. O menino abriu a boca e gritou, apontando pateticamente para o barquinho, que escapava alegremente ao longo da margem, arrastando a corda abandonada.

— Ah, a ajuda está à mão — falou Alexander quando pensou que seria incitado a ajudar no resgate. Uma dama de verde pegou a corda e se inclinou entre as crianças, dizendo algo para apaziguar a fúria da menina em um murmúrio petulante e a angústia do menino em alguns soluços de mágoa, enquanto ele recuperava o domínio sobre seu barco. Ela se endireitava quando duas mulheres, ambas aparentemente babás, convergiam para o local de direções opostas e tomavam posse de suas respectivas responsabilidades. — Tudo parece ter sido resolvido.

— Pobre anjinho — comentou a srta. Littlewood, presumivelmente referindo-se ao menino.

— Se aquela garota fosse minha filha — disse a mãe da srta. Littlewood —, seria arrastada para casa sem mais delongas e ficaria trancada no quarto pelo resto do dia apenas com pão e água, depois de ter sua boca lavada com sabão. A babá seria dispensada sem cerimônia.

Alexander mal ouvia qualquer uma delas. A dama de verde, alta, magra e elegante, estava de costas para ele até se virar para retomar sua caminhada. Usava um chapéu verde-claro e um véu da mesma cor. Bom Deus! Poderia ser? Ela moveu a cabeça totalmente em sua direção naquele momento, parou abruptamente e, em seguida, virou à direita e saiu apressada na outra direção — com uma passada familiar.

— Perdoe-me — pediu ele, soltando o braço da srta. Littlewood sem olhar para ela ou para a mãe... Na verdade, naquele momento, ele havia se esquecido delas. — Há uma pessoa que devo cumprimentar.

E foi atrás dela, ultrapassou-a em poucos passos e colocou a mão sobre seu braço.

— Srta. Heyden?

Ela parou e se virou para ele. O véu tinha sido habilmente feito para ser leve e atraente, mas escondia com bastante eficácia suas feições.

— Lorde Riverdale — disse ela —, que encantadora surpresa. — Não parecia nem surpresa nem encantada.

— Veio à Capital, afinal?

— Eu tinha alguns negócios para tratar aqui. Algumas lojas de Londres vendem nossos artigos e eu quis ver por mim mesma.

Mas ela não lhe disse que nunca viera a Londres e que nunca viria? Isso não estava no cerne de todo o problema de compatibilidade entre eles?

— Eu adoraria visitar essas lojas — respondeu ele. — Diga-me onde os artigos da sua vidraria estão expostos. Mas, mais importante, onde está hospedada? — E onde estava a criada ou o lacaio? Ela parecia estar completamente sozinha.

— Em uma tranquila hospedaria para damas. Cheguei à cidade apenas uma ou duas horas atrás e vim ao parque para tomar ar e me exercitar após a longa viagem. Confio que a sra. Westcott e Lady Overfield estejam bem?

— Sim. Obrigado. Lizzie ficou contente em receber suas cartas. — Houve uma tosse aguda a uma curta distância e Alexander se lembrou de que não estava sozinho.

— Está atrasando as damas que está acompanhando, Lorde Riverdale.

Ele precisava voltar para elas.

— Vou vê-la de novo? — perguntou ele. — Diga-me os nomes dessas lojas. Promete que virá visitar minha mãe e minha irmã? Elas ficariam felizes em vê-la. Tem o endereço?

Por que ele estava quase entrando em pânico com o fato de que poderia não a ver novamente?

A segunda tosse foi ainda mais aguda.

— Vou visitá-las — prometeu ela. — Amanhã de manhã. Tenho o endereço.

— Vou avisá-las. Elas ficarão encantadas.

Ele já tinha dito isso?

— Espero que não seja inconveniente para elas — falou ela.

— Não é. — Ele hesitou, mas não havia mais o que dizer, e já estava sendo muito mal-educado com as duas damas em sua companhia. Ele se virou e se apressou até elas.

Ela não lhe disse os nomes de nenhuma das lojas. Não havia nomeado a hospedaria onde estava. E se não aparecesse no dia seguinte?

Mas isso importava?

— Que senhora extraordinariamente alta — comentou a srta. Littlewood, olhando para Wren.

— Isso é muito lamentável para ela — concordou a sra. Littlewood. — É muito magra também. E nem um pouco bonita, ouso dizer, se é que se pode tirar conclusões com aquele véu. Sua tutora realmente deveria tê-la ensinado a não andar daquele jeito, como um homem. Eu ficaria muito surpresa se soubesse que ela era casada.

A senhora olhou inquisitivamente para Alexander. Ele sorriu e ofereceu um braço para cada uma.

— Peço desculpas por tê-las feito esperar — disse ele.

— Pobre moça. Eu iria querer morrer se fosse alta assim — continuou a srta. Littlewood, deslizando a mão pelo braço dele. — Ouvi dizer que cavalheiros não gostam de mulheres altas.

— É um grave infortúnio — concordou a mãe. — Só podemos lamentar por ela, mas onde está a dama de companhia dela, Lorde Riverdale?

— Não perguntei, senhora. O que acharam da segunda metade do concerto de ontem à noite? Em minha opinião, o melhor ficou para o final. Não é de admirar que o violoncelista seja muito requisitado.

Ele havia tomado uma segura decisão nos últimos minutos. Se tivesse que se casar com uma noiva rica naquela primavera ou no verão, ela não seria a srta. Hetty Littlewood. Teria que ser mais vigilante em relação às persistentes manobras da mãe da moça, embora não fosse fácil.

Por que a srta. Heyden *viera*? Certamente, não foi porque queria ver alguns artigos da vidraria expostos nas lojas de Londres. Será que ela havia pensado melhor no convite de Elizabeth? No convite dele próprio? O que ele faria se ela não fosse a South Audley Street na manhã seguinte? Procuraria em todas as hospedarias para damas em Londres? E quantas *existiam*, pelo amor de Deus?

E por que exatamente ele faria tal coisa?

Wren era uma famosa criadora de listas. Ajudavam a organizar seus pensamentos e seu tempo. Aumentavam sua eficiência e garantiam que tudo o que ela precisava fazer fosse feito em tempo hábil, mas as listas que havia criado no escritório em Staffordshire não passavam de perda de tempo, pois já havia se decidido antes mesmo de começar a compô-las. Claro que tinha encontrado mais contras do que prós. Era seu lado racional tentando se impor sobre seu lado emocional. E, como não tinha um íntimo conhecimento de seu emocional, a razão o atropelou sem nenhum problema, mas ele era o mais persistente dos dois. Levantou-se, sacudiu a poeira e continuou independentemente.

Ela tinha vindo.

Mas não viera corajosamente para conquistar o mundo. Em vez disso, havia se esgueirado e alugado um quarto em uma hospedaria para damas. Não que tivesse sido necessariamente uma atitude covarde. Depois de ter recusado dois convites para ficar na casa de South Audley Street, seria difícil para ela chegar à porta sem aviso prévio. O pensamento a fez estremecer.

Ela se acomodou nos aposentos e decidiu sair para tomar ar e se exercitar, recusando definitivamente a companhia de Maude, já que a criada estava exausta e precisava se deitar por um tempo. Wren dissera a si mesma que faria uma visita a Lady Overfield antes que perdesse a coragem, mas a havia perdido de qualquer maneira. E se elas não estivessem em casa? E se estivessem com visitas? E se parecessem visivelmente desanimadas ao vê-la? Não iriam, é claro. Porque um criado lhes daria um grande aviso sobre sua chegada antes de admiti-la em sua presença. Além disso, elas eram damas, mas e se *ele* estivesse lá? Ela dissera um adeus bem definitivo.

Por que, então, tinha vindo de tão longe?

Foi ao Hyde Park depois de pedir instruções. Era uma parte de Londres que ela desejava ver, afinal — tinha feito uma lista. Era um item que poderia riscar. No dia seguinte, talvez visse a Catedral de St. Paul, a Abadia de Westminster, a Torre de Londres, o Palácio de St. James, a Carlton House. Estavam todos a uma curta distância um do outro? E havia todas as galerias e museus. Talvez preenchessem os outros dias. E, claro, havia as lojas que vendiam os artigos de suas fábricas — ela não podia esquecê-las.

O que ela era, definiu enquanto caminhava para o parque, era uma criatura abjeta, tímida, vergonhosa e covarde. South Audley Street estava no topo de sua lista — sublinhada. Permaneceria lá como o único item não riscado com satisfação da lista?

Encontrou, puramente por acaso, um dos locais mais famosos do Hyde Park e passeou às margens do Serpentine. Ficou orgulhosa de si mesma por alguma coisa, ao menos. Era uma área lotada do parque, mas ela manteve a cabeça erguida e não vacilou. Ah, estava usando um véu, era verdade, mesmo assim, estava *ali*, ao ar livre, misturando-se com os outros, mesmo que não estivesse parando para falar com ninguém e que ninguém parasse para prestar atenção nela. Ainda assim, ela estava *fazendo* aquilo.

E, então, fez *ambas* as coisas: parou e falou... com duas crianças pequenas que se chocaram uma na outra ao longo da margem e estavam reagindo com uma previsível falta de lógica, uma com repreensão estridente e outra com choros de protesto e raiva. Enquanto isso, o barquinho de brinquedo do menino chorão fazia sua fuga. Wren pegou a corda antes que caísse completamente na água e foi falar com as crianças. A menina parou de repreender o menino para perguntar se ela era uma bruxa — ela parecia encantada com a possibilidade, em vez de assustada —, e o menino tinha quase parado de chorar para pontuar que *todos* sabiam que bruxas usavam grandes chapéus pretos. Ela se afastou depois de dizer que, infelizmente, não era alguém tão interessante como uma bruxa, com ou sem chapéu preto. Sentia-se satisfeita consigo mesma e satisfeita com o mundo.

E então...

Bem, então, ela se viu olhando diretamente nos olhos do conde de Riverdale, a não mais que alguns metros de distância. Se a terra pudesse ter se aberto e a engolido por inteiro, Wren não teria reclamado.

Tolamente, ela se virou para andar apressada na direção de onde tinha vindo, sua mente, ao mesmo tempo registrando que ele trazia uma jovem em seu braço e uma senhora mais velha ao lado. Sentiu uma pontada desagradável de algo que não parou para analisar. Mas, de qualquer maneira, ele veio atrás dela, tocou em seu braço e falou com ela, embora Wren não pudesse se lembrar de uma única palavra da breve conversa, exceto que ele pediu que fosse visitar sua mãe e irmã, e que ela concordou em ir na manhã seguinte. O que lembrou com muito mais clareza foi que a dama que ele trazia no braço era muito jovem e muito bonita, e que a senhora mais velha, que havia tossido duas vezes, agia com certo aborrecimento possessivo.

Durante toda a noite, em um sono inquieto, Wren ansiou por ir para casa, em Withington. Ao amanhecer, antes de cair em outro cochilo, decidiu que era exatamente o que iria fazer. Ela relaxou e se sentiu infinitamente melhor.

Então, claro que ali estava ela, na manhã seguinte, andando ao longo de South Audley Street, procurando o número certo da casa. Maude estava com ela desta vez e, por isso, Wren parou à entrada da casa correta; do contrário, poderia ter continuado a andar e fingir que não a tinha encontrado. Ela era *tão* covarde. Subiu os degraus com convicção e bateu a aldrava contra a porta.

Menos de um minuto depois, estava subindo uma grande escadaria dentro da casa, seguindo o mordomo, que a havia reconhecido e feito uma reverência assim que ela lhe deu o nome, sem sequer subir antes para verificar se a sra. Westcott estava disponível. Ele a conduziu até o que era obviamente a sala de visitas depois de anunciá-la, e ela levantou o véu sobre a aba do chapéu. Ambas as senhoras estavam de pé — não havia mais ninguém na sala — e as duas estavam sorrindo. A sra. Westcott veio em sua direção, a mão direita estendida.

— Estou tão feliz que tenha vindo, srta. Heyden — saudou ela, pegando a mão de Wren em um aperto firme antes de soltá-la. — Alex nos disse que você está na cidade a negócios. Que bom que conseguiu um tempo para nós. Venha e sente-se. Espero que goste de café. É o que está sendo preparado, mas posso pedir um bule de chá também se preferir.

— Café está perfeito — disse Wren. — Obrigada. Espero não estar atrapalhando algo mais importante.

— Nada poderia ser mais importante esta manhã — assegurou Lady Overfield, enquanto Wren se movia em direção à poltrona que tinha sido indicada. E, então, ela alarmou Wren, beijando-a na bochecha... na bochecha manchada. — Posso guardar seu chapéu? Tem estado muito ocupada desde que chegou à cidade?

Wren tirou o chapéu e se sentou. Mãe e filha sentaram-se lado a lado em um sofá.

— Cheguei ontem — contou ela. — Fui dar uma volta no Hyde Park para pegar um ar e me exercitar após a viagem e encontrei Lorde Riverdale por lá.

— Então, você deve estar ocupada hoje — disse a sra. Westcott.

— Sim. — Wren juntou as mãos no colo e, então, separou-as e estendeu os dedos sobre a saia. — Algumas lojas de Londres vendem minhas vidrarias. Pensei que seria interessante ver como são exibidas. As vendas vão bem, mas talvez eu possa dar algumas sugestões... — Ela parou abruptamente. — Na verdade, não vim a negócios.

— Então, veio a lazer — concluiu Lady Overfield, sorrindo

calorosamente. — E há muito a se fazer em Londres, mas permita-me dizer-lhe pessoalmente, embora eu já o tenha feito em uma das cartas que escrevi, como fiquei fascinada ao ler sobre as vidrarias. Eu não tinha ideia de quanto planejamento de modelo, habilidade e arte estão envolvidos e como as estratégias de vendas são importantes. Tenho uma grande curiosidade em ver alguns dos produtos finalizados. Talvez eu possa ir às lojas com a senhorita?

O café chegou naquele momento, acompanhado de uma travessa de biscoitos doces.

— Onde está hospedada? — perguntou a sra. Westcott depois que a criada se retirou. — Em algum lugar confortável, eu espero.

— Em uma pequena hospedaria para damas — revelou Wren. — É bastante respeitável. — Ela estava começando a absorver o espaçoso esplendor do salão, tão diferente de Brambledean Court. Muito dinheiro tinha sido gasto naquela casa para mantê-la elegante, bonita e confortável. Como soubera antes de conhecer o conde de Riverdale, aquela casa não tinha vindo com o título e a propriedade, mas, assim como a maior parte da fortuna, fora para a filha legítima do antigo conde, aquela que cresceu em um orfanato e, depois, se casou com um duque.

— *Para damas. Respeitável* — repetiu a sra. Westcott com uma careta. — É tão terrível quanto parece?

Wren mordeu o lábio inferior para se impedir de rir em voz alta.

— Meu quarto é como a cela de uma freira, e a senhoria parece a madre superiora sem os trajes. Há uma lista de regras fixada na porta da frente e na parede do quarto, e a regra número um é que ninguém do sexo masculino tem permissão de passar pela porta sob qualquer circunstância. Eu me diverti na última noite imaginando mulheres arrastando móveis pesados pelas escadas e limpando as chaminés, mas uma coisa não posso negar: é um estabelecimento muito respeitável.

Todas caíram na gargalhada, e Wren sentiu uma paradoxal vontade de chorar. O tio e ela tinham um olhar para situações absurdas, e a tia tinha um forte senso de humor. Eles riam com frequência. Quantas vezes ela havia rido desde que eles haviam partido?

— Pode continuar respeitável sem você, srta. Heyden — disse a sra. Westcott de repente, oferecendo a travessa de biscoitos pela segunda vez. — Não me diga que o colchão da sua cama não tem estofamento de palha, pois não vou acreditar. Trouxe uma criada com você esta manhã? Mas não veio de carruagem, não é? Teríamos ouvido.

— Viemos a pé — contou Wren, pegando outro biscoito e dando uma mordida. O dia ainda não estava muito quente. Estava fresco e delicioso. O café da manhã tinha sido uma mísera refeição; torrada com um fiapo de manteiga, sem geleia ou marmelada, e um chá fraco.

— Então, enviaremos sua criada de volta com uma carruagem para que arrume seus pertences e os dela e traga-os para cá — decidiu a sra. Westcott. — Ficará conosco enquanto estiver na cidade, srta. Heyden.

— Oh, não — respondeu Wren em alarme. — Não quero incomodá-la, senhora.

— Não será incômodo algum — disse Lady Overfield. — Você foi especialmente convidada, caso se lembre, por mim e por Alex, falando em nome da mamãe também. Na noite passada, Alex sugeriu novamente que a convidássemos para ficar aqui conosco. Concordamos com ele que você realmente não deveria ficar definhando sozinha em uma hospedaria.

— Mas... — Wren franziu a testa. — Não é possível que realmente me *queiram* aqui. Oh, peço perdão por isso. Há apenas uma resposta que podem me dar, porque são damas e também são gentis, mas sabem que, antes de irem a Wiltshire, ofereci descaradamente minha fortuna para o conde de Riverdale em troca de casamento. Sabem que toda a... ideia foi abominável para ele. E não podem negar... não se forem verdadeiramente honestas... que, quando me conheceram em Brambledean, ficaram horrorizadas com a perspectiva de que ele pudesse se casar comigo. Reconheci a impossibilidade do casamento naquele dia e o liberei de qualquer obrigação que pudesse ter sentido depois de nos encontrarmos por mais de duas semanas. Eu disse adeus. Não neguem, mesmo que sejam educadas demais para dizer em voz alta, que ficaram muito aliviadas quando ele lhes contou.

As outras duas damas se recostaram no sofá, como se para colocar alguma distância entre elas e a srta. Heyden. O silêncio durou pouco.

— Eu fiquei — admitiu a sra. Westcott.

— Mamãe. — Lady Overfield franziu a testa.

— Não, Lizzie — disse a senhora. — A srta. Heyden está certa. Deveria haver mais honestidade entre as pessoas. Como pode haver comunicação se todos forem educados demais para falarem o que pensam de verdade?

Lady Overfield respirou profundamente, mas não disse nada.

— Amo meus filhos de todo coração, srta. Heyden — continuou a sra. Westcott. — Mais do que qualquer outra coisa na vida, quero vê-los felizes. Quero vê-los casados e estabelecidos, com os parceiros certos, e desfrutando de seus próprios filhos como desfrutei dos meus. Meu coração se partiu quando o casamento de Lizzie se tornou um pesadelo. Agora, eu a tenho comigo novamente e posso ter esperanças e sonhos para ela mais uma vez. Meu coração se feriu quando a juventude de Alex foi tirada dele após a morte do pai, com a descoberta de que nem tudo era como deveria ser em Riddings Park. Ele abandonou a vida de um jovem despreocupado e voltou para casa para cuidar de tudo.

— Isso o fez feliz, mamãe — disse Lady Overfield.

— Sim, acredito que sim — concordou a mãe. — Mas ele tem trinta anos, srta. Heyden, e, no ano passado, começou a sonhar com casamento, amor e felicidade. E, então, tudo mudou... para toda a família Westcott. Agora, Brambledean está pendurada no pescoço do meu filho como um fardo, e negligenciar o trabalho está fora de questão, porque Alex é quem ele é. Empréstimos e hipotecas são inúteis porque têm que ser liquidados. Tudo em mim se revolta contra a ideia de vê-lo se casar por dinheiro, mas é o que ele sente que deve fazer. Sim, fiquei horrorizada, srta. Heyden. Não por causa da sua... mancha no rosto, embora seja provavelmente no que a senhorita acredita. E não porque estava tão desconfortável quando nos conheceu que parecia rígida, fria e inacessível. Foi porque a senhorita é rica, e ele é pobre, pelo menos, pobre no que diz respeito às suas novas responsabilidades, e eu temi muito que nunca pudesse haver qualquer respeito ou afeto adequados entre vocês, sem mencionar amor e felicidade. Eu não poderia suportar a ideia de que meu filho seria visto como mercenário.

— Mamãe. — Lady Overfield colocou a mão em seu braço.

— Não, Lizzie — falou a sra. Westcott. — Deixe-me terminar. *Fiquei* satisfeita depois que partiu, srta. Heyden, e, depois, consternada quando Lizzie decidiu que iria visitá-la. Mas, então, viemos para cá, e Alex tem sido assediado por pessoas ricas e ambiciosas que têm filhas para serem estabelecidas. Não houve uma entre aquelas garotas que não tenha me enchido de terríveis apreensões. Não por elas... ouso dizer que são garotas bastante doces e sonhadoras, mas por Alex, que merece o que há de melhor.

— Sinto muito. — Wren não conseguia pensar em mais nada para dizer.

— Eu acho, srta. Heyden — continuou ela —, que talvez a senhorita tenha mais essência do que todas aquelas garotinhas juntas. E não tem pais ambiciosos.

— Não — disse Wren, e foi sua vez de se recostar na poltrona.

— Sua tia e seu tio tinham ambições pela senhorita? — perguntou a sra. Westcott.

— Não do jeito que a senhora quer dizer. Eles queriam que eu fosse feliz. Minha tia queria isso desesperadamente, mas sempre respeitaram meus desejos.

— Ainda sente a perda deles — constatou a sra. Westcott.

— Sim. — E algo terrível aconteceu. Wren sentiu o queixo tremer. Ela levou uma mão até a boca, mas não foi suficiente. Então, cobriu o rosto com ambas as mãos. Seu chapéu havia sumido, assim como seu véu. — Ah, me desculpem. — Sua voz saiu alta e estridente. Ela fungou.

E, então, a sra. Westcott estava sentada no braço de sua poltrona, e um de seus braços passou pelos ombros de Wren, e a outra mão apoiou a cabeça dela em seu ombro. Wren soluçou até o peito doer e chorou até que certamente não poderia haver mais lágrimas. Um lenço e, depois, um guardanapo de linho lhe foram pressionados na mão, e ela percebeu que Lady Overfield estava ajoelhada no chão na frente de sua poltrona.

— Sinto muito — repetiu Wren.

— Você já chorou antes? — perguntou a sra. Westcott.

— N-não. — Ela tinha sido muito estoica naquela situação. Não fazia sentido chorar e, às vezes, a dor parecia profunda demais para ser aliviada tão facilmente.

— Não teve ninguém com quem compartilhar sua dor — concluiu Lady Overfield. Não era uma pergunta. — Mas está entre amigas. Não deve se desculpar.

Talvez não, mas suas palavras trouxeram ainda mais lágrimas.

— Não — disse a sra. Westcott, abraçando seus ombros mais firmemente por um momento. — Não sou uma amiga, srta. Heyden. Sou mãe e vou me comportar como tal. É bastante ultrajante que fique sozinha em uma hospedaria horrorosa ou em qualquer outro hotel. Sua tia não teria gostado. Seu tio não teria permitido, ouso dizer, pois a ingressou em seus negócios e a tratou como uma igual. Iremos trazer suas coisas para cá imediatamente, e não quero discussão. Agora, Lizzie e eu vamos acompanhá-la até seu quarto... que já foi preparado, e vamos providenciar água para que possa lavar o rosto e ficar apresentável novamente. Está pavorosa no momento.

Wren riu... e, depois, derramou mais algumas lágrimas.

— Devo adverti-la de que é inútil tentar discutir com a mamãe quando ela decide bancar a mãe — anunciou Lady Overfield.

Wren sentiu-se terrivelmente envergonhada quando se levantou.

— Mas o conde de Riverdale... — começou ela.

— Alex está na Câmara dos Lordes esta manhã — contou a sra. Westcott. — Mas está tudo arranjado. Ele vai ficar com um primo, filho do meu irmão, e vai aproveitar a desculpa para andar pela cidade e ser um jovem solteiro despreocupado novamente, em companhia de outro. Ele falou com Sidney ontem à noite. Sempre foram muito próximos. Oh, as travessuras que costumavam aprontar quando pensavam que minha cunhada e eu estávamos alheias.

— Ouso dizer que, mesmo assim, a senhora não sabia nem da metade, mamãe — respondeu Lady Overfield, rindo.

E, enquanto falavam leve e alegremente, levavam Wren para cima, até o comprido e largo corredor que dava para um dos quartos de hóspedes.

— Será adorável tê-la aqui, srta. Heyden. Podemos acompanhá-la, se desejar, para o que quiser ver em Londres. Podemos apresentá-la a algumas pessoas e levá-la conosco a alguns eventos... ou não. Não a pressionaremos só porque vai ficar aqui.

Parecia que tudo tinha sido decidido por ela, Wren pensou, sem que tivesse que tomar a decisão por si mesma. Ali estava ela, em um quarto bonito nos fundos da casa, com vista para o que parecia ser um colorido jardim bem-cuidado, e era tarde demais para recusar. E estava se sentindo muito cansada para discutir, de qualquer maneira. Ela estava ali, Lady Overfield era sua amiga e a sra. Westcott era sua... mãe? E o conde de Riverdale já tinha feito outros arranjos para si mesmo. Talvez nem precisasse vê-lo novamente. Seria muito mais confortável assim.

Mentirosa. A voz interior falou, apesar de seu cansaço.

— Obrigada — disse ela. — Vocês duas são excepcionalmente gentis.

Tia Megan, então, não era a única senhora gentil que o mundo já havia produzido. Ela realmente chegou a acreditar nisso?

9

Desde que a srta. Heyden se despedira dele no Domingo de Páscoa, Alexander dizia a si mesmo que tinha escapado do que certamente seria um casamento sombrio e conturbado. Talvez o fato de pensar nisso todos os dias desde então devesse tê-lo alertado para a possibilidade de que talvez não estivesse tão feliz com isso como pensava.

Naquele dia, ele tinha ido à Câmara dos Lordes para um debate importante do qual queria participar, mas durante toda a manhã se perguntou se ela havia visitado sua mãe e Elizabeth e pensou no que faria se ela não tivesse ido. Na primeira oportunidade, por volta do meio-dia, enviou um breve bilhete e esperou impacientemente uma resposta. Quando a resposta finalmente chegou, soube que ela realmente tinha ido visitá-las e sido persuadida a ficar.

Ele foi para os aposentos de Sidney mais tarde, pensando no que tudo isso significaria. Haviam retomado o cortejo? Já tinha sido um cortejo algum dia? Ele queria que fosse? Era tarde demais para se fazer tal pergunta? Ele se questionou se deveria ir cumprimentá-la imediatamente ou se deveria deixar para mais tarde. Talvez nem estivessem em casa.

Incomodava-o que ela tivesse vindo. Ela o havia deixado com as emoções agitadas; a principal delas era o alívio por não ter mais que lutar contra elas e tentar classificá-las. Queria poder escolher uma noiva com a própria razão. O coração era muito imprevisível e muito capaz de sentir dor, dúvida e uma série de outras coisas. Foi seu coração que o mandou atrás dela no parque, quando poderia ter sido mais sensato deixá-la ir.

Maldito seja.

A decisão do que fazer a seguir foi tirada de suas mãos. Sidney não estava em casa... ele trabalhava nos serviços diplomáticos e, muitas vezes, passava longas horas no gabinete, mas havia um bilhete de sua mãe esperando por ele. A prima Louise, a duquesa viúva de Netherby, tinha convocado uma reunião da família Westcott em Archer House, em Hanover Square, casa do duque, seu enteado, e onde ela própria morava. Essas reuniões eram raras até o ano anterior. Houve várias delas depois do que a família chamava de "a grande catástrofe" e, então, veio um tempo de calmaria. Agora, as convocações haviam retornado, e a reunião era para aquela tarde. Alexander olhou para o relógio. Dali a menos de uma hora, na verdade. E, gostando ou não, ele era o chefe da família.

A prima Louise tinha a tendência de ser excessivamente dramática. Alexander se perguntou, ao deixar os aposentos de Sid novamente, que tipo de terrível emergência havia surgido para exigir toda a família reunida. Esperava que não fosse nada com Harry. Harry Westcott, que havia sido o conde por um breve período, até a verdade sobre seu nascimento vir à tona, estava lutando na Península Ibérica e era uma constante fonte de preocupação para todos. Não que fossem os únicos nessa situação. Inúmeras famílias, tanto ricas quanto pobres, em toda a Grã-Bretanha deviam viver com uma ansiedade semelhante. Nunca se sabia quando uma carta poderia chegar com a pior notícia que alguém poderia receber. Ele esperava que tal carta não tivesse chegado. Deus, ele esperava que não.

Devia ter algo errado, porém, a menos que a prima Louise simplesmente desejasse anunciar o noivado de Jessica, sua filha, que faria dezoito anos naquele ano. Ela havia sido muito procurada em todos os inúmeros eventos da Temporada até o momento. Alexander tinha visto por si mesmo. Era filha de um duque, afinal, e tinha um belo dote. Também era bonita e vivaz. Ele não tinha visto nem ouvido falar de um pretendente em particular, mas nunca se sabia.

Fora o último a chegar. A mãe de prima Louise ainda era viva — a condessa viúva de Riverdale — e ela tinha mais duas irmãs. A mais velha, prima Matilda, que nunca se casara, morava com a mãe. A mais nova, prima Mildred, era casada com Thomas, Lorde Molenor, e tinha três filhos ainda em idade escolar. Estavam todos lá, exceto os garotos. O duque de Netherby acompanhava sua duquesa. Anna era a filha do primeiro casamento secreto do primo Humphrey, o falecido conde, com uma moça chamada Alice Snow, e era sua única filha legítima. Jessica estava lá. Assim como a mãe de Alexander e sua irmã, Elizabeth. Estavam ausentes a prima Viola, a antiga condessa de Riverdale, que agora usava seu sobrenome de solteira, Kingsley, e suas duas filhas, Camille, agora casada com Joel Cunningham e morando em Bath, e Abigail. E Harry, é claro.

Alexander cumprimentou todos e se posicionou diante da lareira, um hábito, embora já tivesse percebido que poderia ser interpretado como uma tentativa de sua parte de afirmar sua posição de superioridade na família. Ele recusou a xícara de chá que prima Louise lhe ofereceu e a conversa recomeçou ao seu redor. Netherby, ele pôde ver, estava descansando em uma cadeira no canto mais distante da sala, ao lado de uma janela, como tendia a fazer em qualquer sala, assim como Alexander gravitava em direção às lareiras. Talvez gostasse de observar o que acontecia diante dele sem ter que virar muito a cabeça ou sentir a obrigação de participar. Talvez fosse em um reconhecimento do fato de que não tinha vínculo de sangue com a família Westcott. Era filho do duque de Netherby, que tomara a prima Louise como sua segunda esposa e tivera uma filha com ela, Jessica.

Netherby estava tão primorosamente elegante como sempre, Alexander notou com uma leve irritação, seu cabelo loiro imaculadamente cortado em seu estilo mais comprido, sua alfaiataria beirando a de um dândi, mas não por completo, seus dedos com unhas perfeitamente cuidadas e enfeitados com anéis. As correntes, o relógio de bolso e o monóculo cravejados de joias, que sempre adornavam sua cintura, não estavam à mostra naquele dia, contudo. Ele segurava uma bebê careca de bochechas gordas aninhada sob seu queixo. Ela estava chupando o punho e — se Alexander não estivesse muito enganado — uma parte da gravata do pai. E se isso não fosse uma incongruente visão, Alexander não sabia o que era. Netherby não estava horrorizado que caísse... baba em sua impecável gravata de linho? Mas era um pensamento cruel, pois Alexander tinha aprendido no último ano que, apesar das aparências, Avery Archer, o duque de Netherby, não era nem um pouco fraco ou afeminado — ou mesmo petulante. Pelo contrário.

Alexander voltou sua atenção para Elizabeth, que estava sentada por perto.

— Ela veio, então? — perguntou ele desnecessariamente.

— De fato — disse a irmã. — Mamãe e eu tivemos que nos esforçar para convencê-la a ficar conosco, mas já está bem acomodada. Acho que ficou bastante feliz com a perspectiva de um tempo tranquilo para si mesma depois que saímos para vir aqui.

Por que elas tinham se esforçado?, ele se perguntou. Por que ele tinha sugerido isso na noite anterior? Por que ainda pensava nisso naquele dia? Até então, não tinha pensado nem uma vez na srta. Littlewood. Ou em qualquer uma das outras jovens cujas mães o perseguiam com agressividade. Se nunca mais visse nenhuma delas, realmente não notaria, mas a srta. Heyden...

— Fui à Catedral de St. Paul com ela depois do almoço — disse Elizabeth. — Ela se sentou em um banco nos fundos, Alex, e não se mexeu por meia hora. Não vagou para ficar boquiaberta com tudo, como outros visitantes de primeira viagem sempre fazem. Olhou ao redor de onde estava sentada e pareceu em êxtase, embora eu não pudesse ver seu rosto com clareza, claro, por causa do véu.

— Sim — respondeu ele. — Ela o usaria mesmo.

— Amanhã de manhã, vamos ver algumas peças da vidraria dela — contou a irmã. — Estou muito ansiosa por isso.

A prima Louise pigarreou, sinalizando que havia chegado a hora de os assuntos da tarde começarem. Todos ficaram em silêncio e olharam para ela com expectativa.

— Precisamos decidir o que fazer com Viola e Abigail — anunciou ela.

— Elas ainda não estão em Hinsford Manor? — perguntou a prima Mildred. — Quando falei com Viola, um ou dois meses atrás, ela pareceu bastante animada por estar de volta lá. Seu retorno para casa foi bem-recebido pelos vizinhos, pelo que entendi.

O falecido conde e sua família fizeram de Hinsford, em Hampshire, seu lar, em vez de Brambledean, mas Anna herdara o lugar no ano anterior e a prima Viola tinha ido com Camille e Abigail para Bath, onde as filhas ficaram com a avó materna, e ela foi morar com o irmão na casa vicarial em Dorsetshire. Meses depois, Anna as convenceu a se mudarem de volta para casa. Ofereceu a propriedade a elas, assim como ofereceu Westcott House a Alexander, e, quando recebeu a recusa, aparentemente informou a eles que desejava que Hinsford ficasse com Harry e seus descendentes, e que

Westcott House ficasse com Alexander e seus descendentes. Camille havia ficado em Bath, é claro, para se casar com Cunningham.

— Sim, elas estão definitivamente lá, Mildred — disse a condessa viúva. — Recebi uma carta na semana passada. Viola não parece descontente.

— Viola não é minha principal preocupação — respondeu a prima Louise. — É Abigail. Ela tem dezenove anos. Imagino quantos cavalheiros elegíveis ela vai conhecer no interior.

— Bem, há o problema do nascimento dela, Louise — apontou prima Matilda. — É lamentável, mas sua ilegitimidade é uma realidade que não pode ser ignorada. É improvável que conheça qualquer cavalheiro elegível, não importa onde esteja. Talvez ela fique tão contente em ficar com a mãe dela como eu em ficar com a minha.

— Tentei convencê-la a vir para cá — contou Anna, soando infeliz. — Ela é minha meia-irmã, afinal, e eu faria tudo ao meu alcance para garantir que fosse bem-recebida por todas as pessoas que realmente importam. Pessoas *gentis*, quero dizer. E pessoas *sensatas*. Abigail não fez nada para merecer ostracismo. Avery faria tudo ao seu alcance também, e isso é considerável. Estou certa de que todos faríamos, assim como fizemos em Bath no verão passado, quando fomos comemorar o aniversário da vovó. Talvez *todos* devêssemos tentar convencê-la a vir.

— Poderíamos convidá-la a ficar conosco — sugeriu a mãe de Alexander. — Westcott House sempre foi sua casa quando esteve na cidade, afinal. Seria um lugar familiar para ela. Talvez Viola viesse junto. Ela e eu sempre nos demos muito bem.

— Porém, qualquer um de nós odiaria expor uma delas a uma possível indelicadeza, Althea — opinou a prima Mildred. — E todos sabemos da enorme quantidade de aristocratas insistentes no *ton* e quanta influência eles exercem. Todos nós as apoiaríamos, é claro, porque são da família e nós as amamos, mas...

— Eu *odeio* o *ton* — deixou escapar Jessica, empoleirada em seu assento na janela, perto de Netherby. Ela abraçava os joelhos. — Odeio pessoas, e odeio este lugar. Odeio Londres e essa estupidez de *Temporada*. Quero ir para casa, mas ninguém me leva.

— Jessica. — A voz de prima Louise era, ao mesmo tempo, severa e hostil. — Não há necessidade de tal explosão.

— Há, sim. Eu odeio, odeio, odeio *tudo isso* — insistiu Jessica, pressionando a testa nos joelhos.

— Se o ódio resolvesse todas as mágoas e injustiças do mundo, Jess — disse Netherby em um suspiro lânguido —, tudo teria sido resolvido há muito tempo. Infelizmente, o ódio serve apenas para piorar as coisas. Sua mãe reuniu a família na tentativa de encontrar alguma solução viável.

— Bem — falou ela, erguendo a cabeça por cima do ombro para olhar para o meio-irmão —, por acaso *existe* uma solução, Avery? O mundo em sua sabedoria tão justa escolheu chamar Abby de bastarda... e, não, mamãe, não vou evitar a palavra só porque é indelicada. É assim que ela é chamada, só porque o tio Humphrey foi mau e egoísta, e ainda bem que eu nunca gostei dele e sempre senti pena da tia Viola. *Ainda bem* que ela nunca foi realmente casada com ele. Embora, é claro, isso signifique que Abby, Harry e Camille são bastardos. Não me diga que é inútil sentir ódio. Acha que não sei disso?

Netherby olhou para Anna. Esta se inclinou sobre ele e pegou a bebê nos braços, que havia deixado para trás uma perceptível mancha úmida na lapela de seu casaco. Ele se levantou, retirou as pernas de Jessica do banco da janela, sentou-se ao lado dela e passou um braço sobre seus ombros.

— Este é o problema, entendem? — disse a prima Louise, indicando a filha. — Abigail deveria ter debutado no ano passado, mas teve que adiar quando Humphrey morreu. Jessica estava muito feliz com a perspectiva de as duas serem apresentadas juntas este ano, mas não vai acontecer. E, agora, Jessica é incapaz de aproveitar o próprio debute. Ela tem se tornado cada vez mais infeliz nas últimas semanas, até que ficou assim nos últimos dias. Exige voltar para Morland Abbey.

— Ela é jovem, Louise — respondeu a condessa viúva. — Os jovens acreditam que podem tornar o mundo um lugar perfeito simplesmente desejando ou esperando que a justiça sempre seja feita. É bastante triste que, à medida que envelhecemos, passemos a entender que isso nunca poderá acontecer. Talvez você deva fazer o que ela deseja e levá-la para casa. Convide Viola e Abigail para ir visitá-la. Deixe as meninas aproveitarem a companhia uma da outra onde o *ton* não as ameaça constantemente. Ambas são muito jovens.

— Terei que concordar com a mamãe — disse a prima Mildred. — Haverá tempo suficiente para Jessica encontrar um marido, Louise. Ela tem apenas dezoito anos. Também é muito bonita. E, mesmo que não fosse, é filha e irmã de um duque de Netherby. Não faltarão pretendentes quando estiver pronta para eles.

— Eu *nunca* estarei pronta — respondeu Jessica com o rosto enfiado no pescoço de Netherby. — Não sem Abby.

— Talvez precisemos pensar em algum tipo de solução para Abigail — opinou Alexander. — É muito fácil, talvez, supor que esteja feliz agora que está de volta à sua antiga casa com a mãe. Jessica é a única entre nós honesta o suficiente para enfrentar um problema que precisamos resolver juntos, em família. Talvez elas concordem em visitar Westcott House, e talvez possamos arranjar alguns eventos sociais nos quais serão bem-vindas e se sentirão confortáveis. Ilegitimidade certamente não se enquadra na mesma categoria que a varíola ou a praga. Coletivamente, exercemos uma grande influência. Mamãe deve escrever? E Elizabeth também? Eu?

Jessica estava olhando para ele, muda.

— Provavelmente, não virão — falou a prima Matilda. — Nem precisa se dar ao trabalho, Althea.

— Posso ser muito persuasiva, Matilda — afirmou a mãe de Alexander, com brilho nos olhos.

— Enquanto isso — sugeriu Elizabeth —, por que não vem para Westcott House conosco para espairecer um pouco, Jessica? Estamos com uma hóspede, uma vizinha de Alex, de Brambledean. Ela é uma dama bastante solitária, que perdeu a tia e o tio, seus únicos parentes, com apenas alguns dias um do outro, há pouco mais de um ano. Alex virá também, ouso dizer, para cumprimentá-la, embora vá ficar hospedado com Sidney Radley enquanto ela estiver aqui. Ele a levará para casa depois.

A prima Louise olhava para Elizabeth com gratidão. Jessica estava franzindo a testa.

— Ela é jovem? — perguntou. — Ou velha? Não que isso importe. Eu irei de qualquer maneira.

— Ela tem mais ou menos a idade de Alex — disse Elizabeth. — É muito velha, Jessica? Imploro que não diga que sim, pois sou mais velha que Alex.

— Não *muito* velha — admitiu Jessica.

— Apenas velha — murmurou Alexander.

Cinco minutos depois, eles estavam a caminho de South Audley Street, a mãe de Alexander em seu braço, Elizabeth e Jessica andando na frente deles.

— Pobre Jessica — murmurou a mãe. — E pobre Abigail. Tenho tentado não pensar nela. Espero conseguir persuadir Viola a trazê-la para nós.

Alexander estava se perguntando como a srta. Heyden iria recebê-lo. E como ela reagiria ao encontrar ainda outro membro de sua família?

Wren realmente estava aproveitando seu tempo sozinha. Estava sentada no quarto, com um livro aberto no colo. Era um espaço amplo, um cômodo bastante iluminado, o lugar perfeito para relaxar. Não estava lendo de verdade. Pensava na maravilha que era a Catedral de St. Paul e no fato ainda mais maravilhoso de ter ido lá na companhia de uma *amiga*. E pensava em sua longa e embaraçosa crise de choro naquela manhã, a primeira e única vez em que chorou pela morte da tia Megan e do tio Reggie, mas não era bem no choro em si que pensava, mas na maneira com que a sra. Westcott se transformou em uma figura materna quase tão cativante quanto a própria tia Megan.

Ela se recusou a se sentir culpada por estar ali ou por forçar o conde de Riverdale a ir para outro lugar. Ele a havia convidado, e Lady Overfield também. O conde a avistara no parque no dia anterior e repetira o convite. Era simples assim. Ela ficaria, talvez por uma semana, veria tudo em sua lista e, então, voltaria para casa. E escreveria para ambas as damas depois. Amigos eram preciosos demais para serem desperdiçados.

Seus pensamentos foram interrompidos por um leve bater na porta.

Lady Overfield respondeu à convocação para entrar.

— Ah — disse ela —, eu estava com receio de que você pudesse estar cochilando. Esquecemos de lhe dizer, acredito, que deve se sentir livre para usar a sala de visitas, a biblioteca ou qualquer um dos outros cômodos quando quiser. Não deve se sentir obrigada a permanecer aqui quando estivermos fora. Embora também não seja obrigada a sair daqui se não quiser.

Ela sorriu, seus olhos brilhando.

— É tarde para o chá, mas vamos tomar de qualquer maneira. Alex voltou de Archer House conosco, e também trouxemos a jovem Jessica, uma de nossas primas de segundo grau. Ela tem dezoito anos e anda com um caso grave de desânimo. Debutou na sociedade este ano, com grande sucesso, devo dizer. Provavelmente, poderia se casar trinta vezes até o verão se quisesse e se fosse permitido, mas está desesperadamente infeliz, como somente os jovens conseguem estar sob tais circunstâncias. Sua prima e querida amiga não pôde estar aqui com ela. Refiro-me a Abigail, cuja ilegitimidade foi descoberta este ano. Jessica quer ir para casa e se esconder por lá, e toda a família ficou consternada, pois ela nos lembrou de que nem tudo está bem em uma parte da família e que realmente deveríamos fazer algo a respeito... se é que alguma coisa pode ser feita, mas estou divagando. Convidamos Jessica para ficar mais ou menos uma hora aqui conosco. Dissemos que tínhamos uma hóspede, e espero que você desça, mas não deve se sentir obrigada.

Às vezes, era muito fácil acreditar que era a única pessoa que já tivera problemas, Wren pensou, ainda mais quando havia se isolado totalmente, mas ali estava um lembrete claro de que, na realidade, todos tinham problemas, até mesmo jovens de dezoito anos bem-relacionadas e supostamente belas com o mundo a seus pés.

— Lady Overfield — disse ela —, acredito que seja muito astuta.

A dama pareceu surpresa por um momento e, então, sorriu novamente.

— Se conhecer uma pessoa por vez, eventualmente terá conhecido o mundo inteiro, mas falo sério quando digo que não precisa descer. Ninguém vai pensar o pior de você.

Wren ficou de pé. Sim, ela tinha que ir. Ela era uma convidada ali.

— Eu nunca socializei, você sabe — respondeu ela enquanto alisava o vestido e tocava no cabelo para ter certeza de que tudo estava no lugar. — Sempre que meus tios recebiam pessoas em casa, eu permanecia no quarto, embora eles nunca parecessem se cansar de me convidar e de ocasionalmente tentar alguma persuasão educada. — Ela se virou para a anfitriã e sorriu. — Lidere o caminho.

Mas Lady Overfield não abriu a porta de imediato.

— Eu adoraria que me chamasse de Elizabeth ou, melhor ainda, Lizzie.

— Lizzie — disse Wren. — Meu nome é Wren.

— Wren?

— Como o pássaro. Meu tio me chamou assim quando me viu pela primeira vez, e acabou ficando. Meu nome era Rowena antes, mas nunca mais foi desde então.

— Wren — repetiu Lizzie. — É bonito. — E liderou o caminho para a sala de estar.

A primeira pessoa que Wren viu foi o conde de Riverdale. Ele estava parado, não muito longe da porta, alto e bonito, usando um refinado paletó sob medida em um tom de verde muito escuro, pantalonas escuras, botas hessianas reluzentes e um linho muito branco. Seu olhar encontrou o dela com um sorriso nos olhos. Ele compartilhou esse olhar com a irmã. Wren ofereceu a mão, e ele a pegou em um aperto quente. Ela sentiu como se fosse o coração dela que ele tivesse agarrado. Tinha esquecido o quanto ele era... másculo.

— Lorde Riverdale — cumprimentou ela. — Devo agradecer o convite para vir aqui e por ter se retirado para que eu pudesse me instalar sem me sentir desconfortável. Foi muito previdente de sua parte.

— Assim que mencionou a hospedaria para damas, eu soube que seria minha missão resgatá-la. Tive uma visão instantânea de colchões de tijolos, barras nas janelas e uma senhoria enorme com um grande molho de chaves tilintando na cintura.

— Oh, não era tão ruim assim — assegurou Wren. — Não me lembro de chaves *tilintando*.

Ele riu, e ela deslizou a mão, libertando-a da dele antes que ficasse irremediavelmente escaldada. Tinha esquecido aquela risada.

Mas não tinha esquecido aquele beijo.

— Permita-me apresentar minha prima — disse ele — ou prima *de segundo grau*, para ser bem preciso. Lady Jessica Archer é filha do falecido duque de Netherby e meia-irmã do atual. Conheça a srta. Heyden, Jessica.

A jovem era bonita e loira, delicada e graciosa, embora sua beleza estivesse um pouco arruinada por um rosto ligeiramente carrancudo e uma boca petulante.

Wren sorriu.

— É um prazer conhecê-la, Lady Jessica.

— Como você é alta — falou a menina. — Estou com muita inveja. Suponho que se sobressaia à maioria dos homens, mas, às vezes, penso que isso seria maravilhoso. Existem alguns homens que eu gostaria muito de olhar de cima para baixo. — E, surpreendentemente, considerando o fato de ela ter feito a saudação com a carranca ainda no rosto, de repente, deu um sorriso deslumbrante e riu com uma alegria de menina. — Não sente inveja também, Elizabeth? Claro, Alexander não precisa temer que alguma mulher o olhe de cima.

— Ser alta certamente torna mais fácil parecer distinta e elegante — respondeu Lizzie. — No entanto, é mais difícil se esconder na multidão, e isso pode ser muito útil de vez em quando.

Era isso, Wren pensou enquanto se sentava do lado da lareira. O mundo estava sendo conquistado. Uma pessoa por vez. A menina não tinha corrido da casa, gritando ao vê-la.

Lady Jessica se sentou por perto enquanto Lizzie e a mãe sentaram-se em uma namoradeira a alguma distância. O conde ficou de pé ao lado delas, pronto para entregar as xícaras de chá que a mãe estava servindo. Lorde Riverdale serviu o chá e, em seguida, voltou para o lado do assento da mãe e da irmã novamente e começou a conversar calmamente com as outras duas damas. Wren teve a sensação de que o posicionamento tinha sido deliberado, que os outros tinham dado à jovem parente a chance de recuperar o ânimo com uma nova conhecida, alguém de fora da família. E talvez estivessem dando a *ela* a oportunidade de conhecer outra pessoa sem o conforto do véu. Como Wren dissera lá em cima, Lady Overfield — Lizzie — era muito astuta. Todos os três eram. Ela sentiu uma onda de afeto inesperado por eles.

— Ouvi dizer que perdeu seus tios no ano passado — começou Lady Jessica. — Você morava com eles?

— Sim — disse Wren. — Eu gostava muito deles.

— E não tem mais ninguém? — perguntou Lady Jessica.

— Não — respondeu Wren, sem hesitação. — Apenas eu.

— Às vezes, acho que seria adorável ser sozinha, não ter parentes. Não é que os meus não me amem, srta. Heyden, e não é que eu não os ame. O amor é todo o problema, na verdade. Adoro meu meio-irmão. No entanto, ele se casou com alguém que eu odeio, embora a ame também. Ela era a única filha legítima do meu tio Humphrey, mas ninguém sabia até o ano passado. Nem ela. Sabe o que aconteceu?

— Parte disso me foi explicada — revelou Wren, mas sua jovem companheira continuou de qualquer maneira.

— Os outros três filhos do meu tio, meus primos, foram destituídos — contou a menina. — Perderam até a legitimidade do nascimento. Consegue imaginar algo mais horrível? Anastasia herdou tudo, exceto Brambledean, que não é grande coisa, de qualquer maneira, e Avery se casou com ela. Eles se amam e têm uma bebê tão adorável, e eu amo e odeio Anastasia. Desejo amá-la inteiramente. Eu tento. Não faz sentido nenhum, faz?

— Faz todo o sentido para mim — respondeu-lhe Wren, e realmente fazia. — Você era próxima de seus outros primos?

— Eu os *amo* — assegurou Lady Jessica. — Bem, Camille sempre foi um pouco engomada e sem humor, embora eu tenha me afeiçoado a ela. Harry foi muito brevemente o conde de Riverdale depois da morte do meu tio, você sabe, ou talvez não saiba. Ele é *lindo*, ainda que seja apenas meu primo e nunca tenha sido meu pretendente ou algo assim. E Abby sempre foi minha melhor amiga no mundo. Ela é um ano mais velha do que eu e ficou desapontada no último ano porque a morte do meu tio a impediu de debutar. Fiquei secretamente um pouco feliz, pois isso significava que poderíamos debutar juntas este ano. Teria sido a melhor coisa *do mundo*. Mas, agora, ela nunca poderá ter a própria Temporada ou se casar com alguém respeitável, e meu coração está destruído. Às vezes, eu gostaria que tivesse acontecido comigo em vez de com ela. De alguma forma, seria mais fácil de suportar. Se eu não tivesse família, não seria infeliz. Não teria motivo para ser infeliz. Estou falando bobagem?

Wren colocou a mão sobre a dela e a acariciou. Ao mesmo tempo, percebeu o olhar do conde de Riverdale, e parecia haver alguma preocupação, talvez até... ansiedade em seus olhos, mas era a preocupação por ela ou por sua prima? Ele olhava diretamente para ela, no entanto, até que virou a cabeça para responder a algo que Lizzie tinha dito.

— Talvez já tenha ouvido o velho ditado sobre a grama do vizinho sempre parecer mais verde — disse Wren.

— Provavelmente, não é melhor não ter parentes, não é? Sinto muito. Você deve estar desejando poder me socar no nariz pela ingratidão, insensibilidade e muitas outras coisas. Por que não se casou?

— Eu estava perfeitamente feliz com minha vida até pouco mais de um ano atrás — continuou Wren, sem pausar com a velocidade da garota em mudar de assunto. — Mesmo agora, estou contente. Estou sempre ocupada. Sou uma mulher de negócios, sabe? Tenho grandes e prósperas fábricas de vidros em Staffordshire e tenho muito orgulho dos nossos produtos, que são projetados mais para serem obras de arte do que apenas para serem úteis. Eu estava envolvida nos negócios antes de o meu tio morrer, mas mergulhei ainda mais no trabalho agora. Não quero ninguém com a ideia de que sou uma mulher indefesa e que devo depender dos meus funcionários do sexo masculino para tomar todas as decisões e fazer todo o trabalho.

Os olhos de Lady Jessica estavam brilhando. Todos os sinais de petulância estavam desaparecidos.

— Isso é absolutamente esplêndido! — exclamou ela. — Agora eu a invejo ainda mais. Você é muito alta *e* é proprietária de uma empresa. Nunca ouvi tal coisa. — Ela riu de novo, o mesmo som jovem e feliz. Estava de costas para os três parentes, e todos olharam brevemente para elas e sorriram. — Isso é um machucado? Ou sempre o teve?

Foi sua primeira menção à mancha, e era quase um comentário improvisado.

— Estou presa a isso desde o nascimento — revelou Wren.

— Lamento — disse Lady Jessica, olhando de perto e francamente para o lado esquerdo do rosto de Wren. — Suponho que amaldiçoe isso todos os dias de sua vida. Sei que eu o faria, mas foi afortunada com o resto do seu rosto, e até este lado, se ignorar a cor, que é tão bonito. Oh, minha nossa, mamãe estaria olhando muito incisivamente para mim se estivesse aqui agora, e com razão. Eu deveria ter fingido que não notei, não é? Sinto muitíssimo.

Mas Wren se viu inesperadamente sorrindo.

— Visto um véu aonde quer que eu vá, quando é provável que estranhos me vejam. Mesmo dentro de casa.

— As pessoas devem *realmente* olhar para você, então. Devem vê-la como uma dama misteriosa. Que esplêndido! Especialmente, quando se é tão alta. — Sua risada se transformou na alegria de uma menina.

— Algumas lojas de Londres vendem meus artigos — contou Wren, levantando a voz ligeiramente e erguendo o olhar para incluir os outros ocupantes da sala. — Lizzie... Lady Overfield e eu vamos a algumas delas amanhã de manhã para ver as vitrines. Gostaria de nos acompanhar? Se sua mãe permitir, é claro.

— Oh, eu gostaria muito. — Ela apertou as mãos no peito e virou a cabeça para olhar para os outros no cômodo. — Importa-se se eu for também, Elizabeth? E, prima Althea, por favor, permita-me ficar aqui esta noite para que eu esteja pronta para ir amanhã de manhã e Elizabeth e a srta. Heyden não tenham que ir até Archer House e esperar por mim? Haverá um horrível sarau hoje à noite; eu não tenho interesse em participar e disse isso à mamãe. Por favor, posso ficar?

— Temos de perguntar à sua mãe — respondeu a sra. Westcott. — Vou escrever um bilhete e Alex o levará para Archer House no caminho de volta para a casa de Sidney. Se a resposta for não, suponho que ele virá trazer a notícia para nós e vai escoltá-la para casa.

Ela se levantou e foi até a escrivaninha no fundo da sala para sentar e escrever o bilhete, e Lady Jessica passeou pela sala dando sugestões para a redação. O conde de Riverdale foi até a poltrona desocupada ao lado de Wren.

— Você fez minha mãe e minha irmã felizes ao ficar aqui — disse. — E todos nós apreciamos que tenha ouvido os problemas de Jessica e a esteja ajudando a afastar seus pensamentos deles. Parece ter tido muito sucesso.

— Lady Jessica é muito jovem e está claramente magoada em nome da prima. Às vezes, deve parecer quase pior ver entes queridos sofrerem do que a si mesmo. A pessoa deve se sentir mais desamparada.

— Você estará ocupada com Lizzie e, provavelmente, também com Jessica amanhã de manhã. Estarei na Câmara dos Lordes. Gostaria de caminhar no parque comigo à tarde, se o tempo permitir? Há trilhas menos públicas e, em muitos aspectos, mais pitorescas do que aquela pelo Serpentine.

Gentileza de novo? Ou... o quê? Ela procurou em seus olhos, mas não encontrou respostas. Deveria dizer um educado "não". O que poderia ter acontecido entre eles havia terminado no Domingo de Páscoa. Ela não queria reviver aquilo — de alguma forma, tinha sido muito doloroso. E, decerto, ele também não queria. Sabia que ele não tinha se entusiasmado com ela durante as semanas em que se conheceram e sabia igualmente bem que a fortuna em si não seria nenhum incentivo para ele.

Então, por que exatamente ela viera?

Por que exatamente ele a convidara para vir até ali no dia anterior e até pedira à mãe para convencê-la a ficar?

— Eu gostaria, sim — disse ela. — Obrigada.

10

Alexander passou uma noite de solteiro muito agradável com seu primo Sidney. Jantaram no White's Club e depois foram para outro, onde beberam com amigos e ele ganhou trezentas libras em um jogo de cartas. Depois, seguiram para uma festa privada, onde perdeu 250 libras. Além da bebida, tinham conseguido muitas boas memórias e risadas até voltarem para a casa de Sidney, bem depois da meia-noite, mas ambos concordaram que os tempos tinham mudado e que noites como aquela, embora fossem agradáveis, não caíam tão bem como dez anos atrás.

A mãe e a irmã de Alexander aguardavam a chegada da prima Louise e de Jessica quando ele chegou a Westcott House, no início da tarde do dia seguinte. Elas iriam a uma festa de jardim juntas. A mãe disse a ele que tinha escrito para a prima Viola e Abigail, convidando-as para passar uma ou duas semanas em Londres.

— Não tenho certeza se virão — disse ela. — Não tem nenhum evento muito convincente, como no ano passado, quando todos fomos a Bath para comemorar o septuagésimo aniversário da prima Eugenia. Comemorar o septuagésimo primeiro não soaria tão especial, não é?

— Provavelmente, não — concordou ele. — Como a srta. Heyden se sente com a vinda delas aqui?

— Ela insiste que não ficará mais do que uma semana. E é muito improvável que elas cheguem tão cedo. Mas, na verdade, Alex, quanto mais penso sobre isso, mais me desespero pela vinda delas. Estamos vivendo onde era a casa delas, afinal, e você carrega o título que pertenceu a Harry muito brevemente.

— As vidrarias de Wren são absolutamente deslumbrantes, Alex — contou Elizabeth de sua posição perto da janela. — Juro que Jessica e eu ficamos boquiabertas quando vimos a vitrine da primeira loja esta manhã. Cada peça é uma obra de arte. Vou conseguir um convite para Staffordshire na próxima vez que ela for para lá. Quero assistir ao processo inteiro.

— Vocês vão se tornar amigas, então, não vão? — perguntou ele.

— Já somos — disse ela. — A carruagem da prima Louise chegou, mamãe.

Alexander foi acompanhá-las até o veículo e trocar saudações com a duquesa viúva e com Jessica.

A srta. Heyden descia as escadas quando ele voltou para dentro. Ela estava elegante em um vestido de passeio azul-claro, leve e de cintura império. A aba de seu chapéu de palha era decorada com um véu da mesma cor, que ainda não cobria seu rosto.

— Estamos perto do parque — disse ele depois de se curvar e desejar-lhe uma boa tarde. — Espero que não se importe em caminhar em vez de ir de carruagem. Fica-se muito confinado a áreas públicas com uma carruagem.

— Mas foi mesmo para caminhar que você me convidou — respondeu ela enquanto o mordomo abria a porta da frente e ela alcançava o véu.

— Não quer deixá-lo levantado? — perguntou ele. — Provavelmente, não vamos encontrar muitas pessoas cara a cara, e o véu é bastante desnecessário, de qualquer maneira.

Suas mãos permaneceram no ar por um momento antes que ela soltasse um suspiro e as abaixasse.

— Muito bem — disse ela, e os dois saíram para a rua. Ela pegou seu braço, e ele se lembrou, enquanto seguiam, de como era confortável andar com uma mulher que tinha quase a sua altura e uma passada igual à sua. — Sinto muito por ter impedido você de ir a uma festa de jardim em um dia tão bonito.

— Eu não planejava comparecer. Prefiro estar aqui, de qualquer maneira.

— Você é galante — falou ela e franziu a testa quando um cavalheiro passou apressado por eles com um aceno de cabeça para Alexander e um toque de uma mão na aba do chapéu para a srta. Heyden.

— Lizzie me disse que vocês viram alguns de seus artigos expostos.

— Sim, de fato. — Sua voz se tornou visivelmente mais acolhedora.

— Em duas lojas, na Bond Street e na Oxford Street. Achei realmente bastante emocionante. Estou familiarizada com os projetos, é claro, e vejo os produtos finais o tempo todo nas oficinas e nas lojas das fábricas, mas as peças pareciam, de alguma forma, diferentes e mais impressionantes exibidas aqui entre outras mercadorias concorrentes. Não estavam de modo algum ofuscadas. Até tive o prazer de presenciar um cavalheiro comprar um de nossos vasos para sua esposa.

— Espero que você tenha se apresentado a ele.

— Eu, não. — Ela estremeceu ligeiramente. — Mas Lady Jessica o fez. Foi terrivelmente embaraçoso. — Wren riu de repente. — E muito gratificante também, devo admitir. Ele me deu um aperto de mãos, assim como o lojista, que me garantiu que os artigos da vidraria nunca permaneciam por muito tempo em suas prateleiras.

— Não ficou irritada com Jessica, então? — perguntou ele enquanto atravessavam a rua para entrar no parque.

— Ah, de jeito nenhum, apesar do meu constrangimento. Ela ficou muito feliz em fazer o anúncio, como se, de alguma forma, meu sucesso refletisse nela.

Ele ficara surpreso no dia anterior com a forma como Jessica tinha se afeiçoado a ela e com a forma como ela havia correspondido. Pareceu trágico que tivesse passado grande parte da vida tão sozinha, e ele se perguntou se os tios dela tinham certa culpa; talvez a tivessem mimado um pouco demais quando poderiam tê-la empurrado para fora do ninho quando cresceu, mas ele não podia julgar. Conhecia pouquíssimos fatos. Tinha ouvido Jessica dizer — com grande prazer — que a srta. Heyden devia ser vista como uma mulher misteriosa quando aparecia em público, com seu rosto envolto por um véu, mas ela era uma mulher misteriosa mesmo sem o acessório, pois usava camada sobre camada de véus. Ele havia tido apenas breves e raros vislumbres de seu interior, e este foi um deles. Seus olhos brilhavam e sua bochecha direita estava corada. Ela parecia ávida, jovem e acessível.

Não durou, é claro. Eles passavam por algumas pessoas dentro dos portões do parque e, cada vez que isso acontecia, ela levantava a mão esquerda até a aba do chapéu, como se um vento repentino estivesse tentando derrubá-lo. Não baixou o véu, no entanto, e retirava a mão sempre que não havia ninguém por perto. Ele seguiu por um vasto gramado e liderou o caminho em direção à trilha de árvores além. Um caminho serpenteava por entre as árvores, perto da fronteira do parque, e era um lugar lindo e sombreado para passear. Não costumava ser muito frequentado: a maioria das pessoas preferia as áreas mais abertas do parque, onde podiam encontrar amigos e conhecidos e havia muita atividade humana para observar.

Conversaram sobre sua longa viagem desde Staffordshire, sobre o Serpentine e a Catedral de St. Paul e a Bond Street, sobre a Biblioteca de Hookham, que ela também havia visitado naquela manhã para pegar emprestado alguns livros com a ficha de Elizabeth. Falaram sobre a Câmara dos Lordes e sobre algumas das questões que estavam sendo debatidas lá, sobre as guerras e o clima. Passaram apenas por um outro casal, que estava tão concentrado no que parecia ter sido uma briga que ambos mantiveram a cabeça e os olhos baixos enquanto passavam, apressados, em um silêncio tenso, antes de retomar a discussão, pouco antes de saírem do alcance dos ouvidos alheios.

— Por que você veio? — perguntou Alexander, finalmente. Talvez não fosse uma pergunta justa, mas, agora, já tinha sido dita em voz alta.

Houve um silêncio bastante longo, durante o qual ele tomou consciência dos gritos distantes de crianças brincando e de pássaros cantando e tagarelando nas árvores.

— Quando você e, em seguida, Lady Overfield... Lizzie... me convidaram — disse ela —, logo vi como um convite que eu não aceitaria. Mas, depois que fui para Staffordshire, pareceu mais um desafio que eu havia perdido. E perguntei a mim mesma se era mesmo uma questão de coragem. Sempre quis vir a Londres para conhecer os pontos turísticos. Gosto de pensar em mim como uma mulher forte e independente, e, de muitas maneiras, eu sou. Tenho orgulho disso. Mas, às vezes, tenho ciência da covarde à espreita que vive dentro de mim. Meu véu é um aspecto disso, admito abertamente. Minha tendência a viver a vida como uma eremita é outro, embora eu realmente goste de ficar sozinha e nunca pudesse me tornar verdadeiramente sociável. Eu vim para provar que consigo, Lorde Riverdale. Não vim em resposta ao seu convite ou ao de sua irmã. Seria injusto, pois recusei ambos. No entanto, eu pretendia visitar a casa em South Audley Street para cumprimentá-los. Ah, e para provar que não era covarde demais para isso.

— É preciso coragem para visitar os amigos? — indagou ele.

— Não sei. É? Nunca tive amigos. E *você* é um amigo, Lorde Riverdale? Para mim, você foi e é o cavalheiro a quem, uma vez, ofereci minha fortuna em troca de casamento. Retirei a oferta quando entendi que tal plano não funcionaria para nenhum de nós. Dificilmente poderíamos ser chamados de amigos, então, embora eu tenha esperanças de que não sejamos inimigos. Somos algo entre as duas coisas; conhecidos, talvez. Sua irmã foi gentil o suficiente para me chamar de amiga desde aquele dia em que me visitou, mas é uma amizade conduzida em grande parte a distância, por carta. Sim, era preciso coragem para visitar Westcott House. E pareceu-me que poderia não ser a coisa certa a fazer, de qualquer maneira. Você veio para encontrar uma noiva. Eu não tinha o direito de interferir nisso e ainda não tenho, mas o encontrei aqui... por acaso, garanto... e, então, me senti obrigada a cumprir minha promessa de visitar a sra. Westcott. Assim, é claro, acabei sendo persuadida a ficar lá. Espero que não pense que manipulei as coisas para esse desfecho.

— Sei que você não o fez. Eu sugeri isso à minha mãe e conheço bem os poderes de persuasão dela.

— Espero não ter causado nenhum constrangimento com a jovem dama que você estava acompanhando pelo Serpentine. É muito bonita. Embora eu tenha certeza de que eu não poderia ter sido confundida com concorrência.

— A mãe daquela bela jovem tem sérios planos para mim, assim como o pai dela. Terão que mirar seus esforços casamenteiros em outra pessoa, no entanto, assim que entenderem que não estou disponível para pedir a mão da filha deles.

— Ah — disse ela, parando e deslizando seu braço do dele antes de sair caminhando para olhar através de uma lacuna entre árvores que dava para o declive gramado, com a trilha de carruagens abaixo. — Tem outra pessoa em mente, então.

— Sim — confirmou ele.

Ela olhou para longe, alta, elegante, contida e inacessível novamente.

— Espero, pelo bem de sua mãe — falou ela —, oh, e pelo seu também, que seja alguém capaz de fazer mais do que apenas recuperar sua fortuna, Lorde Riverdale. Espero que você sinta algo por ela, e ela por você.

— Respeito? Afeição? Uma esperança por afeto? Essas três coisas pesam bem mais para mim do que uma fortuna. Provavelmente, poderia seguir de alguma forma com Brambledean apenas com meus próprios recursos, o trabalho duro e as ideias inovadoras do meu administrador. As fazendas não prosperariam por vários anos, e a casa teria que continuar em ruínas, exceto em se tratando de necessidades absolutas, mas eu faria o possível para que meus funcionários e suas famílias conseguissem seu sustento, e talvez eles me perdoassem pela falta da real prosperidade se vissem que eu estava junto deles, vivendo e trabalhando ao lado deles. Eu não me casaria apenas por fortuna.

— Não — disse ela, ainda olhando para longe, seu queixo erguido, os dedos entrelaçados na altura da cintura. — Você sempre disse isso. É algo que respeito em você.

Ele estava olhando para ela, não para a vista, mas para seu perfil orgulhoso, inescrutável, lindo, mas agradável? Atraente? Dama misteriosa. Jessica havia escolhido as melhores palavras para descrevê-la, ele pensou. Ela era desconhecida e, talvez, incognoscível. Isso o incomodara em Brambledean e o deixava inquieto agora. Mas... tinha vislumbrado algo irresistivelmente passageiro acontecendo por trás do véu. Algo... Não, não conseguiu encontrar a palavra, mas algo que o convidava a continuar procurando.

Ela finalmente virou a cabeça para ele.

— Eu desejo o melhor para seu cortejo. Vamos seguir em frente? Sou grata que tenha me trazido aqui. Gosto daqui mais do que da área à margem da água. Há algo muito reconfortante em uma trilha em um bosque.

E havia algo em seus olhos. Tristeza? Anseio?

— Srta. Heyden, gostaria de se casar comigo?

Os olhos dela pararam nos dele.

— Oh — reagiu ela, mas, se pretendia dizer algo mais, foi impedida pela inoportuna abordagem de outras pessoas... três pessoas, um homem e duas damas, que tentavam andar lado a lado por um caminho que era estreito mesmo para dois. A srta. Heyden virou-se de costas bruscamente para contemplar o parque.

— Riverdale — cumprimentou o homem de modo afável.

— Matthews — assentiu Alexander, cordialmente. — Um lindo dia para um passeio, não é? — Ele sorriu para as damas. Felizmente, não conhecia nenhuma delas bem o bastante para se sentir obrigado a manter a conversa. O grupo seguiu seu caminho depois de concordar que sim, de fato, era um dia lindo.

Alexander ofereceu o braço para a srta. Heyden novamente e a levou alguns passos mais adiante na trilha entre as árvores.

— Não vou negar — retomou ele — que sua fortuna ajudaria a atender às minhas necessidades mais prementes. Você viu Brambledean por si mesma, mas *não é* apenas a sua fortuna que me leva a fazer o pedido. Imploro que acredite em mim.

— O que o motivou, então? — perguntou ela, sem virar a cabeça para ele. — Respeito? Afeição? Uma esperança por afeto? Não pode fingir que me ama.

— Não vou *fingir* nada. Tento ser honesto em tudo o que faço, mas ter honestidade com a mulher com quem espero me casar é certamente essencial. Não, não vou fingir amá-la, srta. Heyden, se, por amor, você se refere ao tipo de grande paixão que deu origem a algumas das mais memoráveis poesias e dramas, mas acredito que gosto de você o suficiente para convidá-la a compartilhar minha vida. Espero que esse gostar cresça e se transforme em afeto, mas o respeito é o fator mais potente que me levou a falar hoje. Eu a respeito como mulher de negócios e como pessoa, embora seja verdade que mal a conheço. Sinto que é alguém que vale a pena conhecer, no entanto, e espero que possa sentir o mesmo por mim. Espero que não olhe para mim e veja apenas um mercenário para quem os bens materiais são mais importantes do que as pessoas. Eu peço perdão.

Dificilmente é o tipo de discurso que uma mulher deve esperar ouvir do homem que lhe está propondo casamento. Não me ajoelhei. Nem mesmo trouxe um botão de rosa vermelha comigo.

— Não — disse ela.

— Não, não era o tipo de discurso que esperava ouvir? — perguntou ele.

— Não — repetiu ela. — Não espero rosas nem joelhos dobrados nem as armadilhas do romance. Seriam atitudes claramente falsas e despertariam minha desconfiança de tudo o mais que disse. Eu sei que não se casaria comigo pelo meu dinheiro apenas. A afeição e o respeito talvez sejam uma boa fundação sobre a qual basear um casamento, e eu gosto e respeito você. Obrigada. Vou concordar provisoriamente em me casar com você.

Ela ainda estava olhando para longe, e seus olhos se estreitaram contra a luz do sol. Ele sentiu-se subitamente gelado. Estava tudo bem em se casar por razões práticas, em vez de românticas. As pessoas faziam isso o tempo todo, e os casamentos eram, muitas vezes, sólidos, até felizes. Ele tinha aceitado que esse era seu dever. Mas, com certeza, deveria haver mais... sentimento do que isso. Possivelmente, ele tinha feito o pior pedido de casamento de todos os tempos, e ela tinha aceitado, sem olhar para ele e sem convicção. Poderia culpá-la?

— Provisoriamente? — disse ele.

— Sua mãe e sua irmã devem dar sua inequívoca aprovação.

— É comigo que você se casaria, srta. Heyden. Nossa casa seria em Brambledean Court, em Wiltshire. A delas é em Riddings Park, em Kent. Há uma boa distância entre os dois lugares.

— Vocês são uma família muito próxima, Lorde Riverdale. Elas o amam muito e querem sua felicidade acima de tudo. E você as ama e não deseja fazê-las infelizes. São coisas que não devem ser escarnecidas.

— Acha que elas irão desaprovar, então? — indagou ele. Ele esperava que elas dessem sua bênção, mesmo que sem real alegria. — Seus tios desaprovariam se ainda estivessem vivos? E você recusaria se casar comigo se o fizessem?

Ela pensou na resposta.

— Não acho que eles teriam desaprovado — ponderou.

— Mesmo se soubessem que não a amo e que você não me ama?

— Eles o veriam como um homem bom e honrado. Desejariam isso para mim. E confiariam no meu julgamento, mesmo que tivessem dúvidas.

— Acha que minha mãe e Lizzie não vão confiar no meu julgamento?

— Meus tios teriam entendido meus motivos, assim como sua família entenderá os seus. São motivos muito diferentes, não são? Eu quero casamento, um marido e uma família, e você é uma boa escolha, pois tem honra. Estaria segura de que sempre me trataria com cortesia e respeito, que nunca me abandonaria ou desonraria. Estaria segura de que seria um bom pai para meus filhos. Você, por outro lado, quer poder cumprir suas obrigações como conde de Riverdale e senhor de Brambledean. Quer uma esposa que possa lhe trazer fundos suficientes para tornar isso possível. E, claro, quer uma esposa que possa lhe dar herdeiros. Nossas famílias teriam perspectivas muito diferentes do nosso casamento.

— Lizzie e minha mãe gostam de você.

— Surpreendentemente, acredito que sim — concordou ela. — Mas elas podem ter ressalvas sobre eu ser sua esposa. Não sou como as outras mulheres, Lorde Riverdale. E não me refiro apenas à minha marca de nascença. Se não fosse meu trabalho na vidraria, eu seria uma total reclusa. Tive uma boa educação, mas tudo comigo é teoria, não prática. Apenas nos últimos dias, embora eu não tenha me misturado com ninguém, exceto sua mãe, irmã e prima, vi e senti minha diferença. Penso naquela jovem com quem você estava andando por aqui. Mesmo no breve relance que tive dela, pude notar que, além de sua beleza física, ela era acolhedora, encantadora, feminina e... vivaz.

— Eu poderia ter proposto casamento à srta. Littlewood a qualquer momento nas últimas três semanas. Ela teria aceitado. E não digo isso por ser convencido. Não senti o menor desejo de pedi-la em casamento, embora, antes de ver você de novo, tenha tido a sensação de que logo teria que escolher alguém não muito diferente dela... alguém cujo pai fosse rico e estivesse em busca de alguém com um título como genro. Mas, então, vi você novamente e soube, quase de imediato, que *conseguia* me sentir confortável ao pensar em me casar com você. Exatamente *por ser* tão diferente das outras mulheres, e não *apesar* disso. Prefiro me casar com você, srta. Heyden, a me casar com qualquer outra dama que conheci, e acredito que minha mãe preferiria isso também. E Lizzie.

— Então, você deve colocar à prova — disse ela, finalmente virando a cabeça para olhar para ele. — Elas precisam aprovar. Eu não poderia ser a responsável por criar qualquer conflito familiar em laços tão próximos. A família vale mais do que qualquer outra coisa no mundo e deve ser preservada a todo custo.

— E, mesmo assim, você deixou sua própria família aos dez anos de idade e não fala sobre eles desde então. — Pelo menos, era uma teoria do que poderia ter acontecido. Era igualmente possível que tivesse ocorrido alguma catástrofe e exterminado toda a sua família, exceto a tia.

Por um momento, os olhos dela se encontraram com os dele. Então, Wren puxou a mão do braço dele, virou-se e seguiu de volta pelo caminho. Ela começou a se apressar ao longo da trilha, na direção de onde tinham vindo. Ele foi atrás. Era um maldito desajeitado.

— Srta. Heyden. — Ele se apressou ao lado dela e colocou a mão em seu braço. Ela parou, mas não se virou para encará-lo.

— Às vezes, é a exceção que prova a regra, Lorde Riverdale. É um clichê, mas, muitas vezes, há verdade nos clichês.

— Imploro seu perdão — disse ele, movendo-se para encará-la e segurando sua mão direita enluvada entre as suas. — Eu realmente sinto muito por tê-la chateado. — Ele ergueu a mão dela e levou-a aos lábios. Ela estava franzindo a testa enquanto olhava suas mãos.

— Eu não acredito que possa lhe trazer qualquer tipo de felicidade, Lorde Riverdale — respondeu ela, e ele franziu o cenho.

— Por que não? — perguntou. — A felicidade não vem pronta, você sabe. Mesmo um pôr do sol, uma rosa, uma sonata, um livro, um banquete não são a felicidade em si. Cada um deles pode *causar* felicidade, mas temos que permitir sentimentos para interagir com o momento. Decerto, se gostarmos e respeitarmos um ao outro, se fizermos um esforço para viver e trabalhar um com o outro, para fazer de nossa casa um lar e uma família para qualquer criança com a qual formos abençoados, certamente, então, podemos esperar alguma felicidade. Podemos até esperar momentos de alegria vívida e lúcida, mas só se quisermos e trabalharmos para isso e nunca nos permitirmos ficar complacentes ou imaginar que somos entediantes ou inadequados. E só se entendermos que não existe o tal felizes para sempre. Para ninguém, nem mesmo para aqueles que se apaixonam loucamente antes de se casar.

Ela ergueu os olhos para ele, embora ainda estivesse franzindo a testa.

— Se a sra. Westcott fizer uma objeção — falou ela —, compreenderei perfeitamente. Até concordarei com ela. Eu não iria querer que *meu* filho se casasse comigo.

— Bom Deus — disse ele, sorrindo de repente. — Eu realmente espero que não.

Ela devia ter percebido o que tinha acabado de dizer. Arrancou a mão do aperto dele, pressionou-a contra os lábios, olhou para ele, horrorizada por um momento, e, então, explodiu em risos. E, de repente, tudo pareceu certo. Tudo. Ela era uma pessoa real, apesar das camadas de armadura, e tinha ideias, consciência e opiniões. E até senso de humor. Havia personalidade em seu caráter e uma espécie íntegra de honestidade. E, se estar ligado a ela estava sendo difícil, bem, assim seria com qualquer outra. Ele olhou rapidamente para a frente e para trás. O caminho estava deserto em ambas as direções.

— Estamos... provisoriamente... noivos, então. Não estamos, srta. Heyden? — perguntou ele.

Ela ficou séria instantaneamente e baixou a mão.

— Sim. Provisoriamente.

— Então, devemos comemorar — concluiu ele, segurando o rosto dela em suas mãos e acariciando as maçãs do rosto de Wren com os polegares, enquanto ela subia as mãos para lhe agarrar os pulsos.

— Alguém pode ver.

— Uma celebração muito breve — falou ele, beijando-a e instantaneamente lembrando-se do choque que sentiu quando a beijou em Brambledean. Sentira uma onda inesperada de desejo daquela vez, e novamente agora, por mais inapropriado que fosse por estarem no meio de uma trilha no parque mais frequentado de Londres. A boca de Wren era suave, e os lábios tremiam ligeiramente contra o seus. A respiração estava quente contra sua bochecha, as mãos apertando seus pulsos. Não houve nada remotamente lascivo no beijo, mas... houve a percepção de que ele poderia desejá-la.

Ela recuou a cabeça bruscamente.

— Estamos loucos? — perguntou, franzindo o cenho de novo. — Esquecemos o mais importante.

— Que é...? — Ele deu meio passo para trás.

— A razão em si pela qual terminamos tudo no Domingo de Páscoa. Eu não posso ser uma condessa, Lorde Riverdale. Não tenho treinamento nem experiência. Sou uma mulher de negócios, ao que o *ton* se refere com descrédito como a plebe. E, quando não sou isso, sou uma eremita. E eu sou... — Ela fez um gesto brusco com a mão esquerda na direção da bochecha.

— Feia? — sugeriu ele. — Desagradável?

— Manchada.

— Mesmo que eu nunca tenha recuado ao vê-la? — disse ele, juntando as mãos atrás das costas. Estava ficando um pouco cansado da imagem que ela tinha de si mesma. — Apesar de minha mãe e Lizzie também não terem recuado? Nem mesmo Jessica? Agarre-se a esta imagem de si mesma, como se fosse uma espécie de monstro, se precisar, srta. Heyden, mas não espere que as outras pessoas a endossem.

— Ainda assim, não sou qualificada para ser sua condessa. Sou inapta. Além disso, não tenho vontade de aprender.

— Isso é lamentável. Quando nos recusamos a aprender, muitas vezes, acabamos atrofiando nosso crescimento e nunca nos tornamos a pessoa que temos o potencial de ser, mas todos podemos decidir isso por nós mesmos. O que você vai ser se casar comigo, srta. Heyden, é uma excêntrica. Excêntricos costumam ser pessoas admiráveis porque não têm medo de ficarem sozinhos em vez de se amontoarem com as massas, como a maioria de nós faz em maior ou menor grau. Excêntricos, em seu melhor, ouvem a música em seu interior e se preenchem com ela enquanto dançam sua melodia, enquanto quem não pode ouvir fica boquiaberto e carrancudo em desaprovação, murmurando sobre camisas de força e manicômios.

Ela olhou para ele, calada, até que, de repente, riu novamente, seu rosto inteiro se iluminando com diversão.

— Não era uma rosa que você deveria ter trazido hoje, Lorde Riverdale. E sim um pedestal para mim, mas apenas, presumivelmente, se eu escolher ser o meu melhor.

— Vamos caminhar? — sugeriu ele, e continuaram no caminho de volta para os portões.

— Qual é a coisa mais específica que *gostaria* que eu aprendesse, Lorde Riverdale? — perguntou ela.

— Você já está fazendo isso. Conheceu minha mãe e minha irmã sem usar o véu. Conheceu Jessica ontem sem ele. Hoje, saiu sem tirá-lo da aba do chapéu. Suponho não saber o quão incrivelmente difícil tudo isso tem sido para você, mas consigo, pelo menos, apreciar sua coragem. Eu gostaria que fizesse isso de novo e, depois, novamente... uma pessoa de cada vez ou o mundo inteiro de uma só vez. Um passeio no parque, talvez, ou dar uma volta para ir fazer compras na Bond Street. Ou uma noite no teatro. Ou algo em enorme escala, como um baile. Um baile de noivado, talvez. Ou apenas para o resto da minha família, uma ou duas pessoas por vez. Minha prima Viola pode vir se hospedar nas próximas semanas com sua filha Abigail.

— Isso é uma coisa *específica*? Mas e quanto a você, Lorde Riverdale? Presumivelmente, também deve continuar aprendendo para não atrofiar seu crescimento. Qual coisa específica você pode aprender?

— *Touché*. — Ele sorriu para ela. — Posso aprender a não controlar a vida das pessoas ao meu redor.

Ela riu uma vez mais. O riso a deixou mais suave e deu ares da mulher que ela poderia ser se conseguisse superar o que quer que tivesse congelado seu desenvolvimento natural quando ainda era criança.

— Vou pensar no que disse — prometeu ela. — Tendo em mente que você estará ocupado aprendendo a não controlar minha vida, mas não haverá baile de noivado ou qualquer outro. Estou muito ocupada dançando minha própria melodia, lembra?

Ele se sentiu mais esperançoso nos últimos minutos do que em todos os outros dias que haviam passado juntos. Ela estava disposta, parecia, a se abrir a pequenas coisas, ainda que não às grandes, e ele havia reconhecido sua própria necessidade de não ser inflexível. Mais importante, ela era capaz de rir e até era sagaz.

— Antes de mais nada, porém — disse ela —, sua mãe e irmã devem aprovar.

Pareceu-lhe triste que não houvesse ninguém do lado dela cuja aprovação ele devesse buscar. Ninguém para compartilhar a celebração do noivado ou o planejamento do casamento.

— No ano passado, quando Anna havia acabado de ser descoberta pela família Westcott e todos estavam tentando elevar seu status, Netherby a pediu em casamento, e a família entrou em ação para planejar o maior casamento que o *ton* já tinha visto. Enquanto eles... nós... estávamos ocupados com isso, Netherby conseguiu uma licença especial, tirou uma manhã e se casou com ela sem dizer uma palavra a ninguém. Foi um grande choque para a família, mas sempre achei que foi a melhor maneira. Anna era nova no *ton*. Ela teria odiado a pompa e a algazarra de um casamento público. E Netherby simplesmente não permitiria. Gostaria que nós os imitássemos, srta. Heyden? Devo conseguir uma licença especial, da qual eu poderia ir atrás amanhã, e me casar com você discretamente? Você seria minha condessa sem qualquer alarido e teria minha permissão total para ser tão excêntrica quanto quisesse pelo resto de nossas vidas.

Foi uma sugestão impulsiva de sua parte, mas não uma da qual esperava se arrepender. Ele teve que esperar duas damas passarem por eles para ter sua resposta. Assim que o fizeram, ela meio que levantou a mão esquerda na direção do rosto, mas, em seguida, abaixou-a de volta. As duas senhoras trocaram saudações com ele, que as conhecia de vista, deram uma boa olhada na srta. Heyden e andaram em silêncio até estarem fora do alcance das vozes. Algumas salas de visitas logo estariam zumbindo, ele supôs.

— Sem sequer falar com sua mãe e sua irmã? — perguntou ela. — E sem qualquer discussão sobre a extensão da minha fortuna? Sem assinar nenhum tipo de contrato de casamento?

— Vou confiar em você, se me aceitar.

Ele estava começando a se sentir um pouco tonto. Poderia ser um homem casado em dois dias, dependendo da resposta dela.

Ela puxou o ar com força e o segurou por alguns momentos enquanto eles se aproximavam da movimentada estrada de carruagens perto dos portões.

— É uma ideia tentadora — disse ela. — Mas não vou me casar com você sem a total aprovação de sua mãe, Lorde Riverdale.

11

Quando retornou, Wren foi direto para o quarto, tirou o chapéu e as luvas e sentou-se na cadeira perto da janela. Felizmente, a sra. Westcott e Elizabeth ainda não tinham voltado da festa no jardim, e o conde não tinha ficado. No entanto, ele planejava voltar para o jantar. Ela pegou o livro da biblioteca e o abriu, antes de fechá-lo novamente e deixá-lo de lado não mais que um minuto depois. Decerto, não seria capaz de ler naquele momento. Sua mente estava zumbindo como se uma colmeia inteira tivesse sido solta lá dentro.

Ela estava noiva. Provisoriamente.

Seu sonho estava prestes a se tornar realidade.

Será mesmo? Ela não poderia ser a condessa de Riverdale. Ele havia afastado suas dúvidas, assegurando-lhe de que poderia ser uma reclusa excêntrica se desejasse, mas ela não acreditava que seria possível. Ela já tinha conhecido a mãe, a irmã e a prima dele.

Uma outra prima — a ex-condessa, que havia perdido o título — tinha sido convidada a ficar hospedada ali com a filha. Se Wren fosse se casar, estaria ali quando elas chegassem... *se* elas viessem. Ela ficaria até o final da sessão parlamentar. Não seria capaz de se esconder no quarto o dia todo, todos os dias. Quanto tempo levaria até ser chamada para conhecer todos os Westcott — e os Radley também, os parentes por parte da mãe dele? E, então, quem mais depois disso?

Mas por que não?

Talvez seu rosto não fosse tão horrível, afinal. Nenhuma das pessoas que ela conheceu gritara, a encarara horrorizada, a chamara de monstro ou quisera mantê-la confinada em um quarto trancado, com rede na janela para que ninguém que olhasse para cima pudesse vê-la espiando. Ninguém a tinha chamado de castigo do inferno. Ninguém havia sugerido que ela pertencesse a um manicômio ou estivera prestes a mandá-la para um.

Wren estendeu as mãos trêmulas sobre o rosto e se concentrou em controlar a respiração para não desmaiar. Não, claro que não. Ninguém tinha dito ou feito qualquer uma dessas coisas nos últimos vinte anos, mas havia um certo tipo de memória que penetrava em seus ossos, tecidos e tendões e nos lugares mais profundos da sua mente e do seu ser. Será que, um dia, ela veria a si mesma como os outros a viam? Será que acreditaria no que os outros viam?

Tirou as mãos do rosto e as descansou no colo enquanto olhava para o jardim, para as flores, para os arbustos e para as fileiras de vegetais em um lado e para uma espécie de *knot garden*[2] de ervas para além delas, e respirou o ar doce da miríade de aromas que vinham com a brisa leve da janela aberta.

Estava noiva. Ela se casaria. Todos os sonhos que, um dia, ousara sonhar se tornariam realidade. E não seria um casamento qualquer, mas se casaria com *ele*, o conde de Riverdale, e ela temia muito que estivesse apaixonada, mas por que sua mente escolheu a palavra "temia"? Porque sabia que tais sentimentos nunca poderiam ser recíprocos? Isso não importava. Ele tinha prometido afeição, respeito e uma esperança por afeto, e isso era bom o suficiente. Vindo dele, era bom o suficiente, pois, se tinha aprendido alguma coisa sobre o conde durante sua breve relação, era que era um homem de honra para quem a família tinha suma importância.

Wren fechou os olhos e continuou a respirar os aromas suaves de orquídeas, hortelã e sálvia. Ela temia — e, sim, definitivamente era medo desta vez — não ser capaz de mudar o suficiente para despertar qualquer real carinho nele. Não tinha sido apenas seu rosto que ela havia escondido do mundo. Tinha sido a si mesma. Seu instinto era se esconder por entre os véus, algo que tinha feito por tanto tempo que não sabia como se libertar.

Conhecera quatro pessoas sem usar o véu no rosto. Havia até saído sem ele naquela tarde, mas seria capaz de erguer o véu mais pesado que usava sobre si mesma? Só tinha feito isso com os tios. Era bem ciente de que era *diferente*. Não era calorosa, aberta, e nunca poderia ser. Parecia incapaz

---

2 Literalmente "jardim de laço", é um modelo de jardim formal criado no Reino Unido durante o período elizabetano. Caracteriza-se pelo padrão entrelaçado e geométrico de sebes que delimitam canteiros de plantas aromáticas. (N. E.)

de revelar seus sentimentos. Ela não era... ah, ela não era mil e uma coisas que as outras pessoas eram sem qualquer esforço.

O que *era*, então? Não queria se definir pelo resto da vida com pontos negativos.

Era uma mulher de negócios bem-sucedida. Tinha uma mente sagaz e, curiosamente, trabalhava bem com outras pessoas. Era capaz de amar. Tinha amado os tios com todo o seu ser. Ela se afeiçoara facilmente a Elizabeth e à sra. Westcott. Aparentemente, amava o conde de Riverdale. Sabia que amaria seus filhos — se, *por favor, Deus*, eles tivessem filhos — com paixão e adoração, *independentemente de qualquer coisa*.

Oh, Deus, oh, bom Deus, ela o amava. Wren colocou as mãos no rosto novamente, mas isso não era de se esperar? Ele era o primeiro homem elegível que ela havia conhecido, além do sr. Sweeney e do sr. Richman, os quais havia dispensado em menos de meia hora. Talvez o que sentia não fosse amor, mas apenas gratidão.

Ou talvez fosse amor. Que diferença fazia uma palavra, de qualquer forma? Ela se casaria com ele, apesar de suas dúvidas sobre ser a condessa de Riverdale. O sim ao pedido de casamento ainda era provisório, mas certamente a mãe dele e Lizzie não negariam sua aprovação. Elas a tinham convencido a ficar ali. Tinham dito outras coisas... Oh, ela se casaria com ele e não achava que já tivesse sido mais feliz em toda a sua vida.

Como prova, derramou algumas lágrimas antes de se apressar para lavar o rosto.

Wren tomou um cuidado extra ao se vestir para o jantar naquela noite. Tinha roupas elegantes, embora duvidasse de que, alguma vez, estivesse na moda. Não tinha uma modista em Londres, mas tinha uma em Staffordshire, que, há muito tempo, escolhia suas roupas e a conhecia bem — sua altura, seu tamanho, suas preferências, sua personalidade. O elegante vestido turquesa-claro que estava usando tinha cintura alta, mangas curtas e um leve decote. Como a maioria de seus vestidos, a saia era estreita, mas fluía sobre ela de uma forma que não a fazia parecer um mastro sem bandeira. A bainha era acentuada com um bordado em um tom um pouco mais escuro. Maude arrumou seu cabelo em um coque um pouco mais alto do que o normal, mesmo sabendo que a fazia parecer ainda mais alta. Wren pôs o colar de pérolas que seus tios lhe deram em seu vigésimo primeiro aniversário e olhou com aprovação para sua imagem no espelho de corpo inteiro, um pouco sentida pelo seu rosto.

Mas estava na hora, ela decidiu, endireitando os ombros e ficando ainda mais alta, tentando afastar a imagem de seu rosto da consciência. Se fosse assim tão fácil! Quase tinha morrido naquela tarde quando deixaram a quase total reclusão do caminho arborizado e saíram para a rua de carruagens junto aos portões do parque. Havia carruagens e pessoas para todo lado. O véu sobre a aba do chapéu parecia pesar, e ela precisou de toda a sua força de vontade para não cobrir o rosto com ele. E os dois certamente não haviam passado despercebidos. Mesmo que ele não fosse o conde de Riverdale ou uma figura familiar para todos da alta sociedade londrina, chamaria a atenção por sua altura, seu físico perfeito e sua extraordinária boa aparência.

Mas ela havia sobrevivido.

Agora, estava sentada na sala de estar enquanto as outras damas desciam, vestidas para o jantar. Wren sorriu para elas.

— Gostaram da festa no jardim? — perguntou. — O clima estava perfeito para isso.

— Foi muito agradável — disse Elizabeth. — Foi em Richmond, em uma das mansões à beira do rio. Mamãe e eu fomos convidadas para fazer um passeio de barco. Sentei-me à vontade em meu barco, parecendo uma peça de decoração, enquanto o pobre sr. Doheny ficava vermelho e brilhava de suor ao puxar os remos. Fui forçada a fazer um monólogo durante todo o passeio, já que todo o fôlego dele era necessário para o esforço de remar. Mamãe passeou por mais de uma hora com Lorde Garand, e ele pareceu bastante relaxado quando voltaram. Isso indica que estou muito pesada?

— Acredito que isso indica, querida — falou a mãe —, que o sr. Doheny não sabe como remar um barco. Lorde Garand observou que ele estava mergulhando os remos muito fundo e tentando deslocar todo o rio Tâmisa com cada remada.

Todas riram.

— E Lady Jessica? — perguntou Wren.

— Ela ficou sentada na casa de veraneio com Louise quase o tempo todo que estivemos lá — disse a sra. Westcott —, enquanto uma horda de jovens rondava nas proximidades, apenas esperando que ela surgisse para que pudessem lhe buscar comida ou bebida ou levá-la para explorar a estufa de laranjas ou para um passeio de barco. Ela realmente parecia muito feliz, mesmo tendo ignorado todos eles. Acho que a visita lhe fez muito bem, assim como a esperança de que Abigail venha para cá com Viola. Devo lhe agradecer por ter dado a ela tanto de sua atenção, srta. Heyden, e por tê-la levado com vocês esta manhã para ver seus artigos. Ela ficou fascinada.

— Gostei muito da companhia dela — falou Wren. E talvez Wren não fosse tão carente de calor como temia. Lady Jessica realmente parecia gostar dela.

— E como foi a caminhada no Hyde Park? — perguntou Elizabeth.

— Foi adorável — respondeu Wren. — Caminhamos por entre as árvores e me senti quase como se estivesse de volta ao campo. Sabem se o conde de Riverdale estará de volta para o jantar?

— Sim, Lifford nos avisou — disse a sra. Westcott. — Estou feliz que não tenhamos nenhum compromisso para esta noite. Assim, conseguiremos desfrutar da companhia dele pelo tempo que escolher ficar. E... bem, aqui está ele.

A porta se abriu com a entrada do conde de Riverdale, incrivelmente elegante em seu traje noturno preto com colete prateado e gravata branca de linho. Também parecia descontraído e bem-humorado enquanto atravessava o cômodo para beijar a bochecha de sua mãe e, depois, a de Lizzie. Ele hesitou e, então, sorriu para Wren.

— Devo presumir que nada foi dito? — perguntou ele.

Wren apertou os olhos brevemente.

— Sobre o quê? — indagou Elizabeth.

— Sobre o meu noivado... — disse ele — ... e o da srta. Heyden. Um com o outro. Nosso noivado provisório. — Talvez ele não estivesse assim tão relaxado, afinal.

— *O quê?* — reagiu Elizabeth em um salto.

— Provisório? — indagou a sra. Westcott, sua mão indo para o peito.

— Ah — disse ele, sorrindo enquanto olhava para Wren. — Nada foi dito. Pedi a srta. Heyden em casamento esta tarde, mamãe. E, sim, fui eu quem fiz o pedido desta vez. Ela aceitou. Provisoriamente.

— *Provisoriamente?* — repetiram as duas, em uníssono.

— Eu me casarei com Lorde Riverdale com a condição de que vocês duas aprovem a união com sinceridade — explicou Wren.

— Mas por que achou que não aprovaríamos? — perguntou Elizabeth.

— Vocês querem a felicidade dele. — Wren podia ouvir um leve tremor em sua voz e engoliu em seco.

— Pensei que tinha ficado subentendido quando veio ficar aqui que estávamos reconhecendo a probabilidade de um cortejo e eventual casamento entre você e Alex, srta. Heyden — respondeu a sra. Westcott. — Aliás, esqueça o *srta. Heyden*. Não mais. Você é Wren. Avisei que seria como uma mãe para você. Não era possível eu ter sido mais clara, não é?

— Oh. — Wren engoliu em seco novamente. Desta vez, um nó se fez em sua garganta e ela teve que piscar algumas vezes para clarear a visão.

— Acredito, srta. Heyden — disse o conde —, que estamos noivos.

— Sim. — Ela cerrou e abriu as mãos no colo.

— Venha. — A sra. Westcott se levantou e estendeu os braços, e Wren também se levantou e se viu presa em um abraço caloroso enquanto Elizabeth abraçava o irmão. Eles mudaram de lugar depois de alguns momentos.

— Estou muito feliz por vocês — falou Elizabeth enquanto abraçava Wren.

Aquilo era possível? Elas já esperavam que fosse acontecer? Elas haviam aprovado?

— E, agora, temos um assunto definido para o jantar — disse a sra.

Westcott, olhando com aparente satisfação de um para o outro. — Temos um casamento para planejar.

Lorde Riverdale trocou um olhar com Wren.

— Nosso casamento não precisa de discussão, mamãe. Vou adquirir uma licença especial amanhã e encontrar um clérigo em alguma igreja tranquila para me casar no dia seguinte.

— Assim como Anna e Avery fizeram no ano passado — comentou Elizabeth. — Eu estava lá como testemunha, Wren, e foi um dos casamentos mais lindos de que já participei. Sim, um casamento como este vai agradar a ambos. Alex odiaria o alvoroço de uma grande festa, e não consigo imaginar que você seria capaz de suportar. Mas, por favor, *por favor*, posso ir como testemunha? Tenho experiência na função. — Ela riu.

— Posso dizer algo? — perguntou a sra. Westcott. — Percebo como foi tolo da minha parte sonhar imediatamente com um casamento grandioso para o *ton* na Igreja de St. George, em Hanover Square. Pobre Wren. Seria mais fácil lançá-la na cova dos leões. E Lizzie está certa. Alex também odiaria o alvoroço.

— Odiaria, sim — concordou ele. — Sinto muito, mamãe. A senhora adoraria planejar um grande casamento, eu sei.

— Há sempre Lizzie — disse ela, franzindo o cenho, pensativa. — Suponho que, com o tempo, você inevitavelmente conheça nossa família, Wren, como fez conosco no Domingo de Páscoa e com Jessica ontem. Há os Westcott de um lado e os Radley do outro. Quase todos estão aqui na cidade nesta primavera. Você se sentiria preparada para conhecer todo mundo de uma vez... no dia do casamento? Ainda seria um casamento pequeno, mas não tão pequeno quanto pretende. Há outra possibilidade. Você poderia ter seu casamento privado e conhecer a família depois, aqui, em um café da manhã de comemoração. O que acha?

Wren sentia as mãos formigarem enquanto mexia os dedos. Achava que sua vida poderia facilmente sair do controle se não fosse muito cuidadosa.

— Mamãe — falou o conde —, garanti à srta. Heyden que nunca irei pressioná-la a conhecer alguém ou fazer qualquer coisa que ela não queira fazer. Ela tem medo de que, ao se casar comigo, seja forçada a um indesejado papel social como condessa de Riverdale. Eu lhe assegurei que não terei tais expectativas.

Mas a sra. Westcott estava certa. Era um absurdo pensar em se casar com o conde de Riverdale e nunca conhecer sua família além de sua mãe, irmã e uma prima.

Wren apertou os olhos por um breve instante.

— A carta que escreveu ontem à noite já foi enviada para Hinsford Manor, suponho? — falou inesperadamente para a sra. Westcott, e todos olharam para ela sem entender.

— Já — confirmou a sra. Westcott. — Saiu ao meio-dia.

— A senhora escreveria de novo? — perguntou Wren. — Disse que duvidava de que viessem sem uma ocasião familiar especial para convencê-las. Será que um casamento serviria? A senhora as convidaria para vir ao nosso casamento na próxima semana, em vez de depois de amanhã? Um casamento em *família*, que não lhes será ameaçador e onde sua presença será muito apreciada por todos os familiares... e pela noiva? Sim, vou conhecer os dois lados da família no dia do casamento. E, depois disso, posso muito bem me trancar em Brambledean e nunca mais encontrar ninguém pelo resto da vida.

Elizabeth, ela percebeu, tinha lágrimas nos olhos e parecia estar mordendo o lábio superior. A sra. Westcott ainda franzia a testa. E o conde olhava muito atentamente para Wren.

— Pode funcionar — ponderou a sra. Westcott. — Podemos tentar. Wren, minha querida, vou amá-la para sempre. Esteja avisada.

— Wren — disse Elizabeth —, você pode escrever para a prima Viola e Abigail também e enviar a carta junto com a de mamãe?

— Posso — concordou Wren. O que ela tinha feito? Era tarde demais para voltar atrás, no entanto. Havia acabado de se comprometer com um casamento em família dali a uma semana. Nunca tinha se sentido mais aterrorizada em toda a sua vida.

O mordomo apareceu na porta naquele momento para anunciar que o jantar estava servido. O conde de Riverdale ofereceu a mão a Wren, seus olhos atentos a ela.

— Obrigado — disse ele suavemente. — Não pense que ignoro a magnitude do que concordou em fazer e do que sugeriu. Eu a honro. Só espero que eu possa ser digno de você.

E lá estava ela, com lágrimas nos olhos novamente. Aquilo estava se tornando um hábito desagradável. Ela colocou a mão na dele.

— Mas posso muito bem fugir antes do dia do casamento — respondeu ela, a voz baixa.

— Por favor, não. — Ele riu.

E, assim, a chance de se casar discretamente dentro de dois dias, como proposto pelo conde de Riverdale — antes de se permitir ter tempo para pensar direito uma ou vinte vezes —, tinha desaparecido inteiramente por sua culpa. Teria que esperar uma semana inteira. Pior, havia concordado que as famílias Westcott e Radley fossem convidadas tanto para o casamento quanto para o café da manhã em Westcott House. Até concordou com a Igreja de St. George, em Hanover Square, como o local da cerimônia, a igreja frequentada pela alta sociedade durante a primavera, embora a congregação fosse pequena. Não havia sentido, afinal, em buscar uma obscura igrejinha em alguma rua afastada igualmente obscura, como o duque e a duquesa de Netherby tinham feito no ano anterior, já que não haveria nenhum segredo sobre seu casamento.

O noivado foi anunciado nos jornais matinais dois dias depois de sua caminhada no Hyde Park — srta. Wren Heyden e Alexander Louis Westcott, conde de Riverdale. Nada menos que nas páginas da sociedade, nas quais todo o alto escalão e metade desse mundo, sem dúvida, lamentaria a perda do conde das fileiras de solteiros elegíveis.

A tarde trouxe um fluxo constante de visitantes, que a sra. Westcott e Elizabeth entretinham na sala de estar enquanto Wren se encolhia no quarto, escrevendo a Philip Croft para lhe dizer como tinha sido gratificante ver por si mesma as vitrines de lojas importantes de Londres com suas peças de vidraria. Elizabeth bateu à porta, no entanto, justo quando ela pensou que todos já deviam ter ido embora.

— A prima Louise, Jessica e Anna ainda estão aqui — anunciou ela. — Elas sabem como você é reclusa e vão entender se não descer, mas Jessica implorou que eu viesse perguntar, de qualquer maneira. Isso depende totalmente de você, Wren. — O sorriso dela tinha uma pitada de brilho. — Sei que essa introdução costuma ser seguida de um "mas"... Nesse caso, no entanto, não é.

Wren suspirou e largou a pena.

— Elas sabem? — perguntou ela. — Lady Jessica contou a elas? Ou você e sua mãe?

— Sobre o seu rosto? — indagou Elizabeth, entrando no quarto. — Não. Por que contaríamos?

Por quê, de fato?, Wren pensou enquanto se levantava. Ela estava começando a ser entediante até para si mesma. Tinha uma marca de nascença bem feia cobrindo a maior parte de um lado do rosto. E daí? De qualquer forma, estava curiosa para conhecer a famosa Anna — ou Anastasia —, que crescera em um orfanato e terminara como duquesa e dona de uma fabulosa fortuna.

A famosa Anna, que, sem querer, havia causado estragos na família Westcott.

— Mostre o caminho — disse ela com um enorme suspiro que só fez Lizzie sorrir mais.

Em poucos minutos, havia mais duas pessoas para adicionar à lista crescente de quem a tinha visto sem o véu. E, embora Wren suspeitasse que Lady Jessica de fato tinha lhes contado sobre a marca de nascença, nem a mãe nem a cunhada prestaram atenção ou — talvez ainda mais significativo — cuidadosamente evitaram olhar para a mancha. A duquesa viúva de Netherby, a prima Louise, era uma bela dama, corpulenta, provavelmente em seus quarenta e poucos anos. Anna, a duquesa, era magra, bonita e exibia um sorriso sereno que intrigou Wren quando considerou o que a mulher tinha passado durante o último ano e meio. Elas eram educadas, amáveis e gentis. Anna lhe agradeceu em particular por ter sugerido que a ex-condessa e sua filha fossem convidadas para o casamento e por ter escrito para convencê-las, assim como a sra. Westcott.

— Talvez elas venham para tal ocasião — opinou ela. — Vivo na esperança. Abigail é minha meia-irmã, srta. Heyden, e desejo vê-la novamente, tanto quanto Jessica deseja. E a tia Viola faz parte desta família tanto quanto qualquer outra pessoa e deveria estar aqui para o casamento de Alex. — Então, ela pausou por um momento antes de dizer: — Sinto muito por não ter ninguém de sua família para estar com você. Deve estar sentindo falta de seus tios mais do que nunca nesta semana. No entanto, esta é uma família acolhedora. Sei por experiência própria. Seremos todos seus primos. Lizzie tem vantagem sobre nós, é claro. Ela vai ser sua cunhada.

— Thomas, meu cunhado, Lorde Molenor, acredita se lembrar do sr. Reginald Heyden, seu tio, que era um venerável senhor quando ele era apenas um jovem rebento na cidade, srta. Heyden — contou a duquesa viúva. — Sem dúvidas, terá perguntas para a senhorita quando conhecê-la. E sobre sua tia também, embora o sr. Heyden ainda fosse viúvo do primeiro casamento na época.

— Ele se casou com minha tia há vinte anos — explicou Wren. — Vendeu a casa em Londres e nunca mais voltou para cá.

A conversa fluiu de forma agradável depois disso, mas as damas ficaram apenas por mais vinte minutos. Agora, Wren conhecia cinco membros da família, incluindo a sra. Westcott e Elizabeth. Poderia conhecer o resto também. Não seria fácil, mas poderia fazê-lo. Ela *o faria*. Era seu mais novo projeto, e ela não falharia, como não o fazia com qualquer um de seus empreendimentos.

E então... oh, então, se estabeleceria no casamento dos seus sonhos e nunca mais encontraria ninguém.

Ela quase acreditou em si mesma.

12

Wren estava ansiosa para passear à tarde por Kew Gardens com seu noivo. Ainda faltavam três dias para o casamento, e parecia-lhe que alguma força invisível havia retardado o tempo em uma fração de sua velocidade habitual. No entanto, tinha gostado de ir às compras com sua futura sogra e cunhada e de simplesmente ficar em casa, conhecendo-as melhor e aprendendo a relaxar na companhia delas.

Sua futura família tinha ido fazer uma visita naquela tarde em particular, no entanto, e Wren permaneceu em seu lugar favorito do quarto, perto da janela, lendo um dos livros que havia pegado emprestado da Biblioteca de Hookham. O conde só chegaria em uma hora. Ele tinha lhe assegurado que ela acharia Kew Gardens adorável. Ela queria mesmo era ver a famosa Great Pagoda, o edifício ornamental chinês.

Quando ouviu os sons distantes de portas se fechando e vozes masculinas, olhou para o relógio na cornija da lareira. Ele devia ter confundido o horário... ou ela havia se confundido. O conde estava uma hora adiantado. Não importava, porém. Ela estava pronta e ansiosa para ir. Ficou de pé, pegou o chapéu, as luvas, o xale e o guarda-sol e se apressou para a sala de estar.

A porta estava aberta. Wren podia ver o sr. Lifford, o mordomo, curvado sobre um homem, que estava sentado em uma cadeira perto da porta. Seu primeiro pensamento foi que o noivo devia estar se sentindo mal. Tarde demais, ela percebeu que o homem era um estranho — ela já estava dentro da sala e tinha sido notada. Ambos os homens olharam para ela, o mordomo em certa consternação e o outro homem com uma carranca e um olhar inexpressivo.

— Quem é você? — perguntou ele, levantando-se rapidamente.

Era um homem muito jovem, alto e magro, quase a ponto de definhar. Podia ter sido muito bonito um dia, mas, agora, sua pele estava sem cor, a não ser por duas manchas acentuadas nas maçãs do rosto. Seu cabelo claro estava desarrumado e emaranhado em alguns lugares. Ele vestia um uniforme militar verde, que parecia empoeirado e surrado, calças de linho, que devia ter sido branco, mas já não era mais, e botas surradas. Mesmo a uma certa distância, Wren pôde sentir um odor desagradável. Ela soube quem ele devia ser antes mesmo que o mordomo falasse.

— O tenente Westcott voltou para casa, senhorita — anunciou o sr. Lifford. — A srta. Heyden está hospedada aqui como convidada, senhor.

— *Capitão* Westcott — disse o jovem, de maneira quase distraída, ainda franzindo a testa, e, agora, Wren podia ver o brilho em seus olhos, febris e bastante indomáveis. — Maldição. Mamãe não está aqui, está? Ou Cam. Ou Abby. Elas partiram. Eu me esqueci. Me lembro de ontem. Pelo menos, acho que foi ontem. *Quem* está aqui, Lifford? Anastasia? Mas ela se casou com Avery. Diabos, eu não deveria ter vindo para cá, não é? Eu sabia, mas me esqueci. — Ele estava visivelmente agitado.

Wren colocou suas coisas em uma mesa ao lado da porta e se apressou em se aproximar.

— O senhor é Harry Westcott — falou ela, pegando em seu braço. — Acabou de voltar da Península? Por favor, sente-se novamente. A sra. Althea Westcott está hospedada aqui com Lady Overfield para a Temporada, mas elas estão fora esta tarde. O conde de Riverdale logo estará aqui. Sr. Lifford, que tal trazer um copo de água para o capitão? — Assim que o tocou, ela percebeu que ele estava queimando em febre.

O mordomo saiu apressado e o jovem afundou em seu assento.

— Riverdale. — Ele apoiou um cotovelo no braço da cadeira e encostou os dedos na testa. E riu debilmente. — Esse era eu, raios, e meu pai antes de mim. Não mais, contudo. Me lembrei disso o tempo todo em que estive no navio e, depois, na carruagem. Como pude esquecer assim que avistei Londres? Se eu chegasse aqui e passasse pela porta, pensei que estaria em casa. Até briguei com o cocheiro da carruagem alugada quando ele disse que este não era o endereço que eu tinha lhe dado. Eu o chamei de tolo. — Ele sorriu e, então, pareceu arrasado.

— O senhor está em casa — disse Wren, colocando as costas dos dedos levemente na bochecha do homem para confirmar que de fato ele estava muito quente. — Está com sua família.

— Casa. — Ele fechou os olhos. — O mesmo lugar onde aquele maldito Alex está vivendo. No entanto, não foi culpa dele, não é?

— Não foi — confirmou ela.

— Eu esperava que todas estivessem aqui — disse ele. — Mamãe e as meninas, mas não estão, não é mesmo? Como diabos eu pude me esquecer? Lembrei-me quando estávamos no mar e me esqueci de novo. Cam se casou com um maldito professor porque pensou que não poderia conseguir algo melhor. Mamãe está com medo de mostrar o rosto em qualquer lugar que possa ser reconhecida. Ela não está aqui, está?

O mordomo voltou, e Wren pegou o copo de água da bandeja e levou aos lábios do jovem enquanto ele bebia. Sua mão se fechou sobre a dela, e ele bebeu com mais avidez. Ela duvidou que ele tivesse tido chance de se lavar ou de trocar a roupa desde que saíra da Península, mesmo sendo um oficial, e seria de se esperar que recebesse tratamento preferencial entre todos os outros militares feridos com quem ela supôs que tinha sido enviado para casa.

— Quem é você? Eu me esqueci — disse ele, retirando a mão do copo. — O que aconteceu com seu rosto? Uma bala de mosquete passou de raspão, não é? Parece que escapou por pouco.

— Eu me chamo Wren Heyden. É uma marca de nascença.

— Claro. Não há balas de mosquete zunindo por aqui, há? Estou na Inglaterra, não estou?

— Sim, está — respondeu Wren enquanto ele se recostava na cadeira, e ela viu que os olhos dele, de repente, estavam banhados em lágrimas.

— Está uma balbúrdia infernal lá, sabe — continuou ele, sorrindo para ela. — Mamãe e as meninas saíram? Eu deveria ter enviado um aviso de Dover dizendo que estava a caminho, mas tive picos de febre novamente.

Wren trocou olhares com o mordomo.

— Sr. Lifford — chamou ela —, o antigo quarto do capitão Westcott está desocupado?

— Sim, senhorita.

ALGUÉM PARA CASAR 169

— Pode me mostrar onde fica? — pediu ela. — Depois que o acomodarmos, talvez possa providenciar uma tigela de água fria e alguns panos? E poderia mandar chamar o médico da família? Venha, capitão Westcott. Pegue meu braço e vamos para o seu quarto. O senhor pode se deitar e ficar confortável enquanto lavo seu rosto e vejo se consigo baixar sua febre.

— Ah, a mamãe vai fazer isso — respondeu ele. — Não precisa se preocupar. — Mas ele se levantou e permitiu que Wren pegasse seu braço e o guiasse para fora da sala até subir as escadas. A governanta apareceu e deu a volta para o outro lado do jovem, para firmá-lo.

— Sr. Harry — falou ela, em uma voz cheia de emoção. — O senhor voltou para casa! E está inteiro! Sua mãe vai ficar feliz em saber.

— Ela está tão feliz que saiu exatamente quando deveria me esperar em casa e levou as meninas com ela.

Wren estalou a língua.

— Ela está em Hinsford, tolamente preocupada com o senhor, sr. Harry — explicou ela. — E Lady... a srta. Abigail também. Eles o mandaram de volta daquele lugar bárbaro, então, não é?

— Fui arrastado de lá — disse ele alegremente. — Uma espada cortou meu braço outra vez. Um corte superficial, mas ficou pútrido, peguei a maldita febre e quase morri. Como não morri, eles me dispensaram e me mandaram para casa. Ordens do coronel, até que eu esteja melhor. Disse que não quer ver minha cara feia por, pelo menos, dois meses. E aqui estou, na minha melhor forma e a meio mundo de distância dos meus homens, com quem eu deveria estar. Está uma balbúrdia lá, vocês sabem.

Assim que Harry terminou de balbuciar, eles o acomodaram em seu quarto, tiraram seu casaco, puxaram suas botas e o deitaram na cama. O mordomo foi atrás de alguém para ir correndo chamar o médico, a governanta abriu uma janela para deixar entrar um pouco de ar fresco e duas criadas chegaram apressadas, uma com uma tigela de água, a outra com panos nas mãos e toalhas nos braços.

Meia hora depois, Wren estava sozinha com o rapaz, a porta do quarto aberta atrás dela. O sr. Lifford tinha descido para esperar a chegada do médico, as criadas tinham cumprido seus deveres e a governanta estava na cozinha supervisionando a preparação dos caldos e das geleias para o capitão Westcott. Wren estava colocando panos frios e molhados no rosto dele e ouvindo suas divagações cada vez mais delirantes. Seu braço direito, ela tinha visto através da manga da camisa assim que o casaco foi retirado, estava fortemente enfaixado do ombro ao pulso. Se o médico não viesse logo, ela teria que trocar os curativos por si só. Duvidava que isso tivesse sido feito recentemente.

Ela se virou com algum alívio quando ouviu um leve toque na porta, esperando ver o médico ou... por favor, por favor... seu noivo. O homem parado na porta, no entanto, decididamente não era o último e possivelmente não poderia ser o primeiro. Não era alto. De fato, era vários centímetros mais baixo do que ela, mas era um homem que, de alguma forma, enchia a sala com sua presença, embora ainda não tivesse entrado no ambiente. Tinha cabelo loiro, era bonito, primorosamente bem-vestido e usava anéis em vários dedos; uma joia cintilava em sua intrincada gravata, e tinha correntes e um relógio na cintura. Ele parecia lindo, poderoso e, de alguma forma, perigoso. Estava segurando um monóculo prateado quase próximo ao olho, mas contemplava a cena diante dele através de seus olhos preguiçosos e das pálpebras pesadas, sem a ajuda do acessório. Ela soube instantaneamente quem ele devia ser, assim como soube quem era Harry Westcott, e sentiu-se mais exposta do que tinha se sentido havia dias ou até semanas. Wren lamentou a falta do véu e o bem que ele poderia fazer por ela naquele momento. Sua mão — a que não estava segurando o pano molhado — subiu para cobrir o lado esquerdo do rosto.

— Netherby ao seu dispor, srta. Heyden — disse ele em um tom de voz cansado enquanto entrava no cômodo e se aproximava da cama. — Suponho que seja quem a senhorita é. Lifford enviou um mensageiro para mim e, aparentemente, o rapaz realmente correu. Talvez Lifford tenha esquecido que não sou mais o guardião de Harry desde que ele atingiu a maioridade, há vários meses, mas eu estava prestes a sair de casa quando o mensageiro chegou, então aqui estou. — Ele voltou a atenção, então, para o jovem rapaz na cama. — Você está com um pouco de febre, não é, Harry?

Ele encostou o dorso dos dedos perfeitamente bem-cuidados na testa do capitão. Wren deu um passo para o lado.

— Ah, é você, é, Avery? — disse o capitão, irritado. — Se veio para me impedir de me alistar, pode esquecer, maldição. Eu *quero* ser um homem do exército. Eu *gosto* da vida militar. E você não é mais meu guardião.

— Bênção pela qual irei oferecer uma oração especial de agradecimento esta noite — respondeu o duque de Netherby. — Vim ajudá-lo com a febre, Harry, embora a srta. Heyden pareça ter feito um trabalho admirável sem mim. Espero que não tenha usado esse linguajar na presença dela.

— Não usei, não, diabos — rebateu o capitão Westcott, impaciente. — Eu sei como falar com as damas. Se quiser ser útil, Avery, faça o guarda-roupa e a penteadeira pararem de rodopiar pelo quarto. É frustrante e enervante.

— Vou trocar uma palavra com eles — falou o duque e olhou para Wren. — Achei que as primas Althea e Elizabeth estivessem em casa, assim como Riverdale. Peço desculpas por essa intrusão inesperada em sua privacidade de mais dois membros da família de seu noivo, srta. Heyden. Sei que é uma pessoa reclusa.

— Eu concordei em encontrar todos vocês no meu casamento. É daqui a três dias. — Ela ainda estava com a mão sobre o lado esquerdo do rosto.

O duque pegou o pano de sua outra mão, mergulhou na água, torceu e colocou na testa do rapaz.

— Todos temos coisas em nós mesmos que preferimos esconder a exibir — disse ele com suavidade, mais como se estivesse falando com seu antigo tutelado do que com Wren. — Sempre fui pequeno, insignificante, tímido e de aparência delicada, e fui colocado em uma escola para meninos quando tinha onze anos.

Ela só podia imaginar como devia ter sido. Escolas particulares para meninos — embora fossem paradoxalmente chamadas de escolas *públicas* — tinham fama de serem brutais. Ela se perguntou como ele tinha se transformado em quem era agora, pois, embora ainda fosse baixo, magro e bonito de se ver, nada sugeria que fosse alguém insignificante, tímido ou efeminado. Muito pelo contrário.

— Ou você sucumbe — continuou ele — ou... não. Acho que talvez a senhorita esteja no processo de não sucumbir. Por que mais teria concordado em tomar café da manhã no dia do casamento com estranhos que simplesmente calharam de ter alguma relação com o seu futuro marido? — Ele mergulhou o pano e torceu o excesso de água novamente. — Parece que o médico finalmente chegou.

Não era ele, no entanto. Era o conde de Riverdale, que apareceu à porta, absorvendo a cena diante de seus olhos.

— Como ele está? — perguntou, lançando um olhar para Wren.

— Alex? — O capitão Westcott virou a cabeça no travesseiro. — O que diabos está fazendo aqui? Um homem não pode mais ter privacidade em seu próprio quarto? Suponho que eu guarde algum rancor de você, não é? Não consigo me lembrar do porquê, no entanto. Nunca tive nada contra você. Onde estão a mamãe e as meninas? Por que todas essas pessoas estão no meu quarto?

— Porque você voltou da Península para casa em segurança, Harry — disse o conde, aproximando-se da cama —, e estamos felizes em vê-lo. Sua mãe e Abigail estarão aqui em breve. Elas virão para o meu casamento com a srta. Heyden, daqui a três dias. Pelo menos, acredito que sim. Camille está em Bath com o marido e os filhos. Lifford me informou que um médico foi chamado. A febre dele está alta? — A última pergunta foi dirigida a Wren.

— Está — respondeu ela, abaixando a mão finalmente. — Ele tem uma ferida no braço direito que precisa ser limpa e um curativo que precisa ser trocado.

— Se quiser se retirar do quarto para poupar seu constrangimento, srta. Heyden — ofereceu o duque de Netherby —, Riverdale e eu vamos dar um jeito de despir Harry e deixá-lo confortável. Será melhor para nós também, espero. Você não está exatamente com cheiro de rosas, meu rapaz.

Wren foi para o quarto dela. Alguns minutos depois, ouviu o que certamente devia ser a chegada do médico. Outra meia hora se passou até que o conde de Riverdale batesse à sua porta.

— Como ele está? — perguntou ela, abrindo-a. — Aquele pobre rapaz.

Ele foi enviado para casa para se recuperar da febre recorrente que surgiu depois que uma ferida putrificou. Delirando, pensou que realmente estava voltando para casa, como as coisas costumavam ser. Esperava encontrar a mãe e as irmãs e sua antiga vida aqui.

— Ele tomou um bom banho, da cabeça aos pés, está coberto com lençóis limpos, sendo cuidado e medicado. Netherby está lhe fazendo companhia enquanto ele fala sobre a grande balbúrdia que é ir para a guerra. Ele vai dormir logo, o cirurgião nos assegurou, e, agora que a ferida está limpa e ele pode ser tratado por um médico de novo, a febre deve seguir seu curso por mais alguns dias e, então, passar. Ele vai precisar de um tempo para se recuperar, contudo. Precisará engordar, mas, com todos aqui ansiosos para paparicá-lo, isso não deve demorar muito. Venha passear comigo no jardim. É um pouco tarde para irmos ao Kew hoje, receio.

Ela sequer parou na sala de estar para pegar seu chapéu e suas outras coisas. Saiu com ele de braços dados e deleitou-se com a sensação da brisa morna em suas bochechas.

— Realmente sinto muito por tudo isso — disse ele enquanto passeavam entre os canteiros de flores. — Seu maior desejo era modesto: ter alguém com quem se casar. *Um só homem*, sem uma horda associada a ele. Prometi protegê-la de tudo isso e falhei miseravelmente até agora. Deve me ver como uma fraude e um enganador.

— Não.

— Devo mandá-la para casa, em Withington? — ofereceu ele. — Eu sei que você mandou sua própria carruagem para lá depois que se hospedou aqui. Gostaria de voltar para a tranquila privacidade a que estava acostumada? Talvez, se for gentil e estiver preparada para me dar uma segunda chance, eu pudesse levar a licença especial para Brambledean quando estiver liberado de minhas responsabilidades aqui, ou até antes, se desejar, e podemos nos casar em particular lá e *viver* em privacidade para sempre.

— E na próxima primavera? — perguntou ela. Eles tinham vindo ao pequeno jardim de ervas, um *knot garden* à moda antiga, cada conjunto de ervas separado um do outro por muretas de pedra. Os aromas eram tão atraentes como os das flores. — Você não precisaria voltar aqui todos os anos, então?

— Você poderia permanecer no interior quando eu fosse ao Parlamento, se quisesse.

— Isso não seria um casamento, seria? Não fui forçada a nada, Lorde Riverdale. Você não é responsável por mim. Eu escolhi conhecer a sra. Westcott e Lizzie. E Lady Jessica. Eu escolhi conhecer a duquesa viúva de Netherby e a duquesa atual. Eu concordei com um casamento em família quando sua mãe sugeriu. Eu sugeri convidar a srta. Kingsley e sua filha para o nosso casamento.

Ele estava sorrindo para ela e puxou-a para se sentar em um banco de madeira perto do jardim.

— E suponho que você escolheu conhecer Harry e Netherby.

— Eu os conheci em circunstâncias imprevisíveis. Não foi culpa sua. E estou feliz que tenha acabado. Ele é muito formidável, não é? Não tenho certeza do porquê, mas é.

— Netherby? — Ele riu. — Eu costumava considerá-lo um pouco almofadinha e zombava de quem parecia pensar que havia algo perigoso nele. E, então, descobri que ele *é* perigoso, embora quase nunca precise provar.

Ela olhou para ele.

— Bem? — disse ela. — Você não pode me dizer isso sem explicar.

— A prima Camille estava prometida ao visconde Uxbury, mas ele a forçou a terminar o noivado assim que descobriu que ela era ilegítima. E não o fez de maneira afável. Então, tentou se aproximar de Anna. Quando apareceu no baile em honra dela sem ser convidado e tentou assediá-la, Netherby e eu o chutamos para fora. Na manhã seguinte, ele desafiou Netherby para um duelo no Hyde Park. Sem dúvida, pensou que seria uma vitória fácil, especialmente quando Netherby, que tinha a escolha das armas, não escolheu nenhuma. Na nomeada manhã, ele se despiu, ficando de culotes e nada mais, nem mesmo botas. Eu era seu substituto e pensei que ele estava louco. Todos ali pensaram. Uxbury riu dele. E, então, com os pés descalços, Netherby começou a golpeá-lo. Quando Uxbury se levantou, Netherby lançou-se no ar e derrubou o homem com um chute duplo no queixo. Uxbury ficou inconsciente por algum tempo. Achei que Netherby foi gentil com ele, no entanto. Acredito fortemente que poderia ter matado Uxbury com a maior facilidade se quisesse. Depois, ele explicou que tinha recebido treinamento em várias artes marciais de um velho mestre chinês.

— Oh, que esplêndido.

— Mocinha sanguinária. — Ele sorriu para ela. — Foi o que Anna pensou, e também Lizzie. Ambas estavam lá, escondidas em cima e atrás de uma árvore, respectivamente. Damas nunca, jamais chegam perto de duelos, devo acrescentar. Você estaria lá também se tivesse a chance, suponho?

— Oh, sem a menor dúvida — respondeu ela, e ele riu abertamente.

— Srta. Heyden, você é ideal para essa família, sabe?

Ela sorriu para ele. Que coisa linda de se dizer. Como se ela não fosse diferente de Lizzie ou da duquesa de Netherby em vários aspectos. E, como uma facada afiada em seu coração, Wren percebeu que sempre desejara exatamente isso... pertencer, se encaixar.

Ele levantou uma mão até o lado esquerdo do rosto dela e passou o polegar levemente sobre sua bochecha.

— Obrigado — disse ele. — Por cuidar de Harry, especialmente quando ele estava cheirando tão mal quanto seu linguajar. Ele é muito precioso. Se tivesse mantido o título, teria sido um bom conde. Era muito jovem e um pouco rebelde, mas se estabeleceria dentro de um ano ou dois e teria feito um trabalho muito melhor do que o pai. Ele tem bom caráter. A mãe dele cuidou disso.

— Você também não é responsável por ele. Descobri seu defeito, Lorde Riverdale; você mesmo o mencionou no Hyde Park. Colocaria todos os fardos do mundo sobre seus próprios ombros se pudesse resolvê-los. Você não pode resolver tudo, e não é uma boa ideia nem mesmo tentar. Todos temos que encontrar nosso próprio caminho na vida. A vida se trata disso, eu acredito.

— Encontrar nosso caminho? Quer dizer que podemos escolher? Não me senti assim no ano passado, quando minha vida virou de cabeça para baixo e do avesso, e tudo o que eu queria era a minha antiga vida de volta. Eu tinha encontrado um caminho e o seguido com determinação, trabalho duro e satisfação.

— Você teve escolhas mesmo assim. Poderia ter escolhido ignorar a monstruosidade que é Brambledean e seguido seu caminho com sua família. Poderia ter escolhido se casar por amor ou não. Poderia ter escolhido qualquer uma das jovens que se apresentaram a você este ano. Poderia ter ignorado meu alarmante pedido de casamento. Você ainda tem escolhas e sempre terá. Eu também. Eu poderia partir para Withington amanhã de manhã, se eu quisesse.

— E você quer? — perguntou ele.

— Não. Vou ficar aqui e me casar com você. Já devo ter conhecido metade da sua família. Certamente, consigo sobreviver a conhecer a outra metade.

Ele riu novamente e, então, diminuiu a distância até a boca dela. Beijou-a calorosa, demorada e suavemente. Ela respirou os aromas de alecrim, sálvia, hortelã e tomilho e as fragrâncias ao fundo, de orquídeas e outras flores, e pensou que poderia abrir mão da paixão por essa sensação de... De quê? Não pôde dar um nome para isso. Afeto, talvez?

— Eu deveria voltar e ver como o capitão Westcott está — disse ela com pesar quando ele afastou a cabeça. — Talvez haja algo que eu possa fazer para ajudar.

— *Capitão?* — Ele se levantou e lhe ofereceu a mão.

— Foi o que ele disse quando o sr. Lifford o chamou de tenente Westcott.

— Impressionante. Você não precisa cuidar dele. Há outras...

— Sim — falou ela, interrompendo-o. — Eu *sei*.

13

Alexander voltou para a casa. O médico orientou que não havia necessidade de Harry receber cuidados o tempo todo. No entanto, o conde pediu que providenciassem uma cama auxiliar para si no quarto de vestir anexo ao de Harry, para que estivesse perto o suficiente para ouvi-lo caso fosse chamado. Netherby aprovou a ideia. Harry resmungou.

A mãe e a irmã de Alexander se sentiram aliviadas por contar com uma presença masculina para ajudar, especialmente porque a febre de Harry ainda não havia diminuído quando voltaram para casa e subiram para vê-lo. Ele perguntou se elas estavam visitando sua mãe e, então, franziu a testa e se corrigiu.

A srta. Heyden estava com Alexander no quarto de Harry naquele fim de tarde, banhando o rosto do jovem com panos frios, quando a prima Eugenia, a condessa viúva de Riverdale, avó de Harry, foi vê-lo, inevitavelmente trazendo consigo a prima Matilda, sua filha mais velha. A atenção delas ficou inteiramente focada em Harry por algum tempo, como era de se esperar. Mas, depois de alguns minutos, a prima Matilda notou a srta. Heyden, que havia se afastado e ficado perto da janela, e olhou para ela com o que parecia ser um horror cheio de fascínio.

— Minha querida jovem — disse ela —, o que aconteceu com seu rosto? Devo pedir licença para recomendar uma pomada que clarearia isso em pouco tempo.

— Não seja tola, Matilda — ordenou a mãe. — Parece-me uma mancha permanente.

— É, sim, senhora — confirmou a srta. Heyden, e Alexander olhou para ela, fazendo uma discreta careta. Ela retribuiu com um breve sorriso.

— A srta. Heyden é minha noiva — explicou ele, e fez as apresentações.

— Bem, é claro que sim — disse a prima Matilda. — Quem mais ela seria? Um véu pode deixá-la menos constrangida, srta. Heyden.

Alexander fechou os olhos.

— Sim — falou a srta. Heyden. — Mas acho importante que os parentes de Lorde Riverdale me vejam como sou.

— E por que ela usaria um, Matilda? — indagou a viúva, parecendo irritada, como costumava parecer com aquela filha em particular. — Ela é incrivelmente bonita, apesar das marcas roxas, que imagino que deixam de ser notadas depois de um tempo. Alexander mostrou grande bom senso ao não permitir que um detalhe tão trivial influenciasse sua escolha. É hora de ele se casar e começar a encher seu berçário. Há uma escassez alarmante de herdeiros nesta família.

Alexander se perguntou se sua noiva finalmente fugiria para o interior na manhã seguinte, mas ela estava quase sorrindo para a senhora.

Harry, ignorado no momento, riu fracamente.

— Não posso ajudar nesse departamento. Sinto muito, vovó — disse ele. — Sou um bastardo. Por que mamãe não está aqui? Todo mundo está.

— Sua mente está vagando de novo — falou a avó, sem rodeios —, assim como aparentemente estava quando você chegou esta tarde. Ainda bem que a srta. Heyden teve a sabedoria de esfriar seu rosto com panos frios. Você precisa descansar e, em seguida, colocar um pouco de gordura em seus ossos. Sua mãe e Abigail muito possivelmente estão vindo para cá, para o casamento de Alexander. Althea está neste exato minuto escrevendo outra carta para insistir que venham por sua causa.

— Casamento de Alex — disse ele, cobrindo os olhos com o braço ileso. — Bem, pelo menos ninguém está me acossando para casar e produzir herdeiros. É uma vantagem de ser bastardo.

— Não deve usar essa palavra na presença de sua avó, Harry — ralhou a prima Matilda, e ele riu novamente.

— *Não* vou me desculpar de novo — respondeu Alexander em voz baixa quando a viúva e a prima Matilda foram para o andar de baixo e Harry cochilou. — Sem dúvida, você me consideraria entediante.

— Sem dúvida, eu o faria — concordou Wren. — Não haverá mais ninguém para eu conhecer no dia do casamento.

— Não se esqueça da família da minha mãe.

— Eu não me esqueceria — falou ela, fazendo uma careta.

— Você não deveria estar fazendo isso — disse ele, depois que ela ajeitou as cobertas de Harry sem acordá-lo e chamou os criados para que trocassem a água da vasilha e os panos.

— Por que não? — perguntou ela. — Sua mãe precisava escrever para a mãe de Harry caso ela tivesse decidido não vir para o nosso casamento, e Lizzie não achou que poderia facilmente deixar de ir ao jantar de aniversário para o qual foi convidada. Por que não eu? Serei parte da família em três dias.

E ela estava sendo atraída pela família, ao que parecia, mesmo que não percebesse isso completamente.

— Harry se alistou como soldado raso no dia seguinte ao encontro medonho que todos tivemos com seu advogado. Ele desapareceu e, quando Netherby finalmente o encontrou, já havia ido lutar em nome do rei. Como Netherby o resgatou é um mistério, mas ele o fez. E adquiriu uma patente de oficial em vez disso, mas Harry insistiu em um regimento de infantaria e em conquistar suas próprias promoções sem qualquer ajuda do dinheiro de Avery.

— Então, você estava certo sobre ele. Ele é um rapaz de firme caráter, que vai seguir bem na vida e ser fortalecido pelo que lhe aconteceu. Embora, obviamente, esteja profundamente magoado com tudo isso. Não vai ser fácil.

— Não — respondeu ele.

— Mas você *não deve* se culpar — disse ela ainda mais suavemente. — É o que *você* precisa aprender com tudo isso.

Harry abriu os olhos.

— Digo — falou ele, olhando para a srta. Heyden — que você vai ser minha prima em segundo grau. Acabei de me dar conta. Embora possa não querer me reivindicar nem mesmo em um relacionamento distante. — Ele deu a ela o vislumbre de seu antigo sorriso encantador e juvenil. — Não é confortável ter um bastardo na família, é? Ou ser um na vida de outras pessoas. Pergunte à mamãe. Pergunte a Cam. Pergunte a Abby.

— Capitão Westcott — disse ela, inclinando-se ligeiramente na direção dele e verificando o calor em suas bochechas com as costas dos dedos.

Os laços familiares são preciosos demais para serem jogados fora por um motivo tão insignificante.

— Insignificante? — Ele riu.

— Sim, insignificante — repetiu ela. — É óbvio que você é amado por sua família, apesar das transgressões de seu pai. E chamar a si mesmo de bastardo, sabe, os machuca tanto quanto machuca você. Talvez mais.

Ele olhou para ela com uma mistura de confusão e admiração e, então, disse:

— Sim, senhora. — E prontamente voltou a dormir.

Alexander observou Wren enquanto ela colocava um pano úmido com a água, que havia acabado de ser trazido, na testa de Harry. *Os laços familiares são preciosos demais para serem jogados fora por um motivo tão insignificante*. O que diabos tinha acontecido com a família *dela*? Ele nem sabia como ela era chamada na infância, sabia? *Heyden* era o sobrenome do homem com quem sua tia se casara. E *Wren*? Era seu nome de batismo? Bom Deus, ele nem mesmo sabia seu nome. Em três dias, estariam casados, mas ele ainda estava atormentado por uma simples questão. *Quem* diabos era a mulher com quem estava prestes a se casar?

Na manhã seguinte, chegou uma carta de Viola Kingsley, a antiga condessa de Riverdale. Ela e sua filha viriam para o casamento. Já era tarde demais para enviar a carta que havia sido escrita informando-lhe sobre a chegada do filho.

Elas chegaram a Westcott House no dia seguinte, com abraços calorosos e boas-vindas — e um encontro choroso com o capitão Harry Westcott, que, contra as recomendações, desceu as escadas quando ouviu a carruagem. Sua febre havia baixado na noite anterior e não havia retornado naquela manhã, mas ele estava fraco, cansado e reclamando dos caldos e das geleias que a cozinheira estava lhe servindo.

No salão principal, Wren assistiu aos três, unidos, darem um abraço apertado e piscou os olhos. As senhoras tinham, é claro, sido completamente pegas de surpresa e não tinham a intenção de soltá-lo.

Era fácil ver de onde Harry havia herdado sua boa aparência. A mãe era loira, elegante e ainda belíssima, e a irmã mais nova era loira, delicada e primorosamente bonita.

A srta. Kingsley foi a primeira a se afastar do grupo. Ela se aproximou deles com um sorriso e olhos que brilhavam com as lágrimas não derramadas.

— Althea — disse ela para a sra. Westcott —, você deve achar que minhas boas maneiras me abandonaram. Que prazer revê-la, e como foi bom receber o convite para que Abby e eu viéssemos para um casamento na família, quando nunca tenho certeza se devemos reivindicar nosso parentesco. E Elizabeth e Alexander! Vocês dois parecem ótimos. Apresente-me à sua noiva, por favor, Alexander. Presumo que seja ela. — Ela voltou a atenção para Wren.

— Sim, de fato — respondeu o conde de Riverdale, colocando a mão de Wren em seu braço. — Prima Viola e Abigail, tenho o prazer de lhes apresentar minha noiva, a srta. Wren Heyden.

— Preciso dizer, mamãe — falou o capitão Westcott —, que a srta. Heyden me fez companhia durante todo o tempo em que estive com febre, desde que cheguei em casa. Ela lavou meu rosto com panos frios e ouviu meus delírios sem me chamar de idiota nem uma vez. E, esta manhã, me deu um pedaço de torrada furtivamente depois que fui torturado com nada além de caldos, sem um único pedaço de carne ou legumes para morder.

— Ordens do médico, Harry — disse Elizabeth, rindo. — E agora que você traiu a pobre Wren, ouso dizer que ela será arrastada e ficará presa dentro da despensa por uma hora.

— Srta. Heyden. — A ex-condessa estendeu-lhe a mão, seus olhos vagando pelo rosto de Wren. — Estou feliz em conhecê-la. Agradeço o bilhete que enviou acompanhando a segunda carta de Althea e o convite pessoal ao seu casamento. Ajudou na decisão de nossa vinda, não foi, Abby? E, agora, descobri que estou ainda mais em dívida com a senhorita. Tem cuidado do meu filho e o impedido de devorar bifes e tomar cerveja quando estava febril, esse menino tolo. Vou perdoar a torrada desta manhã.

Wren pensou o quanto devia ter sido difícil para ela vir ao casamento

ALGUÉM PARA CASAR 183

do homem que, agora, carregava o título que tinha sido de seu filho. E vir à casa que tinha sido sua. E, agora, apertava a mão da mulher que, no dia seguinte, assumiria o título que havia sido dela por mais de vinte anos e sorria graciosamente, como se não sentisse nenhuma dor.

— Acho que, em breve, chegará a hora dos bifes e da cerveja — disse Wren. — A senhora deve estar achando seu filho terrivelmente magro.

— Ah — falou a prima Viola, seus olhos brilhando com ainda mais lágrimas —, mas ele está vivo.

— Prazer em conhecê-la, srta. Heyden — cumprimentou Abigail Westcott, afastando-se do lado do irmão para oferecer sua mão a Wren. — Minha prima Jessica me escreveu contando sobre você. Ela está muito impressionada que você seja uma mulher de negócios e muito bem-sucedida. Estou impressionada também. Obrigada por ter cuidado do meu irmão.

— Todo mundo cuidou também — respondeu Wren. — A sra. Westcott, Lizzie e eu nos revezamos, sentadas ao lado dele durante o dia, e Lorde Riverdale dormiu no quarto de vestir dele à noite. O duque de Netherby veio todos os dias passar uma hora ou mais com ele.

— E olhou para mim através do monóculo cada vez que reclamei da comida — completou o capitão, indignado. — E me disse que estou ficando chato. Ele me trata como se eu ainda fosse um colegial.

— Não consigo *acreditar* que você está aqui e que não estou apenas sonhando, Harry — disse Abigail. — Não vai voltar para aquele lugar horrível, não é? Prometa-me que não?

— Para a Península? — indagou ele. — Claro que vou. Eu sou um oficial, Abby. Nada menos que um capitão. Fui promovido... logo depois que quase tive meu braço fatiado, na verdade. Homens estão contando comigo lá e não vou decepcioná-los. *Não quero* decepcioná-los.

— Eu sei — disse ela, lançando seu olhar para o teto. — É tudo uma grande balbúrdia. Bem, não vou brigar com você, Harry. Não hoje, de qualquer maneira.

— Vamos para a sala de estar — convidou a sra. Westcott. — Vocês devem estar prontas para os refrescos.

— Vou levar Harry de volta ao quarto — anunciou Lorde Riverdale. — Gostaria de vir também, Abigail?

— Irei em breve, Harry — respondeu a mãe.

— Para me aconchegar, suponho — disse ele com um sorriso.

— Bem, eu *sou* sua mãe — lembrou ela. Ela andou ao lado de Wren enquanto subiam as escadas. — Sinto muitíssimo, srta. Heyden. Toda a atenção deveria estar sobre você hoje. Você é a noiva de amanhã.

— Estou perfeitamente satisfeita que a atenção esteja sobre o capitão Westcott — revelou Wren. — O duque de Netherby nos informou que sua capitania foi outorgada por um ato de extraordinária bravura. Como conseguiu essa informação do seu filho, eu não sei. Ele não disse nada para o resto de nós. É um rapaz modesto e gosto muito dele.

— Você se tornou querida para o coração desta mãe — disse a srta. Kingsley. — Novamente.

A notícia se espalhou depressa. O duque de Netherby fez sua costumeira visita da manhã, trazendo sua madrasta e Lady Jessica com ele. A srta. Kingsley foi até o quarto do capitão não muito tempo depois e Abigail desceu. Ela e Lady Jessica se encontraram no meio da sala de estar e se abraçaram entre exclamações e gritos de alegria — os gritos eram de Lady Jessica. Elas se sentaram no banco embaixo da janela, suas cabeças unidas enquanto conversavam, as expressões faciais iluminadas tamanha a animação.

Wren não foi ignorada. Pelo contrário. Ela foi incluída em um grupo com a sra. Westcott, Elizabeth e a duquesa viúva, que a encheu de perguntas sobre as roupas do casamento que ela havia comprado na semana anterior. Abigail veio sentar-se ao lado dela mais tarde, depois que a prima correu para cima para ver o capitão.

— Se eu conseguir passar por Avery — disse ela, fazendo uma careta ao sair da sala. Abigail queria saber sobre os planos do casamento. Sua mãe falou muito com Wren pelo resto do dia e lhe disse como estava feliz.

— Alexander sempre foi uma das melhores pessoas que já conheci. Vai muito além de sua boa aparência incrivelmente romântica — disse ela —, e estou deslumbrada em saber que ele está felizmente bem-resolvido.

O próprio Lorde Riverdale ficou perto dela a noite toda.

No andar de baixo, aparentemente tudo estava ocupado com a preparação para o café da manhã do casamento no dia seguinte.

Foi uma véspera de casamento movimentada e agradável, Wren disse a si mesma o dia todo e, de fato, desfrutou da situação. No entanto, se sentiu horrivelmente solitária com tudo aquilo. Os Westcott eram uma família muito unida, apesar das reviravoltas medonhas do ano anterior, que os sacudiram até as raízes e ameaçaram quebrar seus laços. Ela sentiu a própria solidão, a falta de uma família para si, como um peso físico. Talvez, no dia seguinte, se sentiria diferente. Seria membro daquela família. Seria uma Westcott. Pertenceria a eles.

Será?

Mesmo se ela o fizesse, sua nova família, algum dia, preencheria o espaço vazio que sua própria família — a família da noiva — deveria preencher?

14

Alexander esperava do lado de fora da Igreja de St. George, na Hanover Square, abrindo e fechando os punhos estendidos ao lado do corpo. Seu casamento não seria um típico casamento da alta sociedade, do tipo que acontecia ali durante os meses da Temporada. Havia poucos convidados e nenhuma firula — nada de órgão ou coro, nada de incensos ou arranjos florais, nada de carruagem enfeitada com flores. Nada de noivo esperando que sua noiva andasse em direção a ele ao longo da nave, de braços com o pai, até o altar da igreja.

Mas não lhe parecia uma ocasião menos importante. Ele havia conseguido a licença especial e feito os preparativos. E, agora, ali estava, tão nervoso como se houvesse trezentos convidados e três bispos reunidos lá dentro.

Ao invés disso, havia os membros de sua família de ambos os lados, materno e paterno, com exceção dos três filhos da prima Mildred, bem como de Camille e Joel Cunningham e seus filhos adotivos. Harry estava ali, magro e elegante, embora um pouco maltrapilho em seu traje militar, que tinha sido impiedosamente escovado e limpo.

A situação era muito desigual, é claro, pois não havia família do lado da noiva. Talvez, afinal, devessem ter mantido o plano original de um casamento mais privativo do que aquele. Ele sabia que ela estava sentindo muito a ausência dos tios, mas não poderia ajudá-la nisso, mas e quanto ao resto da família dela? Não havia ninguém? Ele suspeitava fortemente de que havia. Certamente, ela teria lhe contado, não importava o quanto fosse doloroso, se todos tivessem sido mortos em algum desastre quando ela era criança.

Qualquer dia desses, eles teriam uma longa conversa sobre o passado dela. E deveriam falar sobre uma série de outras coisas também. O turbilhão de atividades na apressada semana tinha sido tamanho que eles sequer haviam discutido um contrato de casamento. Ela não revelou detalhes de sua fortuna para ele e não tirou dele nenhuma promessa sobre como o dinheiro seria administrado e gasto. Certa vez, jurou que não se casaria sem proteger seus próprios interesses.

O conde estava começando a se perguntar se ela se atrasaria, quando sua carruagem adentrou a praça. Ele tinha chegado mais cedo, acompanhado de Sidney, em cujos aposentos havia passado a noite novamente. Alongou os dedos mais uma vez e deu um passo para frente quando a carruagem parou ao pé da escada. Ajudou sua mãe a descer primeiro. A sra. Westcott pegou as duas mãos do filho nas dela e as apertou com força.

— Meu querido menino. Que dia adorável. Prometa-me que será feliz.

— Eu prometo, mamãe. — Ele beijou sua testa e se virou para ajudar Elizabeth a descer. Eles compartilharam um abraço silencioso, e ela subiu os degraus com a mãe, desaparecendo dentro da igreja enquanto ele ajudava sua noiva a descer.

Ela usava um vestido elegante de cintura alta, com caimento perfeito, em um tom vívido de rosa que ficou inesperadamente deslumbrante com seus cabelos escuros, parcialmente visíveis sob um chapéu de cor creme com uma fita de cetim cor-de-rosa contornando a parte inferior da aba e um pequeno aglomerado de botões de rosa e folhas em um dos lados da grinalda. Largas fitas de cetim cor-de-rosa seguravam o tecido no lugar e estavam amarradas em um grande laço sob sua orelha esquerda. Não havia véu à vista. Ela colocou a mão na dele e desceu com cuidado.

— Você está linda — disse ele.

— Você também — falou ela, sorrindo.

Ele se curvou sobre a mão dela, levou-a aos lábios e a posicionou em seu braço. Juntos, subiram os degraus e entraram na igreja. Os poucos convidados reunidos nos bancos da frente eram engolidos pela fria magnificência dos arredores. A igreja cheirava a velas, incenso antigo e livros de oração. Na ausência da música do órgão, os saltos de seus sapatos ressoaram no chão de pedra, marcando seu caminhar. Ele olhou para a noiva, cuja mão descansava na dobra de seu braço, e sentiu toda a importância do significado da ocasião.

Era o dia do seu casamento.

Ele estava prestes a se unir àquela mulher para o resto da vida. E parecia o certo. Não houve um demorado cortejo, nenhum grande romance, nenhuma declaração de amor, mas havia afeição e respeito de ambos os lados. Ele estava bastante certo disso. Também havia admiração de sua parte.

Ele olhou para frente novamente, para o clérigo devidamente empossado, apesar da natureza discreta do casamento. Sid, seu padrinho, portador das alianças, estava de frente para eles com uma expressão ansiosa. Os outros viravam a cabeça, sorrindo, enquanto os noivos passavam. E eles pararam diante do clérigo.

— Caros irmãos e irmãs — disse o religioso, depois de um momento de silêncio. E era isso, pensou Alexander. O momento mais solene e importante de sua vida.

E o tempo passou. Em um momento, ele percebeu, o mundo como conhecia mudou irrevogavelmente com a troca de votos e a colocação de uma aliança. Eles se tornaram marido e mulher, foram para a sacristia para assinar o registro e, depois, retornaram para cumprimentar os convidados com apertos de mão, abraços e beijos. E, em seguida, lideraram o caminho de volta ao longo da nave e até os degraus da igreja, onde Sid, Jessica, Abigail e Harry estavam esperando com punhados de pétalas de rosas, e também alguns curiosos espectadores, atraídos, sem dúvida, pelas belíssimas carruagens diante da igreja.

O sol brilhava.

Antes de Alexander alocar a noiva em sua carruagem para a viagem de volta a South Audley Street, houve mais abraços e tapinhas nas costas e congratulações um pouco mais altas e vigorosas do que as oferecidas lá dentro. Eles foram sozinhos. Não havia penduricalhos ou panelas e potes velhos fazendo barulho atrás deles enquanto se afastavam da igreja — por insistência dele. E escolheram uma carruagem fechada, mesmo que o tempo estivesse bom o suficiente para uma caleça aberta.

Os enfeites, a ausência daqueles arranjos festivos que costumavam chamar a atenção em um transporte nupcial não importavam. Eles estavam casados.

Ele pegou a mão dela enquanto a carruagem balançava em movimento.

— Bem, milady — disse ele.

— Você se arrepende de não ter tido um casamento grandioso? — perguntou ela.

— Não. Você se arrepende de não ter tido um casamento mais discreto?

— Não.

Ele levou a mão dela aos lábios.

— Creio que — disse ele — durante toda a minha vida, vou me lembrar do nosso casamento como um dia perfeito... exatamente como foi.

— Eu também — concordou ela, baixinho.

Mas houve momentos durante o dia em que Wren desejou que tivessem mantido o plano original de um casamento privado. Ela quase não entrou na carruagem para ir à igreja. Parecia uma impossibilidade física, mas é claro que o fez. Entrar na igreja, algo que estava bastante convencida durante a viagem de que não seria capaz, foi facilitado pelo fato de que ele estava do lado de fora, esperando por ela, e, de repente, era o dia do seu casamento e nada mais importava. Desde o momento em que ela colocara a mão na do noivo para descer da carruagem, tinha visto apenas ele e, então, a igreja e o clérigo esperando por eles. E sentiu somente a alegria solene da ocasião. Ela estava se *casando*. Mais do que isso, estava se casando com o homem por quem estava profunda, inesperada — e secretamente — apaixonada. Oh, ele estava mais certo do que tinha consciência quando, mais tarde na carruagem, disse que o casamento havia sido perfeito. Mesmo a provação, depois que saíram da sacristia, ao enfrentar as famílias Westcott e Radley em massa, alguns dos quais ela não tinha conhecido antes, não conseguiu arruinar a perfeição. Todos foram muito gentis.

A alegria permaneceu com ela durante a viagem de carruagem para casa. E sua primeira visão da sala de jantar tirou seu fôlego e trouxe lágrimas aos seus olhos. A mais fina louça e os melhores cristais e talheres tinham sido formalmente organizados sobre uma toalha branca. Um elaborado *epergne* com flores de verão adornava o centro da mesa, e havia botões de rosa solitários em vasos de cristal individuais em cada lugar, ao lado de um guardanapo de linho dobrado. As arandelas da parede tinham sido preenchidas com flores, folhas e samambaias espalhando-se pelas laterais. Velas em castiçais de prata estavam acesas por toda parte, apesar da luz do sol para além das janelas. Em uma pequena mesa lateral, sozinho, estava um bolo de dois andares com cobertura branca, decorado com botões de rosa cor-de-rosa; ao lado, uma faca de prata com uma fita também cor-de-rosa adornando seu cabo.

O motivo das lágrimas de Wren foram os copos e os vasos individuais. Eram artigos das fábricas Heyden. O último modelo que o tio Reggie aprovara.

— Onde você...? — Ela se virou para olhar para o conde de Riverdale. Ele estava sorrindo para ela, parecendo presunçosamente satisfeito consigo mesmo.

— Fui a uma das lojas que você visitou com Lizzie e Jessica poucas horas depois de terem ido embora — contou ele. — Felizmente, o dono da loja tinha um conjunto completo de tudo que eu precisava. Ele reclamou, porém, que eu o tivesse deixado sem quase nada e que poderia levar semanas para conseguir mais.

— Oh! — E ele devia ter pagado o preço total de varejo, quando poderia ter... Mas não. Ela não iria completar esse pensamento, mesmo em sua própria cabeça.

— *Obrigada*. Oh, me faltam palavras. *Obrigada*, Lorde Riverdale.

— Poderia ser Alexander agora? Ou mesmo Alex?

— Sim. — Mas não houve tempo de dizer mais nada. Os convidados estavam chegando.

Ficar sentada durante o café da manhã de casamento com todas aquelas pessoas, por mais gentis que fossem, foi terrivelmente difícil para Wren. Ela nunca tinha feito nada remotamente parecido antes. Pior, sendo a noiva, estava ainda mais em evidência, e era esperado que sorrisse e conversasse sem parar. Ninguém poderia ter a menor ideia do tamanho da provação que era para ela. Houve discursos e brindes durante os quais, inexplicavelmente, todos pareciam olhar e sorrir para *ela* em vez de para o orador. E, então, quando tudo acabou, foram para a sala de estar e a situação piorou de diversas maneiras, com todos circulando. Ela se lembrou dos vizinhos fazendo isso naquele chá medonho em Brambledean. Mas, desta vez, não tinha um véu para se esconder.

E, ainda assim, no final das contas, Wren realmente não se arrependeu de ter concordado com aquilo. Pelo menos, tinha sido capaz. E, agora, conhecia quase toda a família do marido e tal pavor não estava mais à sua frente.

Seu *marido*. Cada vez que esse fato era mencionado — e foi mencionado uma grande quantidade de vezes —, ela sentia uma alegria brotar em seu interior. Quando havia elaborado sua lista em fevereiro e começado a entrevistar os senhores cujos nomes estavam ali, certamente não acreditava de verdade que seu sonho se tornaria realidade. Acreditava?

Mas isso tinha acontecido. Naquele dia.

Naquele dia, tinha sido o casamento dela.

Todos foram embora no final da tarde. Todos. Harry e Abigail foram passar a noite com a prima Louise e Jessica em Archer House. A prima Viola foi com a condessa viúva e Matilda. A mãe e a irmã de Alexander foram com a tia Lilian e o tio Richard Radley. Tudo tinha sido planejado com antecedência e foi concluído com muita conversa, risadas e abraços enquanto os noivos eram deixados sozinhos em Westcott House.

— Gostaria de dar um passeio no parque? — sugeriu Alexander enquanto acenavam para a última carruagem de partida. Ambos precisavam de um pouco de ar e de uma caminhada, acreditava, e ele ainda não estava pronto para a quietude repentina da casa.

— Adoraria — disse ela. Ela não trocou o vestido cor-de-rosa que usara no casamento, mas colocou um chapéu mais simples, um de palha que ele tinha visto antes, e puxou o véu sobre o rosto antes de deixarem a casa. Ele ergueu as sobrancelhas. — Por favor, entenda. Tenho me sentido terrivelmente... exposta o dia todo. É algo que nunca fiz antes. Tantas pessoas! Até o dia em que você foi pela primeira vez a Withington, eu não tinha mostrado meu rosto para ninguém, exceto para minha tia, meu tio, minha tutora e alguns criados de confiança, em quase vinte anos. Nem mesmo para ninguém nas fábricas de vidros, do gestor aos funcionários. Ninguém.

Era inacreditável pensar que ela tivesse passado quase vinte anos atrás de um véu... durante toda a mocidade e por todo início da fase adulta.

— Não pretendo repreendê-la — anunciou ele enquanto caminhavam ao longo de South Audley Street. — Você sempre deve fazer o que quiser. Não serei um tirano.

— Eu sei — disse Wren, e ele virou a cabeça para sorrir para ela. Ainda ficava atordoado ao pensar que era sua esposa, sua condessa.

— Você notou que não há nenhum contrato de casamento? Certa vez, me disse que protegeria seus direitos e suas preferências antes de se casar.

— E você notou que ainda não sabe a extensão da minha fortuna? Mas o casamento não é um negócio, é? Estou acostumada a acordos e contratos e a proteger cuidadosamente meus direitos e interesses. O casamento não deveria ser assim.

— Então, decidiu confiar em mim? — perguntou ele.

Ela não respondeu por um tempo.

— Decidi — afirmou, então. — E acho que talvez você tenha feito a mesma coisa, Alexander. Eu poderia ser uma indigente ou estar profundamente endividada.

— Sim — concordou ele. — Mas, quando lhe propus casamento, foi porque eu queria me casar com *você*, não com seu dinheiro.

— Somos um casal de tolos — falou ela enquanto cruzavam o caminho para o parque. — Ou é isso que meus instintos de negociante me dizem. E eu lhes digo para ficarem quietos, no entanto. Sempre penso em algo que a tia Megan me disse uma vez. Nossos cérebros não estão no comando de nossas vidas, a menos que deixemos, ela disse. *Nós* é que estamos no comando.

— Nós não somos nossos cérebros, então? — perguntou ele.

— Não. Nós possuímos cérebros, mas, às vezes, eles tentam nos fazer acreditar que eles é que nos possuem. Minha tia era uma plácida senhora e não costumava falar muito, mas tinha uma profunda sabedoria.

— Sei que hoje o dia foi uma grande provação para você, Wren — disse ele enquanto a conduzia para o amplo gramado entre a estrada de carruagens e as árvores. — Soube disso mesmo antes de você pôr o véu sobre o rosto. Só espero que não tenha sido demais.

— Gosto muito da sua família. De ambos os lados. Você é muito sortudo.

— Eu sou — concordou ele. Ele hesitou apenas por um momento. — Você tem família?

Passou-se muito tempo antes que ela respondesse.

— Se por família você quer dizer pessoas com quem tenho laços de sangue, então suponho que sim. Não sei ao certo. Vinte anos é muito tempo. Mas, se quer dizer laços de afinidade, lealdade, carinho e todas as coisas que unem as famílias Westcott e Radley, então não. Não tenho família. Meus tios estão mortos.

Ele manteve a cabeça virada para ela. Carruagens, cavalos e pedestres se cruzavam na rua principal, mas ali era mais tranquilo.

— Vai me contar sobre eles um dia? — perguntou.

— Talvez — disse ela. — Um dia.

— Mas ainda não.

— Não. E talvez nunca. Não é uma história que quero contar, Alexander, e não é algo que você gostaria de ouvir.

— Mas talvez você precise contar, e talvez eu precise ouvir. Não, esqueça que eu disse isso. Por favor. Não vou adicionar mais um fardo à sua carga. — Embora ela fosse sua esposa, ele não tinha direito ao seu coração e sua alma. Era escolha de Wren guardar ou revelar o que estivesse dentro dela. Ela havia se casado com ele por confiança. Ele se faria digno dessa confiança, então.

Alexander falou do casamento e do café da manhã, de Harry, Abigail e

Camille, de algumas das travessuras que tinha aprontado com Sid quando eram meninos. Ela falou da tutora e da tia, de quando escolheram Withington House como casa de campo, consultando seus desejos a cada passo que davam.

Eles jantaram juntos frios e algumas sobras do café da manhã — por insistência de Wren, pois os criados estiveram extraordinariamente ocupados durante todo o dia — e passaram a noite na sala de estar, conversando novamente.

Desta vez, ela queria falar sobre Brambledean Court e o que deveria ser feito primeiro, agora que havia recursos. Alexander sentiu o constrangimento de sua situação.

— Não posso, em sã consciência, fazer planos grandiosos para gastar seu dinheiro, Wren — disse ele.

— Mas é *nosso* dinheiro agora. Não é meu, nem seu, é nosso. Devemos sempre decidir juntos o que deverá ser feito... em Brambledean, em Withington, em Riddings Park, na casa de Staffordshire, mesmo nas vidrarias, se você tiver interesse. Vou me sentir desconfortável com o dinheiro se você se sentir assim, Alexander. Espero que não se sinta. Nós somos *nós* agora.

— Isso parece antigramatical — comentou ele, ao mesmo tempo que foi sacudido pela ideia da frase... *nós somos* nós *agora*. — Mas vou tentar. Vou levar um tempo para me acostumar, no entanto. Faço tudo sozinho e gerencio meus próprios negócios desde a morte do meu pai. No curso normal das coisas, eu continuaria a fazer isso depois do casamento e proveria à minha esposa também.

— Então, nosso casamento será bom para você — disse ela abruptamente. — Será uma lição de humildade necessária. Precisamos conversar sobre todas as tomadas de decisão, Alexander, não porque o dinheiro veio de mim... eu gostaria que pudesse ser diferente... mas porque quero estar envolvida, eu gosto e preciso estar envolvida. Não sou uma dama típica, como deve ter notado. Posso trabalhar cooperativamente com outras pessoas. Fiz isso com meu tio, em especial durante os últimos anos de sua vida, quando ele estava um pouco debilitado. Trabalhávamos juntos e fazíamos um bom trabalho... isso é um trocadilho?

— Provavelmente. Muito bem, então, vamos falar sobre Brambledean. Tudo depende das fazendas, Wren. Sem elas, a propriedade não consegue prosperar e nós não conseguimos prosperar. Pobres de nós, pode-se dizer, quando temos todas as outras propriedades e fontes de renda, mas há muitas pessoas que dependem de mim... de *nós*. E é por elas que as fazendas precisam ser prósperas.

— Então, me conte suas ideias sobre o que precisa ser feito primeiro — pediu ela. — Sei muito pouco sobre agricultura ou administração de uma vasta propriedade, mas aprenderei. Seja meu professor.

E eles conversaram e planejaram por uma hora inteira — coisas enfadonhas que teriam levado a maioria das noivas à histeria ou a um coma no dia do casamento. Ela ouviu, recostada na poltrona, seus braços cruzados sob o peito, sua cabeça ligeiramente inclinada para um lado. E, ocasionalmente, ela falava, fosse uma pergunta pertinente, um comentário ou uma sugestão. Era como falar com outro homem, ele pensou, enquanto relaxava em sua poltrona — até que se pegou neste pensamento e ficou muito feliz por não ter dito em voz alta. Ela não era *nada* como um homem, exceto, talvez, em sua vontade de usar a mente em plena capacidade, sem medo de ser considerada menos feminina.

Ela era muito feminina, na verdade. Havia algo surpreendentemente atraente — no quesito sexual — em uma mulher que exigia ser levada a sério como uma pessoa por si só. Se era intencional da parte dela, ele não sabia. Achava que não.

A discussão terminou quando Lifford trouxe a bandeja de chá, acendeu as velas e fechou as cortinas para bloquear a densa escuridão do cair da noite. Eles conversaram sobre assuntos mais gerais depois disso, até que a conversa terminou junto com o chá.

— Recebo segurança com o casamento — disse ele finalmente — e os meios para reparar as décadas de negligência daquilo que herdei. E uma esposa inteligente com uma boa cabeça para negócios. O que você ganha em troca, Wren? — Ele desejou poder reformular suas palavras assim que foram ditas. *Uma esposa inteligente com uma boa cabeça para negócios.*

Dificilmente era uma maneira elogiosa de descrever a noiva no dia do casamento.

— Casamento — falou ela sem hesitar, sua cabeça inclinada ligeiramente para um lado. — Era o que eu queria, lembra? O motivo de ter convidado você para Withington.

— Passei nos testes que me fez? — perguntou ele.

— Sim.

Era impossível saber o que mais havia além da simples resposta. O casamento era o princípio e o fim de tudo? A segurança de ser uma esposa, de ter uma casa e uma família? Sexo? Ele sabia que isso fazia parte. Ela tinha admitido isso em muitas palavras antes de sequer virem a Londres. Era impossível saber os sentimentos dela por ele, e ele não podia perguntar, porque ela poderia lhe fazer a mesma pergunta, e ele não saberia como responder. Ele não sabia a resposta. Afeto, respeito, nem mesmo admiração parecia o suficiente.

— Está pronta para ir para a cama? — perguntou ele.

— Estou.

O capítulo final do dia do casamento ainda tinha que ser escrito. Ele se levantou e ofereceu a mão. Ela aceitou e ele entrelaçou o braço dela ao dele quando Wren ficou de pé. Eles subiram sem falar nada e pararam do lado de fora do novo quarto de vestir dela, que ficava ligado ao dele, e seu novo quarto de dormir do outro lado.

— Virei até você em meia hora, se puder — disse ele.

— Sim.

Ele pegou a mão dela e levou-a aos lábios, antes de abrir a porta e fechá-la atrás de si.

Não, ele não sabia o que sentia por ela. Talvez não importasse não encontrar a palavra apropriada. Ela era sua esposa. Isso era realmente tudo o que importava naquela noite.

15

Maude ajudou Wren a tirar o vestido e removeu os grampos de seu cabelo enquanto dizia que sua tia seria a mulher mais feliz do mundo se ainda estivesse viva.

— Bem, a *segunda* mulher mais feliz do mundo, quero dizer — acrescentou ela. — Suponho que a senhora seja a mais feliz. E eu sou a terceira mais feliz, embora, já que ela *não* está viva, que descanse em paz, eu ouse dizer que sou a segunda.

Wren riu, enxugou algumas lágrimas e abraçou a criada sobressaltada antes de dispensá-la. Ela vestiu a camisola, uma nova de linho que Elizabeth tinha ajudado a escolher, e escovou o cabelo até que ele brilhasse. Então, esperou no quarto, para onde seus pertences haviam sido levados pela manhã, depois que saíra para a igreja. Era um lindo quarto, grande, quadrado, com pé-direito alto e decorado com bom gosto em vários tons de castanho, bege, creme e ouro. A vista não dava para o jardim, nos fundos da casa, como o outro quarto, mas para a rua, na frente. Mesmo assim, era uma visão agradável. Até uma cena urbana poderia ter seu charme... assim como uma oficina industrial. A beleza vinha em muitas formas.

Ela não estava nervosa. Talvez devesse estar. Uma típica dama estaria, supôs, mas ela transbordava de alegria e expectativa. Mal podia esperar. E, junto com o pensamento, veio um leve toque na porta do quarto. Ela a havia deixado entreaberta, e Alexander abriu-a sem esperar por sua convocação. Ele estava esplendidamente belo no casamento, vestindo preto e branco, com um colete bordado em prata e renda em seu pescoço e pulsos. Não estava menos bonito agora em um roupão de brocado borgonha e chinelos. O que certamente tornou óbvio que a largura de seus ombros e peito não se devia em nada às vestes.

Ele olhou ao redor do quarto.

— Nunca estive aqui antes — disse. — É adorável, não é?

— É, sim — concordou ela.

— É uma grande pena que meu antecessor, o querido Humphrey, não tenha esbanjado o mesmo cuidado em Brambledean, como fez em Westcott House.

— Ah, mas, assim, ele nos teria privado do prazer de recriar o lugar por nós mesmos.

Seus olhos voltaram-se para ela.

— É um pensamento e tanto — disse ele. — Então, posso me lembrar do falecido conde de Riverdale com algum carinho, afinal? Ah, Wren, há algum tempo tenho me perguntado qual seria o comprimento. — Ele estava indo em direção a ela.

— Meu cabelo? — Era volumoso e quase liso, chegando quase em sua cintura, em um suntuoso tom acastanhado. Ela sempre achou que fosse sua melhor característica.

— É lindo — elogiou ele.

— Considerei trançá-lo, mas sempre o uso solto à noite, às vezes para o desespero de Maude, quando eu a chamava para desembaraçar os emaranhados de manhã.

— Deve continuar deixando-o solto. Ordens do seu marido. Prometeu me obedecer, se você se lembra. E, se Maude reclamar, vou demiti-la e mostrar que pretendo ser o mestre da minha própria casa.

Ela inclinou a cabeça para um lado e sorriu devagar. Os olhos dele estavam, é claro, cheios de diversão.

— Estou tremendo de medo — disse ela.

— Como deveria. Wren, nunca vou entender por que as pessoas casadas das classes mais altas têm quartos separados. Apenas para provar que podem, talvez? É especialmente intrigante quando as duas pessoas são jovens e podem ter prazer e filhos para gerar. Você manteria este quarto para seu uso particular durante o dia e consideraria meu quarto como nosso a partir desta noite?

Ela estava feliz por ele estar falando com ela mais como uma igual do que como uma tímida noiva. Ficou igualmente feliz com a sugestão. A tia

Megan e o tio Reggie sempre compartilharam um quarto, com uma grande e velha cama de dossel, que se inclinava ligeiramente no meio. Ela ia para lá gritando algumas vezes nos primeiros dias, quando ainda sofria com pesadelos, e os tios a colocavam entre eles, onde ela dormia em meio ao calor e à felicidade, um pouco esmagada e totalmente segura.

— Sim — concordou ela.

— Venha, então — disse ele, e pegou uma das velas na mesa ao lado dela e apagou as outras. Ele liderou o caminho através dos quartos de vestir até seu próprio quarto. Era igual ao dela em tamanho e forma, mas decorado em finos tons de vinho e ouro e iluminado por uma fileira de velas na cornija da lareira e duas velas em arandelas, nas paredes em ambos os lados do dossel da cama. Ela passou a mão por uma das suaves espirais esculpidas nas grossas colunas de madeira ao pé da cama.

— Este é um belo quarto também — declarou ela. — Mas vamos ter que encontrar uma maneira de superá-lo em Brambledean. — Ela se virou para ele, sorridente.

— Estou de perfeito acordo — falou ele, pousando o castiçal ao lado do candelabro. — Mas talvez possamos esperar outra ocasião para discutir isso. Estou distraído esta noite, devo confessar.

— Eu também — respondeu ela, e ele a beijou.

Ela percebeu quase imediatamente que ele se demoraria nisso. A cama estava ao lado deles, mas ele a estava ignorando. Ele a tinha beijado antes, mas tinha sido muito breve para alguém que estava faminto de intimidade e ansioso por isso. Ela sabia muito pouco. Quase nada, na verdade, mas sabia o suficiente para entender que havia todo um mundo de experiências eróticas que lhes tinham sido negadas — ou que havia negado a si mesma. Naquela noite, ela começaria a ajustar isso e estava feliz por ele não estar com pressa.

Ele abriu a boca dela com a dele, deslizou a língua para dentro e começou a fazer coisas que a fizeram agarrá-lo na cintura em ambos os lados do roupão, lutando para que seus joelhos não fraquejassem. Com o mais leve dos afagos em partes sensíveis, ele espalhou ardor por todo o corpo dela. Não apenas com sua boca. Suas mãos vagavam sobre ela, parecendo encontrar curvas onde ela achava que não tinha e apreciando as curvas que ela achava inadequadas.

Suas mãos finalmente se espalharam sobre as nádegas dela, e ele a puxou totalmente para perto. Seu corpo rígido e musculoso de homem era o suficiente para fazê-la querer desmaiar. Não que ela fosse. Não tinha intenção de perder um único momento. Podia sentir que ele estava excitado, embora não tivesse experiência. Ela inalou lentamente enquanto jogava a cabeça para trás, e a boca dele, livre da sua, beijou seu pescoço.

Por favor, nunca pare. Oh, por favor, por favor, não pare jamais.

— Venha se deitar — murmurou ele, sua boca contra a dela novamente, seus olhos de pálpebras pesadas olhando nos dela.

— Sim.

— Vai me deixar tirar sua camisola primeiro? — perguntou ele.

Oh. Sério? Agora? Com tantas velas acesas?

— Só se eu puder tirar seu roupão.

— Eu concordo. — Ele riu baixinho. — Mas primeiro eu.

Ele ergueu a borda da camisola dela entre eles e passou-a sobre a cabeça de Wren enquanto ela levantava os braços. Ele deixou a peça cair no chão e deu um passo para trás, suas mãos tocando os ombros dela. Wren estava curiosamente inconsciente de si mesma, embora lutasse contra a vontade de se desculpar. Era uma varapau sem graça. Bem, não totalmente sem graça, talvez, mas certamente não tão atraente, mas ele tinha escolhido se casar com ela. Ele realmente tinha. No Domingo de Páscoa, ela o havia liberado de qualquer senso de obrigação que pudesse estar sentindo. Ele havia lhe pedido em casamento em Londres por vontade própria. Tivera opções — como a jovem bonita e bastante atraente com quem passeara pelo parque, por exemplo.

— Você tem um físico atlético, Wren. Se houvesse mulheres atletas, certamente desejariam se parecer com você.

Ela olhou para ele, sobressaltada, e os olhos de Alex se enrugaram nos cantos.

— Isso não soou muito como um elogio, não é? Era para ser um, embora eu provavelmente não devesse ter falado em voz alta. Você é magnífica.

Ele não podia estar falando sério, mas não mentiria para ela. E, se o fizesse, certamente não seria com aquele elogio em especial. Ela gostou. Oh, Deus, ela gostou.

— E você notou esta noite? — perguntou ela.

Ele ergueu as sobrancelhas em indagação.

— *Notou?* — insistiu ela. E ela viu a compreensão surgir quando os olhos dele focaram no lado esquerdo do seu rosto.

— Na verdade, não. Dou minha palavra de cavalheiro, Wren. Não reparei. Não notei o dia todo. O que prova um ponto, eu acredito.

— Que você não é muito observador? — disse ela. Mas, embora tivesse feito uma piada, ela sentiu um grande ânimo. Era possível alguém olhar para ela e verdadeiramente *não perceber*? Seus tios sempre disseram que sim, claro, mas eles a conheciam desde sempre. E ela nunca tinha certeza se diziam aquilo apenas para tentar animá-la.

Ela desamarrou o cordão da cintura dele e deslizou as mãos por seus ombros, por sob o roupão. Foi apenas, então, que percebeu que ele não estava usando nada por baixo. Ela empurrou a peça e a viu deslizar para baixo, pelos braços e o corpo dele, até se amontoar sobre seus pés. Ele a chutou para longe, e seus chinelos foram junto.

Ela olhava para ele, assim como ele para ela, a luz das velas tremeluzindo sobre seu corpo. E... oh, céus. Não havia palavras. Ela correu as mãos levemente sobre o peito dele e sentiu a firmeza dos músculos. Deslizou as mãos até seus ombros e sentiu a solidez quente e firme. Suas pernas eram longas e fortes, um pouco mais longas que as dela. Os quadris e a cintura eram mais finos. E — ah, sim, ele estava excitado e pronto, assim como ela. Ela latejava de desejo — ou algo mais forte e mais físico do que mero desejo, embora não pudesse encontrar a palavra. Ergueu os olhos para o rosto dele antes de se virar e se deitar na cama.

— Quer que eu apague as velas? — perguntou ele.

Ela hesitou.

— Não. — Ela queria ver tanto quanto sentir. Tinha cinco sentidos. Por que eliminar deliberadamente um deles?

Quando ele se deitou ao seu lado e se virou para ela, Wren não achava que poderia estar mais pronta para a consumação, mas podia, como descobriu ao longo dos próximos minutos. E ele ainda não estava com pressa. As mãos e a boca dele moviam-se sobre ela, exploravam-na, provavam seu sabor, enquanto suas próprias mãos, indefesas e, inicialmente, sem instrução, seguiam o exemplo, descobrindo tamanha masculinidade e *alteridade*, além da beleza que poderia tê-la levado outra vez para perto de um desmaio, se não houvesse sentimentos mais poderosos para mantê-la bem consciente e presente.

Ele a colocou de costas na cama, finalmente, e subiu sobre ela, abrindo suas pernas com as dele, deslizando as mãos sob seu corpo, enquanto ela sentia seu peso quase roubando-lhe o fôlego, mas não a necessidade. E Wren o sentiu na parte mais sensível de si mesma, buscando, circulando, fixando. Ele a penetrou. Ela puxou o ar lenta e profundamente, sentindo a dureza dele abrindo-a, esticando-a, machucando-a, indo fundo e mais fundo; a agudez da dor se foi, até que ela estava... cheia dele e cheia de fascinação.

Enfim. Ah, enfim! Enfim.

Ele parou por alguns momentos e, em seguida, equilibrou o peso em seus antebraços enquanto olhava para ela, seu olhar pesado com uma expressão que ela não tinha visto antes.

— Sinto muito — murmurou ele.

Pela dor?

— Eu não — disse ela. Ela teria suportado muito mais para ter aquilo... aquela união de seu corpo ao de um homem, aquele conhecimento de que, afinal, poderia ser plenamente uma mulher e uma pessoa também.

Ele baixou a cabeça na direção do travesseiro ao lado dela, então, e começou a se afastar. *Por favor, não*, ela quis dizer, mas não o fez. Ficou feliz um momento depois, porque ele se reaproximou e pressionou para dentro de novo e, então, de novo e de novo, até que seus movimentos fossem firmes, rápidos e ritmados. E, claro. Ah, claro. Ela não era uma completa ignorante.

Ocasionalmente, observava o reino animal, e não era muito diferente com os humanos. Foi o que aconteceu. Aquela era a consumação, o fazer amor, e aconteceria de novo e de novo nas noites, semanas e anos por vir. Era assim que seriam marido e mulher. Era assim que teriam filhos e filhas. Ela se concentrou em experimentar cada sensação estranha e nova, ao ouvir o som da inesperada umidade e da respiração entrecortada dos dois, inalando os cheiros surpreendentemente sedutores de suor e de outra coisa inconfundivelmente carnal, ao ver a escuridão de seu cabelo se misturando com o dela e os ombros musculosos logo acima dela e o corpo se movendo ritmicamente a cada investida.

Aquela, finalmente disse a si mesma com deliberada exultação, a dor da necessidade e do prazer fluindo juntas em seu sangue, era sua noite de núpcias. A noite de núpcias *deles*. A primeira noite de seu casamento. Estava feliz por ter decidido confiar nele, não apenas na questão do dinheiro, mas em tudo. Seria um bom casamento.

Depois do que talvez tivessem sido muitos longos minutos ou apenas alguns — tinha perdido a noção do tempo —, os movimentos dele ficaram mais rápidos e mais urgentes, até que pararam de repente, quando estava bem fundo nela, e ela sentiu um jorro de calor líquido e soube, apenas com uma leve pontada de pesar, que tinha acabado, mas só por ora. Haveria outras vezes. Eles eram casados e tinha sido ele quem sugerira que compartilhassem um quarto e uma cama.

Ele emitiu um másculo som de satisfação que não se traduzia em palavras, relaxou todo o seu peso sobre ela novamente e — se Wren não estava enganada — adormeceu de imediato. O pensamento a divertiu e a fez sorrir. Ele parecia pesar uma tonelada, mas ela não queria que ele acordasse.

Alexander não estava dormindo. Ele tinha se permitido um pouco de autoindulgência para relaxar totalmente depois de seus esforços, mesmo ciente de que devia estar esmagando-a. Já fazia muito tempo. Tanto tempo. E, agora, ele tinha se conformado com menos do que sonhara, mas esse era um pensamento desleal, e ele moveu-se para o lado dela e puxou as cobertas para cima deles. Estava com preguiça de sair da cama e apagar as velas. O rosto dela estava virado para ele, sombreado pela luz bruxuleante das velas, o cabelo escuro bagunçado sobre a cabeça, o ombro e um dos seios. Isso a fez parecer muito mais jovem e feminina que o de costume.

 Ele se perguntava se havia tomado a decisão certa ao persuadi-la a fazer de seu quarto e de sua cama dela também. Estranhamente, parecia um compromisso maior do que o fato de ter se casado com ela naquela manhã. Era uma perda de privacidade, de um lugar que fosse inteiramente seu quando quisesse se retirar, mas não podia mais pensar assim e não iria. Havia tomado a decisão quando a pedira em casamento. Sem meios-termos. Sem retomar um sonho que nunca mais poderia ser realizado, mas era o que acontecia com a maioria dos sonhos. Por isso eram chamados assim.

 Ele deveria se acostumar a tê-la em sua cama, em parte porque tinha necessidades — assim como ela —, mas mais porque tinha deveres para com seu título e sua posição, acima da questão financeira. A prima Eugenia, a condessa viúva, tinha declarado isso sem rodeios não fazia muito tempo. Havia uma grande carência de herdeiros na família Westcott. Ele era um, de fato, mas não era nem mesmo o herdeiro. Era o titular. Se morresse antes de produzir pelo menos um filho, a árvore genealógica teria que ser escalada até os galhos mais altos para descobrir outro ramo mais frutífero, ou então o título seria suspenso. Era seu dever gerar vários filhos e, ele esperava, algumas filhas. Gostava da ideia de ter filhas. No entanto, sua esposa tinha quase trinta anos. Eles não podiam demorar.

 — Machuquei você? — perguntou ele.

 — Eu não me importei — disse ela, embora não negasse, mas não, ela não iria se importar. Ela quisera se casar. Também queria filhos. Se, algum dia, havia sonhado com um amor romântico e apaixonado, também havia tomado a decisão de se contentar com um substituto mais brando. Não era necessariamente algo ruim. Não era uma situação de desesperança.

 — Não acredito que vá acontecer de novo. A dor, quero dizer.

 — Não.

 — Fui muito bruto? — indagou ele.

 — Alexander, fiquei bem satisfeita. Eu pensava que todos os homens acima de uma certa idade eram experientes o suficiente para não sentir tais ansiedades.

Bom Deus! Ele estava muito feliz com a escuridão da luz bruxuleante. Possivelmente, estava corando. *Não* era virgem. Tivera uma amante muito satisfatória dez anos antes, quando estava em Oxford. Era a dona de uma taverna — não uma das garçonetes, mas a proprietária, uma viúva vinte anos mais velha, corpulenta, carinhosa e muito, muito habilidosa na cama. Ele não tinha alguém com quem compará-la, era verdade, mas não duvidou na época nem duvidava agora que ela tinha sido a melhor professora que qualquer jovem rapaz poderia desejar ter. Haviam cortado relações no melhor dos termos depois que ele se formara, e houve pouquíssimas mulheres desde então. Por um lado, estava ocupado com Riddings Park. Por outro... bem, buscar mulheres de virtude fácil, um eufemismo cruel para mulheres que eram forçadas a vender seus corpos por um prato de comida, sempre lhe pareceu desagradável.

— Sabe — disse ele —, sempre me pareceu um pouco sórdido me envolver em relações casuais.

— Então, eu o salvei de uma vida de quase celibato? — perguntou ela.

Aquela era uma conversa estranha.

— De fato. Wren, obrigado por se casar comigo... sem um contrato de casamento. Obrigado por confiar em mim.

De acordo com a lei, tudo o que havia sido dela, inclusive sua própria pessoa, agora pertencia a ele. E se esse pensamento era perturbador até para ele, o que deveria ser para ela?

Ela não disse nada por um tempo, apenas o encarou.

— Aprendi a confiar nas pessoas aos dez anos — respondeu ela. — Foi um pouco como pular de uma janela enquanto alguém ficava lá embaixo, segurando nada mais do que um travesseiro enquanto a casa incendiava atrás de mim. Coloquei minha fé na pessoa que me salvou e aprendi que confiar e saber em quem confiar estão entre as qualidades mais importantes que qualquer um pode cultivar. Sem confiança, não existe... nada. Um contrato teria me feito sentir que talvez eu devesse duvidar um pouco de você, e optei por não alimentar esse medo.

Ele olhou para ela por um longo tempo, imaginando se ela pretendia continuar, contar a ele o que em sua vida tinha sido como uma casa em chamas, mas ela não disse mais nada.

— Ainda assim — falou ele —, vamos a um advogado nos próximos dias, Wren. Não a quero totalmente dependente da minha confiabilidade. Além disso, algumas coisas precisam estar por escrito e devidamente certificadas. Eu poderia morrer a qualquer momento.

— Oh, por favor, não morra.

— Vou tentar. — Ele sorriu para a esposa e levantou a mão para afastar o cabelo dela para trás do ombro. Ela tinha seios pequenos, mas eram firmes e bem formados. Ele moveu a mão sobre o seio que havia exposto, segurando-o em sua palma, e colocou o polegar sobre o mamilo, que endureceu quando o acariciou levemente. — Você está muito dolorida?

Ela pensou por um momento e balançou a cabeça.

— Vai me achar muito ganancioso? — perguntou ele, dando leves beijos sobre sua testa, sua têmpora, sua bochecha, sua boca.

— Não.

Ela estava molhada e quente quando ele a penetrou desta vez, apertando-se contra ele enquanto erguia os joelhos e os quadris com os pés na cama. Ele se moveu rapidamente dentro dela, seus olhos fechados, a maior parte de seu peso nos antebraços novamente, sentindo-se ganancioso apesar da negação dela, e chegou a um clímax rápido. Ele a puxou para si desta vez quando saiu de dentro dela, sem se afastar, mas mantendo os braços ao redor dela, e sentiu o calor suave de seu corpo enquanto ele ajeitava as cobertas sobre seus corpos mais uma vez. Sabia que ela estava caindo no sono, sua cabeça aninhada em seu ombro.

Sim, ele havia se conformado com menos do que sonhara um dia. Provavelmente, assim como quase todos os outros homens e mulheres casados. Não poderia haver muitos que estivessem livres e à procura do amor, e menos ainda os que o haviam encontrado. Lembrou-se de Anna e Netherby, e até mesmo de Camille e Joel Cunningham, mas não começaria a fazer comparações. Ele não *sabia* como era, sabia? Decerto, ninguém nunca sabia de verdade como era o casamento de outra pessoa. Ninguém saberia como era o dele, exceto eles dois. Eles fariam do casamento o que escolhessem fazer. Na verdade, esse era um bom pensamento com o qual começar um matrimônio.

Ele adormeceu.

16

— Talvez eu devesse ter pensado em levá-la em uma viagem de lua de mel — disse Alexander na manhã seguinte, segurando ambas as mãos de Wren. — Na Escócia. Ou no País de Gales.

— Nós — respondeu ela. — *Nós* deveríamos ter pensado nisso, mas eu não quero uma viagem de lua de mel. Você quer?

— Não, mas parece errado eu estar sentado aqui, escrevendo uma carta na manhã seguinte ao nosso casamento, ir para a Câmara dos Lordes e deixá-la sozinha.

Eles estavam escrevendo uma carta em conjunto para o administrador de Brambledean com instruções sobre o que desejavam que ele fizesse imediatamente. Wren supôs que *era* um pouco estranho agir assim, mas por que não? Trabalhar juntos nisso a fez se sentir tão casada quanto o que eles tinham feito na cama na noite anterior. E ela gostava da sensação de estar casada.

— Nunca me importo em ficar sozinha. Além disso, tenho trabalho a fazer também. Recebi relatórios e perguntas das fábricas nos últimos dias e preciso respondê-las sem demora, como sempre fiz. Há esboços detalhados de um novo projeto para minha aprovação. Não posso ter certeza, depois de uma rápida olhada, se vou aprovar. Preciso de mais atenção e concentração no assunto.

Ela escreveria algumas outras cartas também, uma para a governanta em Withington, outra para a casa de Staffordshire, além de uma terceira para Philip Croft, seu gestor, falando sobre a mudança em seu nome e estado civil.

— O que você está realmente me dizendo — falou ele, levando uma das mãos aos lábios — é que mal pode esperar para que eu saia para o meu trabalho para que você possa fazer o seu. — Ele sorria com os olhos.

— Ah, o cavalheiro está começando a aprender.

Ele riu abertamente.

— Creio que você deve estar ansiando por um dia silencioso.

— Sim. — Mas ela sentiu uma pontada de arrependimento alguns minutos mais tarde, enquanto o observava sair de casa. Gostaria de ter prolongado aquela sensação de união um pouco mais.

Um dia tranquilo. Pareciam séculos desde que tinha passado um dia sozinha. Ela gostaria daquele dia, pois teria em mente que seu esposo voltaria para casa mais tarde. E essa devia ser uma das palavras mais bonitas do dicionário... *esposo*.

Seu dia sozinha começou bem. Ela escreveu as cartas primeiro e, depois, estudou os esboços da vidraria. Ainda não conseguia se decidir sobre os arabescos multicoloridos que seriam entalhados no vidro de um novo lote de copos caso aprovasse. Pareciam deslumbrantes, mas seriam também elegantes? Era o quesito final pelo qual julgava todos os projetos e a pequena diferença entre ela e seu tio. Ambos gostavam da beleza vívida e da elegância, mas enquanto o tio Reggie tinha a tendência de valorizar mais a beleza, ela havia aprendido a dar mais valor à elegância. Geralmente, é claro, assim como agora, a distinção entre as duas coisas era tão tênue que não era fácil tomar uma decisão.

Totalmente absorta em seu trabalho, metade da manhã se passou até ela fazer a simples descoberta de que, se os arabescos amarelos fossem omitidos — ou, melhor ainda, alterados para uma cor diferente —, todo o efeito seria transformado. Elegância total. Mas, enquanto pensava e sorria, o mordomo apareceu com uma bandeja de prata com as várias correspondências da manhã e, atrás dele, uma criada trazia uma bandeja de café e biscoitos de aveia.

— Para mim? — perguntou Wren ao mordomo. De quem ela possivelmente estaria esperando todas aquelas cartas?

— Sim, minha senhora — disse ele com uma inclinação da cabeça. — E tomei a liberdade de colocar o jornal da manhã na bandeja também. — Ele e a criada saíram do cômodo.

Wren pegou a pilha de cartas e passou os olhos rapidamente por elas. Com certeza deviam ser para Alexander, sua mãe ou Elizabeth, mas todas estavam dirigidas à condessa de Riverdale, ou ao conde e à condessa. E quase nenhuma delas tinha selo, ela notou. Todas deviam ter sido entregues em mãos. Ela pegou o jornal, que havia sido aberto na página de notícias da alta sociedade antes de ser dobrado ordenadamente. O anúncio de seu casamento estava lá, bem como uma coluna de fofocas sobre quem tinha comparecido. Na coluna, Wren foi identificada como a herdeira fabulosamente rica das Vidrarias Heyden. Oh, Deus.

Todas as cartas eram convites... para uma grande variedade de eventos do *ton* nos próximos dias e semanas, desde bailes a passeios, um piquenique, um café da manhã veneziano, uma noite de música. Oh, Deus... de novo. Era a materialização do seu pior medo. Tinha sido por isso que retirara sua oferta a Alexander no Domingo de Páscoa, mas ele havia prometido... Bem, ela simplesmente o faria cumprir a palavra. Ela tinha ido tão longe quanto pretendia no quesito sociabilidade, e mais longe ainda. Tinha conhecido a maior parte da família dele. Foi caminhar algumas vezes no Hyde Park — uma delas, sem véu. Por mais que gostasse da família de Alex, estava exausta por esses esforços. Ansiava por sua privacidade, agora de uma maneira visceral. Ela não pretendia se expor mais.

Teria que responder a todos esses convites, ela supôs, mas esperaria para mostrá-los a Alexander primeiro. Sentou-se para beber o café, sua tranquilidade severamente perturbada. Tinha dado apenas duas mordidas em um dos biscoitos, no entanto, quando a porta se abriu novamente para admitir a prima Viola — no dia anterior, toda a família pediu que ela os chamasse por seus nomes próprios. Era demais para seu dia tranquilo, Wren pensou enquanto se levantava, mas desejou que alguns dos outros tivessem retornado primeiro. Sentiu-se extremamente estranha naquela manhã, cumprimentando a senhora que, havia pouco mais de um ano, detivera o título que agora lhe pertencia e que havia morado naquela casa com seus filhos.

A prima Viola parecia igualmente desconfortável.

— Sou a primeira a retornar? — perguntou ela. — Eu sinto muitíssimo. Pensei que encontraria Althea e Elizabeth aqui e talvez Harry e Abby também. Esperava que você tivesse saído para algum lugar com Alexander.

— Ele sentiu que realmente deveria ir à Câmara dos Lordes esta manhã.

— No dia seguinte ao próprio casamento? — disse a outra senhora, parecendo assustada. Mas, então, ela riu. — Ah, mas isso soa exatamente como Alexander.

— E eu mesma tinha trabalho a fazer aqui — acrescentou Wren.

— Ah, eu interrompi...

— Não, não interrompeu — assegurou Wren. — Venha e sente-se. O café acabou de ser passado e há xícaras extras. Permita-me lhe servir um pouco.

Um minuto depois, elas estavam sentadas uma em cada lado da lareira, em uma sala que, de alguma forma, parecia maior e mais silenciosa do que tinha sido cinco minutos antes.

— Acho esta situação muito mais embaraçosa do que eu esperava quando sugeri convidá-la para o casamento — disse Wren. — E mais estranha do que pareceu quando chegou. Depois de ontem, você deve... Bem, deve certamente se ressentir de mim.

— Você é agradavelmente honesta. Porque, é claro, eu estive sentada aqui tentando não me contorcer com o desconforto. Não sinto nenhum ressentimento em relação a você, Wren, nem a Alexander. Mesmo que não tivesse sido boa o suficiente para convidar a mim e a Abby para o seu casamento, e mesmo que não tivesse sido tão extraordinariamente gentil com Harry, eu ainda não me ressentiria de você. Há apenas uma pessoa que merece meu ressentimento e ela está morta. Não direi mais nada sobre isso, pois era meu marido e lhe devo lealdade mesmo na morte... mesmo que o casamento nunca tenha sido legítimo. Não sou santa, porém. Senti um ódio intenso e ressentimento por Anastasia por muitos meses, mesmo negando e compreendendo que tais sentimentos não eram racionais. Mas, então, vi como ela persistiu na bondade e generosidade para com meus filhos, seus meios-irmãos, e até mesmo para comigo, e tive uma boa conversa com ela quando todos estávamos em Bath no ano passado. E estou decidida a amá-la. Pode soar estranho quando dito em voz alta, mas o amor nem sempre é um sentimento, Wren. Às vezes, é mais uma decisão. Eu decidi amá-la e confio que, no fim, também me sentirei assim.

— Acho Anastasia encantadora, devo confessar. Acho toda a família encantadora, na verdade. Fui bem-recebida, apesar de tudo.

— Apesar de tudo? — Viola a observou em silêncio por alguns momentos, e sua cabeça inclinou para um lado. — Quer dizer apesar do seu rosto? Ou apesar do seu dinheiro?

— Um pouco de ambos, eu suponho. Fui descrita em um dos jornais esta manhã como uma herdeira fabulosamente rica. Todo mundo vai dizer hoje que alguém com a boa aparência de Alexander não teria se casado com uma mulher como eu se não fosse o dinheiro.

— E você se importa com o que as pessoas dizem? — perguntou Viola.

— Você não?

— *Touché.* — Viola riu baixinho. — Porque eu me escondi no interior com Abby e me recusei a vir para Londres até agora? Suponho que todos nós nos importemos, Wren, não importa o quanto tentemos dizer aos outros e a nós mesmos que não. Sim, eu me importo. Você não sabe o que é perder sua própria identidade quando já se tem quarenta anos. A maioria de nós, quer percebamos ou não, toma nossa identidade a partir de coisas materiais, do relacionamento com outras pessoas, de circunstâncias e até de nossos nomes. É somente quando todos esses identificadores nos são arrancados que nos perguntamos: *quem sou eu?* Isso não acontece com muitas pessoas, é claro. É mais assustador do que posso colocar em palavras me perguntar se, de fato, é possível existir sem todas essas coisas. Chamo a mim mesma de Viola Kingsley porque essa era eu quando garota. Não remete bem a quem sou hoje, no entanto, mas me perdoe. Não costumo falar tão abertamente sobre mim.

— Eu entendo. Não nasci com o nome Wren Heyden. Adquiri os dois nomes quando tinha dez anos e, com eles, uma identidade totalmente nova. Eu entendo, mesmo que a mudança tenha acontecido comigo em um ponto bem diferente da minha vida do que aconteceu com você. E, para mim, foi uma mudança para algo infinitamente melhor.

— Dez anos! — reagiu Viola. — Ah, pobre menina. Eu não sabia disso a seu respeito. Sei muito pouco sobre você, exceto que é gentil e bonita. Sim, você é. Não adianta parecer tão cética. E tenho a sensação de que vai ser a esposa perfeita para Alexander. Ele precisa de alguém tão sério e inteligente quanto ele. E alguém que pode fazê-lo sorrir, como você fez ontem.

— Oh — disse Wren, sobressaltada. — Acho que deve ser algo valoroso a se fazer pelos outros, não? Fazê-los sorrir?

Elas sorriram uma para a outra, como se quisessem provar o ponto. Poderia ter uma amizade genuína com essa mulher, Wren pensou com uma onda de calor no coração. Primeiro, Lizzie; agora, Viola. Ah, tinha perdido tanto em sua vida de reclusão autoimposta. Viola havia optado por se afastar há um ano. Wren vinha fazendo isso há quase vinte. Era como se Viola lesse seus pensamentos.

— Você vê o que resulta de uma conversa? — indagou. — Eu teria me sentado aqui esta manhã, dolorosamente envergonhada, falando sobre o tempo e rezando para que Althea, Elizabeth ou meus filhos voltassem em breve se você não tivesse escolhido falar abertamente sobre o constrangimento que nós duas sentimos. Ao falar abertamente, cada uma descobriu que não é a única que já sofreu. Às vezes, parece, não é, que injustamente somos a única pessoa a sofrer, enquanto todas as outras seguem suas vidas felizes e sem problemas?

— De fato. — Wren sorriu novamente e, então, passou para assuntos mais leves. — Vai participar de algum evento social enquanto está na cidade? — perguntou ela. — Abigail vai?

— Minha sogra... *ex*-sogra... e Matilda querem muito que eu vá. Ontem à noite, disseram que o que aconteceu comigo não foi de forma alguma minha culpa e que a maior parte do *ton* ficaria perfeitamente feliz em me ver e me receber de volta. Elas acreditam que eu deveria fazer um esforço pelo bem de Abby. Acham que ainda é possível, especialmente com a influência combinada da família e de Avery, que ela tenha um debute decente na sociedade e encontre um marido adequado à sua educação. No entanto, é Abby quem deve tomar essa decisão, e não posso prever o que ela decidirá, embora possa dar um palpite. Se ela decidir fazer isso, porém, não será comigo ao seu lado. Terá protetores mais poderosos. Quanto a mim, não tenho o menor desejo de ser restaurada da benevolência. Não é que tenha medo de mostrar meu rosto, mas... bem — ela sorriu —, talvez eu tenha *um pouco* de medo.

— Uma pilha de convites chegou esta manhã — disse Wren, acenando na direção da bandeja. — Eu não esperava por eles. Atrevo-me a dizer que sou muito ingênua. Nosso casamento foi anunciado e comentado nos jornais de hoje, e agora *sou* a condessa de Riverdale. Vou recusar todos eles, é claro.

— Vai mesmo? Entendo que passou anos se escondendo e usando um véu quando precisava sair. No entanto, não usou um ontem. Alexander não vai insistir que você compareça a pelo menos alguns desses eventos?

— Não.

— Você respondeu com total confiança. Então, não terá vida social como condessa de Riverdale?

— Não. — Wren balançou a cabeça.

— Somos duas mulheres medrosas, não somos? — Viola fez uma careta e, então, olhou especulativamente para Wren. — Vamos realmente ceder aos nossos medos? Ou devemos desafiá-los? E se aparecermos juntas em Londres, mesmo que não para todo o *ton*? Vamos visitar juntas algumas das galerias e igrejas, e talvez a Torre de Londres, nos próximos dias, antes de eu voltar para casa? Estranhamente, visitar pontos turísticos não é algo que uma condessa de Riverdale normalmente faça. Há muitas festas e outros eventos sociais para ocupar seu tempo. Corro o risco muito real de ser reconhecida, e você corre o risco de ser vista... claro, para tornar o desafio real, teria que ir sem o véu. O que me diz? Vamos fazer isso?

Wren hesitou apenas por um momento.

— Que véu? — indagou ela, e as duas riram novamente.

Mais uma vez, a porta se abriu para admitir Harry, Abigail e Jessica. Eles pareciam trazer juventude, energia e o brilho do sol consigo — além das conversas e dos risos. Harry fez sua reverência, e as jovens abraçaram as duas.

— Gostou da descrição de si mesma como uma herdeira fabulosamente rica? — perguntou Jessica a Wren com uma risada. — Avery, claro, apontou que *herdeira* é uma palavra incorreta, já que você já é a dona da fortuna da vidraria.

— Não gostei nada dessa descrição — reclamou Abigail. — Fez parecer, sempre tão astutamente, que Alex se casou com você pela fortuna e nada mais. Alex sempre foi meu favorito. Sempre o admirei e sei que é algo que ele jamais faria, mesmo que *precise* de dinheiro para reparar todos os danos que o papai deixou. Você estava absolutamente linda ontem, Wren, e bastante radiante.

— Você ainda está radiante esta manhã — disse Jessica, e deu uma risadinha para si mesma. — Espero que não se importe que eu tenha vindo com Abby e Harry. Suponho que Alex tenha ido para a Câmara dos Lordes?

— Eu avisei para não apostar contra mim, Jess — falou Harry, relaxando em uma poltrona, parecendo pálido, alegre e um tanto cansado.

— Você viu Josephine, Wren? — perguntou Abigail. — A bebê de Avery e Anastasia? Ela é linda. Ah, mamãe, a senhora deve ir vê-la. Anastasia disse que a senhora deve ir. Ela está desapontada, é claro, por não poder ir a Morland Abbey no verão, como esperava, mas entende que a senhora e eu desejaremos estar em Bath para o parto de Camille. Disse que ela e Avery provavelmente irão para lá também depois que o bebê nascer.

Harry estava bocejando.

A sra. Westcott e Elizabeth chegaram em casa alguns minutos mais tarde, e o zumbido da conversa prosseguiu com mais volume e entusiasmo. Wren riu baixinho para si mesma. Ela realmente esperava um dia tranquilo? Será que realmente queria um? Na verdade, estava gostando daquela sensação de ter uma família e de fazer parte dela.

— Suponho que Alex tenha ido para a Câmara dos Lordes — disse Elizabeth. — Às vezes, tenho vontade de sacudir o meu irmão.

— Você está mais linda do que o normal esta manhã, Wren — elogiou sua sogra com um pequeno aceno de satisfação, e Wren soube que o que ela estava realmente querendo dizer era que a nora parecia bem e verdadeiramente conquistada na cama, mas as palavras e o aceno lhe foram entregues discretamente enquanto todo mundo conversava, então Wren não se sentiu desnecessariamente constrangida.

E, então, a porta se abriu mais uma vez, e era o próprio Alexander, bastante surpreso e dolorosamente bonito. Wren ficou de pé.

— Ah — reagiu ele —, uma festa em família enquanto o mestre da casa está longe? É isso o que acontece agora que temos a senhora da casa?

— Na verdade, Alex — respondeu Elizabeth —, sua presença é bastante desnecessária.

— Humm — disse ele, encontrando Wren no meio da sala e levando a mão dela aos lábios. — Deixei a Câmara mais cedo para levá-la para aquele passeio no Kew, que não tivemos na semana anterior. Eu a imaginei definhando sozinha aqui.

— Então, você estava muito enganado. Hoje, sou uma Westcott, milorde, e estou desfrutando da companhia da minha família.

Ele sorriu para ela.

— Isso é para colocar você no seu lugar, Alex — brincou Harry, bocejando novamente.

— No entanto — disse Wren —, vou me abster do prazer da companhia deles para dar uma volta com meu marido.

O sorriso dele se alargou.

— E tenho outro convite para esta noite — anunciou ele. — Netherby levará Anna ao teatro, mas diz que seu camarote particular é muito espaçoso para eles ficarem por ali sozinhos... palavras dele. Quer que nos juntemos a eles. A prima Viola e Abigail também deverão ir, e Harry, se ele se sentir à vontade. Não lhe dei nenhuma resposta. No entanto, avisei que todos vocês possivelmente recusariam o convite. Ele apenas deu de ombros e pareceu entediado daquele jeito dele. Nenhum de vocês deve se sentir obrigado. Ficarei perfeitamente feliz em passar a noite em casa, na companhia atual.

— Oh! — Wren virou a cabeça para olhar para Viola, e elas trocaram sorrisos idênticos.

— Um desafio ainda mais assustador do que aquele que arquitetamos — disse Viola.

Todos olharam para ela sem expressão, exceto Wren.

— Será que temos coragem? — perguntou ela. E, oh, Deus, será que tinha? Ela *deveria*?

Viola ergueu o queixo, pensou por um momento e assentiu. Wren voltou sua atenção para Alexander.

— Ficaríamos em um camarote privado? — perguntou ela. — Em um teatro escuro?

Ele hesitou.

— Em um camarote privado, sim — confirmou ele. — Mas, antes de a peça começar, o teatro estará bem iluminado e todos estarão olhando ao redor para ver quem mais está presente, quem está com quem e o que há para fofocar. Você estaria bem exposta durante esse tempo. Após o anúncio desta manhã, haverá grande curiosidade para se ter o primeiro vislumbre da nova condessa de Riverdale... a herdeira fabulosamente rica das Vidrarias Heyden. E, depois dos acontecimentos do ano passado, o reaparecimento da ex-condessa, seu filho e sua filha seria muito alimento para fofocas. Estou com receio de haver tanto foco no camarote de Netherby antes da apresentação quanto haverá no palco mais tarde.

— Acha que não devemos ir, então? — perguntou Wren.

— A decisão não é minha — disse ele com firmeza.

— Raios! — exclamou Harry. — Prefiro enfrentar um exército dos homens de Boney armados, gritando *vive l'Empereur* entre as batidas do tambor, daquele jeito enervante deles. Eu não vou. Além disso, estarei pronto para rastejar para a cama assim que a noite chegar.

— Eu irei — anunciou Abigail —, se Jessica puder ir também. Nunca fui autorizada a ir ao teatro antes dos dezoito anos e, depois, não pude ir. Então, eu vou.

— E eu também, Abby — disse Viola.

Oh, isso não era justo, pensou Wren. Centímetro por excruciante centímetro, ela estava sendo arrastada para fora, para onde nunca tivera a intenção de ir. Exceto que não havia injustiça envolvida. O convite foi feito e a decisão de aceitar ou não era inteiramente seu.

— Eu vou — concordou.

Alexander pegou as duas mãos dela e as apertou com força enquanto havia um leve aplauso atrás dela e, então, risos.

— Oh, bravo, Wren — comemorou Elizabeth. — E Viola e Abigail também.

— Eu teria ganhado minha aposta, então — falou Alexander. — Que pena que Netherby não estivesse disposto a apostar contra mim.

O que ela fez agora?, Wren pensou, sentindo uma pontada de pânico. O que tinha feito?

— Mas, primeiro — disse —, quero conhecer Kew Gardens.

17

Aqueles que foram ao teatro em busca tanto de material fresco para fofocas quanto de entretenimento no palco ficariam mais do que satisfeitos naquela noite, olhando apenas para o camarote particular do duque de Netherby. O duque e sua duquesa estavam lá. Assim como o conde de Riverdale e sua misteriosa jovem esposa, *a herdeira fabulosamente rica das Vidrarias Heyden*, que algumas pessoas afirmaram ter visto na companhia dele no Hyde Park, embora ninguém tivesse conseguido dar uma boa olhada nela. Alguns até disseram que ela andava com um véu sobre o rosto. A antiga condessa espoliada, que ninguém via há mais de um ano, também estava ali, o velho e o novo juntos, assim como sua filha bastarda. A irmã do duque de Netherby, a jovem Lady Jessica Archer, cuja beleza havia causado um furacão no *ton* durante seu debute naquele ano, mal foi notada em meio à aparição sensacional de suas companheiras.

Quando Wren entrou no camarote do duque, de braços dados com o marido, já tendo se exposto a outros recém-chegados do lado de fora do teatro, no *foyer* e nas escadas, estava totalmente ciente de que não poderia ter orquestrado uma introdução mais pública ao *ton* nem que tivesse tentado. E parecia para ela, naquele primeiro momento vertiginoso, que os outros camarotes, os balcões e a plateia já estavam lotados. Provavelmente, era fantasioso supor que cada olho se voltou para eles, mas talvez não. Aquilo tinha sido uma loucura de proporções épicas e não teria acontecido se ela e Viola não tivessem acabado de desafiar uma à outra a enfrentar o mundo juntas. Mas, por *mundo*, elas se referiam a Londres, o lugar, não as pessoas nele e, especificamente, não o *ton*.

Alexander sorriu para a esposa enquanto a ajudava a se sentar em uma cadeira ao lado do parapeito do camarote, para que ela tivesse uma visão clara do palco. Felizmente, era seu lado direito que estava voltado para o teatro. Ela foi aquecida por seu sorriso e se apegou a esse calor. A visita a Kew Gardens foi esplêndida. Eles conversaram, riram e se tocaram frequentemente, quando se sentaram lado a lado no cabriolé e quando passearam nos jardins. Ela sentiu que ele queria estar lá com ela, que gostava de sua companhia, que, como ela, estava se lembrando das intimidades da noite anterior e ansiando por um prazer semelhante naquela. Ela se sentiu... bem, *casada*. Teria se sentido perfeitamente feliz se também não estivesse se sentindo um pouco aflita com aquela noite.

E ali estava ela, e era tão terrível quanto temia. Não demoraria muito para saltar dali e fugir rapidamente, mas fugir para onde?

— Você faz isso muito bem — murmurou Alexander em seu ouvido.

— O quê?

— A aparência perfeitamente aprumada, o queixo erguido, o olhar para a frente — disse ele. — Parece ter sido uma condessa nos últimos vinte anos.

— Enquanto, na realidade, sou condessa há... o quê? Trinta e três horas?

— E você é muito bonita, devo acrescentar.

— Adulador!

A duquesa — Anna — ainda estava de pé, conversando com Viola, cuja mão ela segurava nas suas.

— Estou *tão* feliz que tenha vindo, tia Viola — disse ela. — Fiquei muito chateada com Camille e Joel, e eu disse isso a eles na minha última carta. Desejei de coração que todos viessem passar um mês ou parte do verão em Morland Abbey. Queria muito ter tempo para exibir Josephine e para conhecer a bebê adotiva deles, Sarah. E para ver de novo a filha adotiva, Winifred. Lembro-me bem dela do orfanato e derramei algumas lágrimas quando Camille e Joel a adotaram, e Sarah também, mas os egoístas escolheram este verão para ter o próprio bebê. E, assim, a senhora e Abigail irão a Bath, e Avery e Josephine terão que ir para lá também, para ver todos vocês.

Viola e Abigail estavam sorrindo. Anna estava brincando, Wren percebeu. Ela também estava tentando afastar a atenção deles daqueles primeiros minutos de provação, expostos ao *ton* pela primeira vez desde que suas vidas mudaram catastroficamente no ano anterior. Joel Cunningham, marido de Camille, Wren ficou sabendo, tinha crescido no orfanato em Bath com Anna, que era sua melhor amiga. Wren se lembrou de Viola dizendo que tinha decidido amar Anna, embora ainda não pudesse *sentir* esse amor. Era uma ideia para refletir a respeito.

O duque de Netherby estava ainda mais lindo do que o habitual, em cetim e renda, quando a maioria dos cavalheiros, inclusive Alexander, estava vestindo o mais elegante preto e branco. Ele estava olhando pelo teatro com altivo langor através do seu monóculo. A luz das velas fazia as joias incrustadas na alça e em torno da borda do acessório brilharem e reluzirem, além das joias que havia em seus dedos e em seu pescoço. Ele era uma presença reconfortante como, ela supôs, estava totalmente destinado a ser naquela noite. Assim como Alexander, sentado ligeiramente atrás dela, a mão dele ao seu lado no parapeito de veludo, seus mindinhos se tocando. Ocasionalmente, seu dedo acariciava o dela.

— Quando a peça vai começar? — perguntou ela.

— Deve ser logo — disse Alexander. — Mas sempre atrasa um pouco para permitir a chegada de retardatários. Os retardatários sabem disso, é claro, e chegam ainda mais tarde.

— Acredito que o atraso também seja um reconhecimento do fato de que a maioria das pessoas vem ao teatro para ver umas às outras tanto quanto para assistir à peça, Alexander — explicou Viola.

— Ah, quanto cinismo — falou o duque com um suspiro. — Quem foi que disse que *o mundo inteiro é um palco*?

— William Shakespeare — disse Jessica.

— E todos os homens e mulheres não passam de meros atores — acrescentou Abigail.

— Ah, sim — respondeu ele brevemente.

Wren estava observando um grupo de pessoas entrar no camarote vazio em frente ao deles, duas damas e quatro cavalheiros. Ambas as senhoras eram loiras e vestidas com um branco reluzente. Poderiam muito bem ser irmãs. Uma delas escolheu um lugar na lateral para se sentar e um dos cavalheiros foi sentar-se ao lado e ligeiramente atrás dela. A outra senhora sentou-se no meio do camarote. Ela pareceu pequena e quase frágil em meio aos outros três cavalheiros, que pairavam sobre ela; um deles posicionando-a na cadeira, outro pegando o leque de sua mão e sacudindo-o gentilmente diante de seu rosto, o terceiro pegando algo, presumivelmente um escabelo, na parte de trás do camarote e colocando-o sob seus pés. Ela sorriu docemente para todos e voltou sua atenção para sua corte de admiradores na plateia e nos balcões — ou assim parecia para Wren, que, a princípio, estava se divertindo com a cena.

Mas houve uma sensação estranha. Uma leve tontura. Um início de zumbido nos ouvidos. Não poderia ser, é claro. Vinte anos haviam se passado e, com esses anos, a clareza da memória. Mas, mesmo que sua memória fosse clara como um cristal, o tempo — vinte anos — teria forjado mudanças significativas. A senhora levantou a mão com luva branca em reconhecimento à reverência que lhe foi prestada por um grupo de cavalheiros na plateia e moveu a cabeça em um gracioso aceno. Havia algo em ambos os gestos...

— Ficamos só imaginando como ela faz isso — dizia Viola de modo divertido.

— Com uma peruca, cosméticos e um exército de especialistas — contou Jessica. — Quando a vemos de perto, tia Viola, ela parece bastante grotesca.

Eles poderiam estar falando sobre qualquer pessoa. E logo toda a conversa cessou, de qualquer maneira, pelo menos dentro de seu próprio camarote, quando a luz das velas diminuiu e a peça começou. Foi a primeira performance dramática que Wren assistiu, e ela se maravilhou com o cenário, os figurinos, as vozes e gestos dos atores, a sensação de deslumbrante irrealidade que a atraiu para outro mundo e quase a fez se esquecer do seu. Estaria enfeitiçada se conseguisse ignorar o descompasso de seu coração.

Não era possível.

Ficamos só imaginando como ela faz isso.

Com uma peruca, cosméticos e um exército de especialistas.

E, pouco antes de o silêncio cair no camarote, a voz de Alexander disse — até mesmo a filha dela é mais velha do que eu, talvez mais velha do que Lizzie.

Ele poderia estar falando sobre qualquer um. Ela não perguntou.

— Abigail, pegue meu braço — disse o duque de Netherby quando o intervalo começou — e vamos passear além do camarote, talvez até beber uma limonada, que os céus nos ajudem. Jess, pegue meu outro braço para que eu fique equilibrado.

— Eu deveria? — perguntou Abigail.

— Uma pergunta sem resposta — disse ele. — E completamente entediante.

Ela pegou o braço dele depois de olhar para a mãe e os três deixarem o camarote.

— Vamos também, tia Viola? — sugeriu Anna.

— Ah, por que não? — disse Viola, ficando de pé.

— Wren? — Alexander estava diante dela, a mão estendida. — O que deseja? Podemos apenas esticar nossas pernas aqui, se preferir.

— Obrigada. — Ela colocou a mão na dele e se levantou. Não virou a cabeça, mas, com a visão periférica, estava ciente de que as duas senhoras de branco tinham permanecido no camarote e que outros cavalheiros tinham entrado, presumivelmente para prestar seus cumprimentos.

— Está gostando da peça? — perguntou Alexander, fechando sua mão sobre a dela.

— Muito.

Ele se aproximou dela e franziu a testa ligeiramente.

— O que foi? Está se arrependendo da sua decisão de ter vindo? Isso tudo é demais para você?

— Estou bem — respondeu ela, mas Wren estava sentindo o desconhecido desejo de se aproximar dele, de enterrar-se em seu peito, de sentir a segurança de seus braços em volta dela. Talvez fosse só isso. Talvez estivesse *sobrecarregada*. Tudo tinha acontecido rápido demais em sua vida.

Ele ainda a olhava inquisitivamente, mas foram interrompidos pela abertura da porta e o aparecimento dos Radley, tia e tio de Alexander, que vieram com um casal de amigos para cumprimentá-los. Ficaram apenas alguns minutos enquanto tia Lilian lhes dizia o quanto tinha gostado do casamento no dia anterior e o outro casal os parabenizava, e o tio Richard comentava que estavam deixando Alexander corado.

E, então, os dois ficaram sozinhos novamente e Wren se virou para tomar seu assento de volta — e olhou com relutância para o camarote oposto. Uma dama e um cavalheiro ainda estavam sentados ali. A maioria dos cavalheiros que a havia visitado estava saindo, fazendo reverências para a outra senhora, enquanto um membro de seu séquito lhe trouxe um copo de alguma coisa e o serviu com uma graciosa reverência. Ela estava ignorando todos eles, no entanto. Segurava um lornhão cravejado de joias diante dos olhos e olhava diretamente para o camarote onde Wren e Alex estavam. Assim como a outra senhora e o cavalheiro que estavam com ela. Ambos os lados de seu rosto estavam visíveis, Wren percebeu. Ela se sentou apressada e voltou sua atenção para o palco vazio.

— Você está chamando a atenção de lá — comentou Alexander. — Espero que isso não a incomode, mas você realmente deveria se sentir lisonjeada, Wren. Geralmente, Lady Hodges não repara em nenhuma outra dama além de si mesma. É sabido que ela é o *crème de la crème* do *ton* há pelo menos trinta anos, embora suas aparições nos últimos anos sejam mais raras e mais cuidadosamente orquestradas.

Não era possível, Wren pensou mais uma vez, enquanto os outros retornavam ao camarote a tempo para o segundo ato. *Não era possível*.

Mas, de alguma forma, era.

Lady Hodges...

No que dizia respeito a Alexander, a noite tinha acabado bem. A prima Viola se mostrara discretamente digna, assim como sempre tinha sido, pelo que Alexander se lembrava. Ela acenou para algumas pessoas quando saíram do teatro, mas não trocou palavras ou sorrisos com nenhuma delas. Abigail, além de agir com dignidade, sorria timidamente. Jessica estava exuberante. Anna comentava sobre a qualidade da peça. Netherby estava em seu habitual modo imperturbável. Wren falava com admiração sobre a peça e agradecia a Anna e Netherby, enquanto abraçava a duquesa e apertava as mãos do duque antes de subir na carruagem atrás da prima Viola e de Abigail.

— Bem? — perguntou Alexander enquanto a carruagem se afastava. — Eu diria que todas vocês enfrentaram o desafio magnificamente. Está satisfeita?

Wren havia lhe contado mais cedo sobre o acordo entre ela e a prima Viola, embora tivessem pretendido fazer um ou dois meros passeios turísticos juntas.

— Certamente, nós o enfrentamos — disse Viola. Ela segurava a mão de Abigail, Alexander notou. — Provamos algo para nós mesmas e talvez para os outros também. Abby, foi um experimento que deve ser repetido?

— Foi agradável. E eu aprecio o esforço que Anastasia está fazendo para nos atrair de volta à família e até mesmo à sociedade. Tenho certeza de que esta noite deve ter sido mais ideia dela do que de Avery.

— Não foi de Jessica? — indagou a mãe.

— Não — respondeu Abigail. — Jessica quer fazer exatamente o oposto. Bobinha. Ela quer se afastar da alta sociedade para ficar comigo. Não entende que nós duas devemos encontrar nosso lugar no mundo, mas que esses lugares necessariamente serão muito diferentes.

Ela era bastante madura para alguém tão jovem, Alexander pensou. Nem sempre havia percebido. Ela era pequena, doce, quieta e um pouco frágil.

Ele se moveu levemente no assento para que seu ombro encostasse no de Wren. Ela estava em silêncio. Apesar de elogiar a peça depois do fim, durante o segundo ato, ele teve a curiosa sensação de que ela não estava realmente vendo tudo. Ele pegou a mão dela. Ela não se afastou, mas permaneceu quieta e sem resposta.

— Não, mamãe — disse Abigail. — Não desejo mais tais noites. Certamente, não as festas. Não mais. Foi lindo vir para o casamento de Alexander e Wren e ver a família novamente. E foi maravilhoso encontrar Harry aqui.

— Devemos voltar para casa nos próximos dias, então? — sugeriu a prima Viola. — E levar Harry conosco? Ele insiste que estará bem o suficiente para retornar à Península dentro de uma ou duas semanas, mas, quando foi mandado para casa, foi dito muito especificamente por um cirurgião do exército e seu comandante que ele não deveria retornar por pelo menos dois meses. Vamos engordá-lo e talvez levá-lo para Bath, para ver Camille e a vovó Kingsley, e para conhecer Joel, Winifred e Sarah.

— Eu gostaria disso, mamãe — disse Abigail. — Apenas tenho que persuadir Jessica de que meu mundo não acabou. O de Cam não acabou, não é? Ele *começou* no ano passado.

A mãe e a irmã de Alexander estavam em casa quando eles chegaram, tendo acabado de voltar de uma noite de música na casa de uma das amigas de Elizabeth. Elas queriam falar a respeito e queriam ouvir sobre a visita ao teatro. Todos entraram juntos na sala de visitas... exceto Wren, que escapuliu escada acima sem dizer uma palavra. E Harry havia se retirado para seus aposentos antes mesmo de partirem para o teatro.

— Wren foi para a cama? — perguntou Elizabeth, cerca de cinco minutos mais tarde, quando ela não retornou.

— Não tenho certeza — respondeu Alexander. — Acho que talvez precise ficar sozinha. Toda esta última semana foi esmagadora para ela, e esta noite talvez tenha sido demais.

— Ela viveu toda a vida isolada? — indagou Abigail. — E sempre com um véu?

— Sim — revelou Alexander.

Abigail parecia um pouco surpresa quando sua mãe, Viola, falou:

— Sinto muito, Alexander, se causei angústia à sua esposa. Eu a desafiei a enfrentar o mundo comigo. Gosto muito dela, você sabe.

— Nós também, Viola — disse a mãe de Alexander. — Mas você não deve se culpar. Aprendemos que Wren tem uma mente muito firme e não é convencida a fazer qualquer coisa que não escolha fazer.

Cinco minutos depois, Alexander estava preocupado. Ele esperava que ela voltasse. Com certeza, ela diria boa-noite e daria alguma desculpa de cansaço se não tivesse a intenção de ficar ali com eles.

— Vou subir e ver como ela está — disse ele.

Ela não estava na cama — não na cama deles, de qualquer maneira. Nem em seu quarto de vestir ou em seu próprio quarto. Ou ele pensava que não. Não havia velas acesas ali. Onde ela estava, então? Ele colocou uma vela na mesa ao lado da janela e olhou para fora, quase como se esperasse vê-la andando na rua. O quarto atrás dele estava quieto, mas havia uma sensação de arrepio na espinha avisando que não estava sozinho. Ele se virou.

Ela estava no chão, do outro lado da cama, encolhida no canto, os joelhos contra o peito, a testa nos joelhos, um braço em volta das pernas, o outro sobre sua cabeça. Não emitia nenhum som. Ele sentiu seu estômago revirar e seus joelhos enfraquecerem um pouco.

— Wren? — Ele falou o nome dela suavemente.

Não houve resposta.

— Wren? — Ele se aproximou e se agachou diante dela. — O que foi? O que aconteceu?

A única resposta desta vez foi um ligeiro aperto em ambos os braços.

— Vai me deixar ajudá-la? — perguntou ele. — Vai falar comigo?

Ela disse alguma coisa, mas as palavras foram abafadas contra seus joelhos.

— Perdão? — disse ele.

— Vá embora. — As palavras foram claras o suficiente desta vez.

— Mas por quê?

Nenhuma resposta.

Ele se espremeu no espaço ao lado dela, sentado com as costas contra a parede, os pulsos sobre os joelhos. Não havia muito espaço. Seu lado esquerdo foi pressionado contra Wren.

— Eu decepcionei você — disse ele suavemente. — Prometi a vida de sua escolha, mas, a cada passo, eu a encorajei a fazer algo que lhe é desconfortável. Você vai dizer que não a forcei a nada, mas minha própria complacência ao permitir que você decida cada vez que é convidada a ir mais longe tem sido uma forma de coação. Porque talvez sinta que precisa provar algo para mim e para si mesma. Você não precisa provar nada, Wren. Se eu tivesse sido mais firme em algumas ocasiões e dito não, em vez de deixar a decisão para você, poderia tê-la salvado desse tipo de... colapso. Eu deveria ter recusado o convite de Netherby hoje sem sequer mencioná-lo em casa. Vou melhorar, eu prometo. Devemos ir para casa, em Brambledean? Amanhã? Lá você pode viver como deseja, e ficarei feliz em vê-la feliz. Eu me importo, Wren. Eu realmente me importo.

E se importava mesmo, ele percebeu. Se pudesse pegar até o último centavo da fortuna dela naquele momento e jogar no meio do Oceano Atlântico, teria feito isso sem qualquer hesitação. Ele se importava. Com ela. Ele se importava profundamente.

Ainda assim, ela não disse nada. Ele libertou o braço que estava preso entre os dois e envolveu o corpo dela. Ela estava tão rígida quanto uma estátua.

— Wren — disse ele. — Wren, meu amor, fale comigo.

Ela murmurou alguma coisa.

— Perdão?

As palavras foram bastante distintas desta vez:

— Ela é minha mãe.

O quê? Ele não disse isso em voz alta, mas de quem ela estava falando? Ele franziu a testa, pensando. O que tinha acontecido? Tinha sido apenas o estresse de muita exposição a outras pessoas... a estranhos? Tinha chegado a seu limite no meio da noite? *No meio da noite.* Houve uma diferença entre as duas metades. Wren estava um pouco tensa desde o início, mas permaneceu no controle de si mesma, e ele acreditava que ela havia assistido à peça, mesmo que não estivesse relaxada o suficiente para ser totalmente absorvida por ela. Houve algo que a incomodara durante o intervalo, embora ela tivesse negado e, depois, tivesse ficado quase em total silêncio e... ausente. Ela havia desaparecido no andar de cima sem dar uma palavra assim que chegaram em casa.

Ela é minha mãe.

Que diabos tinha acontecido? Fragmentos da tarde voltaram à mente dele. Lembrou-se, então, das duas mulheres de branco que estavam olhando para Wren tão incisivamente. Lembrou-se de algumas palavras, algumas delas ditas por si próprio.

Ficamos só imaginando como ela faz isso.

Com uma peruca, cosméticos e um exército de especialistas.

Quando a vemos de perto... ela parece bastante grotesca.

Até mesmo a filha dela é mais velha do que eu, talvez mais velha do que Lizzie.

Você está chamando a atenção de lá. Espero que isso não a incomode, mas você realmente deveria se sentir lisonjeada, Wren. Geralmente, Lady Hodges não repara em nenhuma outra dama além de si mesma. É sabido que ela é o crème de la crème *do* ton *há pelo menos trinta anos, embora suas aparições nos últimos anos sejam mais raras e mais cuidadosamente orquestradas.*

Bom Deus. Oh, bom Deus!

— Lady Hodges? — perguntou ele.

Houve um gemido baixo.

Ele se virou o máximo que pôde no pequeno espaço e passou o outro braço ao redor dela também. Não foi fácil fazer isso quando ela estava encolhida como uma bola dura e inflexível.

— Oh, meu Deus — disse ele em voz alta. — Minha pobre querida. Deixe-me abraçá-la, Wren. Deixe-me abraçá-la direito. Vou pegá-la e levá-la até nosso quarto e colocá-la na cama. Você me permite?

Wren não disse nada, mas quando ele se levantou e se inclinou para pegá-la em seus braços, ela se soltou e o deixou colocar um braço sob seus joelhos e o outro em suas costas, sob seus ombros. Deixou a cabeça pousar no ombro dele, com os olhos fechados. Ele a carregou pelos dois quartos de vestir e a colocou na cama, que tinha sido arrumada para a noite. Tirou os sapatos que ela usara no teatro e removeu tantos grampos de seu cabelo quanto pôde encontrar. E se deitou ao lado dela, puxando-a para perto. Não tentou conversar. Às vezes, ele pensou, a preocupação e o amor — sim, *amor* — tinham que falar por si.

Ele não conhecia Lady Hodges, mas sabia algumas coisas sobre ela. Todo mundo sabia. Era uma famosa excêntrica, se fosse essa a palavra certa para descrevê-la. Havia sido considerada por todos uma garota extraordinariamente bonita, filha de um cavalheiro de condições bastante moderadas. Ela causara grande alvoroço no *ton* quando o pai conseguiu um convite de um parente distante para fazer seu debute em um baile do *ton* com sua própria filha. Logo depois, ela se casou com um rico barão. Depois disso, fez de sua beleza o negócio de sua vida e escravizou uma dúzia de homens. Não teria sido uma história totalmente incomum, se ela, de alguma forma, não tivesse conseguido manter sua beleza — e seu séquito — mesmo depois de ter passado da juventude e, em seguida, da meia-idade. Rapazes eram atraídos por sua riqueza e estranha fama, e ela manteve uma de suas filhas por perto, de modo que — assim era a teoria — ficasse lisonjeada quando dissessem que pareciam irmãs. Alguns bajuladores em particular até sustentavam que ela parecia ser a irmã mais nova, mas Jessica estava certa. De longe e com pouca luz, a mulher parecia jovem e adorável, mas, de perto, parecia uma paródia grotesca da juventude. A vaidade e o narcisismo da mulher eram comumente conhecidos por não ter limites.

E ela era a *mãe de Wren*.

18

De alguma forma, Wren se manteve firme durante o segundo ato do espetáculo, as despedidas ao duque e à duquesa e a Jessica, e a viagem de carruagem para casa, mas correu para o andar de cima, para seu quarto, sem se preocupar em levar uma vela consigo ou acender alguma quando chegou lá, e se viu arremessada de volta a mais de vinte anos no passado. No momento que chegou ao canto do quarto, se escondeu atrás da cama e se enrolou no chão o mais forte de pôde; aqueles vinte anos não existiam mais. Dentro de si, ela estava de volta ao seu próprio quartinho de infância, a seu pequeno eu da infância, e todo o mundo de beleza, deslumbre, *glamour*, risos, amigos, calor, família e amor estavam além dela, bloqueados pela janela com rede e além de sua porta, que, tantas vezes, estava trancada pelo lado de fora.

A rapidez de sua descida ao passado não teria sido tão total, talvez, se não fosse pela imagem surreal no camarote em frente ao deles. Vinte anos haviam se passado desde que a tia Megan a levara para sempre de Roxingly Park. No entanto, sua mãe não havia mudado em todo aquele tempo. Ela parecia jovem, delicada e quase etérea. A outra mulher, aquela que se parecia tanto com ela, mas que tinha se sentado mais longe, na lateral do camarote, olhando ao redor com orgulhosa altivez, havia mudado, se de fato ela fosse Blanche. Sua irmã mais velha tinha dezesseis anos quando Wren a vira pela última vez e era a favorita porque era loira e bonita como a mãe, embora sem seu fascínio. Ela era alguém para ser exibida, mas nunca lhe foi permitido ofuscar o brilho da mãe.

Ela fora vista. Wren sabia que sim. Talvez elas tivessem olhado apenas por curiosidade primeiro, assim como todos os outros, porque ela havia acabado de se casar com o conde de Riverdale, mas ninguém sabia mais nada sobre ela, exceto por causa das Vidrarias Heyden. Não era possível que a tivessem reconhecido, especialmente apenas pelo lado direito de seu rosto. E, provavelmente, não teriam reconhecido seu nome nos jornais matutinos. Apesar do certificado de adoção mostrar que o pai de Wren dera sua permissão, era improvável que tivesse dito alguma coisa para sua mãe, que não gostaria de saber.

Elas a tinham visto, de rosto inteiro, durante o intervalo em que Wren tinha olhado para o camarote delas — vendo-se ser observada através do lornhão de sua mãe. E elas tinham percebido. Havia algo em seus rostos, mas como ela poderia ter reparado de tão longe e através das lentes de um lornhão? Não poderia, é claro, mas ela sabia. Talvez fosse mais a linguagem de seus corpos do que suas expressões faciais. Wren sabia que elas sabiam. E soube antes mesmo do golpe ao ouvir aquele nome: Lady Hodges.

Ela estava profundamente perdida na memória quando se deu conta da presença de Alexander no quarto. Talvez *memória* fosse a palavra errada, já que não estava se lembrando de nenhum dos incidentes de sua infância. Tinha se perdido na própria identificação. Ela *era* aquela criança novamente, sozinha e sem amigos — *quase* sem amigos, mas mesmo a memória tênue e frágil de amor não forçou caminho na identidade da criança que a mantinha encolhida no canto, com os braços em volta de si mesma para se proteger e se tornar menor e menos visível. Se ao menos pudesse ser totalmente invisível...

Ela ouviu um nome que soou familiar, assim como a voz que falou, embora não pudesse imediatamente identificar nenhum dos dois.

— Wren?

Vinham de muito, muito longe no futuro, aquele nome e aquela voz. Mentalmente, ela afundou mais em si mesma, mas o futuro não a deixaria ficar ali.

— Wren? O que foi? O que aconteceu?

O que *tinha* acontecido? Ela apertou seu abraço sobre si mesma.

— Vai me deixar ajudá-la? Vai falar comigo?

E ela soube, de repente, quem era Wren e a quem a voz pertencia, mas tudo tinha sido apenas uma ilusão, aquele futuro. *Esta* era quem ela era, esta criança que não conseguia abandonar, apesar da dor, da miséria e da desesperança. Ela não poderia ser ninguém mais. Tinha sido um sonho tolo.

— Vá embora — disse ela e repetiu as palavras mais claramente quando ele não ouviu da primeira vez, mas ele não foi. Em vez disso, se espremeu ao seu lado, entre a cama e a parede, e falou com ela. Wren não ouviu todas as palavras nem sentiu os braços dele envolvendo-a, ainda estava trancada dentro de seu antigo eu, mas ela ouviu sua dor. E talvez tenha sido a sua salvação, o que começou a puxá-la de volta. Pois seu eu futuro, alguém chamada Wren, tinha aprendido recentemente que a dor não era limitada apenas a ela, que outras pessoas sofriam, que o sofrimento podia isolar o sofredor ou levá-lo para fora da prisão da solidão quando se compartilhava sofrimento e coragem, e que a empatia chegava até o fim do mundo. Viola. Abigail e Harry. Jessica. E, agora, Alexander. Ela o havia arrastado para sua escuridão e ouvia a dor em sua voz.

— Wren — disse ele. — Wren, meu amor, fale comigo.

E ela disse a ele — duas vezes, porque ele não ouviu da primeira vez. Ela disse a ele. *Ela é minha mãe.* O que a arrastou para baixo e para dentro de si novamente.

Mas ele não a deixaria ir. Ou, se ela fosse, ele não a deixaria ir sozinha. Alex se levantou, falando com ela, a pegou e a carregou até o próprio quarto, colocou-a na cama e fez algumas coisas para deixá-la mais confortável antes de se deitar ao seu lado e aconchegá-la.

Meu amor, ele a havia chamado assim.

Querida.

Ele também tinha falado o nome da mãe dela, e Wren tinha ouvido seu próprio gemido.

Ele não falava agora. Ele era Alexander e esse não era o quarto dele. Era *deles*. Ele era seu marido. Tinha feito amor com ela ali na noite anterior... três vezes. Com prazer. Não tinha sido apenas o dever da consumação para ele. Ela saberia. Ela lhe dera prazer. Ele tinha ido à Câmara dos Lordes naquela manhã, atraído pelo dever, mas saiu mais cedo para voltar para casa e levá-la a Kew Gardens. E tinha falado com ela e tocado nela sem qualquer sinal de repulsa. Estava relaxado e feliz. Riu da maravilha com que ela admirou a Great Pagoda, mas foi uma risada afetuosa. Disse que ela parecia uma criança, para quem o mundo era um lugar novo e maravilhoso, e ela lhe disse que estava correto. Os dois riram então e, por um tempo, andaram de mãos dadas ao invés da mão dela enfiada na dobra do seu cotovelo. Ele não tinha entendido completamente, porém, que ela era uma mulher de 29 anos experimentando as maravilhas da infância pela primeira vez.

Ele não tinha entendido na hora. Talvez, agora, entendesse.

Oh, Alexander, Alexander, o que eu fiz com você?

O cômodo estava às escuras. Não havia velas queimando, como na noite anterior. Ele estava completamente vestido, exceto pela ausência de calçados. Ela podia sentir as dobras suaves da gravata contra sua bochecha e os botões das calças dele contra a cintura dela. Sua linda roupa de noite seria amarrotada sem piedade. Assim como seu novo vestido de noite. Alex estava quente e relaxado, mas não dormia. Ela percebeu isso à medida que voltava a si, voltava a ser Wren novamente — Wren Westcott, condessa de Riverdale —, e não mais Rowena Handrich, a filha mais nova e segunda mais nova entre os filhos do barão e de Lady Hodges. A filha que a maioria das pessoas provavelmente nem sabia que existia, exceto talvez por rumores, como o grande segredo na vida perfeita de Lady Hodges.

— Alexander — disse ela suavemente, respirando o calor e o aroma agora familiar da colônia dele.

— Sim.

Ela manteve os olhos fechados, permitiu que o futuro fluísse de volta para dentro de si e que se tornasse o presente, sentiu o suave conforto da cama ao redor, a protetora e musculosa força do homem que ela sentia da cabeça aos pés, ouviu o som de um solitário cavalo trotando na rua lá fora e o distante badalar de um relógio de algum lugar ali dentro, e se atreveu a se sentir quase segura outra vez. Embora não soubesse exatamente de que maneira tinha se sentido *insegura*. Não tinha sido um medo físico de ser ferida, arrebatada ou morta. Tinha sido um medo muito mais profundo e primitivo de se perder ou de perder o que tinha se tornado nos vinte anos de distância que tinha colocado entre si e aquela criança que havia sido. No entanto, não havia deixado a criança para trás. Não podia. E talvez não o fizesse nem que pudesse, pois aquela criança merecia uma vida melhor. Aquela criança era inocente.

— Eu vou contar — anunciou ela. — Mas é uma história sombria, e tenho medo de arrastá-lo para a minha escuridão. Você não merece isso. Eu não deveria...

— Wren — disse ele com os lábios no topo da cabeça dela, sua voz suave e profunda. — Eu lhe propus casamento, caso se lembre. Depois que você fez sua proposta a mim, retirou sua oferta. Eu pedi sua mão há uma semana ou mais porque queria me casar com você. E eu sabia que os dez anos perdidos de sua vida eram obscuros. Sabia também que eu acabaria sabendo sobre eles. Me casei com você mesmo assim.

Ela soltou um suspiro pesado.

— Você se importa comigo? — perguntou. — Disse há pouco que sim.

— Eu me importo.

— Gostaria que não se importasse. Porque você seria capaz de ouvir friamente e não ser levado pela história.

— Espero que isso não seja verdade. Espero sempre sentir compaixão pelo sofrimento, mesmo que eu não tenha envolvimento pessoal com aquele que sofre, mas eu tenho um envolvimento com você. Você é minha esposa. E eu me importo.

Ah. Ele estava falando sério, então. *Ele estava falando sério*. Ela saboreou o pensamento. *Ele se importava*.

— Faça amor comigo primeiro — pediu ela. — Por favor, faça amor comigo.

E ele fez. Sem parar para despi-los, exceto nos lugares essenciais. Sem a ternura que ela teria esperado, se tivesse parado tempo suficiente para esperar qualquer coisa. Sem afastar as cobertas. Sem tomar o tempo dele — ou o dela.

Eles estavam de um lado da cama e, depois, do outro, enrolados em suas próprias roupas, lençóis e cobertores, empurrando-os impacientemente, beijando com ferocidade suficiente para devorar um ao outro, movendo as mãos urgentes um pelo outro, frustrados com as roupas, entrelaçando e descruzando as pernas. Ele estava em cima dela; depois, ela estava em cima dele. Ele colocou as mãos atrás dos joelhos dela, puxou-os para ambos os lados dele até que abraçaram seus quadris, agruparam sua saia entre eles. Ele a segurou pelos quadris e a ergueu, e a tomou sobre si até que seu membro rijo estivesse completamente dentro dela. Ele disse algo. Wren disse algo, mas as palavras não tinham sentido, então ela não se lembrou delas.

E eles montaram um no outro. Não havia outra palavra para o que aconteceu nos minutos seguintes. Eles montaram com força em meio a umidade quente que criaram, buscando prazer, conforto, e sabe Deus o quê mais, em busca de algo que não existia palavra para descrever. E nem para se pensar também. Apenas buscando. Olhos bem fechados. Músculos apertando com força e relaxando ao ritmo da cavalgada. *Por favor, oh, por favor.* As mãos dele rígidas em suas nádegas, as dela em seus ombros, apertando-os com os dedos, a gravata dele tocando seu queixo. *Por favor. Oh, por favor.*

O prazer e a dor se misturaram de maneira quase insuportável quando os músculos se contraíram e não relaxaram assim que o movimento cessou, e ela apertou os olhos ainda com mais força. A investida era solitária agora, enquanto ele entrava profundamente nela, saía e entrava novamente — e segurava. Então, os músculos se afrouxaram e a dor se despedaçou, e, de repente, incrivelmente, não havia mais nenhuma dor, mas algo além que nem mesmo o *prazer* era capaz de abranger. Alguém gemia alto com a voz dela. E, então, entrou aquele belo jorro de calor líquido nela, algo do qual se lembrava muito bem da noite anterior.

Ela estava quente. Suas mãos estavam escorregadias de suor. Seu corpete e suas mangas estavam colados nos seios e nos braços. A gravata e o colarinho dele estavam úmidos. Ambos estavam ofegantes. Wren desabou sobre ele, e ele endireitou as pernas dela ao lado das dele e envolveu seus braços ao redor dela. Curiosamente, apesar do calor, da umidade e do desconforto dos tecidos emaranhados, apesar de tudo, ela cochilou, mas não por muito tempo, percebeu quando voltou a si. Ele não estava dormindo. Seus dedos penteavam levemente o cabelo dela. Ela suspirou, mas soou um pouco como um gemido. Ele pousou a mão no rosto dela, ergueu-o e a beijou.

— Precisamos nos arrumar — disse ele. — Venha, vou chamar o meu criado e você deve chamar a sua. Vou pedir um chá para você depois. Vamos nos sentar e conversar.

Tudo o que ela queria fazer era fechar os olhos novamente e dormir, mas ele estava certo. Estavam muito desconfortáveis para uma noite de sono. E se ela não falasse naquela noite, poderia nunca mais falar. Poderia se cobrir com seu véu e se tornar uma pessoa muda e reclusa. E isso não era uma piada. Seria fácil demais acontecer.

Alexander afastou os lençóis e cobertores e eles saíram da cama, alisando inutilmente suas roupas na quase escuridão e indo para o quarto de vestir dela. Ele acendeu algumas velas para ela antes de entrar no próprio quarto de vestir, fechando a porta entre eles. Não era nem perto da meia-noite, ela observou quando olhou para o relógio. Pensava que era muito mais tarde. Wren puxou a corda do sino para chamar Maude. Então, desejou ter pedido a Alexander que desabotoasse as costas de seu vestido para que ela pudesse, pelo menos, se despir. O que Maude acharia? E como estava seu *cabelo*?

Mas ela não se importava muito com o que Maude pensava.

A cama tinha sido arrumada de novo, Alexander viu quando voltou para seu quarto ao sair do quarto de vestir, e velas tinham sido acesas. Havia uma bandeja de chá e uma garrafa de conhaque na mesa junto à lareira, com uma travessa de bolo de frutas — uma fatia do bolo de casamento sem cobertura, ele supôs. O salão dos criados provavelmente estava cheio de falatório sobre o vigoroso progresso do casamento. Alex vestia um camisolão, com um roupão de seda leve por cima.

Bom Deus, aquela mulher. Ela era grotesca de perto, como Jessica dissera. De longe e sob a luz relativamente fraca do teatro, parecia mais jovem do que Wren. No entanto, era a mãe de Wren. Havia algo um pouco assustador nisso. Ele se serviu de uma taça de conhaque e engoliu de uma só vez. Ver a esposa encolhida em posição fetal no canto fizera seu estômago se revirar. E a voz dela quando disse para ele ir embora, quando disse que aquela mulher era sua mãe, tinha soado fina e aguda, como a voz de uma criança. Ele teve medo de que não fosse capaz de trazê-la de volta.

Ele a *tinha* trazido de volta? De certa forma, o que tinha acontecido naquela cama meia hora antes tinha sido o melhor sexo de sua vida. Foi uma paixão desinibida de ambas as partes, mas ele não devia cometer o erro de pensar que estiveram fazendo amor. Ela estava desesperada e buscou uma saída sexual, já que tinha acesso a isso. E ele deu o que ela queria. Foi sexo selvagem, desprovido de amor. Não, não foi. Ele deu o que ela queria *porque se importava*. E ele não se importava só porque era um ser humano que sofria e era sua esposa, mas porque era Wren. Ele havia prometido afeição, respeito e esperança por afeto, e tinha toda a intenção de cumprir essa promessa, mas havia mais. Ele não sabia como, onde ou quando isso tinha acontecido, e não ficaria analisando a situação eternamente. Ele era homem, pelo amor de Deus, mas o que quer que fosse, era mais do que apenas aqueles três aspectos solenes de cuidado que ele lhe prometera quando a pediu em casamento.

Ela entrou silenciosamente no quarto de vestir dele. Estava arrumada e bonita em uma camisola de mangas curtas, seu cabelo bem escovado e amarrado frouxamente na altura da nuca. Seu rosto estava pálido, em contraste com as marcas roxas do lado esquerdo, que pareciam mais escuras do que o normal. Seus olhos estavam cansados e não encontravam os dele. Ele estava prestes a sugerir que fossem para a cama para dormir, mas conteve sua bonança. Deixou-a decidir.

— Permite que eu lhe sirva um pouco de chá? — perguntou ele.

— Obrigada. — Ela se sentou em uma das poltronas ao lado da lareira que quase nunca eram usadas, já que ele gostava de fazer suas leituras lá embaixo, na sala de estar ou na biblioteca, e não costumava beber à noite sozinho.

Ele colocou a xícara e o pires ao lado dela e um prato com um pedaço de bolo. Ela ignorou ambos e olhou na direção dele quando ele se sentou em frente a ela, embora seus olhos não se erguessem.

— Sinto muito, Alexander — disse ela, sua voz monótona. — Sou terrivelmente, terrivelmente destruída. E não é apenas por causa do meu rosto. Vai além disso. Algo muito mais profundo para ser tocado ou curado. Sinto muito.

O coração dele gelou. Alguns sofrimentos estavam além de qualquer ajuda. Ele sabia disso, mas não ia acreditar. Não com Wren. Não com a mulher que estava se tornando mais preciosa para ele a cada dia que passava.

— Conte-me — pediu ele.

Ela encolheu os ombros e assim ficou. Abraçou seus braços, esfregando as mãos neles como se estivesse com frio, embora fosse uma noite quente. Ele se levantou, afastou a mesa com a xícara e o prato dela, apanhou o cobertor xadrez que estava dobrado ao pé da cama, levantou-a um pouco da poltrona para se sentar debaixo dela e a abraçou. Não foi tão fácil aconchegá-la como teria sido se fosse uma mulher mais baixa, mas ele conseguiu, aninhando a cabeça dela em seu ombro e envolvendo-a com o cobertor antes de descansar sua bochecha no topo da cabeça dela.

— Conte-me — pediu ele novamente, indo contra sua decisão anterior de deixá-la decidir por si mesma. Mas, se ela não contasse naquele momento, ele tinha a sensação arrepiante de que nunca contaria e, então, poderia se perder para sempre dele. E talvez de si mesma também. Ah, bom Deus, e o que ele sabia sobre lidar com pessoas destruídas... *horrivelmente, horrivelmente destruídas*?

Ela ficou em silêncio por um longo tempo antes de começar a falar naquele mesmo tom sem vida.

— Algumas pessoas são extremamente egoístas — disse ela —, para quem ninguém realmente existe, exceto como uma plateia para assistir, ouvir, elogiar, admirar e adorar. Acredito que deve ser algum tipo de doença. Minha mãe era assim. Era surpreendentemente linda. Talvez todas as crianças enxerguem suas mães assim, mas acho que, mesmo de maneira objetiva, ela era incomparavelmente adorável. E exigia adoração. Reunia ao redor de si pessoas que a adoravam... homens principalmente, embora não exclusivamente. Ela reunia pessoas *lindas*. Nunca pareceu temer competição, mas parecia sentir que qualquer um que não fosse bonito o suficiente refletia mal nela mesma.

Ah. Ele podia ver aonde isso chegaria.

— Ela adorava os filhos e os exibia em busca da admiração das outras pessoas, como uma extensão de si mesma. Primeiro, Blanche e Justin, que eram loiros e lindos como ela, e, então, veio Ruby, que era morena como nosso pai, mas muito adorável. Depois, eu nasci com uma grande... mancha vermelha cobrindo um lado do meu rosto e da minha cabeça, parecia um gigante morango maduro. Ela me mandou embora assim que colocou os olhos em mim. Não suportava olhar para mim. Ela me viu como um castigo para si mesma por ter brigado amargamente com meu pai quando descobriu que estava me carregando no ventre. Para ela, eu não passava de um castigo cruel.

Alexander abriu a boca para dizer que ela certamente devia ter significado algo para a mãe, mas as palavras permaneceram não ditas. De alguma forma, ele não duvidou de que a mulher fosse tão narcisista quanto Wren havia descrito.

— Ela e meu pai ficavam muitas vezes longe de casa — disse Wren. — Ela gostava de estar na cidade, participando de festas e bailes. Quando estavam em casa, gostavam de receber convidados, às vezes o suficiente para uma festa que durava várias semanas. Eu tinha que ser mantida fora de vista quando ela estava em casa. Quando havia convidados, precisava ficar trancada no quarto, para que não saísse e fosse vista.

— Você não recebeu educação? — perguntou ele. — Sem uma tutora que ia à sua casa? Sem saídas?

— Minhas irmãs e meu irmão mais velhos a adoravam — continuou ela. — Eles herdaram o jeito dela. Ruby virava de costas sempre que eu entrava em um cômodo. Justin fazia alto ruídos de vômito. Blanche ficava zangada e me dizia para voltar para o meu quarto, onde eles poderiam esquecer que eu existia para estragar a vida da pobre mamãe deles e de todos. A governanta apenas dava de ombros e fingia que eu não existia. Às vezes, eu saía de casa quando não havia ninguém além das crianças, mas Justin ou Blanche me trancavam se algum de seus amigos viesse para brincar.

— E seu pai?

— Eu raramente o via. Nenhum de nós o via, aliás. Ele não tinha interesse nenhum em crianças, eu acredito. Talvez nem soubesse como eu era... isolada.

— Ninguém ajudou você?

— Só Colin. Ele nasceu quatro anos depois de mim, era loiro, bonito e doce. Entrava no meu quarto às vezes, mesmo quando estava trancado. Ele aprendeu a virar a chave do outro lado e trazia brinquedos e livros. Sempre me perguntava sobre meu rosto e insistia que um beijo iria curá-lo. E espalhava os brinquedos ao meu redor e fingia ler os livros para mim até que realmente soubesse ler. Eu não sabia ler. Uma vez, brincamos juntos do lado de fora, corremos e subimos em árvores e... rimos. Oh, como foi bom. Eu ouvia os outros brincando e rindo lá fora...

Houve um longo silêncio, durante o qual Alexander a abraçou e beijou o topo de sua cabeça. Ele estava gelado com seu relato, mas não demonstrava horror.

— O que aconteceu quando você tinha dez anos? — perguntou ele.

— Uma série de coisas. A tia Megan veio para uma visita. Era irmã da minha mãe, mas nunca a tinha visitado. As duas eram tão diferentes quanto o dia e a noite. Eu não soube por que ela fez aquela visita. Ela nunca disse, mas descobriu sobre mim e foi me ver em meu quarto. Me lembro dela me abraçando, me beijando e perguntando por que todo mundo estava fazendo tanto estardalhaço por causa de uma mancha de um lado da minha cabeça e do meu rosto. A essa altura, o inchaço havia diminuído e a vermelhidão tinha se tornado quase completamente roxa. Então, um ou dois dias depois, alguns vizinhos com filhos foram fazer visitas lá em casa, e minha porta não estava trancada. Eu não pretendia aparecer ou tentar participar das brincadeiras, mas saí para observar. Estavam jogando algum jogo barulhento na margem do lago, e subi em uma árvore o mais perto que pude sem ser vista. Mas, de alguma forma, perdi o equilíbrio e caí. Não me machuquei, mas assustei tanto as crianças que uma delas caiu no lago e as outras correram para a casa, gritando histericamente. Minhas irmãs correram atrás delas e meu irmão mais velho também, depois de alegar que eu tinha feito aquilo. Puxei a criança para fora do lago... era raso e não havia perigo real de afogamento... e voltei para o meu quarto.

Alexander fechou os olhos.

— A tia Megan veio me buscar depois que escureceu e disse que me levaria para um lugar onde eu estaria segura e seria amada para o resto da vida. Não me lembro de muita coisa, de qualquer maneira. Acredito que eu estava exausta de tanto chorar. Ninguém jamais me amou... exceto Colin... e eu gostava da minha tia, então fui com ela sem resmungar, mas ela não estava me sequestrando. Ao passarmos pela sala de estar, minha mãe veio para o patamar da escada e disse à tia Megan que ela era uma tola, que se arrependeria de me levar, que seria muito melhor me mandar para o manicômio, como ela tinha planejado fazer no dia seguinte.

Alexander prendeu a respiração.

— Eu nem sabia o que era isso. Perguntei quando estávamos a caminho de Londres, mas minha tia me disse que também não sabia. — Ela puxou o ar trêmula e lentamente. — Não vi nem ouvi falar de minha mãe ou de qualquer um deles desde aquele dia... até algumas horas atrás, no teatro. Quase vinte anos. E ela está agora exatamente como era antes.

Sua respiração estava um pouco irregular. Ele a abraçou.

— Ela me viu — revelou ela. — Ela me reconheceu.

— Você pertence a mim agora, Wren. Tenho propriedade sobre você. Não para tiranizar, mas para mantê-la segura, para que você possa se livrar desses medos e horrores. Eu cuido do que é meu. É mais do que uma promessa.

Soou exibicionista aos seus próprios ouvidos. Ele não sabia exatamente o que queria dizer. Como poderia possuí-la e deixá-la livre? Mas sabia que estava falando direto do coração e que não iria, por Deus — nunca, nem mesmo na menor das hipóteses —, trair sua confiança nele.

— Eu me importo — disse ele.

19

Wren acordou lentamente de um sono profundo e estava consciente do calor, do conforto, da luz do dia, dos sons de rodas e cavalos e de um único grito humano além da janela, e do fato de estar aninhada nos braços do marido, a cabeça no ombro dele. E, depois, tudo veio à tona, como uma enchente — o dia anterior, o primeiro dia completo de sua vida casada.

— Que horas são? — perguntou ela, levando a cabeça para trás, sem verificar primeiro se ele estava acordado.

Ele estava. Estava olhando para ela, seu cabelo despenteado, seu camisolão aberto no pescoço. Ela ainda estava vestindo a camisola. Um homem com aquela roupa de dormir, ela pensou, era tão atraente quanto o mesmo homem nu. Aquele homem era atraente de qualquer maneira e era o único em quem estava interessada.

— Tarde o suficiente para satisfazer nossos criados e agradar nossos parentes.

— Oh.

— Isso é importante — disse ele.

— Para manter as aparências?

— Acho que talvez seja mais do que isso, não é?

Eu me importo, ele dissera a ela na noite anterior. *Você pertence a mim agora, Wren. Tenho propriedade sobre você. Não para tiranizar, mas para mantê-la segura, para que você possa se livrar desses medos e horrores. Eu cuido do que é meu. É mais do que uma promessa.* Palavras estranhas, que poderiam ter soado alarmantes, mas não soaram. Pois ela havia acreditado na intenção por trás delas. E, depois que voltaram para a cama, ele a amara lenta, gentil e seguramente com ternura.

— Obrigada por ter ouvido — disse ela. — Tento não sentir pena de mim mesma, mas, ontem à noite, tudo veio à tona. Minha vida tem sido imensa e maravilhosamente abençoada, e continua sendo. Não vou infligir minha escuridão sobre você novamente.

— Evitar a autopiedade, às vezes, pode significar suprimir o que precisa ser falado e tratado.

— Vai se atrasar para a Câmara dos Lordes.

— Não vou hoje. Ouso dizer que o país não entrará em colapso total por causa disso. Vou passar o dia com a minha esposa. Se ela quiser, é claro.

— Ela vai pensar sobre isso — respondeu Wren. Ergueu o olhar e colocou a ponta do dedo no queixo. — Sua esposa deu a devida consideração ao assunto. Ela aceita sua companhia.

— Wren. — Ele riu baixinho e encostou a testa na dela. — Posso me achar capaz de perder um dia na Câmara, você sabe, mas sou completamente incapaz de perder o café da manhã.

Pouco depois, os dois entraram juntos no salão matinal. Todos ainda estavam lá, embora parecesse que já tinham terminado de comer. Wren teve muita consciência de todos os olhos se voltando para ela e ficou feliz por terem tido uma noite de núpcias e um pequeno café da manhã para si mesmos no dia anterior. Houve uma troca alegre de saudações.

— Espero ter deixado linguiça e bacon suficientes para você, Alex — disse Harry. — Depois de doze horas de sono ininterrupto e daqueles dias medonhos de nada além de caldos e geleias, eu estava faminto.

— Há o suficiente para mim — falou Alexander, olhando para os pratos. — Não tenho certeza quanto a Wren, no entanto.

— Se você não me deixou duas fatias de torrada, Harry — brincou Wren enquanto se sentava entre a sogra e Abigail —, terei que pedir ao cozinheiro para voltar com seus caldos.

— Eu deixei. Juro! — Ele riu. Havia mais cor em seu rosto naquela manhã e já estava certamente um pouco mais cheio do que há uma semana.

— Você ficou muito cansada na noite passada, Wren? — perguntou a sogra, cobrindo a mão de Wren com sua própria enquanto o mordomo lhe servia café e colocava uma torrada diante dela.

— Fiquei — disse Wren. — Mas peço desculpas por não ter dito boa-noite antes de subir. Foi mal-educado de minha parte.

— Oh, claramente, foi mais do que apenas cansaço — respondeu Elizabeth. — Foi exaustão, Wren. Ir ao teatro deve ter sido uma grande provação para você.

— Assim como foi para Viola e Abigail — declarou Wren. — Mas nós conseguimos, e hoje podemos nos vangloriar disso.

Por favor, que ninguém mencione minha mãe.

— Vou sair com Wren hoje — anunciou Alexander. — Ontem foi um erro. Às vezes, há coisas mais importantes do que o dever.

— Ah! — Elizabeth riu. — Ainda há esperança para você, Alex.

— Eu acho, Wren — falou a sra. Westcott, dando um tapinha em sua mão —, que você já está tendo uma influência positiva sobre o meu filho.

— Você não vai para casa hoje, vai? — perguntou Wren a Viola.

— Não. — Viola balançou a cabeça. — Mildred e Thomas organizaram um piquenique em família no Richmond Park.

— Você e Alex também estão convidados, é claro — disse a sogra de Wren. — Mas, se preferirem um dia sozinhos, tenho certeza de que todos vão entender.

— Acho que Wren precisa de um dia tranquilo — respondeu Alexander.

Ela se perguntou o quanto qualquer um deles entendia que aquilo era mesmo tudo novo para ela e que atacava seus nervos — inclusive estar sentada a uma mesa com outras seis pessoas, conversando. Sua vida tinha sido passada quase em total silêncio durante pouco mais de um ano, mas essas pessoas eram sua família agora. Assim como os outros — os outros Westcott e Radley —, e eles eram gentis com ela.

O dia tranquilo de Alexander parecia... infinitamente desejável. Mas...

— Seria uma pena sermos os únicos ausentes em um piquenique da família — disse ela.

Alex tinha os olhos mais lindos. Não apenas porque eram azul-claros, mas porque tinham a capacidade de sorrir mesmo quando o restante de seu rosto não o fazia.

— Sim, seria — concordou ele.

Seria possível agora, Wren se perguntou, seguir em frente, ser feliz, enfim superar o passado? Agora que tinha visto a mãe novamente e sentido toda a força da dor que havia reprimido por vinte anos? Mas tinha falado sobre isso, então poderia esquecer agora? Ou, se esquecer fosse impossível, poderia pelo menos deixar de lado o sentimento de que havia um poço sem fundo de escuridão no meio do seu peito? Seria possível ser... normal?

Richmond Park havia sido criado como uma área privada de corças durante o reinado do rei Carlos I, mas, embora ainda fosse propriedade real, agora era aberta para o lazer público. Era uma vasta extensão de áreas arborizadas, pastagens e jardins de flores, com vários pequenos lagos conhecidos como Pen Ponds. Era um belo pedacinho do campo perto o suficiente de Londres para permitir uma breve fuga para aqueles que deveriam passar a maior parte dos dias lá. Era o lugar perfeito para um piquenique, e o clima tinha cooperado, como vinha fazendo havia várias semanas. O céu estava azul com nuvens brancas, fofas o suficiente para oferecer alguma sombra do sol.

Alexander sentia-se feliz por estar com a família, embora esperasse conseguir vagar por um tempo sozinho com Wren. Precisava tomar uma decisão sobre o que fazer com o que sabia agora, mas precisava sentir como estava o humor dela primeiro. Ela havia dormido profundamente durante a noite — ele sabia, porque ele mesmo não tinha dormido nada — e parecia revigorada de manhã. Parecia ter recuperado o ânimo, embora ele não fosse tolo o suficiente para acreditar que agora estava curada.

Todos ficaram juntos por um tempo, sentados em mantos na grama, com as árvores atrás deles, diante de uma das lagoas. Wren estava segurando a bebê dos Netherby, uma menininha careca e bochechuda que estava apenas começando a sorrir daquele jeito largo e desdentado dos bebês. Anna estava ao lado dela; Abby, do outro; e Elizabeth, por perto. Wren estava totalmente absorta na bebê, a cabeça da criança apoiada sobre seus joelhos erguidos, as pequenas mãos nas dela, os pés pressionando suas costelas abaixo dos seios. Ela parecia muito feliz, e Alexander pensou que a maternidade combinaria com ela, assim como a paternidade certamente combinaria com ele. Em breve, ele esperava.

Jessica e Harry vagavam perto da água. Ela estava animada, falando sobre algo. O grupo de pessoas mais velhas estava reunido em torno da cadeira que havia sido trazida para o uso da prima Eugenia, a condessa viúva. Netherby estava um pouco afastado, como de costume, seu ombro apoiado no tronco de uma árvore robusta, sua postura indolente e elegante. Estava vestido tão lindamente como sempre, enquanto abria e fechava a tampa de uma caixinha de rapé cravejada de joias.

Antes, Alexander não gostava dele. Ele o achava afetado e de mente fútil, alguém que não tomava sua posição e responsabilidades com seriedade. Ele se sentiu desprezado em troca, considerado, sem dúvida, antiquado e sem graça. Alexander tinha mudado de ideia no último ano, com toda a turbulência familiar que se seguira à morte do antigo conde. Duvidava que ele e Netherby, um dia, fossem se tornar amigos íntimos. Eram muito diferentes em quase todas as formas imagináveis, mas eles se respeitavam, talvez até mesmo gostassem um do outro, ele sentia. E confiavam um no outro. Pelo menos, ele confiava em Netherby. Ele se aproximou dele agora, e Netherby fechou sua caixa de rapé sem uso e colocou-a de volta no bolso.

— Um piquenique em família na área rural da Inglaterra — disse ele com uma espécie de suspiro. — É profundamente comovente, não é?

Alexander sorriu. Não muitos minutos atrás, Netherby estava segurando a filha e se sujeitando a ter seu nariz agarrado.

— O que você sabe sobre Hodges? — perguntou ele.

— *Lorde* Hodges? — Netherby franziu os lábios. — O que deseja saber, meu caro amigo? A história de vida dele? Não posso ajudá-lo com isso. Nunca fui um estudante afiado de história social.

— Quantos anos diria que ele tem? — indagou Alexander. Ele não conhecia Lorde Hodges, mas o tinha visto algumas vezes.

— Vinte e poucos anos? — sugeriu o duque.

— Não seriam uns trinta e tantos?

— Eu diria que não. A menos que, como a mãe, ele tenha descoberto a fonte da juventude.

— Qual é o primeiro nome dele? — perguntou Alexander.

Netherby pensou.

— Alan? Konan?

— Justin, não? — sugeriu Alexander.

— Colin — disse Netherby, decisivamente. — Suponho que haja algum motivo para suas perguntas, Riverdale? Ter visto uma aparentemente jovem Lady Hodges na noite passada, talvez? Asseguro-lhe que ela é mãe do homem, não esposa.

— Ele mora com ela?

— Hum. — Netherby ergueu seu monóculo e o bateu contra os lábios. — Como sei que ele tem um apartamento muito perto do White's? Ah, sim. Ele fez uma piada quando alguém lhe perguntou se ele já tinha ido ao clube a cavalo. Ele disse que seria bastante inútil, pois poderia montar no cavalo do lado de fora de seus aposentos e desmontar no White's sem que o cavalo tivesse que levantar um casco. Suponho que tenha exagerado um pouco, a menos que possua um cavalo extraordinariamente longo.

— Eu vou descobrir — disse Alexander — e convidá-lo.

— Vai convidá-lo para descobrir o tamanho do cavalo dele? Talvez cinco pessoas possam montar nele sem ficar lotado, mas a pobre criatura pode afundar no meio.

— Ele é irmão de Wren — revelou Alexander.

— Ah. — Os olhos cansados se aguçaram para olhá-lo astutamente. — Fato que faria de Lady Hodges sua mãe e de Lady Elwood sua irmã.

— Lady Elwood? A outra dama no camarote ontem à noite, você quer dizer?

— Ela mesma. O tempo está passando e ela está ficando gradativamente mais velha que a mãe.

— O pai e o irmão mais velho devem ter morrido.

— Havia um irmão mais velho? — perguntou Netherby. — Nunca tive o prazer de conhecê-lo. Sua esposa não disse nada no teatro ontem à noite.

— Não — confirmou Alexander. Eles não falaram por um tempo. Harry e Jessica voltaram a se juntar ao grupo, e o jovem se esticou em um dos cobertores, um braço cobrindo seus olhos. Sua mãe se sentou ao lado dele e disse algo enquanto alisava seu cabelo. — Harry vai voltar, você acha?

— Para a Península? Ah, sem dúvida. Ele ficou desgastado até os ossos pelos ferimentos e pela febre, mas também é osso duro.

— Isso tudo foi ideia dele, então? — indagou Alexander, duvidosamente.

— *Isso?* — O duque refletiu sobre a resposta, batendo o monóculo nos lábios outra vez. — A *vida* monta e remonta todos nós, Riverdale. Somos todos testados de jeitos diferentes. Este é o campo de testes de Harry.

Teria parecido uma resposta estranha se Alexander ainda não tivesse aprendido que Netherby não era tão parecido com a imagem que projetava para o mundo. Ele se perguntou qual teria sido o campo de testes do duque. Sabia qual tinha sido o dele próprio — e ainda era. E, se Netherby estava certo, como sem dúvida estava, não havia um teste único para ninguém. A vida era uma série contínua de testes, sendo possível que passássemos ou não por todos e aprender ou não com eles.

Wren ergueu a bebê para sentá-la em seus joelhos e a balançava suavemente. Abby estava de joelhos ao lado dela, tentando fazer a menininha sorrir. Anna sorria com alegria.

— Wren não viu nem ouviu nada sobre qualquer um deles desde que a tia a levou embora, quando tinha dez anos de idade — contou Alexander. — A mãe estava prestes a mandá-la para um manicômio.

— Por causa do rosto dela. — Não foi uma pergunta. — Porque era imperfeito e a mera sobrevivência da senhora dependia de sua própria beleza e da perfeição de todos ligados a ela.

— Sim.

— Deseja que eu vá com você? — perguntou Netherby.

— Não, mas obrigado.

ALGUÉM PARA CASAR 253

A bebê, feliz e sorridente, que saltitava por um momento, de repente, começou a chorar. Anna ficou de pé, rindo, e pegou a criança de Wren. A bebê ainda berrava, algo que mais parecia relacionado a temperamento do que a dor.

— Ah — disse Netherby, desencostando-se da árvore —, é hora de encontrar um recanto isolado, parece. Deveríamos ter batizado nossa filha como *Tirania* em vez de Josephine. *Estômago Eternamente Exigente* seria um nome longo demais. Acredito que há um trocadilho por aí. — Ele foi caminhando em direção à família.

— Wren — chamou Alexander depois de segui-lo —, vamos passear?

Eles andaram por entre as árvores, em uma direção diferente da que Anna e Avery haviam seguido com Josephine.

— Eu nunca tinha segurado um bebê antes — contou Wren. — Oh, Alexander... — Mas, então, ela se sentiu uma tola. Todas as mulheres eram bobas por bebês, não eram? Talvez esse fato garantisse a proteção da raça humana. Ela queria uma família para si, mas seus pensamentos sempre tinham sido centrados principalmente em ser casada. Agora que *era* casada, também ansiava pela maternidade. Será que nunca estaria satisfeita?

— Talvez você vá estar segurando um seu no próximo ano ou um pouco mais, Wren. — Ele retirou seu braço do dela para colocá-lo sobre seus ombros e puxá-la contra si. Surpresa, ela colocou seu próprio braço ao redor da cintura dele. — O que você quer fazer? Quer ir para casa? Quer ficar?

— *Estou* em casa — disse ela, e quando ele virou a cabeça para olhar para ela, seus rostos estavam a apenas alguns centímetros de distância.

— Em Londres?

— *Aqui* — respondeu ela, e ele inclinou a cabeça ligeiramente para um lado. Ela sabia que ele entendera que ela não quisera dizer ali, no Richmond Park. — Não estou mais fugindo, Alexander. Antes de sairmos, instruí Maude a sumir com todos os meus véus antes de eu voltar. Disse a ela que poderia vendê-los se desejasse, mas ela disse que iria queimá-los com o maior prazer.

— Wren — disse ele e beijou primeiro sua testa e, então, sua boca.

— Eu sou como sou.

Ele inclinou a cabeça para mais perto dela.

— Essas foram as mais lindas palavras que já ouvi você proferir.

Os joelhos dela amoleceram. *Eu me importo*, ele dissera na noite anterior. E ele se importava. Foram as palavras mais lindas que *ela* o ouvira dizer, mas não diria isso em voz alta. Revelaria muito sobre si mesma se o fizesse.

Ela olhou para um velho carvalho, onde eles tinham parado.

— Não subo em uma árvore desde que caí daquela no dia em que fui embora de Roxingly — disse ela.

— Você não está, por acaso, planejando escalar agora, está?

Muitos dos galhos eram largos e quase horizontais em relação ao solo. Alguns eram baixos. E alguns dos ramos mais altos eram facilmente acessíveis a partir de alguns mais baixos. Wren não era criança. Não subia em árvores havia vinte anos e, mesmo então, nem sempre o tinha feito quando criança. Estava usando um vestido novo de musselina bordado. Tinha o porte de uma atleta, ele havia lhe dito. Ela tinha medo de altura, mas essa árvore inofensiva, de repente, pareceu representar todas as barreiras que já houvera entre ela e a liberdade. Era bobo. Era infantil. Arruinaria seu vestido e iria expor suas pernas. Os sapatos que usava eram totalmente inadequados. Provavelmente, cairia outra vez e quebraria cada membro que possuía, para não mencionar a cabeça. Ela precisava fazer uma lista de prós e contras.

— Por que não? — respondeu, afastou o braço da cintura dele, tirou o braço dele de seus ombros e começou a escalar a árvore.

Bem, ela não *escalou* exatamente. De fato, se arrastou pelo galho mais baixo de uma forma bem desajeitada e, então, deu um passo cauteloso até o próximo e rastejou deselegantemente até o terceiro, antes de olhar para baixo. Seu lado racional lhe avisou que ainda estava pateticamente perto do chão. Se Alexander, abaixo dela, esticasse um braço e ela esticasse uma perna, ele certamente seria capaz de agarrar seu tornozelo ou mesmo seu joelho. Seu lado irracional disse que estava em perigo de bater a cabeça no céu antes de cair estatelada. Ela se virou com muito cuidado e se sentou no galho. Suas pernas pareciam mingau.

Ele estava sorrindo para ela. Havia tirado o chapéu e o deixado cair na grama.

— Ouso dizer — disse ele — que deve fazer quase vinte anos desde que subi em uma árvore.

Ela sorriu de volta para ele antes de decidir que olhar para baixo não era uma boa ideia. Ele veio atrás dela, até que sua bota estava no galho ao lado dela e, depois, desapareceu para cima. Ele se sentou em um galho adjacente e ligeiramente acima do dela e colocou os pulsos sobre os joelhos dobrados.

— Acho — falou ele — que ainda faz quase vinte anos desde que *subi* em uma árvore.

— Não me menospreze — disse ela enquanto encostava as costas no tronco. — Tenho uma pergunta. Como vamos descer?

— Eu não sei você. Pretendo descer pelo caminho que subi.

— Eu imaginei, mas esse é o problema.

— Não tenha medo. Quando chegar a hora do chá, buscarei um pouco de comida para você.

E, de certo modo, eles perceberam a total tolice naquela divertida e hilariante conversa, e riram e bufaram de alegria.

— E talvez um cobertor para mantê-la aquecida esta noite — acrescentou ele.

— E o desjejum?

— Você é muito exigente.

— Ah, mas... — Ela inclinou a cabeça para olhar para ele. — Você se importa.

A risada deles parou. Ele olhou de volta para ela, seu sorriso se demorando, e ela desejou não ter dito isso... embora ele tivesse dito primeiro. Na noite anterior.

— Sim, eu me importo — confirmou ele. — É melhor me dizer o que posso trazer para o desjejum, então.

— Torrada e café. Marmelada. Leite e açúcar.

— Wren. — Ele segurou o olhar dela. — Você está se arrependendo de alguma coisa?

Ela fechou os olhos e balançou a cabeça. Como poderia se arrepender? Sim, o casamento era muito diferente do que esperava. Ele a tinha desafiado de inimagináveis maneiras — e eles estavam casados havia apenas dois dias, mas como ela adorava. E como o amava.

Ela não ia perguntar se *ele* estava se arrependendo. Seria uma pergunta sem sentido. Se ela estivesse arrependida, havia algo que ele poderia fazer a respeito. Ele poderia levá-la para casa e deixá-la ter a vida de eremita a que estava acostumada. Se ele estivesse arrependido, no entanto, não havia nada que ela pudesse fazer para tornar a vida melhor para ele.

— Ficaremos em Londres, então, até o final da Temporada? — perguntou ele. — E, então, vamos para casa, em Brambledean? E talvez a Staffordshire?

— Você iria para lá comigo?

— Claro. Não tenho planos de me separar de minha esposa por mais do que algumas horas. Além disso, posso precisar segurar sua mão quando for encontrar sua equipe de gerentes, projetistas e artesãos pela primeira vez sem o véu.

Ah, ela não tinha pensado nisso.

— Sim, vamos continuar aqui — decidiu ela.

— Mas não literalmente *aqui* — disse Alex, descendo do galho dele para o dela e para o de baixo, como se estivesse descendo as escadas de casa. — Me dê sua mão. Prometo não deixar você cair.

Ela colocou a mão na dele e soube, de alguma forma, que ele nunca deixaria.

20

Alexander descobriu o que queria saber, quando foi ao White's Club no início da tarde seguinte. Os aposentos de Lorde Hodges ficavam a uma curta caminhada dali, embora realmente tivesse que ser um cavalo muito longo para abranger ambos os lugares. Felizmente, o homem estava em casa, ele descobriu quando bateu a aldrava contra a porta. Um criado o conduziu até o andar de cima e deixou-o em um cômodo bem equipado, decorado e mobiliado com bom gosto. Lorde Hodges juntou-se a ele em cinco minutos.

E, sim, decidiu Alexander, Netherby estava quase certo, assim como sua própria impressão de já ter visto o barão algumas vezes antes. Certamente, tinha apenas seus vinte e poucos anos. Era alto e bonito, jovem, esbelto, com cabelos loiros curtos. Ele olhou para o visitante com educada curiosidade ao cumprimentá-lo com um aperto de mãos.

— A que devo a honra? — perguntou ele, indicando uma cadeira.

Alexander se sentou.

— Acredito que você deve ser *Colin* Handrich, e não Justin?

Uma breve carranca vincou a testa de Lorde Hodges.

— Meu irmão faleceu há dez anos. Três anos antes do meu pai.

— Você tem três irmãs.

— Lady Elwood e sra. Murphy. Eu tinha uma terceira irmã, mas ela faleceu quando criança, cerca de vinte anos atrás. Peço desculpas, Riverdale, mas qual é o propósito dessas perguntas?

— Estou feliz com uma coisa pelo menos. Você não sabia. Devo esclarecer ao senhor: sua terceira irmã não está morta. Ela é a condessa de Riverdale, minha esposa.

Hodges olhou fixamente para ele, riu de leve e, então, franziu a testa mais uma vez.

— Você está enganado.

— Não. O que se lembra dela?

— De Rowena? — Lorde Hodges se recostou na cadeira. — Ela era doente. Raramente saía do quarto. Nunca entrava no quarto das crianças ou na sala de aula nem ficava no andar de baixo, com o resto de nós. Tinha um grande... inchaço vermelho cobrindo um lado do rosto e da cabeça. Acho que isso deve tê-la matado, embora o inchaço tenha começado a diminuir e perder um pouco da cor. Minha tia a levou para um médico que disse que poderia curá-la, mas ela morreu. Sinto muito pelo mal-entendido. Você se casou com outra pessoa. Li o anúncio do seu casamento há um ou dois dias. Por favor, aceite meus parabéns.

— Obrigado, mas você recebeu a informação errada. Sua tia levou sua irmã para Londres e foi falar com um antigo empregador dela, o sr. Heyden, esperando que ele pudesse ajudá-la a encontrar um emprego. Em vez disso, ele se casou com ela, e eles adotaram sua irmã, mudando o nome dela para Wren Heyden. Eles a criaram e a educaram. Infelizmente, ambos morreram no ano passado, com poucos dias de diferença, deixando Wren sozinha e muito rica.

— A herdeira das Vidrarias Heyden — disse Hodges suavemente, embora para si mesmo. — Foi como sua esposa foi descrita no anúncio.

— Ela tem uma casa não muito longe de Brambledean Court. Foi lá que a conheci, no início deste ano, e me casei com ela há três dias.

O jovem o encarou.

— Você deve estar enganado.

— Não — respondeu Alexander.

Lorde Hodges agarrou os braços da cadeira.

— Será que minha mãe sabe disso?

— Ela pode ter tirado as próprias conclusões quando viu minha esposa do outro lado do teatro, duas noites atrás.

— Minha tia *sequestrou* Rowena?

— Havia planos para enviar sua irmã para um manicômio no dia seguinte. Então, eu usaria a palavra *resgatou* em vez de *sequestrou*. Além disso, sua mãe as viu sair e não fez nada para impedi-las.

— Deus! — Hodges ficou visivelmente pálido. Seus nós dos dedos estavam brancos nos braços da cadeira. — Mas me lembro dela bem o suficiente para saber que era perfeitamente sã, embora não soubesse ler nem escrever. Eles a fizeram acreditar que não era? Por isso ficava trancada a maior parte do tempo?

— Eu acho que foi pela aparência.

Lorde Hodges ficou de pé, atravessou a sala até um aparador, pegou uma licoreira, mudou de ideia e colocou-a de volta, e foi se postar de frente para a lareira, uma mão agarrando a cornija acima de sua cabeça curvada.

— Eu tinha apenas cinco ou seis anos quando ela foi levada. Lembro-me muito pouco dos eventos. Sei que chorei quando soube que ela havia morrido e perdi a fé no poder da oração e da cura. Eu costumava beijar seu rosto sempre que ia vê-la e rezar por um milagre. Sinto muito. É uma memória de infância embaraçosa de se revelar. Era a aparência dela, então? A marca vermelha? Era por isso que ela ficava trancada e seria enviada para um manicômio?

Não eram perguntas que exigiam respostas. Alexander não ofereceu nenhuma, mas ele disse, sim, alguma coisa:

— Talvez suas orações da infância *tenham sido* atendidas. Você se lembra da sua tia?

— Na verdade, não. Lembro que chegou e levou Rowena ao médico alguns dias depois. Não consigo me lembrar de mais nada sobre ela. Ela foi gentil com Rowena?

— Ela e o marido a encheram de amor e aceitação. E cuidaram para que ela fosse devidamente educada. Quando ela se interessou pelas fábricas de vidro, o tio a treinou para tomar seu lugar e deixou os negócios para ela no testamento. É uma mulher de negócios bem-sucedida.

Lorde Hodges não disse nada. Ele estava com os olhos fechados.

— Você não mora com sua mãe — disse Alexander.

— Não. — O jovem abriu os olhos.

— Ela mencionou a noite no teatro?

— Não para mim. Não a vejo com muita frequência. Não a vejo, na verdade, exceto quando a encontro por acaso em algum evento, mas não direi mais nada sobre esse assunto. É assunto de família.

— Eu entendo.

— Um assunto de família. — Lorde Hodges riu de repente. — Você *é* da família, não é? Você é meu cunhado.

Sim. Alexander não tinha pensado nisso até aquele momento.

— Mantenha minha irmã longe de minha mãe — disse Lorde Hodges, sua voz baixa. — Ela ainda tem a marca?

— O roxo permanece. Ela é linda.

O jovem deu um meio-sorriso e se afastou da lareira.

— Minha mãe não vai gostar disso. Ela permitirá apenas beleza imaculada em sua órbita, beleza que ela escravizará se tiver a chance. Mantenha Rowena longe dela.

— Para proteger sua mãe?

Lorde Hodges respirou fundo para falar, mas soltou um suspiro e esperou alguns instantes.

— Meu pai escapou quando morreu. Meu irmão mais velho escapou para o álcool e morreu como resultado, quando era mais jovem do que eu agora. Minha irmã mais velha é só a casca da mulher que ela poderia ter sido. Minha irmã do meio casou-se com um irlandês quando tinha dezessete anos, fugiu para a Irlanda com ele e nunca mais voltou. Eu fiquei com um tio e uma tia durante as férias escolares, depois que meu pai morreu, e em Oxford, enquanto estava na universidade. Me mudei para estes aposentos depois. Rowena foi resgatada pela tia... Deus, nem me lembro do nome dela.

— Megan — disse Alexander.

— Pela tia Megan. Mantenha Rowena longe de minha mãe. Isso pode soar desleal, Riverdale, e eu sempre tento preservar o decoro, mesmo dentro da minha própria cabeça. Honrar pai e mãe e tudo isso, mas Rowena é minha irmã, e você é meu cunhado. Mantenha minha irmã afastada. — Ele voltou para a cadeira e se afundou nela enquanto Alexander olhava para ele em silêncio. — É verdade, então? Ela está realmente viva? Esteve viva todos esses anos?

— Você viria encontrá-la?

— Oh, Deus. Ela deve me odiar.

— Ela se lembra de você como a única pessoa em seus primeiros dez anos de vida que lhe mostrou gentileza. Ela se lembra dos beijos no lado manchado do rosto. Ela se lembra de você girando a chave na porta e entrando para brincar. Ela se lembra de ter brincado do lado de fora com você uma vez.

— Disseram-me que nunca mais deveria fazer aquilo. — O jovem franzia a testa enquanto pensava. — Eu tinha me esquecido. Disseram-me que ela era doente e não devia sair. Lembro-me de ler histórias para ela porque ela mesma não sabia ler. Eu mal devia ter aprendido. — Ele olhou para Alexander. — Ela vai me odiar?

— Não. — Alexander ficou de pé. — Estou indo para casa agora. Você vem comigo? Não posso prometer que ela estará lá, é claro.

— Eu vou. — Lorde Hodges também se levantou. — Eu estava indo a algum lugar, mas não consigo me lembrar para onde. Eu vou. Deus! *Rowena*.

Alexander não tinha ideia se estava fazendo a coisa certa. Supôs que acabaria descobrindo.

Viola e Abigail deveriam voltar para casa no dia seguinte, levando Harry com elas. Wren tinha ido ver a Torre de Londres com Viola e Lizzie, enquanto a sogra tinha convidado seu irmão, a cunhada e Abigail para passar a manhã com Jessica e ver a bebê — sua sobrinha — mais uma vez. Harry foi com o duque de Netherby praticar um pouco de esgrima para tentar recuperar a força no braço, que estava se curando bem. Estavam todos de volta à casa no meio da tarde, no entanto. Jessica tinha vindo com Abigail e iria mais tarde com ela, Viola e Harry a um jantar com a condessa viúva e a prima Matilda.

Wren estava se sentindo um pouco exausta, como costumava se sentir com a nova rotina. Ela tinha saído sem o véu, mas não passara despercebida.

E, em casa, parecia estar sempre cercada por pessoas — pessoas bem-intencionadas, era verdade, pessoas por quem sentia cada vez mais afeto, mas eram pessoas mesmo assim. Elizabeth e a mãe deveriam comparecer a um sarau naquela noite. Talvez, Wren pensou, esperançosa, enquanto a sala de estar zumbia com uma alegre conversa ao redor dela na hora do chá, tivesse a chance de ter uma noite silenciosa e a sós com Alexander. Como isso seria bom. E ela não acreditava que ele se importaria. Ele havia lhe dito que, por vários anos, mal tinha vindo a Londres e tinha passado seu tempo em Riddings Park. Ele ainda preferia a tranquilidade da vida no campo à agitação da cidade.

Ela se recostou na poltrona, tomou um gole de chá, desfrutou da companhia e ansiou pela noite. Quando a porta da sala de estar se abriu e ela viu Alexander, seu coração acelerou, mas ele não fechou a porta atrás de si nem avançou pela sala para cumprimentar a todos.

— Wren — chamou ele —, venha até a biblioteca comigo. Há alguém que eu gostaria que você conhecesse.

De novo? Quem agora?, ela se perguntou com desânimo. Não tinha conhecido estranhos o suficiente para uma vida inteira na última semana? Ele certamente estava sendo injusto.

— Claro — concordou ela, ficando de pé. Não o repreenderia na frente de todos. Quase lhe perguntou quem era enquanto desciam as escadas, mas logo veria por si mesma.

Era um homem jovem, alto e esbelto, elegantemente vestido, loiro e muito bonito. Estava se virando de uma estante quando eles entraram na biblioteca e parecia tão desconfortável quanto Wren. Ela sentia outra coisa também — pavor? Seus olhos estavam fixos nela desde o primeiro momento.

— Roe? — disse ele, sua voz pouco mais que um sussurro.

Apenas uma pessoa a tinha chamado assim. Uma criancinha loira com seus brinquedos, seus livros e seus beijos curativos. Esse homem...

— Colin? — Ela fechou os punhos ao lado do corpo.

Seu olhar parou sobre o lado esquerdo do rosto dela e, então, focou em seus olhos.

— Roe — repetiu ele. — É você. *É você?*

Wren sentiu como se o sangue tivesse sido drenado de sua cabeça. Como se estivesse olhando para um longo túnel. Uma mão quente agarrou firmemente seu cotovelo.

— Eu trouxe Lorde Hodges para encontrá-la, Wren — disse Alexander.

Lorde Hodges? Ele não era seu pai. E não era... não, certamente não era Justin.

— Sim, sou Colin — falou ele, atravessando a sala em direção a ela em alguns longos passos e pegando ambas as suas mãos, fechando-as nas suas. — Roe. Oh, bom Deus, Roe! Pensei que estava morta. Achei que tinha morrido há vinte anos.

Uma criança de seis anos. Um menino feliz com seus brinquedos, livros e beijos de cura, que sempre parecia pular alegremente aonde quer que fosse. A única pessoa que a tinha amado durante sua infância.

— Oh, Deus — reagiu ele. — Me disseram que você estava morta.

Se ele apertasse as mãos dela com mais força, quebraria alguns dedos.

— Você costumava beijar meu rosto para que eu melhorasse — disse ela. — Você se lembra, Colin? E melhorou mesmo, viu? A mancha nunca foi embora, mas ficou melhor. E todo o resto também melhorou. Exceto ter perdido você. E sempre me perguntei... Meu coração sempre doeu.

— Eu também sobrevivi — respondeu Colin e, quando ele sorriu, ela pôde ver... Oh, ela certamente podia ver aquele garotinho radiante, embora tivesse que erguer um pouco a cabeça para olhar para ele agora. — Ainda não consigo acreditar, Roe. Você está *viva*. Todos esses anos...

Eu também sobrevivi... Uma estranha escolha de palavras.

— Talvez devêssemos todos nos sentar — sugeriu Alexander.

Ele serviu uma taça de vinho para cada um enquanto Wren se sentava com Colin no sofá de couro de frente para a lareira. Colin pegou as duas mãos dela novamente assim que se sentaram, como se temesse que ela fosse desaparecer se não a segurasse. Alexander se sentou em uma das poltronas que ladeavam a lareira.

— Não, a mancha não se foi totalmente — disse Colin, inclinando a cabeça para olhar a lateral do rosto dela. — Mas não importa, Roe. Riverdale estava certo. Você é linda. E foi a sortuda. Se não tivesse a mancha, ela a teria mantido presa a ela. A tia Megan a tratou bem? Riverdale disse que sim.

— Ela foi um anjo. E eu uso a palavra com toda a sinceridade. Assim como o tio Reggie, com quem ela se casou. Mas, Colin... *Lorde Hodges*?

— Não teve nenhuma notícia sobre nós, então? — perguntou ele. — Papai morreu há sete anos, com um coração fraco. Justin morreu três anos antes dele. Existe uma história oficial para a causa da morte, mas a verdade é que ele bebeu até morrer. Provavelmente, não sabe mais nada sobre nós, não é? Blanche se casou com sir Nelson Elwood. Eles moram com nossa mãe. Não tiveram filhos. Ruby se casou com Sean Murphy quando tinha dezessete anos e foi para a Irlanda com ele. Nunca mais voltou, mas eu estive lá algumas vezes. Eu tenho... nós temos três sobrinhos e uma sobrinha. Tenho aposentos aqui em Londres, onde moro o ano todo.

— Não mora com... a mamãe?

— Não. — Ele soltou suas mãos e pegou a taça de vinho. — Suponho que você não era doente quando criança, era? Não era por isso que raramente saía do quarto.

— Não.

— Suponho que foi mantida lá por ser uma mancha no belo mundo dela. Crianças pequenas são muito crédulas. Acreditam em tudo que dizem. Creio que seja natural. É preciso crescer gradualmente em discernimento... e cinismo. Fiquei orgulhoso de mim mesmo quando aprendi a virar aquela chave. Lembro-me de que, assim, eu podia ir brincar com você. Nunca pensei em perguntar por que uma irmã doente tinha que ficar trancada no quarto. Mas, Wren, você conseguiu escapar quando ainda era jovem. Se não tivesse aquela mancha vermelha, teria sido sugada como o resto de nós. Você *é* linda e, provavelmente, já era mesmo quando criança, mas me perdoe. Nada deve ter parecido uma bênção naqueles dias.

— Oh, *você* era uma bênção — respondeu ela.

Tanto ele quanto Alexander sorriram para Wren, e ela olhou de um para o outro e sentiu um grande amor brotando.

— A única identidade do resto de nós era ser a bela prole dela — contou Colin. — Tive um pouco de dificuldade para falar algumas palavras quando era criança. Não tive permissão para superá-la até que quase se tornasse algo permanente. E não tive permissão para cortar meu cabelo de uma maneira menos infantil, porque era loiro e encaracolado e as pessoas costumavam me afagar na cabeça e ficar babando por mim. E me disseram que você tinha morrido. Eu me lembro de ir para o seu quarto na noite em que soube da notícia e de colocar meu tigre de pano favorito debaixo de suas colchas para mantê-la aquecida e de pôr o livro que você mais gostava que eu lesse em seu travesseiro para lhe fazer companhia, mas acho que fiz aquelas duas coisas para mim mesmo. Acredito que adormeci chorando. Houve certo alvoroço na manhã seguinte, quando viram que eu não estava na minha própria cama.

— Obrigada — disse ela. — Mesmo não sabendo disso, obrigada, Colin.

— Por que o nome *Wren*? — perguntou ele.

Ela sorriu.

— Foi como o tio Reggie me chamou na primeira vez que me viu. Ele disse que eu era magra e tinha olhos grandes como um passarinho. Logo tia Megan estava me chamando de Wren também, e eu gostei. Quando me adotaram, me tornei Wren Heyden, nome que eu tive até três dias atrás, quando me tornei Wren Westcott. — Ela olhou para Alexander e sorriu novamente.

— Acho que não conseguiria me acostumar a chamá-la assim — disse Colin —, embora seja bonito.

— Ah, não. Deve sempre me chamar de Roe. Apenas você faz isso, e eu associo a luz, conforto e amor.

Ele suspirou e olhou dela para Alexander.

— Há tanta coisa que quero saber. Quero saber tudo. E suponho que queira lhe *contar* tudo também. Foram tantos anos perdidos, mas não devo ocupar mais do seu tempo hoje. Riverdale, tenho com você uma dívida de gratidão que posso nunca ser capaz de retribuir. Eu nunca saberia de nada disso. Li o anúncio do casamento, mas o nome *Wren Heyden* não significava nada para mim. Eu não saberia mesmo que a tivesse visto, pois seu rosto está diferente do que me lembro. Teria passado o resto da vida acreditando que minha irmã estava morta.

— Mas você deve ficar — pediu Wren, esquecendo-se do desejo que tivera mais cedo de ficar a sós com Alexander durante a noite. — Fique para o jantar. Conheça minha sogra, cunhada e primos. Ouso dizer que já conhece alguns deles.

— Infelizmente, não posso. Tenho um compromisso que não pode esperar. Um amigo meu tem uma irmã que precisa de um acompanhante até Vauxhall, e eu farei isso. É uma garota tímida e não se deu muito bem no *ton* até agora este ano.

— Então, você certamente deve ir — disse Wren quando ele ficou de pé e lhe ofereceu ambas as mãos.

— Roe — chamou ele, apertando suas mãos —, fique longe dela. Ela é minha mãe... *nossa* mãe... e eu não diria uma palavra desleal sobre ela para qualquer pessoa de fora da família. Eu disse a mesma coisa para Riverdale mais cedo, mas só depois que ele me convenceu de que era de fato meu cunhado. Ela é venenosa, Roe. Existe apenas uma pessoa em seu mundo: ela mesma. Todos os outros fazem parte de um cenário ao redor dela ou são sua plateia, para contemplá-la com maravilhosa admiração. Ela pode ser cruel com qualquer um que não entre no seu jogo. Estou quase me engasgando com essas palavras desleais sobre minha própria mãe, mas é sua mãe também e *não* ficará feliz se ficar frente a frente com você. Vai temer ser exposta como alguém que, afinal, não é perfeita. Fique longe dela. Esqueça-a, mas ouso dizer que você já pretende fazer isso.

— Colin. — Ela sorriu para ele. — Algo em mim foi curado hoje. Houve, *sim*, bondade naqueles anos.

— Tenho certeza de que vou acordar esta noite imaginando que tudo não passou de um sonho. E, pela primeira vez, vou gostar de ter acordado e perceber que não foi. Você está *viva*.

— Sim — disse ela. — Aproveite Vauxhall.

— Oh, eu aproveitarei. — Ele sorriu. — A srta. Parmiter pode ser tímida, resultando na pouca atenção que o *ton* deu a ela, mas eu lhe dou a devida atenção. Roe, posso lhe dar um beijo curativo de novo?

— Oh, sim, por favor. — Ela riu quando ele a beijou na bochecha esquerda e, em seguida, puxou-a para um abraço apertado. Ela retribuiu o abraço e pensou que a escuridão nunca tinha sido tão escura assim. Seus primeiros dez anos haviam chegado muito perto disso, tão perto que ela quase esquecera o único fio de luz que tinha feito toda a diferença... o garotinho radiante que tinha crescido e se tornado aquele belo rapaz. Seu irmão.

Eles o acompanharam até a porta, ela e Alexander, depois que Colin concordou em retornar no dia seguinte. Então, voltaram para a biblioteca. Ele tinha a mão dela na dele, ela percebeu, seus dedos entrelaçados. Ele a puxou para o sofá e passou um braço ao redor dela. Ela descansou a cabeça em seu ombro e fechou os olhos. Wren sentiu a mão livre dele limpar suas bochechas suavemente com um lenço.

— Se fosse o outro irmão — disse ele —, eu não teria contado.

— Justin? Acho que ele também sofreu. Ninguém se embriaga até a morte por prazer.

— Ele foi cruel com você.

— Era apenas um menino. Blanche e Ruby eram apenas meninas. Eu tenho que perdoar, Alexander, mesmo que apenas em minha própria cabeça. Se um deles fosse como eu, e eu tivesse nascido com a aparência de um deles, criada sob a influência da minha mãe, quem dirá que não teria me comportado igual a eles?

Ele inclinou a cabeça e a beijou.

— Vou visitá-la — anunciou ela.

Ele apertou o braço sobre seus ombros.

— Sua *mãe*? — indagou ele.

— Sim.

— *Por quê?* Wren, não há necessidade disso. Seu irmão desaconselha, e ele deve saber o motivo. Foi bastante inflexível quanto a isso, na verdade. Você não precisa ir. Deixe-me levá-la de volta para casa. Estou mesmo com vontade de retornar. Vamos para casa.

— Sabe onde ela mora? — perguntou ela.

— Não. — Ele suspirou. — Mas não deve ser difícil descobrir.

— Faça isso, por favor? — pediu ela. — Eu vou visitá-la.

Ele não perguntou por que novamente, o que foi bom. Ela não sabia por quê. Exceto que seu passado enfim fora escancarado, começando com a visita ao teatro e o desabafo sobre sua história mais tarde. E, agora, isso. Ela precisava terminar o que começara ou isso apodreceria para sempre dentro dela. Wren não estava procurando cura. Não tinha certeza de que seria possível — assim como talvez também não fosse para Colin e suas irmãs. Ela só queria enfrentar suas memórias, incluindo aquelas que eram muito profundas para serem trazidas à sua mente consciente. Isso era tudo. Era por isso.

— Wren. — Ambos os braços dele estavam ao redor dela. Sua bochecha descansava contra a cabeça dela. — O que vou fazer com você? Não, não responda. Eu sei o que vou fazer com você nos próximos dias. Irei com você visitar Lady Hodges.

— Sim. Obrigada. E logo, Alexander. E, em seguida, quero ir para casa com você.

21

Viola partiu na manhã seguinte depois do café da manhã, com Harry e Abigail. Foi um grande alvoroço em meio a abraços, beijos e até algumas lágrimas.

— Wren — disse Harry quando estava se despedindo dela. — Espero que não leve em consideração os primeiros dias em que nos conhecemos. Tenho a vaga memória de ter perguntado rudemente quem você era, exigido minha mãe e me atrapalhado pelos móveis da casa. E temo pensar em como estava minha aparência... e meu cheiro.

— Tudo ficou para trás, exceto a alegria de saber quem você era — respondeu ela, rindo enquanto dava um tapinha no braço bom dele. — Aproveite o seu tempo de descanso no campo. — De alguma forma, ela duvidava que ele relaxaria tanto quanto a mãe e a irmã esperavam. Já estava parecendo tenso e inquieto e muito mais saudável do que parecia uma semana antes.

— Obrigado por tudo que fez por mim — falou ele, pegando-a em um abraço apertado —, e por convidar a mamãe e a Abby para virem. Sei que foi sua ideia usar seu casamento como um incentivo extra. Obrigado, Wren.

Abigail a abraçou também.

— Sim, obrigada — disse ela. — Era importante que eu viesse, pelo bem da pobre Jess. Ela tomou as dores da mudança no meu destino. Pude passar nossos poucos dias aqui explicando que estou em paz com tudo isso, que não sou uma figura trágica por quem ela deveria sacrificar suas próprias esperanças e felicidade. Foi mais fácil convencê-la pessoalmente do que por carta. E foi adorável ver todo mundo de novo e conhecer você. Acho você perfeita para Alex. Por exemplo, é quase tão alta quanto ele. — Ela riu. — Obrigada, Wren, por tudo.

Viola pegou uma das mãos dela entre as suas.

— Obrigada pelo carinho que dedicou ao meu filho. Obrigada por dar a Abby e Jessica a oportunidade de passar algum tempo juntas. De muitas maneiras, são mais como irmãs do que primas, e os eventos do ano passado foram duros para elas. E obrigada, Wren, pela... amizade. Sinto que tenho uma amiga em você, e isso não é algo que digo a muitas pessoas. Você me inspirou com sua coragem silenciosa.

— Essa — disse Wren — é uma das coisas mais lindas que alguém poderia me dizer. E, por favor, saiba como fico feliz em poder chamá-la de amiga também. Aproveite seu tempo com Harry. Vou escrever e espero vê-la novamente em breve.

— Eu também. — Elas se abraçaram em meio à comoção das demais despedidas.

Harry tinha puxado Alexander para um abraço também, Wren notou, e estava dando tapinhas nas costas dele. Ela até ouviu o que ele disse:

— Não guardo ressentimentos de você, Alex, apesar de saber que você meio que acredita nisso. Quando o vejo indo para a Câmara dos Lordes, penso como seria triste se fosse eu. Prefiro mil vezes um campo de batalha.

Então, todos estavam indo para a calçada e Alexander estava acompanhando as damas à carruagem que as aguardava, Harry subindo atrás delas. Dois minutos depois, o veículo desapareceu ao longo de South Audley Street, e os familiares remanescentes olhavam para ele.

— Viola mudou — comentou a sogra de Wren. — Sempre gostei muito dela. Ela era tão elegante, digna e graciosa, como ainda é, mas costumava haver um certo ar de indiferença nela também. Parece um pouco mais amistosa agora.

— Acredito que a indiferença pode ser atribuída à miséria do casamento dela, mamãe — disse Elizabeth. — Você não perdeu nada em não ter conhecido o primo Humphrey, Wren.

— Gosto muito dela, de fato — Wren concordou quando entraram em casa novamente. — E Abigail é muito doce. É madura para a idade.

— Aposto que Harry estará de volta à Península antes que seus dois meses de afastamento terminem, se puder decidir sobre o assunto — opinou Alexander. — Ele me disse que a vida de um militar lhe serve melhor do que a de um conde. Talvez acredite mesmo nisso.

— Wren? — Elizabeth enlaçou um braço no dela enquanto subiam as escadas. — Lorde Hodges é seu irmão?

Alexander havia contado à mãe e à irmã sobre o parentesco.

— Sim — confirmou Wren. — Colin tinha seis anos quando saí de casa. Eu o adorava. Disseram a ele que eu havia morrido.

A sogra, vindo atrás delas, de braços com Alexander, respirou fundo, embora não tivesse dito qualquer coisa.

— O choque dele foi maior que o meu ontem — contou Wren. — Meu maior choque foi saber que ele é *Lorde Hodges*. Meu pai estava vivo quando saí de casa. Assim como meu irmão mais velho.

— Ah — reagiu Elizabeth.

— Irei vê-la — revelou Wren, quando entraram na sala de visitas.

— Lady Hodges? — A sogra parecia chocada. — Oh, minha querida. Você vai com seu irmão?

— Não. Ele não tem assuntos com ela e me aconselhou fortemente a ficar longe.

— Mas você vai mesmo assim? — indagou a sogra. — Wren, isso é sábio?

Elizabeth soltou o braço antes que se sentassem.

— Posso entender por que ela deve ir, mamãe — disse. — Eu não conheço sua história, Wren, mas talvez possa imaginar pelo pouco que soube... Mas ela é sua mãe, o que significa algo. Sim, claro, você deve ir, e eu aplaudo sua coragem. Alex vai com você?

— A contragosto — respondeu ele, olhando de uma para a outra, com uma carranca no rosto. Ele não tinha se sentado. — Deve ser assim a lógica feminina. Para Hodges e para mim, é loucura. E eu *conheço* a história de Wren, Lizzie... ou alguma parte, de qualquer maneira. Ouso dizer que há muito mais. Sim, vou com ela. Amanhã de manhã, se a dama estiver em casa. E, então, vou perder o resto da sessão parlamentar e levar Wren para casa. Não, correção: Wren e eu iremos para nossa casa juntos. Para Brambledean.

— Com minha bênção — disse sua mãe. — E *lar* é a palavra certa. Wren tornará aquele lugar um lar para você, Alex.

— Agora, se todas me derem licença — pediu Alexander —, tenho negócios a resolver.

Wren o observou sair.

Lady Hodges vivia com a filha mais velha e o genro em Curzon Street, em uma casa que era propriedade de seu filho, mas que ele não habitava. Ela não saía muito e, quando saía, era para um lugar como o teatro, onde estaria totalmente em exibição, mas não exposta à luz solar ou à luz direta de qualquer tipo — e, de preferência, onde ficaria posicionada a certa distância de seus espectadores. Em casa, ocupava cômodos em que as cortinas ficavam fechadas permanentemente, e as luzes, embora muitas, eram artisticamente dispostas para dar uma impressão de calor e luminosidade e cintilar as joias sem iluminar a própria senhora. Ela se cercava de belos jovens, que eram atraídos por presentes que lhes dava e pela fama de sua beleza, que persistira por mais de trinta anos e se tornara lendária. Sua filha mais velha, ainda linda, embora estivesse agora em seus trinta e poucos anos, tinha ficado com ela, embora os outros filhos tivessem partido por vários motivos; seu filho mais velho por conta da morte. Ela gostava de ter Blanche ao seu lado para que as pessoas pudessem agradá-la ao acreditar que as duas eram irmãs.

Sua vaidade não tinha limites. Quando se olhava no espelho — e ela fazia isso apenas depois de passar algumas horas por dia nas mãos de um pequeno exército de criadas, peruqueiros, estilistas, manicures e artistas de cosméticos —, via a jovem de dezessete anos que uma vez tinha causado furor no *ton*. Ela tinha conquistado uma dúzia ou mais de cavalheiros, sendo os mais notáveis um duque casado, que tinha lhe oferecido carta branca e riquezas em abundância, e um barão rico e bonito que lhe pedira em casamento. Sua única lamentação quando escolheu o último foi não poder trocar os títulos dos dois homens. Ela gostaria de ter sido uma duquesa.

Estava em casa e no meio de sua toalete quando um lacaio bateu à porta de seu quarto de vestir e murmurou uma mensagem para uma das criadas, que, então, informou a uma criada mais sênior, que informou a sua senhora que o conde e a condessa de Riverdale tinham vindo visitá-la para cumprimentá-la.

Ela ficou surpresa. Na verdade, ficou atônita e nem um pouco contente. Era a última coisa que esperava. Ela tinha ouvido — quem não tinha? — sobre a mulher feia com um rosto roxo com quem o conde de Riverdale fora forçado a se casar, pobre cavalheiro, porque seus bolsos estavam vazios e ela era fabulosamente rica. Tinha olhado com curiosidade para a mulher quando a viu no camarote em frente ao seu no teatro, como, sem dúvida, todos os outros tinham feito. E, a princípio, perguntou-se, com uma pontada de decepção, por que os relatos sobre a aparência da mulher eram tão imprecisos.

Então, durante o intervalo, ela viu a condessa de rosto inteiro. Blanche também a tinha visto. E Lady Hodges sentiu um grande desconforto. Pois o rosto da mulher de fato era roxo... *no lado esquerdo*. E ela não lhe era estranha... Mas preferiu não ver a semelhança, que, sem dúvida, não passava de imaginação.

Mas, naquela noite, deitada na cama, as memórias voltaram. Lorde Riverdale se casou com a srta. Wren Heyden, herdeira da fortuna das Vidrarias Heyden. Megan, certa vez, envergonhara a família ao pedir emprego como dama de companhia de uma mulher inválida — uma tal sra. Heyden, esposa de um homem muito rico. Pelo menos, ela acreditava que o nome era Heyden. A mulher havia morrido depois de alguns anos. E se...?

E se alguém suspeitasse de que a horrorosa condessa de Riverdale tivesse sido gerada em *seu* corpo, como punição por ter reclamado e protestado contra Hodges por sobrecarregá-la com mais uma gravidez e por ter tentado tudo ao seu alcance para abortá-la?

Seu primeiro instinto foi recusar a visita, mas e se a rejeição os levasse a falar por puro despeito? A mulher certamente não esperava ser recebida com abraços e beijos, não é? Ela teria vindo para causar problemas? Realmente era Rowena? A deprimente e rechonchuda Megan tinha mesmo laçado um marido rico? E tinha ficado com Rowena e até mudado o nome dela? Que tipo de nome era esse... *Wren*? Megan ainda estava viva? Lady

Hodges não tinha visto nem ouvido falar da irmã desde aquela noite em que saíra marchando com Rowena, toda justiceira, um dia antes de a criança ser levada para o manicômio, onde deveria ter sido confinada desde que era bebê.

— Leve-os ao salão rosa e informe que vou descer — disse ela. Ainda não estava na metade de sua toalete, mas eles que esperassem. Certamente, não induziria ninguém a se apressar. Essa era a parte mais importante do dia. — E diga a sir Nelson e a Lady Elwood que se aprontem para me acompanhar. E ao sr. Wragley e ao sr. Tobin também, assim que chegarem.

Eles se sentaram lado a lado, em silêncio, os dedos de Alexander descansando levemente no pulso dela, enquanto Wren apertava suas mãos sobre o colo. Ela não viraria a cabeça para olhar para ele. Sua mente estava em busca de concentração, como acontecia quando ia trabalhar em algo relacionado aos negócios. Não se permitia distrações.

E Alexander *era* uma distração — sendo solidário e desaprovando-a silenciosamente. Não, não era bem a palavra. Ele estava *cuidando* dela, essa era uma descrição mais precisa — cuidando em silêncio. Ela sabia que ele temia por ela e desejava protegê-la do mal com todo o seu ser. Também sabia que ele não interferiria, que a deixaria fazer o que deveria fazer, que iria apoiá-la não importava no quê.

Era cativante. Isso aqueceu seu coração, mas era uma distração.

Ela sentiu um pouco como se tivessem pisado no cenário de uma peça. A sala estava na penumbra — assim como sua própria sala de visitas quando ela havia convocado os primeiros três cavalheiros de sua lista de potenciais candidatos a marido, mas como as cortinas eram cor-de-rosa, assim era o cômodo, iluminado por muitas velas em candelabros dourados e arandelas nas paredes. Havia várias cadeiras no cômodo, além do sofá para onde haviam sido indicados cautelosamente pelo mordomo, mas uma delas era afastada do resto. Poderia ser descrita como um trono, pensou Wren. Era luxuosamente estofada em veludo cor-de-rosa, mas os braços, o encosto e as pernas eram intrincadamente esculpidos e dourados, e as pernas eram mais longas do que as das outras. Dois degraus baixos de veludo levavam a ela. Era bastante extraordinário. De alguma forma, a luz cintilava no ouro, mas deixava a cadeira em si nas sombras. Tudo parecia estranhamente familiar, se bem que, como isso era possível, quando ela tinha passado a maior parte da infância em seu quarto, Wren não sabia.

Uma dúzia de vezes lhe ocorreu que sua mãe estava fazendo joguinhos com eles, que talvez pretendesse mantê-los ali o dia todo. Algumas vezes, esteve prestes a ficar de pé e sugerir que voltassem para casa. Em cada uma das vezes, ela retomou o foco.

Alexander não disse uma palavra, abençoado fosse seu coração, embora, às vezes, as pontas de seus dedos acariciassem levemente em vez de permanecerem imóveis em seu pulso.

E, então, a porta se abriu e cinco pessoas entraram na sala — a mais jovem das duas senhoras que haviam ocupado o camarote em frente ao seu no teatro, que Wren agora sabia ser Blanche; o homem que estava com ela lá, presumivelmente seu marido; dois cavalheiros muito jovens, que eram bonitos quase a ponto de parecerem afetados; e... sua mãe.

Alexander se levantou e se curvou. Wren permaneceu sentada e olhou para cada uma das três principais figuras. Blanche não havia mudado muito, exceto que parecia ter a própria idade. Era alta, magra, loira e muito bonita. Seu marido também era um homem bonito, embora tivesse a pele corada e levemente inchada de alguém que bebia demais havia muitos anos. Sua mãe... Bem, ela tinha a imagem esbelta de uma jovem moça, embora houvesse evidências de espartilhos bem amarrados. Seu vestido de musselina branca era espalhafatoso, cheio de babados, com mangas longas e transparentes de rendas que lhe cobriam as mãos até as pontas dos dedos. Anéis brilhavam naqueles dedos, com unhas compridas e pintadas. Uma estola branca rendada tinha sido drapeada artisticamente para cobrir o colo e o pescoço. Seu cabelo era loiro, jovial e artisticamente arrumado no alto da cabeça, com cachos que caíam sobre seu pescoço e têmporas. Era, sem dúvida, uma peruca. Sua pele era delicadamente pálida, seus olhos, grandes, inocentes e moldurados com longos cílios alguns tons mais escuros que o cabelo e tão artificiais quanto. Seus lábios eram carnudos e rosados.

Na fraca luz rosada do cômodo, ela parecia jovem, delicada e bonita e tão irreal que... Ah, sim. Algo que Jessica disse veio à mente. Ela parecia grotesca. Uma mulher que devia estar com mais de cinquenta anos não devia parecer uma garota recém-saída da Temporada.

O teatro como um todo era extraordinário. Nenhuma palavra foi dita enquanto os cinco se moviam pela sala e os dois belos cavalheiros ofereciam uma mão cada para ajudar Lady Hodges a subir em seu trono, antes que um deles apanhasse um leque de penas cor-de-rosa em uma mesa ao lado dela e o lhe entregasse, que o agitou diante do rosto. Enquanto isso, sir Nelson Elwood estava acomodando Blanche em uma das cadeiras mais humildes.

— Lorde e Lady Riverdale — disse Lady Hodges em uma voz doce de menina, e a memória imediatamente causou arrepios na espinha de Wren —, entendo que lhes devo os parabéns. O amor jovem é sempre um prazer de ser visto.

Alexander se sentou novamente.

— Obrigada, mãe — respondeu Wren.

A dama fez um gesto elegante e o homem segurando o leque abaixou-o para o seu lado.

— Ah, então você *é* Rowena. Sua aparência melhorou um pouco. Foi bom, no entanto, ter herdado uma fortuna. Desejo que seja feliz em seu casamento.

— Obrigada — disse Wren novamente.

— E o que posso fazer por você, além de lhe desejar bem?

— Nada. E até mesmo suas felicitações são desnecessárias. Vim porque precisava vir, porque precisava olhar para a senhora mais uma vez, agora como uma adulta que aprendeu a ter autoestima. Precisava enfrentar a escuridão de uma infância que nenhuma criança deveria ter que suportar, sem sinal de amor de qualquer um, exceto do meu irmão mais novo, com quem me reencontrei ontem, para grande alegria de nós dois. Sua crueldade com ele ao lhe dizer que eu havia morrido foi apenas superada pela sua crueldade de anos com uma criança que, sem culpa alguma, nasceu com uma mancha no rosto. Eu queria olhá-la nos olhos e dizer que a senhora perdeu muito da alegria que poderia ter tido na vida, colocando sua verdade na adoração a si mesma e na beleza física, que nunca dura, pelo menos não em sua forma jovial. Ignorou todo o amor e conforto que poderia ter desfrutado junto de sua família e dos outros. Tudo o que eu sempre quis foi amar e ser amada. Eu não a odeio. Sofri o suficiente e é provável que nunca estarei completamente livre dos efeitos do que aconteceu comigo. Não vou adicionar ódio a esse fardo, que trabalharei com determinação para dissipar pelo resto da minha vida. Eu sinto tristeza, em vez disso, pois talvez a senhora não possa fazer nada para mudar seu caráter, não mais do que posso fazer para mudar a marca de nascença no meu rosto.

As pontas dos dedos de Alexander estavam em seu pulso novamente.

— Minha querida Rowena. — A mãe pegou o leque de penas e começou a abanar o rosto mais uma vez. — Eu a mantive e cuidei de você por dez longos anos quando era alguém horrível de se olhar e todos me imploravam para mandá-la para algum lugar onde apenas quem fosse bem pago teria que olhar para você. Já é provação o suficiente olhar para você agora... lamento por Lorde Riverdale... mas talvez você não se lembre de como era. Megan se fez mártir ao tomar você, ao que parece, e persuadiu aquele velho, sem dúvida ainda aflito após a morte da esposa, a casar-se com ela e assumir o fardo de criá-la. Suponho que ela esteja morta agora? Pobre Megan, mas você é rica e conseguiu comprar um marido e até mesmo um título. Parabenizo você novamente. Deveria estar me agradecendo, não jogando recriminações sobre minha cabeça. Sr. Wragley, meus sais aromáticos, por favor.

Um dos jovens pegou-os na mesa e os entregou a ela.

— Blanche — disse Wren, dirigindo a atenção para sua irmã. — Eu nunca a conheci bem. Nunca tive a chance. Ficaria feliz de conhecê-la como irmã, se você quiser.

Blanche olhou para ela com frieza e desdém.

— Não, obrigada — respondeu ela, e seu marido, que não havia sido apresentado, pôs a mão em seu ombro.

Wren ficou de pé.

— Isso é tudo. Não devo incomodá-la novamente, mãe. E não vou expor seu feio segredo deliberadamente, embora ouse dizer que, em breve, saberão que sou irmã de Lorde Hodges. Colin e eu nos amávamos quando crianças. Vamos nos amar novamente agora e no futuro.

Alexander estava de pé ao lado dela e falou pela primeira vez em mais de uma hora.

— Agradeço por ter nos recebido, senhora — disse ele. — Era importante para minha esposa ver e falar com a senhora novamente. Ela vai ser mais feliz agora, acredito. E a felicidade dela é importante para mim. Mais importante do que qualquer outra coisa na minha vida, na verdade. Decerto, não me casei com ela pelo dinheiro. Eu a amo. — Com isso, ele se virou e ofereceu o braço para sua esposa. — Wren?

Ele a escoltou para fora do cômodo e desceu as escadas para o saguão. Um lacaio abriu a porta para eles.

Sem dúvida, teriam saído de casa sem falar mais nada se alguém não tivesse chamado o nome de Wren. Eles se viraram. Os dois jovens estavam correndo escada abaixo atrás deles. Não falaram de novo até que estivessem no saguão também.

— A senhora aborreceu Lady Hodges — acusou um deles.

— A feiura a perturba — explicou o outro.

— E quando ela se chateia, nós nos chateamos — disse o primeiro homem.

Foi a vez do segundo homem:

— É nosso desejo urgente que a senhora fique longe dela no futuro.

— Nós e outros amigos de Lady Hodges nos dedicamos a sempre garantir que os desejos dela sejam atendidos — falou o primeiro jovem. — E seria do seu próprio interesse, Lady Riverdale, manter silêncio sobre sua relação com...

Ele não teve chance de terminar. O outro jovem rapaz não teve a chance de entrar na conversa com sua próxima observação. Tudo aconteceu tão rápido que Wren não teve tempo nem de piscar. Primeiro, o rapaz que estava falando naquele momento foi agarrado pelo lenço do pescoço e, depois, o outro, e ambos foram empurrados para trás até que não houvesse mais para onde ir. Foram içados para cima, de costas para a parede, seus elegantes calçados apenas raspando o chão azulejado, seus rostos ficando em um tom idêntico de azul.

— Wren — disse Alexander em tom aprazível —, vá para fora, meu amor, e me espere na carruagem.

Mas ela ficou e olhou com admiração. Ele não parecia precisar de uma grande quantidade de energia ou força, e sua voz não estava ofegante. O conde olhou os rapazes que mantinha no lugar, de um para outro.

— Não gosto do som do nome da minha esposa em seus lábios — disse ele, a voz suave, mas curiosamente ameaçadora. — Não me lembro de ter dado permissão a nenhum de vocês para abordá-la diretamente. Não me lembro dela dando tal permissão. Tal permissão está negada. O nome da minha esposa não vai passar pelos lábios de vocês nunca mais, em qualquer lugar onde eu possa ouvir. Vocês não vão proferir avisos ou ameaças contra ela *nunca mais*. Não vão dar nenhuma opinião pública sobre ela. Se a encontrarem novamente, vão baixar os olhos e cerrar os lábios. Se lhes forem dadas ordens contrárias, obedecerão a elas por sua própria conta e risco. E vão passar esta mensagem para seus companheiros para evitar meu aborrecimento de ter que repetir tudo a eles. Entenderam?

Pés e mãos pendurados. Olhos arregalados. Nenhum dos rapazes pareceu capaz de elaborar qualquer defesa contra a mão que os segurava. Nem pareciam capazes de respirar.

— Não foi uma pergunta retórica — disse Alexander quando não houve resposta. — Exijo uma resposta.

— Sim — guinchou o primeiro cavalheiro.

— Entendido — chiou o segundo, simultaneamente.

Alexander abriu seus dedos e deixou os rapazes cair. Ambos tombaram no chão, depois se levantaram, desajeitados, e se apressaram de volta para as escadas. Alexander esfregou as mãos como se estivessem sujas de alguma forma. Ele se virou para olhar para o lacaio, que ainda segurava a porta aberta, boquiaberto. Seus olhos pousaram em Wren.

— Ah — disse ele —, a esposa sempre obediente. Venha. Terminamos aqui, eu acredito.

Ela tomou o braço dele sem dizer uma palavra.

22

Antes de Alexander subir na carruagem, depois da esposa, ele disse ao cocheiro para continuar guiando até que fosse avisado do contrário.

Ela se sentou com a postura ereta do seu lado do assento da carruagem, o rosto ligeiramente virado, olhando pela janela. Ela o pegou de surpresa naquela visita. Ele esperava que fizesse perguntas à mãe para tentar entender o *porquê* de sua infância e da forma como tinha sido tratada. Esperava que fosse implorar por algum tipo de reconciliação, por algum sinal de que a mãe tinha sentimentos maternos, afinal, e algum remorso. Esperava emoção, lágrimas, drama... *um pouco* de paixão e sofrimento.

Ao contrário, ela havia sido esplêndida. E ele entendeu por que Wren tinha ido contra o conselho dele e do próprio irmão. *Vim porque precisava vir, porque precisava olhar para a senhora mais uma vez, agora como uma adulta que aprendeu a ter autoestima. Precisava enfrentar a escuridão de uma infância que nenhuma criança deveria ter que suportar... Eu queria olhá-la nos olhos e dizer que a senhora perdeu muito da alegria que poderia ter tido na vida... Eu não a odeio... Eu sinto tristeza, em vez disso, pois talvez a senhora não possa fazer nada para mudar seu caráter, não mais do que posso fazer para mudar a marca de nascença no meu rosto.*

Mas ele não podia ignorar o fato de que aquela mulher com aparência assustadoramente jovem e voz de garotinha era mãe de Wren.

Ele pegou sua mão sem luva na dele. Estava fria e sem vida de início, mas se entrelaçou na sua quase de imediato, e a carruagem estremeceu ligeiramente enquanto se afastava.

— Obrigada. Como você conseguiu fazer aquilo? Havia dois deles.

— Eles foram uma grande decepção. Eu estava me coçando por uma briga, mas tudo o que faziam era se balançar.

— É... doloroso ouvir que alguém era horrível de se olhar, mesmo quando se tem certeza de que houve uma ligeira melhora e mesmo quando se despreza a pessoa que diz tais palavras.

— Mas ela é sua mãe.

— Sim. — Wren fechou os olhos por alguns instantes e se inclinou ligeiramente em direção a ele até que seus ombros se tocaram.

— Há uma imagem que salta à mente com a palavra *mãe*... a *sua* mãe, sua tia Lilian, a prima Louise, ou Anna, mas não é obrigatório que uma mulher se encaixe nessa imagem só porque deu à luz um filho, não é? Minha mãe... Há algo de errado com ela, Alexander? Ela realmente não pode mudar quem ela é ou *como* é? Ou pode? Não. Não responda. — Ela deslizou a mão por baixo do braço dele e se aproximou. — Isso não importa. Fui lá para que finalmente estivesse livre dela. Não sou ingênua o suficiente para acreditar que será tão simples assim, claro, mas ir até ela foi um passo importante e eu o dei. Não vou decifrá-la. Ela é como é. Assim como Blanche. — Com isso, ela suspirou fundo. — Alexander, que fardo eu provei ser para você.

— Não senti arrependimento nem por um momento — disse ele com bastante sinceridade.

— Obrigada — repetiu ela depois de um breve silêncio. — Obrigada por dizer a ela que a minha felicidade importa para você.

— E importa.

— E obrigada por dizer que me ama.

— Eu amo.

— Eu sei. — Ela ajeitou a mão na dele até seus dedos se entrelaçarem. — Obrigada.

Mas ela não sabia. Não sabia que alguma coisa tinha acontecido com ele quando dissera aquelas palavras. Qualquer homem de sangue quente teria dito a mesma coisa sob tais circunstâncias, é claro, mas o fato era que aquelas palavras não saíram de sua cabeça como as outras. Tinham vindo de algum outro lugar, alguma parte de seu inconsciente, e o atingiram com sua verdade como se ele tivesse sido atingido na cabeça por uma grande marreta. Ele a amava. Não apenas amava, mas *amava*. O que quer que raios isso significasse.

Ela pensou, é claro, que ele falava de afeto, e estava certa, mas não era *apenas* carinho. Ele não era particularmente bom com palavras, exceto nas palavras práticas da vida cotidiana. Poderia fazer um discurso coerente e até enérgico na Câmara dos Lordes, sem precisar de um secretário para escrever por ele, mas não tinha palavras para explicar nem para si mesmo o que acabara de descobrir sobre seus sentimentos por sua esposa. *Amor* abrangia, mas era uma palavra lamentavelmente inadequada.

As palavras tinham vindo direto de seu coração, ele supôs, mas o coração não era forte em linguagem. Apenas em sentimentos. Ele era homem, pelo amor de Deus. Não era acostumado a analisar seus sentimentos. E, se continuasse tentando, teria uma dor de cabeça.

— Obrigada — falou ela mais uma vez no silêncio que havia caído entre eles. — Meu coração está completo, e tudo o que consigo pensar em dizer é essa única palavra. Ela pode ser praticamente vazia ou pode ser poderosa. Faço uso dela em sua forma mais poderosa.

Assim como ele quisera dizer *eu te amo* em sua forma mais poderosa.

— Nós vamos para casa — anunciou ele. — Amanhã.

Ela virou o rosto para ele e sorriu.

— Para a paz — disse ela —, para a calmaria e para todo o desafio com o trabalho que precisamos fazer lá.

— Sim. Para nossa nova vida juntos. Vamos fazer de Brambledean um lar, Wren, e uma propriedade próspera, e, por fim, um lugar que empregará muitas pessoas, com uma casa totalmente equipada, digna de sua grandeza. Mas, acima de tudo, será um *lar*. O nosso lar. E dos nossos filhos, se tivermos sorte.

— Parece perfeito. Parece o paraíso. Amanhã?

— Amanhã — confirmou ele. Alexander se inclinou para a frente, para tocar o painel como um sinal para o cocheiro levá-los de volta a South Audley Street. Não sabia aonde tinham ido desde que tinham saído de Curzon Street. Não estava prestando atenção.

— A Câmara ainda está em sessão.

— Não me importo de perder... — começou ele, mas ela interrompeu.

— Não. Eu estive pensando sobre isso, Alexander. É seu dever permanecer aqui, e o dever sempre foi importante para você. É algo que sempre gostei e admirei em você; que tenha sentido culpa por ter perdido mesmo alguns poucos dias desde que voltou a me encontrar. O casamento não deve mudar os fundamentos de ninguém, apenas melhorar o que já existe.

— Prefiro levá-la para casa amanhã. Também tenho um dever para com você.

— Quero ver Colin mais vezes. Muito mais. Temos vinte anos para compensar. Quero saber tudo sobre ele. Quero que ele saiba tudo sobre mim. Ele é meu *irmão*.

Alexander suspirou, mas não disse nada.

— Mal conheço sua tia Lilian e seu tio Richard — disse ela —, ou Sidney ou Susan e Alvin. Gostei deles quando os conheci no dia do nosso casamento e gostaria de vê-los mais vezes. Quero passar algum tempo com a prima Eugenia, a condessa viúva. Quero ouvir histórias sobre sua longa vida. Quero ver a prima Matilda mais vezes, ela que aborrece a mãe com tanto amor e cuidado. Mal conheço os primos Mildred e Thomas. Quero saber mais sobre seus meninos, que ainda estão na escola e fazem um punhado de travessuras. Quero conhecer melhor a prima Louise e Avery. E Anna e a bebê. Quero saber como Jessica está se saindo agora que viu Abby novamente. E quero conhecer a sua mãe e Lizzie melhor. São a única mãe e irmã que conhecerei e pretendo apreciá-las.

Ele riu baixinho.

— Tudo isso para me persuadir a cumprir meu dever e comparecer à Câmara dos Lordes até o fim da sessão? — perguntou ele.

— Bem, isso também, mas tudo o mais. Eu vivi em um aconchegante e confortável casulo por vinte anos, depois de ter vivido em uma cela por dez. Agora, dei alguns passos hesitantes mundo afora e preciso dar um pouco mais antes de recuar para a paz e o sossego de Brambledean. Se formos para casa agora, Alexander, talvez eu nunca mais saia de lá.

— Achei que era o que você queria — disse ele.

— Era. Ainda é, mas aprendi algo sobre mim recentemente. Algo que o tio Reggie sempre dizia. Sou teimosa demais. Teimosa, me recusei a enfrentar o mundo enquanto ele estava vivo. Agora, teimosa, me recuso a *não* fazer isso.

— Ah. Eu me casei com uma mulher teimosa? Isso parece um desafio. Logo você me dirá que deseja participar de um grande baile do *ton*.

Houve silêncio, mas o silêncio podia ser positivo. Nem todos os silêncios eram iguais. A carruagem parou em frente a Westcott House. Um dos cavalos bufou e bateu as patas no chão. Duas pessoas estavam conversando na rua. Em algum lugar, um cachorro latia. Dentro da carruagem, havia silêncio.

— Sim — declarou ela.

As famílias Westcott e Radley, bem como Lorde Hodges, tinham sido convidados para um chá em Westcott House. A mesa da sala de jantar tinha sido posta com a melhor porcelana e abastecida com uma suntuosa variedade de sanduíches e bolos.

— Isso está se parecendo muito com uma reunião de família, Althea — comentou a prima Matilda depois que todos já tinham se acomodado e aliviado a fome. Lady Josephine Archer, que um coro de vozes em protesto salvou de ser levada pela babá, estava sendo passada de pessoa para pessoa, para ser balançada nos joelhos, abraçada, ninada nos braços e erguida acima das cabeças.

— Não podemos nos reunir apenas para celebrar a família? — indagou a sogra de Wren. — Não podemos dar uma festa de boas-vindas à família para Lorde Hodges? Você está quase certa, porém, Matilda. Não convidamos todos vocês *apenas* para celebrar. Precisamos planejar um baile para apresentar Wren ao *ton*.

Todos os olhos se voltaram para Wren. Colin, sentado ao lado dela, ergueu as sobrancelhas e sorriu.

— Tenho dito isso desde o início — disse Matilda. — Ela é a condessa de Riverdale, uma posição de grande prestígio, mas fui informada de que é uma pessoa reclusa e que Alexander escolheu satisfazer seus caprichos.

— Escolheu *respeitar* suas decisões, Matilda — falou a mãe dela, ríspida. — Como qualquer marido digno deveria. Claramente, Wren mudou de ideia.

— Mamãe e eu estamos muito felizes — declarou Elizabeth.

— E eu também — concordou a tia Lilian. — Qual é a vantagem de ter um conde e uma condessa na família se não houver uma ocasião pública em que podemos exibi-los aos nossos amigos e vizinhos? — Seus olhos brilharam para Wren e Alexander e houve risos gerais.

— Meus exatos sentimentos — ecoou o tio Richard.

— Você dança, Wren? — perguntou a prima Mildred. — Se não dança, ou se precisar praticar seus passos, conheço um tutor de dança que iria...

— Que não seja, assim espero — falou Avery, soando aflito —, o homem que foi contratado para ensinar Anna a dançar no ano passado, tia?

— O sr. Robertson, sim.

— Se eu não tivesse interferido enquanto ele ensinava a valsa, acho que ainda estaria tentando ensinar Anna apenas a posicionar a mão esquerda no ombro dele, com cada dedo exatamente onde deveria ficar, em qual ângulo deveria estar a cabeça dela com a exata expressão em seu rosto.

— E se Lizzie e Alex não tivessem demonstrado como deve ser feito — acrescentou Anna, rindo —, e se *você* não tivesse dançado comigo, Avery, quebrando cada regra que o pobre sr. Robertson tinha acabado de ensinar. Eu devo concordar... sinto muito, tia Mildred... que as aulas do sr. Robertson são tão meticulosas quanto intimidadoras para alguém que deseja apenas poder desfrutar da dança sem tropeçar e cair aos pés do parceiro. Praticar várias danças antes do seu primeiro baile provavelmente é uma boa ideia, Wren. A tia Mildred está certa nisso. Lizzie e Alex vão ajudar você. Avery e eu devemos também? E talvez Lorde Hodges?

— Ah, e nós — ofereceu Susan Cole. — Podemos, Alex? Seria muito divertido. E vamos trazer Sidney conosco. Talvez Lady Jessica esteja disposta a completar os pares.

— Quem vai fornecer a música? — perguntou a prima Louise. — E nem olhem para mim. Nosso professor de música sempre disse à mamãe, quando eu era menina, que eu só tinha polegares, embora eu achasse meus polegares particularmente ágeis. Mildred é melhor do que eu. Matilda é a melhor.

— Estou sem prática — protestou a prima Matilda. — E nunca me dei muito bem com a valsa. Não sei nenhuma melodia adequada.

— Meu irmão é um pianista habilidoso — falou a sogra de Wren. — Podemos convencê-lo, Richard?

— Por livre e espontânea pressão, Althea — disse ele, soando cordial. — Isto é, se Wren sente a necessidade de algumas sessões de ensaios. Ela ainda não se pronunciou sobre o assunto.

— Bem — começou Wren —, eu aprendi a dançar com uma tutora que era muito rigorosa e, provavelmente, tão meticulosa com os detalhes quanto esse sr. Robertson de quem falam, mas foi há muito tempo e não incluía a valsa. E eu só dançava com ela ou com meus tios. Nunca houve outras pessoas para fazer as séries.

— Então, temos trabalho a fazer — concluiu a prima Matilda. — E onde será o baile, Althea?

— Aqui mesmo, eu pensei — respondeu Alexander. — Com as portas entre a sala de estar e a de música abertas e a maioria dos móveis e tapetes removidos, podemos criar um espaço considerável...

— Pelo que entendi, Riverdale — disse Avery —, fomos convocados aqui para planejar um baile do *ton*, não algum tipo de reunião para algumas poucas pessoas. O local, claro, deve ser o salão de baile de Archer House. Fizemos um baile lá para Anna no ano passado, você se lembra, e para Jessica este ano. Estamos nos tornando anfitriões de bailes bastante experientes, embora me doa admitir isso. E, quando digo *nós*, devo confessar que me refiro principalmente a minha madrasta, Anna e meu pobre e resignado secretário. Minha querida Wren, se você deseja se exibir ao *beau monde*, deve fazê-lo de maneira grandiosa e convidar todos que têm importância, esprêmê-los em um dos maiores salões de baile de Londres e nos salões anexos e, no dia seguinte, ter todo o espetáculo mencionado com admiração como um triste espremer. Qualquer coisa menos seria indigna de sua coragem.

Coragem. Era isso que a impelia? Tinha aquela pequena palavra soletrado sua condenação? *Logo você me dirá que deseja participar de um grande baile do* ton, Alexander dissera na carruagem em uma brincadeira. E ela tinha falado uma outra palavrinha: *sim*. Dita por capricho, em uma explosão de teimosa determinação para não permitir que sua mãe destruísse o resto de sua vida, não permitir que tivesse mais influência sobre ela, na verdade.

Ela permaneceria em Londres mais um pouco porque o dever era importante para o marido. E se entrosaria melhor com a família dele e com seu irmão Colin enquanto ainda estivesse ali. Não seria levada para Brambledean apenas por causa da necessidade de se esconder e se curar. Ela iria para lá quando fosse a hora de ir. Ficaria ocupada lá e acessível para conhecer melhor seus vizinhos; seu primeiro contato com alguns deles no chá de Alexander não tinha sido um auspicioso começo.

Ela seria o mais normal quanto fosse possível ser.

Mas um baile do *ton*?

Em Archer House?

Colin, ela percebeu de repente, estava segurando sua mão firmemente na mesa entre eles. Alexander, na cabeceira, olhava para ela com aquela expressão que Wren mais amava — aparentemente séria, mas com olhos sorridentes.

— Se quiser, pode escolher uma reunião aqui, para algumas poucas pessoas, como Netherby descreveu, Wren — ofereceu ele. — E, se alguém tem algo a dizer sobre sua coragem, a observação pode ser dirigida a mim.

Avery, Wren notou, ergueu o monóculo para seu olho e examinou Alexander através dele enquanto Anna ria e colocava a mão em seu braço.

— Um golpe, Avery, você deve confessar — disse Elizabeth, um tom de riso em sua voz.

— Se você teve a coragem de visitar nossa mãe, Roe — sussurrou Colin, apenas para os ouvidos dela —, pode fazer qualquer coisa.

— Eu quero valsar — declarou ela para toda a mesa. — E para valsar direito, é preciso espaço, ouvi dizer. Ouso dizer que o salão de baile de

Archer House oferece muito disso. Obrigada, Avery e Anna... e prima Louise. Mamãe, Lizzie e eu vamos ajudar com o planejamento. É apropriado uma dama convidar um cavalheiro para dançar com ela? Eu sei a resposta, claro. Minha tutora teria palpitações com a ideia. Farei isso, de qualquer maneira. Quero valsar com Alexander.

— Você é uma mulher de discernimento, Wren — disse a prima Mildred, batendo palmas. — Alex é o melhor dançarino entre nós. Oh, com a possível exceção de Thomas e Avery. E do sr. Radley e do sr. Sidney Radley, ouso dizer, e do sr. Cole. E talvez de Lorde Hodges.

— Pode parar com as gracinhas agora, Mil — falou o primo Thomas, para o riso de todos.

O sorriso nos olhos de Alexander se aprofundou e se espalhou para o restante de seu rosto enquanto ele sustentava o olhar de Wren.

— Vou lhe ensinar — prometeu ele. — E, sim, Wren, vamos dançar juntos no seu baile de apresentação. Vou insistir nisso. Um marido realmente deve afirmar sua autoridade ocasionalmente.

Wren teria estado à vontade durante as duas semanas seguintes, planejando o baile. No entanto, sua sogra e a prima Louise assumiram a feliz tarefa enquanto o sr. Goddard, secretário de Avery, fazia tudo o que precisava ser feito de maneira silenciosa e eficiente. Se, alguma vez ele quisesse deixar o cargo que ocupava para o duque, Wren pensou, embora fosse extremamente improvável, ela teria um emprego para lhe oferecer em Staffordshire.

Ela não ficou ociosa enquanto isso. Havia uma modista para ir visitar com Elizabeth, pois, apesar de estar em posse de vários vestidos de noite que achava adequados para qualquer ocasião, aparentemente estava errada. E, se fosse ter um vestido novo para usar, então deveria ter tudo novo para acompanhar — roupas íntimas, espartilhos, sapatilhas, meias de seda, luvas, um leque e uma tiara de joias com plumas, embora não tivesse certeza de que realmente usaria essa última aquisição.

Havia duas famílias com quem precisava se entrosar mais. Ela lhes fez convites, geralmente na companhia de Elizabeth. Foi passear no Hyde Park com várias combinações de parentes. Escreveu para Viola. Até escreveu uma carta para se apresentar a Camille e Joel. Esperava, dizia na carta, ir a Bath em breve com Alexander para conhecê-los, a suas filhas e ao bebê.

Colin vinha à sua casa quase diariamente. Às vezes, eles ficavam sentados na biblioteca, só os dois, conversando sobre todos os anos perdidos, conhecendo-se, sentindo-se como irmão e irmã. Às vezes, ele se sentava com ela na sala de visitas ou de jantar com Alexander, a mãe dele e Elizabeth. Certa vez, a levou em seu cabriolé para um passeio no Hyde Park, embora tivesse evitado as áreas mais propensas a encontrar multidões. Sempre se despedia dela beijando sua bochecha esquerda para sarar, enquanto ambos riam.

Durante uma de suas conversas particulares na biblioteca, ela abordou um tópico que havia discutido com Alexander na noite anterior.

— Colin, você me disse que mora aqui em Londres o ano todo. Suponho que isso significa que não se sente confortável para ir à casa em Roxingly, embora ela seja sua. Consideraria morar em Withington House, em Wiltshire? Fica a apenas treze quilômetros de Brambledean. Já pensei em vendê-la, mas adoro aquele lugar. Apego-me a muitas lembranças. Preferiria ver um membro da família lá.

Ele olhou para ela, pensativo.

— Pensei em comprar um lugar para mim na região — admitiu ele. — Talvez eu compre de você, Roe. Gosto da ideia de ter um lugar perto de você.

— Não. — Ela ergueu um dedo. — Não precisa comprar a casa. Vou dá-la a você. Alexander vai aprovar.

Mas Colin foi inflexível, é claro. Se fosse se mudar para Withington, não iria fazê-lo em sua caridade.

— Então, vamos entrar em um acordo — disse ela. — Vá lá no verão, se desejar, e fique o tempo que quiser. Pague os salários dos criados e as demais despesas. Depois de um ano, decida se quer fazer de lá um lar e, depois, compre se quiser, mas só se desejar, Colin. Sem obrigações.

Ele sorriu para ela e estendeu a mão para confirmar o acordo.

— Oh, eu te amo, Colin — declarou ela.

— Roe — disse ele, a mão da irmã ainda apertada na dele —, você escreveria para Ruby? Acho que ela vai gostar de descobrir que você está viva e que está disposta a se reconciliar. Lembro-me dela me dizendo, pouco antes de se casar com Sean Murphy e ir para a Irlanda, que o maior arrependimento de sua vida tinha sido nunca ter defendido você enquanto ainda estava viva.

Wren olhou para suas mãos entrelaçadas e soltou um suspiro audível. Ela hesitou por um longo tempo.

— Muito bem — falou, enfim. — Já que me pede, Colin. O pior que ela pode fazer é ignorar a carta. Ou responder.

— Eles foram muito desagradáveis com você? — perguntou ele.

Ela balançou a cabeça.

— Vou escrever para Ruby — declarou.

— Obrigado. — Ele levou a mão dela aos lábios.

Durante aquelas semanas, ela lidou com todos os relatórios que tinham vindo das vidrarias. Sua sugestão de uma pequena mudança de cor para o novo projeto foi bem recebida, e logo ela teria amostras do produto finalizado antes de ser colocado no mercado.

E ela aprendeu a dançar. Rapidamente, ficou claro que as habilidades que achava que tinha eram lamentavelmente inadequadas, mas Wren tinha força de vontade. O tio Richard, no cravo, mostrou muita paciência. Assim como todos os outros dançarinos, que tinham oferecido seu tempo para vir a Westcott House quase todas as tardes para ajudá-la. E ela aprendeu, acompanhada de muitas risadas e um pouco de trabalho sério. Os parentes que não estavam dançando, muitas vezes, apareciam para assistir e lhe dar conselhos e incentivo. A mãe de Alexander estava sempre lá, sorrindo e rindo, e balançando a cabeça no tempo da música. A prima Matilda anunciou que viria para a valsa na tarde em que Wren finalmente captou os passos com Alexander. Elizabeth dançava com Sidney; Anna, com Avery; Susan, com Alvin; e Colin, com Jessica.

— Embora eu questione se é adequado qualquer casal que não seja consanguíneo, casado ou ao menos prometido — acrescentou Matilda, para o óbvio desconforto de Jessica e Colin.

— Se eu fosse apenas cinquenta anos mais jovem — disse a condessa viúva —, não perderia meu tempo dançando com um irmão, pai ou até mesmo um marido. Nunca perdoarei quem inventou a valsa por não ter feito isso meio século antes.

— Perfeito. — Alexander estava sorrindo para Wren, sua mão ainda na dele, o outro braço ainda em volta da cintura dela. — Ou eu sou o professor perfeito ou você é a aluna perfeita.

— Ou ambos — disse ela.

— Ou ambos — concordou ele.

Aquelas duas semanas foram movimentadas e um pouco assustadoras, enquanto ela se perguntava cada vez mais o que havia desencadeado aquilo. Foram semanas felizes também, pois sempre havia as noites pelas quais esperar, aquele período em que ela ficava sozinha com seu esposo. Adorava se deitar na cama com ele, às vezes na escuridão, ocasionalmente com velas acesas. Nem sempre faziam amor, embora geralmente o fizessem, e, às vezes, faziam amor tanto à noite e como de manhã cedo, mas sempre conversavam, seus braços um sobre o outro, e sempre dormiam profundamente e bem. Ela sabia que Alex gostava dela, respeitava-a, importava-se com ela. Não, mais do que isso. Ela sabia que ele tinha afeto por ela. E era o suficiente. Era o que tinha sonhado e ainda mais. Ela só esperava que continuasse assim, que eles não estivessem apenas na fase de lua de mel no casamento, que se desgastaria com o tempo, mas não acreditaria nisso. Cabia a ela garantir que continuasse assim, para o matrimônio nunca se tornar complacente ou tedioso.

Ela faria seu casamento dar certo, assim como faria sua vida dar certo.

Se, ao menos, não houvesse um baile a ser enfrentado primeiro. E *todos que têm importância*, como Avery colocou, estariam lá. De todos os convites enviados, apenas três tinham sido recusados, com pesar. Somente três. Era o suficiente para sentir palpitações.

Mas ela valsaria com Alexander.

23

— Eu diria que ela está incrivelmente linda — declarou Alexander —, mas posso, é claro, ser tendencioso. O que diz, Maude?

Ele havia entrado no quarto de vestir da esposa para ver se ela estava pronta para o baile. Claramente estava. Ela estava de pé diante do espelho *trumeau*, em um vestido de seda amarelo-prímula sobreposto com renda, jovem e vibrante. O vestido tinha cintura império, decote e mangas curtas. Era profundamente franzido e recortado na bainha. Suas luvas e sapatilhas eram de cor marfim. Seu cabelo escuro estava arrumado em cachos elaborados no topo da cabeça, aumentando sua altura, com pequenos cachos ao longo de seu pescoço e sobre as têmporas.

Ah, mas ela não estava totalmente pronta. Seu colar de pérolas ainda estava sobre a penteadeira.

— Eu disse a mesma coisa cinco minutos antes de o senhor entrar aqui — disse Maude. — Desta vez, acho que ela acredita em mim. Em nós. Milorde.

— Bem, eu acredito. — Wren riu. — Acho que sou a mulher mais bonita do mundo. — Ela girou uma vez e sua saia girou com ela. — Aí está. Vocês dois estão satisfeitos?

— Sente-se de novo — pediu Maude. — Esquecemos suas pérolas.

— Vou cuidar disso — falou Alexander. — Pode ir jantar, Maude. Atrevo-me a dizer que já passou da hora.

— A senhora vá ao baile, então — disse Maude, dirigindo-se a Wren. — E lembre-se do que o sr. Heyden sempre lhe dizia. Não há nada que não possa fazer se focar nisso.

— Vou lembrar, Maude — prometeu Wren. — Obrigada.

Ela olhou com tristeza para Alexander depois que a criada saiu.

— Ela está mais nervosa do que eu — revelou.

— Você não está nervosa? — perguntou ele.

— Nervosa, não. Aterrorizada.

Ele sorriu para ela. Ficou um pouco surpreso por ela ter escolhido a delicadeza em vez da ousadia para seu vestido. Ela, sua mãe e Lizzie estiveram envolvidas em uma conspiração sigilosa envolvendo a peça. Ele tinha imaginado que ela escolheria um azul *royal*, um rosa vívido ou mesmo um vermelho brilhante, cores fortes para aumentar sua coragem. O amarelo tinha sido uma inspiração. Na realidade, era um pouco mais vívido do que prímula. E, então, ele entendeu. É claro.

— Narcisos em junho? — disse ele, indicando o vestido com ambas as mãos. — Trombetas de esperança?

— Dancei sozinha entre eles em Withington. Esta noite, serei um deles e dançarei acompanhada.

— Sim, dançará. Sente-se enquanto coloco seu colar.

Ela se sentou, entregou-lhe as pérolas e baixou a cabeça.

Ele colocou as pérolas em um bolso, tirou um colar de diamantes do outro e o prendeu no pescoço dela, colocando as mãos em seus ombros.

— Obrigada. — Ela levantou a cabeça para olhar no espelho, erguendo a mão ao mesmo tempo para tocar o colar. Sua mão congelou antes de chegar. A corrente era de ouro, pontilhada com pequenos diamantes ao longo de todo o comprimento, com um maior no centro, pendurado logo acima do decote do vestido.

— Oh — reagiu ela, e um dedo correu levemente sobre o lado direito da corrente. — Oh!

— Eles nunca vão ofuscar os narcisos, mas já era hora de lhe dar um presente de casamento.

— Deve ser o colar mais bonito de todos os tempos. Ah, obrigada, Alexander, mas como palavras podem ser inadequadas!

— Há brincos também.

Ela se virou no banco para olhar para ele.

— Nunca usei brincos — disse ela enquanto ele os tirava do bolso e colocava na palma da mão, dois diamantes simples, um pouco menores do que

que o do centro do colar, engastados em ouro. — Como são sublimes! Veja como brilham. Nem sei como colocá-los.

— Nem eu. Também nunca usei brincos. Podemos descobrir juntos, o que acha, na teoria de que duas cabeças pensam melhor do que uma?

— E quatro mãos são melhores do que duas? — indagou ela quando sua mão pairou sobre a dele, enquanto ele prendia o primeiro brinco em sua orelha esquerda.

Ela baixou as mãos para o colo enquanto ele prendia o segundo, e, então, Wren se levantou e envolveu seus braços ao redor do pescoço dele.

— Alexander, obrigada. Estou tão feliz que os dois primeiros cavalheiros na minha lista não tivessem preenchido os requisitos. — Ela sorriu. Na verdade, foi mais uma risadinha.

— E estou muito feliz por não ter sido o número quatro na sua lista. O número três poderia ter realizado sua fantasia antes que eu tivesse a chance.

— Nunca. Alexander? Você nunca se arrependeu...

Ele colocou um dedo em seus lábios.

— Vai me perguntar isso de novo? Eu me comporto como um homem que se arrependeu de algo que fez recentemente? Devemos, talvez, considerar ir lá para baixo? Seria um grande constrangimento, não acha, chegar a Archer House tarde demais para recepcionar seus convidados no baile em sua homenagem?

Seus olhos se arregalaram em espanto.

— Não há perigo disso, há? — perguntou ela.

— Bem — disse ele, passando o braço dela pelo seu —, mamãe e Lizzie podem estar começando a pensar que saímos pela janela e fomos sem elas.

Ela estendeu a mão para seu xale e seu leque ao lado da penteadeira, e Alexander a ouviu inspirar profundamente antes de soltar todo o ar dos pulmões e se virar para sorrir para ele.

Wren estava com o coração na garganta desde o momento de sua chegada a Archer House, quando viu o tapete vermelho, que tinha sido estendido pelos degraus e pelo chão da calçada. E, do lado de dentro, havia o grande saguão e a escada enfeitada com flores brancas, amarelas e laranja e uma grande quantidade de folhas. Havia mais do que o número habitual de lacaios, em belos uniformes que incluíam paletós de cetim dourado-claro, calças brancas até o joelho, meias e luvas, sapatos com fivela e perucas empoadas. No andar de cima, havia salões cujas portas abertas davam vislumbres de arranjos florais luxuosos, candelabros e mesas cobertas com toalhas brancas engomadas. Alguns pareciam ter sido projetados para criar um ambiente relaxado e tranquilo para os hóspedes que desejavam fugir do barulho e da agitação da dança por um tempo. Outros, para jogos de cartas. Um grande salão ao lado do salão de baile estava pronto para servir os refrescos, apesar do fato de que haveria uma ceia tarde da noite.

Tudo sugeria uma grande ocasião, e *era tudo em sua homenagem*.

E havia o próprio salão de baile. Wren o tinha visto em uma visita anterior e tinha ficado impressionada com seu tamanho e magnitude. Agora, parecia diferente em todo seu esplendor, com flores, candelabros e arandelas, em que centenas de velas queimavam, um chão recém-polido, que brilhava à luz das velas, e as cadeiras estofadas em veludo verde-escuro, dispostas em fila dupla ao redor do perímetro.

Nunca em sua vida Wren se sentira tão intimidada. Apenas três meses antes, estava vivendo uma vida reclusa, cuidadosamente usando um véu nas raras ocasiões em que se aventurava para além de sua própria casa. Mesmo dentro de casa, usava o véu quando qualquer estranho se intrometia. Levantou o véu para um estranho pela primeira vez em quase vinte anos quando o conde de Riverdale foi a Withington a seu convite. Seria possível que fosse apenas três meses antes? Como ela poderia ter mudado tanto em tão curto tempo? E por que estava fazendo *aquilo*? Era tudo o que tinha sido bastante inflexível ao dizer que nunca faria.

Ela dera alguns passos em direção ao salão de baile, quando todos os outros — seu próprio grupo familiar, Avery e Anna, a prima Louise e Jessica, a prima Mildred e Thomas, a condessa viúva e a prima Matilda — estavam agrupados do lado de fora, conversando enquanto aguardavam a chegada dos primeiros convidados. Por que ela *estava* fazendo isso? Ninguém a tinha pressionado. Na verdade, ninguém tinha sequer sugerido um baile em sua homenagem — todos respeitavam seu desejo de privacidade. Nem mesmo Alexander havia sugerido isso naquela tarde na carruagem. Foi sua mãe, então? Por acaso sua mãe a tinha incitado a fazer algo além de suas mais loucas imaginações? Vê-la e ouvi-la novamente fez Wren acreditar que a única maneira de se livrar de seu passado era escancarar a porta de sua prisão da infância e sair para o mais amplo dos mundos? Um baile do *ton* era a maneira mais ruidosa de fazer isso? E ela estaria livre, *então*? Era livre *agora*?

Ela supôs que não, mas os milagres nem sempre vinham em um único lampejo de tempo. Às vezes, eles vinham com cada passo que era dado para a frente quando o instinto pedia dois passos para trás. Às vezes, eles vinham com a simples coragem de dizer *não mais, não mais*. Ela ergueu uma das mãos para tocar o lado de seu rosto nu e descoberto e sentiu as ondas de pânico. E, então, deu um passo adiante, entrando no salão.

Um braço atravessou o seu, do lado direito, e quase simultaneamente outro braço se enlaçou ao seu braço esquerdo.

— Eu me pergunto — disse Anna — se você está sentindo o tipo de terror paralisante que eu senti neste mesmo salão no ano passado, Wren. Ouso dizer que sim, embora pareça tão calma e equilibrada como sempre.

— Esta é a vantagem de usarmos saias longas — respondeu Wren. — Você não pode ver meus joelhos trêmulos.

— Se lhe serve de consolo, vou acrescentar que meu primeiro baile aqui será sempre uma das minhas memórias mais preciosas.

— Você estava certa sobre as cores, Wren, embora eu estivesse na dúvida — declarou Elizabeth. — Seu vestido é perfeito. Como mamãe disse antes de sairmos de casa, você parece um pedacinho da primavera e do verão.

— E eu estava certa sobre Alexander, Lizzie — falou Wren. — Ele *reconheceu* a referência aos narcisos sem eu ter dito.

E, então, muito antes de ela estar completamente pronta — mas será que estaria um dia? —, os convidados começaram a chegar e era hora de formar a fila de recepção enquanto o mordomo uniformizado se posicionava além das portas do salão de baile para anunciar os convidados quando alcançavam o topo da escada. Anna e Avery estavam depois das portas, Wren e Alexander depois deles, Elizabeth e sua mãe além.

E Wren ficou ali, sorrindo e inclinando a cabeça, apertando mãos, até mesmo apresentando sua bochecha para um beijo ou outro por uma hora inteira, enquanto cerca de trezentas pessoas do *crème de la crème* da sociedade desfilaram, saudaram-na e deram uma boa olhada nela. Ela não fez nenhuma tentativa de esconder o lado esquerdo do rosto. Agiu como se não houvesse nenhum dano ali. Houve vários olhares demorados, algumas sobrancelhas erguidas, um lornhão erguido e duas caretas nada disfarçadas. Isso foi tudo. Todos os outros a cumprimentaram com sorrisos e observações educadas. Vários foram até mesmo calorosos em seus cumprimentos. Quem ergueu o lornhão, Wren percebeu somente depois de o objeto ter passado para o salão de baile com sua dona, foi a mais velha das duas senhoras que estiveram caminhando às margens do Serpentine com Alexander no dia de sua própria chegada a Londres.

— Acredito que é hora de prosseguir com o baile — disse Avery, finalmente, com um monóculo com joias cravejadas a meio caminho do olho. — Devo parabenizá-la e agradecer a você efusivamente, Wren. Este terceiro baile em Archer House durante meu mandato como duque está claramente destinado a ser tão lotado quanto os outros dois. Tal sucesso só pode aumentar minha reputação.

Wren riu como deveria, ela percebeu pelo olhar penetrante e divertido que o duque lhe lançou. E ela virou o rosto risonho para Alexander, que, de alguma forma, tinha planejado parecer ainda mais bonito do que o habitual naquela noite, em seu *smoking* de cauda preta, calças de cetim prateado até os joelhos e colete bordado em prata, com compridas meias de linho brancas, gravata elaborada e rendas nos punhos.

— O primeiro ato do drama acabou — disse ela. — Agora, começa o segundo... a dança.

— Sempre vale a pena lembrar — falou ele pouco antes de conduzi-la à pista para formar a primeira série para a dança da noite — que a maioria das outras pessoas estará dançando e focada em seus próprios mundinhos, e que aqueles que não estão dançando também estarão absortos em conversas uns com os outros ou assistindo a qualquer um dos cem ou mais outros dançarinos. Sempre tendemos a acreditar que todos estão nos observando. E muito raramente é assim.

— Ah. — Ela riu. — Uma oportuna lição de humildade.

Até então, Wren não estava convencida disso. Alexander devia ter atraído mais do que seu quinhão de olhos por onde quer que fosse e, assim, ela certamente faria naquela noite, por uma variedade de razões. O baile era em sua homenagem. Ela era a nova condessa de Riverdale, mas desconhecida para o *ton*. Comentários sobre seu defeito facial deviam ter se espalhado e, mesmo que não tivessem, todos teriam dado uma boa olhada nele naquela noite. Ela era incomumente alta. Tinha sido descrita nos jornais da manhã seguinte ao casamento como a herdeira fabulosamente rica das Vidrarias Heyden. Era a irmã recém-descoberta de Lorde Hodges. Portanto, devia ser filha da famosa — ou infame — Lady Hodges. Oh, havia um número de razões para ser cética em relação ao conforto que Alexander tentara oferecer, mas não importava. Ela estava ali e não daria dois passos para trás agora — nem mesmo um. Também não continuaria no mesmo lugar. Deu um passo para a frente, de braços dados com o marido, a coluna reta, o queixo levantado, um sorriso no rosto — com receio de que o sorriso parecesse mais uma careta — e brilho nos olhos.

O pior já passara. Todos a tinham visto.

Não, não passara. A dança ainda estava por vir. E ela não conseguia se lembrar de uma única dança nem quais passos deveria dar. Suas pernas pareciam de madeira; seus joelhos, meio travados, seus pés também pareciam grandes para as extremidades de suas pernas.

— Wren — disse Alexander, colocando a mão livre sobre a mão dela no braço dele. — Eu a admiro, você sabe. Mais do que admirei qualquer outra pessoa em toda a minha vida.

Mas como isso iria ajudar?

Netherby certamente poderia se gabar por seu terceiro baile em Archer House ter sido tão bem-sucedido quanto os outros dois, Alexander pensou enquanto a noite avançava, e, sem dúvida, faria isso no final da noite apenas para arrancar um sorriso de Wren. Não que os sorrisos precisassem lhe ser arrancados naquela noite. Ela não tinha parado de sorrir desde que o primeiro convidado tinha aparecido na porta do salão de baile. E não era apenas um sorriso sociável. Era iluminado. Ela parecia a pessoa mais feliz do baile, seus ombros para trás, a cabeça erguida. E dançou com ele, com Sidney, com o irmão, com um dos amigos do irmão, com Netherby, com estranhos a quem foi apresentada pela primeira vez na entrada. E dançou com precisão e aparente prazer. Wren foi acompanhada pelo tio Richard na ceia.

Talvez apenas ele entendesse quanta coragem era necessária para enfrentar aquela noite. Ou talvez não. Sua mãe e Lizzie certamente entendiam. Ele suspeitava que também Anna e Netherby e... bem, toda a sua família. Assim como Hodges. Ele até falara sobre isso com Alexander durante o intervalo entre duas danças após a ceia.

— Como Roe consegue ser um sucesso tão estrondoso esta noite, depois de ter sido uma eremita por vinte anos? — perguntou ele. — Onde encontra a pose e a coragem, Riverdale? Honestamente, não me sinto digno de ser irmão dela.

— Ou eu de ser o marido — disse Alexander com uma risada. — O tio lhe deu o nome de Wren aparentemente porque parecia um pássaro engaiolado. Acho que ela finalmente descobriu que a porta da gaiola estivera aberta todos esses anos, voou para o lado de fora e descobriu que vale a pena lutar por essa liberdade.

— Sim — concordou o cunhado. — Ela está lutando, não está?

— Ah, sim. Este salão de baile é o campo de batalha dela.

— Pedi a mão da srta. Parmiter para a próxima dança. Devo ir e tomá-la. É uma valsa e ela só foi liberada esta semana por uma das patronas do Almack para dançar.

Wren não recebeu tal liberação, embora várias das patronas estivessem presentes naquela noite e, sem dúvida, teriam aceitado se lhes fosse solicitado, mas ela tinha quase trinta anos e a condessa de Riverdale não precisava da aprovação de ninguém para nada. Já tinha valsado com o irmão, e doía que Alexander não pudesse ser seu par, mas a etiqueta decretava que ele deveria dançar com a esposa não mais do que duas vezes naquela noite, e ele preferiu esperar pela valsa no final do baile... agora, na verdade. Havia dançado cada música com diferentes parceiras, mas aquela era a que esperava. Tinha reservado para ela. Teria sido desastroso chegar ao seu lado apenas para descobrir que outra pessoa a houvesse reivindicado.

Ela sorriu quando o viu chegar. Para um observador casual, pareceria que sua expressão não havia mudado, pois ela tinha sorrido a noite toda, mas ele podia ver mais profundidade em seus olhos, um calor de carinho que ela reservava apenas para ele. E era hora, com certeza, de ambos reconhecerem o que havia acontecido desde aquela primeira reunião em Withington, desde a retirada de sua oferta no Domingo de Páscoa, desde seu pedido sensato e racional no Hyde Park. Porque *algo* acontecera. Tudo tinha acontecido, na verdade, e ele tinha certeza de que não poderia ter acontecido apenas para ele.

— Senhora — disse ele, pegando a mão da esposa e curvando-se sobre ela enquanto mantinham os olhos um no outro —, esta é a minha dança, eu acredito.

Elizabeth, ao lado dela, abanava o rosto e olhava com diversão.

— Senhor, acredito que seja. E quase posso prometer — acrescentou Wren depois que ele a levou para a pista — não pisar em seus pés. Não pisei nos de Colin nem mesmo uma vez.

— Wren — disse ele enquanto um dos violinistas ainda afinava o instrumento e outros dançarinos se reuniam ao redor —, você conseguiu. Você saiu sem medo para o mundo e provou que pode fazer o que quiser.

— Ah, não sem medo.

— Com coragem, então. Não é preciso coragem se não houver medo, afinal, e você é a mulher mais corajosa... não, a *pessoa* mais corajosa... que já conheci.

— Eu não acredito que poderia atravessar o Canal da Mancha até a França.

— Mas você escolheria tentar? — perguntou ele.

— Não. — Ambos riram.

E a música começou. Eles valsaram timidamente no início, concentrando-se em dar os passos corretos e descobrindo um ritmo compartilhado. Então, ele a girou e ela ergueu o rosto tímido e sorridente para ele. Sua coluna arqueou com a pressão da mão dele em sua cintura. A mão esquerda dela repousava em seu ombro enquanto a mão direita estava apertada na dele. E o mundo era um lugar maravilhoso, e a felicidade era real, mesmo que brotasse apenas ocasionalmente em momentos conscientes de alegria como aquele.

A família dele — e dela —, amigos, colegas e conhecidos dançaram em torno deles com um prazer compartilhado naquela celebração da vida, da amizade e do riso. E sua esposa estava em seus braços, e eles estavam no início de um casamento que, se Deus quisesse, traria aos dois contentamento e mais ao longo dos anos, até a velhice, e talvez além.

Outros casais giravam em torno deles, a luz das velas girava acima deles, as flores exalavam seus perfumes inebriantes, e a música penetrou em seus próprios ossos, ou assim parecia.

Ela sorriu para ele, e ele sorriu de volta, e realmente nada mais importava, nada mais existia além dela — e dele. Deles.

— Ah — disse ela com um suspiro quando a música finalmente chegou ao fim —, tão cedo?

— Venha — chamou ele. Ele não sabia se ela havia prometido a próxima dança. Realmente não se importava. Conduziu-a varanda afora, além das janelas francesas, e desceram para o jardim. Estava iluminado com lanternas coloridas penduradas entre as árvores, embora poucas pessoas passeassem por lá. Ele parou de andar quando estavam sob um salgueiro ao lado de uma fonte, fora da vista da casa.

— Feliz? — perguntou ele.

— Hum — disse ela, agarrando-se ao braço dele. — É um lugar lindo para tomar um ar fresco.

— Suponho que ainda vai insistir que esperemos para ir para casa, em Brambledean, só depois que a assembleia parlamentar acabar.

— Sim. Porque seu dever aqui é importante. Para você. E, portanto, para mim.

— Partiremos no dia seguinte. Ao raiar do dia. Quero estar em casa. Com você.

— Parece celestial, não é?

— Wren. — Ele se virou para ela e segurou seu rosto nas mãos. — Sou culpado por um terrível engano. De mim mesmo tanto quanto de você. Certamente, suspeitei quando insistiu em terminar as coisas entre nós em Brambledean. Certamente, soube quando a vi novamente no Serpentine. A verdade devia estar me encarando e batendo em minha testa quando a pedi em casamento naquela trilha no bosque. Desde então, tem clamado por minha atenção.

Ela ergueu as duas mãos e as colocou sobre as costas das mãos dele.

— O quê? — quase sussurrou. A luz das lanternas tremeluzia em seu rosto com a brisa.

— Eu a amo — declarou ele. — Gostaria que houvesse uma palavra melhor, mas talvez seja a melhor, afinal, pois engloba tudo e vai além. Eu amo você mais que... Bem, realmente não sou bom com palavras. Eu amo você.

O sorriso dela era suave, caloroso e radiante na leve penumbra.

— Oh — disse ela, sua voz abafada com admiração. — Mas você escolheu a palavra mais preciosa da nossa língua, Alexander. Eu também amo você. Acho que soube dos meus próprios sentimentos desde o momento em que você chegou em minha sala de estar, em Withington, e ficou tão desconcertado por não ter encontrado o lugar cheio de convidados. Eu certamente soube desde o Domingo de Páscoa. Partiu meu coração deixar você ir, mas teria sido pior continuar... assim eu pensava. Depois que nos encontramos outra vez, escolhi me contentar com a esperança por afeto, e foi bom saber que você de fato se importava comigo. Tentei dizer a mim mesma que era o suficiente. Tenho tentado não ser gananciosa, mas agora... Ah, Alexander, agora...

Ele colou sua testa na dela.

— E faz algumas semanas que a notei pela última vez, sabia — disse ele. — A mancha ainda está aí? Eu me pergunto. — Ele levantou a cabeça e olhou com a testa franzida em concentração para o lado esquerdo do rosto de Wren. — De fato, está. A marca de nascença ainda está aí. Como eu poderia não ter notado?

Ela estava rindo.

— Talvez, porque você estava *me* notando em vez disso.

— Ah — disse ele. — Sem dúvida.

Eles sorriram um para o outro, e ela apertou as mãos calorosamente contra as dele enquanto era beijada.

... porque você estava me notando em vez disso.

Ah, Wren.

Sim.

FIM

Entre em nosso site e viaje no nosso mundo literário.
Lá você vai encontrar todos os nossos
títulos, autores, lançamentos e novidades.
Acesse www.editoracharme.com.br

Você pode adquirir os nossos livros na loja virtual:
loja.editoracharme.com.br

Além do site, você pode nos encontrar em nossas redes sociais.

https://www.facebook.com/editoracharme

https://twitter.com/editoracharme

http://instagram.com/editoracharme

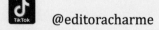
@editoracharme